D1922451

Fantasy

Herausgegeben von Friedel Wahren

Das Schwarze Auge

1. Band: Ulrich Kiesow, *Der Scharlatan* · 06/6001
2. Band: Uschi Zietsch, *Túan der Wanderer* · 06/6002
3. Band: Björn Jagnow, *Die Zeit der Gräber* · 06/6003
4. Band: Ina Kramer, *Die Löwin von Neetha* · 06/6004
5. Band: Ina Kramer, *Thalionmels Opfer* · 06/6005
6. Band: Pamela Rumpel, *Feuerodem* · 06/6006
7. Band: Christel Scheja, *Katzenspuren* · 06/6007
8. Band: Uschi Zietsch, *Der Drachenkönig* · 06/6008
9. Band: Ulrich Kiesow (Hrsg.), *Der Göttergleiche* · 06/6009
10. Band: Jörg Raddatz, *Die Legende von Assarbad* · 06/6010
11. Band: Karl-Heinz Witzko, *Treibgut* · 06/6011
12. Band: Bernhard Hennen, *Der Tanz der Rose* · 06/6012
13. Band: Bernhard Hennen, *Die Ränke des Raben* · 06/6013
14. Band: Bernhard Hennen, *Das Reich der Rache* · 06/6014 (in Vorb.)
15. Band: Hans Joachim Alpers, *Hinter der eisernen Maske* · 06/6015 (in Vorb.)
16. Band: Ina Kramer, *Im Farindelwald* · 06/6016 (in Vorb.)
17. Band: Ina Kramer, *Die Suche* · 06/6017 (in Vorb.)
18. Band: Ulrich Kiesow, *Die Gabe der Amazonen* · 06/6018 (in Vorb.)
19. Band: Hans Joachim Alpers, *Flucht aus Ghurenia* · 06/6019 (in Vorb.)

Das Schwarze Auge

BERNHARD HENNEN

DIE RÄNKE DES RABEN

DREI NÄCHTE IN FASAR
TEIL 2

Dreizehnter Roman
aus der
aventurischen Spielewelt

herausgegeben
von
ULRICH KIESOW

Originalausgabe

WILHELM HEYNE VERLAG
MÜNCHEN

HEYNE SCIENCE FICTION & FANTASY
Band 06/6013

Umwelthinweis:
Dieses Buch wurde auf
chlor- und säurefreiem Papier gedruckt.

Redaktion: Joern Rauser & Friedel Wahren
Copyright © 1996
by Wilhelm Heyne Verlag GmbH & Co. KG, München
und Schmidt Spiele + Freizeit GmbH, Eching
Printed in Germany 1996
Umschlagbild: Krzysztof Wlodkowski
Kartenentwurf (Seite 6/7): Ralf Hlawatsch
Umschlaggestaltung: Atelier Ingrid Schütz, München
Technische Betreuung: M. Spinola
Satz: Schaber Satz- und Datentechnik, Wels
Druck und Bindung: Presse-Druck, Augsburg

ISBN 3-453-09498-0

Für Petruschka

Yeti-Land
Ifirns Ozean
Riva
Norburg
Bornland
Orkland
Festum
Thorwal
Lowangen
Baliho
Warunk
Mittelreich
Nostria
Beilunk
Havena
Gareth
Perricum
Meer der Sieben Winde
Fasar
Zorgan
Vinsalt
Kuslik
Khunchom
Mherwed
Liebl. Feld
Khom
Thalusa
Tuzak
Maraskan
Zyklopen-
Inseln
Perlenmeer
Al'Anfa
Brabak
Altoum
Waldinseln
N
W
O
S
500 Meylen
Aventurien

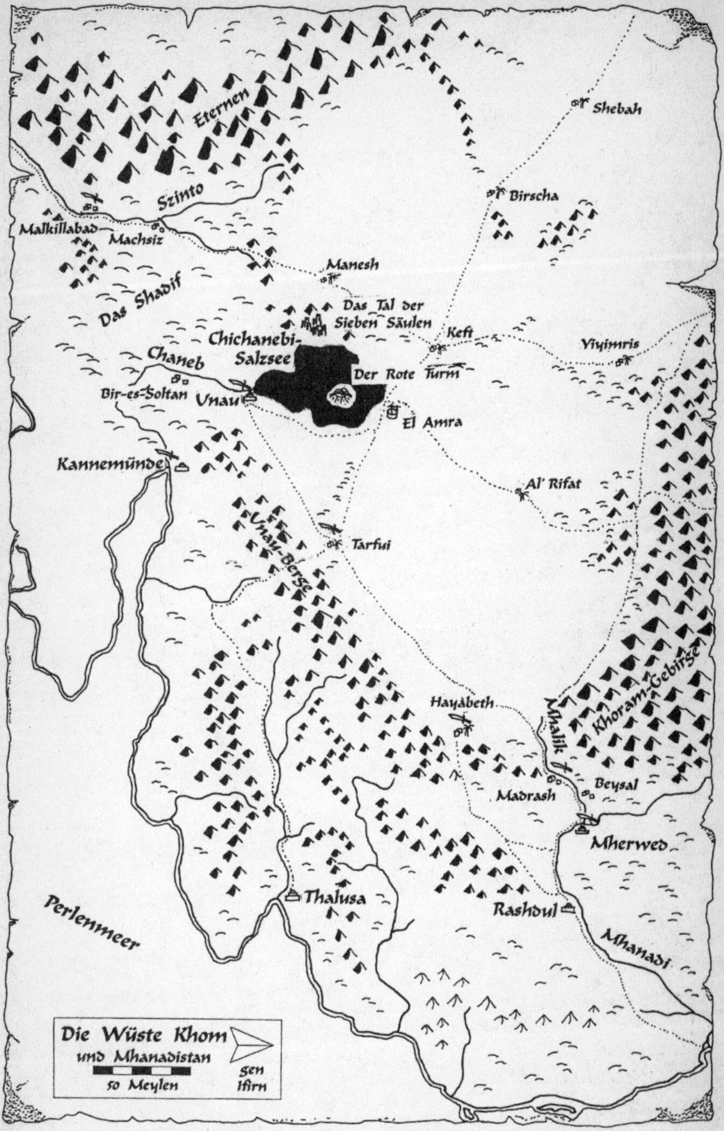
Eternen
Shebah
Szinto
Birscha
Malkillabad
Machsiz
Manesh
Das Shadif
Das Tal der
Sieben Säulen
Chichanebi-
Salzsee
Keft
Yiyimris
Chaneb
Der Rote Turm
Bir-es-Soltan
Unau
El Amra
Kannemünde
Al' Rifat
Unau-Berge
Tarfui
Khoram-Gebirge
Hayabeth
Mhalik
Beysal
Madrash
Mherwed
Thalusa
Rashdul
Perlenmeer
Mhanadi
Die Wüste Khom
und Mhanadistan
50 Meylen
gen
Ifirn

VON DER ERZÄHLUNG DER ERSTEN NACHT

Es begab sich aber am zweiten Nachmittage vor dem Tag des Zorns in dem Sommer, da sich zum zweihundertzweiundfünfzigsten Male die Offenbarung Rastullahs jährte, daß ein Fremder in den Stunden der Gluthitze in den Basar von Unau trat, um den Männern und Frauen nahe der Gasse der Kupferschmiede ein Märchen zu erzählen. Er wußte zu berichten von Melikae, der Tochter des reichen Kaufmanns Abu Feisal, und dessen Sklaven Omar, der der schönen Sharisad in Liebe verfiel. Zu jener Zeit, als der große Löwe von Unau manch Ungemach über die Handelsherren brachte und die Stämme der Wüste das Umland der Sultansstadt mieden, da errettete Omar seinen Herrn vor den Klauen des Ungeheuers. Es war dies die erste Tat jenes Kriegers, der in späterer Zeit einmal die Morgensonne des Kalifen geheißen wurde.

Zum Dank für sein Leben schenkte Abu Feisal seinem Sklaven die Freiheit und gewährte ihm einen Wunsch, doch als der Tapfere es wagte, nach der Hand von Melikae zu fragen, da ließ der reiche Kaufmann ihn in Ketten schlagen und bestimmte seinen Retter dem Schwert des Henkers.

Melikae, die von dieser wundersamen Geschichte gehört hatte, befreite Omar noch in derselben Nacht, und gemeinsam mit der Dienerin Neraida und dem Leibwächter Fendal flohen sie über den trügerischen Salzsee hinweg bis tief in die weglose Wüste. Abu Feisal aber rief in seinem namenlosen Zorn den verruchten Magier Abu Dschenna herbei und befahl ihm, die verlorene Tochter zurückzuholen. Den Sklaven Omar aber sollte der Gottlose in der Wüste dem Tode überlassen.

Kraft seiner Magie gelang es dem Zauberer, die Verliebten in der Wüste zu finden, doch durch das selbstlose Op-

fer des treuen Fendal, der das Herz eines Löwen besaß, entgingen die Liebenden den Nachstellungen des Zauberers.

Als aber Abu Dschenna ein zweites Mal die Kräfte des Magier zu Hilfe rief, um seinen Opfern nachzusetzen, da ward sein niederträchtiges Treiben vom Erfolg gekrönt. Gefesselt ließ er Omar in den Weiten des Sandmeeres zurück, damit die Sonne ihm das Leben nehme, denn er hatte der Sharisad geschworen, daß er nicht Hand an ihren Geliebten legen werde, wenn sie ihm freiwillig ins Haus ihres Vaters folge.

Neraida aber war ob der Nachricht vom Tod des mutigen Fendal so betrübt, daß die Trauer ihr die Sinne verwirrte und sie für lange Zeit weder zu einem Menschen sprach noch Notiz nahm von denen, die sie überreden wollten, ihr Schweigen aufzugeben.

Als Abu Dschenna endlich mit seinen beiden Gefangenen das blühende Unau erreichte, da herrschte dort helle Aufregung und tiefe Trauer, denn die Armee des Kalifen war ausgerückt, und auch Abu Feisal war dem Ruf der Schwerter gefolgt. Doch sie alle fielen der Heimtücke des Patriarchen von Al'Anfa zum Opfer, dessen Heerscharen wie die Heuschrecken über das Land der ersten Sonne herfielen.

Melikae aber, die den Mord an ihrem Geliebten rächen wollte, klagte Abu Dschenna vor dem Wesir Jikhbar ibn Tamrikat an und behauptete, der Schwarzmagier habe sich an ihr vergangen. So wurde denn Abu Dschenna zum Tode verurteilt. Indes gelang es dem Ruchlosen, auf geheimen Wegen aus dem Kerker zu fliehen. Melikae aber hatte ihren guten Namen verwirkt.

Selbst ihre Dienerin Neraida wollte, als sie wieder zu sich fand, von ihrer Herrin nichts mehr wissen, und als Unau von den Soldaten der Ungläubigen belagert wurde, da floh sie mit einem Kasimiten aus der Stadt, um jene Felsplatte, in die Rastullah einstmals seinen Fuß geprägt hatte, vor den Händen der Ungläubigen zu erretten.

*Melikae aber öffnete den Eroberern widerstandslos die Tore ihres Palastes, und – glaubt man allein der Geschichte der ersten Nacht – so verriet sie ohne Gewissen ihre Tugend und schenkte sich den wilden Heidenkriegern …**

---

* Zitiert nach dem *Buch der sieben Rosenblüten*, in dem der Ehrwürdige Selim ben Hard von sieben denkwürdigen Begebenheiten erzählt, die sich unter der Herrschaft des Kalifen Malkillah III. Mustafa ibn Khalid ibn Rusaimi ereigneten.

Mahmud brauchte ein wenig Zeit, um sich im Halbdunkel des ersten Morgenlichts zurechtzufinden. Vor ihm stand eine gebeugte Gestalt in Lumpen.

»Dein Schatten …« Mit knöchrigen Fingern wies der alte Bettler auf den Boden. »Wir wissen, dein Schatten lebt. Er greift nach dir.«

Unwillig schüttelte sich der Märchenerzähler und zog sich den zerschlissenen Umhang enger um die Schultern. Er war in der letzten Nacht zu spät zum Bethaus gekommen und hatte den Hof, auf dem er seine Wolldecke zurückgelassen hatte, verschlossen vorgefunden. So war er gezwungen gewesen, sich nahe dem verfallenen Theater, wo die Bettler, Gaukler und Diebe regierten, einen Platz für die Nacht zu suchen. Auch wenn es sich für jemanden, der nicht mit den Sitten des Volkes der Straße vertraut ist, widersinnig anhören mag, so war Mahmud hier doch sicherer als irgendwo sonst in der Stadt. Es galt als ein ungeschriebenes Gesetz, daß niemandem, der zu den ›Verlorenen‹ gehörte, hier ein Leid angetan wurde. Hierher wagten sich weder die Gardisten der Handelsfürsten und der anderen Machthaber der Stadt noch Sklavenjäger oder rauflustige Söldner. Auch die Diebe und Halsabschneider, die andernorts keineswegs davor zurückschreckten, einen der Ihrigen zu behelligen, hielten sich hier an das Gesetz der ›Verlorenen‹.

So hatte sich Mahmud irgendwann am frühen Morgen am Eingang zu einem der bröckelnden Bogengänge niedergelassen, die tief unter das Theater führten, und frierend den Sonnenaufgang herbeigewünscht. Doch statt von warmem Sonnenlicht war er von einem schieläugigen Greis mit einigen groben Knüffen geweckt worden.

»Nur ein Kätzchen mag glauben, daß es seinem Schatten davonlaufen kann. Doch wir wissen, daß du kein Kätzchen bist...« Der Alte brach in irres Gelächter aus. Geifer lief ihm aus dem zahnlosen Maul in den schmutzigen Bart.

Mahmud schüttelte unwillig den Kopf. »Laß mich in Frieden!« Er kramte in dem Tuchbeutel, in dem er etwas altes Brot und die Kupfermünzen aufbewahrte, die man ihm in der letzten Nacht geschenkt hatte. Wahrscheinlich wollte der Irre nicht mehr als irgendein Geschenk und würde dann weiterziehen.

»Uns täuschst du nicht... Märchenerzähler.« Wieder versetzte der Alte ihm einen Knuff mit dem Krückstock. »Wir sehen, was du versteckst, du...«

»Verschwinde hier, Rezzan«, unterbrach ihn die Stimme einer jungen Frau, und eine Gestalt tauchte im Dunkel des Gewölbes auf. »Niemand will den Tag mit deinen verrückten Prophezeiungen beginnen, schon gar nicht so ein hoher Gast.« Dann wandte sie sich an Mahmud. »Ich kenne dich. Bist du nicht der Geschichtenerzähler, von dem man überall entlang des Mhanadi spricht?«

Mahmud deutete eine Verbeugung an, die im Sitzen freilich wenig mehr als ein Nicken sein konnte. »Du schmeichelst mir, doch mußt du mich verwechseln. Ich wüßte nicht, womit ich Ruhm erworben haben sollte.«

Wieder erklang das irrsinnige Gelächter des Bettlers.

»Aber du bist doch Mahmud, der Märchenerzähler.« Die junge Frau trat jetzt aus dem Schatten, so daß Mahmud sie erkennen konnte. Sie war dürr wie ein Gerippe, und ihre Arme und Beine waren in unnatürlichen Winkeln verdreht. Quer über ihr Gesicht lief eine gräßliche Narbe.

Mahmud zuckte unwillkürlich ein wenig zurück, obwohl er schon oft solche erbarmungswürdigen Gestalten gesehen hatte. Wahrscheinlich war sie das vierte oder fünfte Mädchen gewesen, das einer armen Bauernfamilie geboren worden war, und weil es ihren Eltern unmöglich war, das Geld für die Mitgift einer weiteren Tochter aufzubringen, hatte man ihr die Knochen zerschmettert. So konnte man sie, wenn sie die Verstümmelung überhaupt überlebte, als Bettlerin auf die Straße schicken.

»Du bist es doch, nicht wahr?« Sie hat eine schöne Stimme, dachte Mahmud. Wenigstens die konnte man ihr nicht nehmen. Er nickte.

»Erzählst du mir eine Geschichte?«

Mahmud lächelte verlegen. Er war noch müde von der letzten Nacht, und seine Stimme hatte einen Klang, der an einen alten Schleifstein erinnerte. Er würde sich für die Kupfermünzen, die er noch hatte, warmen Tee und ein wenig Honig besorgen müssen, wenn er bis zum Mittag wieder bei Stimme sein wollte.

»Es tut mir leid, aber ich kann dir jetzt keine Geschichte erzählen. Ich ...«

»Jetzt zeigt er sein wahres Gesicht«, keifte der Alte. »Spürst du nicht den kalten Wind, der aus seinem Schatten weht, so als verberge sich dahinter ein Schlund, der geradewegs in die eisigen Tiefen der Niederhöllen führt?«

»Schweig! Kann dein lästerliches Maul nur noch Gift und Galle spucken, Rezzan?« Der Alte hielt für einen Moment inne, doch wich sein scheeler Blick nicht von Mahmud.

»Wer bist du?« Der Bettler wurde dem Märchenerzähler immer unheimlicher.

»Wir sind die Stimme Rastullahs, die da geißelt die Verdorbenheit seiner Kinder. Wir sind der Mahner derer, die nicht sehen, was unter ihren Augen wirklich geschieht. Wir sind ...«

»Du bist irre. Irre wie alle die anderen verrückten

Propheten, die in den Basaren von Untergang und Verderben predigen und sich wundern, daß keiner solche Spinnereien hören mag. Willst du nicht auch noch etwas über das Feuer erzählen, das vom Himmel fallen wird und …«

»Spotte nicht, Kind! Was weißt denn du?« Ein gefährliches Blitzen flackerte in den Augen des Bettlers, und Mahmud griff nach seinem Stab, um aufzustehen. Es wurde Zeit, von hier wegzukommen, und das Mädchen sollte er mitnehmen, sonst geschähe vielleicht noch ein Unglück. Im Schatten des Gewölbes erkannte er jetzt auch andere Gestalten.

»Wir wissen um das, was war, was ist und was sein wird.« Der verrückte Prophet schrie jetzt gellend, und das Gewölbe schien seinen Worten eine unheimliche, düstere Wahrhaftigkeit zu geben, die Mahmud erschaudern ließ.

»Wenn der Diener jenseits des Todes den Meister außerhalb des Todes ruft,

wenn die Verderberin der Leiber einen Leib dem Verderber der Welten schenkt,

wenn die verlorenen Scharen der Gestaltlosen annehmen die Gestalt der Schar der Verlorenen,

wenn aus kristallenem Herz der geraubte Schlangenfürst spricht,

wenn die Bäume auf der See wurzeln, die Festungen über das Land wandeln, und die Belagerungstürme über den Himmel ziehen,

dann wird in den Kerker der feurige Blick des Weltenschöpfers fallen,

dann wird die rote Saat der Gor aufgehen,

dann wird die letzte Kreatur geboren und gebären,

dann werden Löwin und Einhorn zu zweien ins Tal der Finsternis gehen,

dann werden die Wasser blutig und die Brunnen sauer, wird der Regen brennend und das Land zu Asche,

dann wird die Brut den Boden verschlingen,

dann wird der Rausch der Ewigkeit über die Schöpfung wehen.«

Erschöpft entglitt dem alten Bettler die Krücke, er taumelte, stürzte schließlich zu Boden und wand sich in irrem Gelächter.

»Laß uns gehen«, flüsterte Mahmud und packte die junge Frau. »Das ist kein Ort für uns.« Mochte der Alte auch wahnsinnig sein, so wohnte in seinen Worten eine Kraft, die Mahmud ängstigte.

So schnell ihn seine Beine trugen, eilte er über den verkommenen Platz vor dem Theater, wich den Bettlern und Gauklern aus, blickte sich aber nicht mehr um. Alle Gesichter schienen ihm plötzlich zu höhnischen Grimassen verzerrt, und einen Augenblick lang fürchtete er, das ewige Schwert könne aus göttlichen Fingern geglitten sein, und Rastullah sei im Kampf gegen jene unterlegen, die in der Finsternis lauerten und einen Weg in die Welt der Menschen suchten. Bevor er den Platz verlassen hatte, hörte er noch einmal die Stimme des Bettlers. Oder war es eine andere Stimme, die zu ihm sprach?

»Du kannst deinem Schatten nicht entfliehen, und ein Tiger wird niemals ein Kätzchen sein.«

Mahmuds Atem ging stockend, als er endlich das Tor zum Hof des Bethauses erreichte, und er hatte das Gefühl, eine eiserne Faust hielte sein Herz umklammert. Er war zu alt, um fortzulaufen. Müde hob er den Blick. Auch die verkrüppelte Frau war am Ende ihrer Kräfte. Alles Blut schien aus ihrem Gesicht gewichen zu sein, und sie lehnte erschöpft an der Mauer neben dem Tor.

»Wie heißt du eigentlich?«

»Almandina«, antwortete die Frau keuchend.

Welche Ironie, dachte Mahmud. Dieses arme Geschöpf nach den Almandinen, jenen Edelsteinen zu benennen, in denen die dunkle Glut des Feuers gefangen zu sein schien. Oder war sein Blick gefangen von ihrem geschundenen Körper? Hatte sie nicht eine Stimme, so sanft und schön, als gehöre sie zu den Sängerinnen im Palast des Kalifen?

»Ich glaube, nach diesem unerquicklichen Erwachen haben wir uns beide ein üppiges Mahl verdient.« Er kramte ein wenig verlegen in seinem Leinenbeutel. Die Frau weckte Schuldgefühle und unangenehme Erinnerungen in ihm. Er versuchte, fröhlich zu wirken, und so all die schrecklichen Bilder für den Augenblick zu verdrängen, die er immer wieder vergebens zu vergessen hoffte.

»Ich hoffe, auch du beherrschst die Kunst, das Leben durch ein wenig Magie zu bereichern.« Der Märchenerzähler lachte verschmitzt. »Sieh dir dieses Brot an, es ist steinhart und mindestens schon einen Tag alt. Doch könnte es nicht genausogut ein Kuchen sein?« Mahmud schnupperte an dem Brotfladen. »Wie wenig Vorstellungskraft gehört dazu, sich an den Duft von Honiggebäck zu erinnern.« Er brach ein großes Stück vom Brot ab und reichte es Almandina.

»Weißt du, Reichtum ist etwas für Dumme, sicherlich ist er ganz bequem, und ich hätte auch nichts dagegen, wenn statt Kupfermünzen lauteres Gold in meinem Beutel klingeln würde... Doch was wäre der Preis? Nacht für Nacht müßte ich den Dolch eines Diebes fürchten. Ohne Gold schlafe ich leicht und unbeschwert. Und was den Kuchen angeht: Wenn ich ihn zu riechen vermag, kann ich ihn dann nicht auch schmecken, sobald ich in altes Brot beiße? Das ist eine geheime Kraft, die nur der kennt, der arm ist. Versuch dich ganz fest daran zu erinnern, wie es war, als du zum letzten Mal einen warmen Kuchen oder süßes Honiggebäck gegessen hast, das einem am Gaumen klebt. Und dann beiß in das Brot und denk immer nur an den Kuchen.«

Mahmud kaute auf seinem Stück Brot, und wenn er ehrlich war, mußte er bekennen, daß es ihm diesmal nicht ganz gelingen wollte, Kuchen zu schmecken. Er blickte zu Almandina hinüber. Auch sie mühte sich mit dem zähen, trockenen Brot ab, doch blickte sie traurig.

»Ich gestehe ja, daß dieses kleine Wunder etwas leichter fällt, wenn man im Hof eines Honigbäckers steht, wo es verführerisch nach frischem Kuchen duftet, aber glaub mir, dann ist es wirklich eine Kleinigkeit, sich den Rest vorzustellen.« Mahmud hatte sich fast verschluckt bei seinen Erklärungen und versuchte jetzt, ein schiefes Lächeln zustande zu bringen, um die Frau wenigstens ein bißchen aufzuheitern. Doch Almandina schien den Tränen nahe zu sein.

»Was ist denn mit dir, mein Kind?«

»Ich kann mich nicht mehr erinnern, wie Kuchen schmeckt.« Sie schluchzte leise. »Ich weiß, meine Mutter hat, als ich klein war, manchmal aus hellem Mehl kleine Honigkuchen gebacken, doch ich weiß nicht mehr, wie sie geschmeckt haben. Es ist so lange her und …«

Mahmud hätte sich am liebsten die Zunge abgebissen. Was war er nur für ein blinder Narr! Wieviel Einfalt gehörte dazu, sich nicht vorstellen zu können, daß eine Bettlerin nicht mehr wußte, wie Kuchen schmeckte. Statt ihr zu helfen und sie aufzuheitern, hatte er sie nur gequält!

Vielleicht sollte er …? Mahmud kramte in seinem Leinenbeutel. Ob es wohl reichen würde …?

Zufrieden stand er neben dem Laden des Honigbäckers und schaute Almandina zu, wie sie einen kleinen Kuchen aß. Zuerst war sie verlegen gewesen und hatte nicht gewollt, daß er ihr das Geschenk machte, aber schließlich hatte sie es doch genommen.

Für Tee und Honig würde es jetzt nicht mehr reichen. Ein paar Stunden Schlaf mußten ihm genügen, um sich zu erholen. Vielleicht war ihm Rastullah nach dieser Tat geneigt und schenkte seiner Stimme die Kraft, auch den zweiten Teil der Erzählung um Omar und Melikae zu vollenden, ohne zum Schluß wie ein Khomgeier zu krächzen. Mahmud reckte sich. Die müden Glieder in die Morgensonne zu strecken, tat gut. Er lächelte. Fast wie eine alte Eidechse führte er sich auf. Der Märchenerzähler dachte an längst vergangene Tage. War es nur das Alter, das ihm diese seltsame Sehnsucht nach dem Sonnenlicht bescherte, oder steckte mehr dahinter? Nur die Zukunft würde zeigen, was es damit auf sich hatte.

Almandina kaute noch immer an dem kleinen Kuchen. Sie biß nur Häppchen ab, um so lange wie möglich den Geschmack genießen zu können.

»Ich werde heute mittag im Basar der Teppichhändler zu finden sein und dort ein Märchen erzählen. Wenn du also wirklich eine Geschichte von mir hören willst, dann komm dorthin.«

»Aber vielleicht wollen sie mich dort nicht haben, und sie werden mich nach hinten drängeln, so daß ich dich nicht hören kann. Viele wollen mich nicht sehen, weil...«

»Du wirst mein Gast sein. Mach dir deshalb keine Sorgen. Wenn sich einer von uns beiden Sorgen machen sollte, dann bin ich es, denn ich habe das Gefühl, daß du von meinen Geschichten mehr erwartest, als ich dir geben kann.« Mahmud zuckte verlegen seufzend mit den Schultern. »Wir werden sehen.«

Dann verließ er Almandina, überquerte den großen Markt und verschwand hinter einem wackligen Turm aus hölzernen Käfigen, in denen bunte Hühner den Kochtöpfen der Stadt entgegengackerten.

Als Mahmud sich am Mittag wieder auf seinem Platz im Basar der Teppichhändler niedergelassen hatte, war wie durch einen Zauber alle Schwäche von ihm gewichen. Er liebte es, Geschichten zu erzählen. Es gab nichts im Leben, das ihm mehr bedeutete, außer vielleicht... Er spürte einen Kloß im Hals.

Nein, es *gab* nichts anderes im Leben, das ihm mehr bedeutete! Sich weinerlicher Melancholie hinzugeben, war nicht seine Art!

»Wird Omar heute Melikae retten?« Neben ihm stand der kleine lockige Omar und schien vor Ungeduld schier zerspringen zu wollen.

»Er wird sie wiederfinden, aber einen Menschen zu retten, ist nicht leicht…« Das Lächeln war für einen Moment vom Gesicht des Märchenerzählers gewichen, und er blickte sich um. Es waren viel mehr Zuhörer gekommen als am Mittag zuvor, und man hatte ihn reichlich mit kleinen Gaben bedacht. Irgendwie schien sich die Auffassung verbreitet zu haben, daß man ihm mit süßen Melonen eine besondere Freude machen konnte. Jedenfalls hatte er schon drei Melonen geschenkt bekommen, und noch immer kamen neue Zuhörer, die sich in der engen Gasse niederließen und anderen ihre kleinen Geschenke gaben, damit sie durch das dichte Gedränge nach vorn gereicht wurden.

Auch Almandina war gekommen. Mahmud hatte ihr einen Platz ganz vorn zwischen den Kindern verschafft. Andächtig blickte die junge Frau zu ihm auf, aber irgendwie machte sie ihn beklommen. Die anderen erwarteten nur eine gute Geschichte von ihm, doch was wollte sie?

Er sollte anfangen, bevor ihn seine Zweifel unsicher machen würden, denn es gab nichts Erbärmlicheres als einen verunsicherten Märchenerzähler. Mit großer Geste breitete Mahmud die Arme aus, und fast schlagartig wurde es still in der Gasse. Obwohl die Sonnensegel ganz ausgerollt waren und der Basar im Schatten lag, war es unerträglich heiß an diesem Mittag, und es schien, als würde die plötzliche Stille die Hitze noch verstärken. Doch das paßte zu Mahmuds Geschichte.

Keine Gnade kannten die Diener des Raben, nachdem sie die Oberstadt von Unau erobert hatten. Einen ganzen Tag lang gestattete ihnen der schreckliche Patriarch, zu morden und zu plündern, um nach Art gottloser Söldner, für die es nichts unter Rastullahs Himmel gibt, was sich nicht auf einen Münzwert reduzieren ließe, den Sieg über die Rechtgläubigen zu feiern. Doch gerade weil der Glanz des Goldes als einziges ihr Herz bewegte, mordeten sie nur jene, die es gewagt hatten, eine Waffe gegen sie zu ziehen, die anderen aber verkauften sie an die Sklavenhändler, die dem Heer der Heiden folgten, so wie die Geier die Nähe des Löwenrudels suchen. Also verließ schon einen Tag, nachdem die Oberstadt gefallen war, eine große Sklavenkarawane das geschändete Unau. Wie alle die anderen Unglücklichen, die diesen Krieg mit ihrer Freiheit zahlen mußten, schaffte man sie durch das Shadif zum Hafen von Selem, um sie auf den Sklavenmärkten jener unseligen Dschungelstädte zu verkaufen, in denen länger als selbst im sündigen Maraskan die Brut der großen Schlange H'ranga verehrt worden war. Allein Melikae und ihre Diener entgingen diesem schrecklichen Los. Und noch ein anderer sollte dem Schicksal entgehen, das man ihm zugedacht hatte …

Omar kniff die Augen zusammen und versuchte vergeblich, seine Arme und Beine zu bewegen. Dann erinnerte er sich, wie ihn Abu Dschennas Reiter niedergeschlagen hatten. Verzweifelt zerrte er an den Fesseln, die ihn auf den Boden banden, doch vergebens. Abu Dschennas Häscher hatten ihre Arbeit gut getan. Aus eigener Kraft würde er nicht entkommen.

Omar drehte den Kopf und blickte zum Kamm der Düne seitlich neben ihm, doch niemand war zu sehen. Es bestand kein Zweifel, daß sie ihn zurückgelassen hatten, damit er elendig in der Wüste verdurstete.

Die Mittagsstunde war zwar schon lange vergangen, doch noch immer brannte die Sonne unerbittlich vom Himmel. Omars Zunge glitt über die aufgesprungenen, rissigen Lippen. Wie lange er wohl der Hitze widerstehen konnte?

Der Novadi fluchte. Ganz dicht hinter ihm lagen eine Satteltasche und zwei wohlgefüllte Wasserschläuche. Wenn er die Finger ausstreckte, konnte er die Wasserschläuche sogar berühren. Doch sie zu öffnen und zum Mund zu führen, war unmöglich. Verzweifelt blickte Omar zum Himmel. Die glühende Sonnenscheibe war seine einzige Gesellschaft. Doch schien es, als verharre sie am Himmel, um ihn zu verhöhnen. Amm el-Thona, die hartherzige neunte Frau Rastullahs, wollte wohl ihre grausamen Späße mit ihm treiben. Doch er ließe sich von ihr nicht narren! Omar schloß die Augen und begann leise, die neunundneunzig Gebote Rastullahs zu rezitieren.

Vielleicht wollte Rastullah ihn prüfen, überlegte der Novadi, als er zum ersten Mal den Zyklus der Gebote vollendet hatte. Aber konnte der Gott es zulassen, daß er einen so ungerechten Tod zu sterben hatte? Oder war es am Ende gar der Wille Rastullahs, daß er starb? Omar war ratlos. Er glaubte, sich immer an die Gebote des einzigen Gottes gehalten zu haben. Doch was war, wenn er unwissend eine Sünde begangen haben sollte? Für sie könnte er den Gott nicht einmal um Vergebung bitten. Zögernd begann er erneut, die neunundneunzig Gebote zu murmeln. Er durfte nicht in Zweifel über seinen Glauben geraten!

»Der Gottgefällige gibt seinem Zorn freie Bahn, wenn die Ehre eines Freundes, seines Vaters, seines Sohnes, seines Pferdes oder seiner Frau oder Tochter, abgeschnitten, gekränkt oder in Frage gestellt wurde.

Der Gottgefällige …«

»Was murmelst du da?«

Erschrocken schlug Omar die Augen auf. Vor ihm stand ein verschleierter schlanker Mann mit türkisfarbenem Turban und in dunkelblauen Gewändern. War das eine neue Narretei? Die Vision eines Verdurstenden? Wenigstens hatte sich die Sonne von der Stelle bewegt und stand jetzt nur noch knapp über dem Horizont.

»Gib mir bitte … zu trinken.« Jedes laut gesprochene Wort war eine Qual für Omars ausgedörrte Kehle.

»Warum sollte ich?«

Omar blickte den Fremden ungläubig an. Was hatte er gesagt? Er verweigerte einem Verdurstenden einen Schluck Wasser?

»Bitte …«

»Woher soll ich wissen, ob dich die anderen nicht zu Recht zu diesem grausamen Tod verurteilt haben? Ich mische mich nicht mehr aus *Menschlichkeit* in die Händel Fremder ein. Diese Zeit ist für mich vorüber.«

Omar wußte nicht, was er davon halten sollte. »Ich bin … unschuldig. Hast du … gesehen, was sie … getan haben?«

Der Fremde nickte. »Ich habe aus der Ferne beobachtet, wie man dich aus dem Sattel gestoßen und niedergeschlagen hat. Offensichtlich scheinen deine Feinde viel Respekt vor dir zu haben, daß sie in solcher Übermacht kamen, um dich zu stellen.«

»Nein, sie sind …« Omar stockte. Ein Hustenkrampf schüttelte ihn. »Bitte … Wasser!«

»Bist du sicher, daß du wirklich Wasser von mir haben willst? Du wirst nur länger Qualen leiden, wenn ich dir jetzt zu trinken gebe und dich dann doch verlasse, denn wenn mich deine Worte nicht überzeugen können, werde ich weiterreiten, ohne mich auch nur einmal nach dir umzudrehen.«

»Wasser …«

»Nun, entweder bist du töricht oder sehr sicher, daß du mich überzeugen wirst.« Der Fremde zögerte einen Atemzug lang. Dann kniete er nieder, hob einen der Wasserschläuche auf, die hinter Omar lagen, und gab ihm zu trinken. Gierig schluckte der Novadi das abgestandene warme Wasser, doch lange bevor er sich satt getrunken hatte, nahm ihm der Verschleierte den Schlauch wieder vom Mund.

»Das reicht. Wenn du mehr trinkst, wirst du dich erbrechen und – nach der Art, wie du gefesselt bist – möglicherweise sogar daran ersticken. Vielleicht lasse ich dich später noch einmal trinken.«

»Tust du nur, was vernünftig ist?« Omar hatte den Eindruck, daß er den Fremden mit dieser Frage durcheinanderbrachte. Jedenfalls verharrte er regungslos, bevor er den Wasserschlauch verschloß und zur Seite legte.

Wer auch immer er sein mochte, er war jedenfalls nicht arm. Vielleicht ging er verschleiert, um zu verbergen, daß er ein Heide aus dem Norden war, so wie Fendal. Zu den Kasimiten gehörte er gewiß nicht. Ein Kasimit hätte niemals einen Mann unterbrochen, der gerade die neunundneunzig Gebote Rastullahs rezitierte. Oder doch? Neugierig musterte Omar Kleidung und Ausrüstung des Fremden. Er trug einen kurzen Kaftan, der bis knapp über die Knie reichte, und darunter eine weite Hose, beides aus dunkelblauem Stoff. Der Saum des Kaftans war mit Silberstickereien geschmückt, die fremdartige Blumen zeigten. Auch die halbhohen schwarzen Stiefel waren mit einer breiten silbernen Borte verziert. Um die Hüften hatte er einen schweren Ledergürtel geschlungen, in den eine Unzahl kleiner Taschen eingearbeitet waren. Zusätzlich waren seltsame silberne Amulette aufgenäht, die wohl vor dem bösen Blick und allerlei Zaubern schützen mochten. Aus einer der Taschen ragte ein schmaler hölzerner Griff, ähnlich dem Griff eines Pinsels. In einer anderen Gürteltasche schien ein Fläschchen zu stecken. Was sich sonst noch in dem Gürtel verbergen mochte, ließ sich nicht einschätzen, doch Omar war sicher, daß der Fremde auch Gold hineingenäht hatte.

Quer über die Brust des Verschleierten lief ein vielleicht zwei Finger breiter, mit Silberbeschlägen geschmückter Lederriemen, mit dem er sein Schwert auf den Rücken gegürtet trug. Omar sah hinter der linken Schulter Griff und Parierstange der Waffe aufragen, der Rest blieb ihm verborgen. Doch ganz offensichtlich handelte es sich nicht um einen geschwungenen Khunchomer, wie ihn die Wüstenkrieger normalerweise trugen. Ungewöhnlich war auch der Dolch, der im Gürtel des Fremden steckte. Statt einer gebogenen Klinge hatte die Waffe ein gerades Blatt. Auch wenn der Verschleierte sich mit seiner Kleidung viel Mühe gegeben hatte und sein Tulamid so fehlerlos und rein klang, als sei er in der Wüste aufgewachsen, verrieten seine Waffen doch, daß er kein Novadi sein konnte.

»Tust du nur, was vernünftig ist?« wiederholte Omar noch einmal seine Frage.

»Wenn dem so wäre, dann wäre ich nicht nach einem Ritt von zwei Stunden wieder umgekehrt, um mit einem wie dir über Vernunft zu plaudern.«

»Du hast gesehen, was sie mir angetan haben, und bist dann weitergeritten? Ich dachte, du hättest gewartet, bis du sicher sein konntest, daß sie verschwunden seien, um mich dann …«

»Ich glaube, du verstehst mich noch immer nicht. Ich habe nicht die Absicht, dich zu befreien, es sei denn, du überzeugst mich davon, daß du unschuldig bist.«

»Aber hast du denn nicht gesehen, wie man uns überfallen und die beiden Frauen entführt hat, die mit mir geritten sind?« Omar konnte einfach nicht fassen, daß dieser dreimal verfluchte Ungläubige ihn einfach in der Wüste liegenlassen wollte.

»Wer sagt mir, daß nicht du derjenige warst, der die Frauen entführt hat, und daß ihr Herr euch aufgelauert hat, um die beiden in ihren Harem zurückzuführen? Schließlich haben sie keinen erkennbaren Widerstand geleistet oder zu fliehen versucht, nachdem du wehrlos am Boden lagst.«

»Sie haben sich nicht gewehrt?« Omars Stimme hatte

alle Leidenschaft verloren. Hatte Melikae einfach hingenommen, daß man ihn hier zurückließ?

»Du hörst mir nicht zu.« Die Stimme des Fremden klang unangebracht spöttisch. »Ich sagte, sie haben keinen *erkennbaren* Widerstand geleistet. Die eine ließ sich einfach abführen, ohne die geringste Regung zu zeigen. Die andere ist von ihrem Kamel gestiegen und hat sich dem Anführer zu Füßen geworfen. Sie hat heftig auf ihn eingeredet und dabei immer wieder auf dich gezeigt. Ich war leider zu weit weg, um hören zu können, was sie zu ihm sagte. Jedenfalls haben die Söldlinge anschließend ihre Waffen beiseite gelegt, dir die Kleider vom Leib gerissen und dich gefesselt.«

Trug Melikae Schuld daran, daß man ihn auf diese Art zum Sterben zurückgelassen hatte? Omar durchlief ein kalter Schauer. War ihre Liebe zu ihm so schwach? Oder hatte sie verhindert, daß ihn die Jäger an der Seite Abu Dschennas sofort umbrachten? Vielleicht hatte sie gehofft, daß irgend jemand ihn finden und befreien würde. Oder war sie vielleicht sogar diejenige gewesen, die wie versteinert beobachtet hatte, was man ihm antat, und Neraida hatte ihn der Rache Abu Dschennas preisgegeben? Er mußte Gewißheit haben!

»Wie sah die Frau aus, die sich dem Anführer zu Füßen warf? Hatte sie Haare, so dunkel und weich wie Wolken an einem nächtlichen Himmel, und ein Antlitz, so ebenmäßig und edel, als habe Rastullah selbst die Schönheit seiner neun Frauen in einem einzigen Gesicht vereint, um …«

»Du liebst diese Frau?« Die Stimme des Fremden klang nicht mehr ganz so kühl wie bisher. Er hustete unterdrückt und zitterte wie im Fieber.

»Ich würde für sie sterben! Genügt dir das als Beweis für meine Ehrbarkeit?«

Es dauerte eine Weile, bis der Verschleierte sich von seinem Hustenanfall erholt hatte. Sein Atem ging pfeifend, und seine Stimme klang gepreßt, so als koste es ihn alle Kraft, den Husten zu bezwingen, als er schließlich antwortete. »Es scheint, als hättest du deinen Willen bekommen. Warum hat man dich auf so grausame Weise bestraft?«

»Gib mir noch etwas zu trinken, und ich erzähle dir meine Geschichte.«

Als Omar seine Erzählung beendet hatte, blickte der Fremde ihn lange schweigend an. Schließlich hielt der Novadi die Ungewißheit nicht mehr länger aus. »Und, wirst du mich hier sterben lassen?«

»Wenn ich dich befreie, trage ich die Verantwortung für alle deine weiteren Taten, Omar.«

»Was soll das heißen?« Der Novadi hatte das Gefühl, daß dem rätselhaften Fremden die Sonne nicht bekommen war. Er verhielt sich auf eine Weise, die man einfach nicht begreifen konnte. Alle Ungläubigen, die Omar bisher getroffen hatte, waren zwar auf ihre Art seltsam gewesen, doch niemals war ihm ein Heide begegnet, der so undurchschaubar war wie der Verschleierte.

»Wenn ich dich befreie und du einen deiner Feinde tötest, wird dieses Blut auch an meinen Händen kleben. Wenn ich dich also freilassen soll, mußt du mir erst schwören, daß du nichts gegen meinen Willen unternehmen wirst. Und wenn ich dich eines Tages um deine Hilfe bitten sollte, so wirst du sie mir gewähren, ohne Fragen zu stellen.«

»Ich werde nie wieder Sklave sein! Lieber sterbe ich!« Omar war verwirrt und wütend. Fast wünschte er, er hätte in Ruhe sterben können.

Der Fremde lachte. »Du brauchst kein Sklave mehr zu sein. Betrachte mich nicht als deinen Herrn. Vielleicht solltest du lieber so etwas wie einen Lehrer in mir sehen.«

»Einen Lehrer …«

»Nur wenn du deinen Schwur leistest.«

Omar dachte nach. Was hatte er schon zu verlieren? Und sollte sich herausstellen, daß sein *Lehrer* ein Schurke war, könnte er ihm immer noch entfliehen. Wenn er den Fremden jetzt aber mit Widerworten verärgerte, würde der ihn hier den Geiern überlassen. »Ich schwöre bei Rastullah und seinen neun Frauen, nichts gegen deinen Willen zu unternehmen, Meister, und wann immer du mich um einen Dienst bitten solltest, dir meine Hilfe zu gewähren.«

»Schwöre bei dem Herzen von Melikae, daß du mir hilfst. Ich glaube nicht an einen Eid, den man auf eine Wesenheit ablegt, die nur in den Köpfen eurer Mawdliyad existiert.«

Omar zog eine Grimasse, schluckte dann aber die zornige Antwort hinunter, die diesem Gotteslästerer gebührt hätte. Wenigstens konnte er nun sicher sein, mit wem er es zu tun hatte. Hinter dem Schleier mußte sich einer der hellhäutigen Krieger aus dem Norden verbergen, die, so wie Fendal, manchmal aus undurchsichtigen Gründen in die Wüste kamen und oft wegen ihrer ketzerischen Reden ein unrühmliches Ende nahmen.

»Gut, ich schwöre beim Herzen Melikaes, daß ich das Wort, das ich dir gegeben habe, nicht brechen werde.«

Der Fremde zog sein Schwert und durchtrennte Omars Fesseln.

»Danke.« Der Novadi setzte sich mit einem Seufzer auf und massierte sich die wundgescheuerten Handgelenke.

»Du solltest ein Tuch haben, um deine Blöße zu bedecken.« Der vermummte Krieger stieß einen merkwürdigen trällernden Laut aus, und fast augenblicklich erschien auf dem Kamm der gegenüberliegenden Düne ein prächtig aufgezäumtes weißes Mehari.

»Komm herunter, Qumah!« Der Krieger klatschte in die Hände, und grunzend kam das Kamel den Abhang herunter.

»Du mußt entschuldigen, Omar. Qumah ist ein

wenig schlecht gelaunt, weil ich ihm befohlen hatte, hinter der Düne niederzuknien. Sie wird schnell ungeduldig und haßt es, stillzustehen. Deshalb habe ich sie Qumah – ›die den Wind fängt‹ – genannt.«

Omar blickte verwundert zu dem prächtigen Kamel auf. Wie konnte es sein, daß sich ein Ungläubiger so gut darauf verstand, mit einem Mehari umzugehen? Sonst parierten die störrischen Biester nur, wenn man sie mit einem Stock bearbeitete.

Der Verschleierte machte sich indessen an dem hohen Sattel zu schaffen. Dann warf er Omar eine schwere dunkelblaue Decke zu.

»Vorerst mußt du dich damit begnügen. Etwas Besseres habe ich nicht.«

»Danke …?« Der Novadi hob fragend die Augenbrauen.

»Gwenselah. So nennt man mich in meinem Volk.«

»Quwensellah?« Omar hatte Mühe, das fremde Wort zu wiederholen. Der Götzenglaube mußte den Heiden die Sinne verwirrt haben, daß sie sich so unaussprechliche Namen ausdachten.

»Vielleicht nennst du mich besser nur Selah. Ich denke, das fällt dir leichter.«

»Ich werde deinen Namen schon meistern, mein Lehrer. Welch schlechter Schüler wäre ich, wenn ich nicht einmal das zuwege brächte.«

Statt einer Antwort lachte der Verschleierte. Sein Hochmut mißfiel Omar. Es stand einem Heiden einfach nicht zu, sich in einer solchen Art einem Rechtgläubigen gegenüber aufzuführen. Außerdem wurde Omar das Gefühl nicht los, daß Gwenselah ihn nicht ernst nahm. Sehnsüchtig blickte er nach Norden. Mehr als sechs oder sieben Stunden Vorsprung konnte Abu Dschenna eigentlich nicht haben. Vielleicht könnte er ihn einholen und …

»Denk nicht daran!«

Omar zuckte zusammen.

»Es ist leicht, die Gedanken in deinem Gesicht zu lesen, mein Freund. Du solltest lernen, besser zu verbergen, was du empfindest, sonst wirst du niemals gegen einen Feind wie diesen Zauberer bestehen. Außerdem glaubst du doch nicht wirklich, daß du – erschöpft und unbewaffnet – diesen Abu Dschenna und seine Leibwächter überwinden könntest.«

Der Novadi wich verlegen Gwenselahs Blick aus. Natürlich hatte der Krieger recht. Doch alles in Omar bäumte sich dagegen auf, den hinterhältigen Magier einfach ziehen zu lassen. Konnte er Melikae lieben und sie gleichzeitig ihrem Schicksal überlassen?

»Komm!« Der Fremde hatte sein Kamel beim Zügel genommen und war schon halb die Düne hinaufgestiegen. Ungeduldig winkte er Omar, ihm zu folgen. Langsam drehte sich der Novadi um. Jeder Schritt, den er von jetzt an tat, brächte ihn weiter von Melikae fort.

Viele Gottesnamen waren seit der Trennung von Omar vergangen, und als Neraida zum zweiten Mal das Tal der Sieben Säulen erreichte, war sie dem Tode näher als dem Leben. Völlig erschöpft ließ sie am Eingang des Tals ihre leeren Wasserbeutel in den Sand sinken und schnallte den schweren Sack ab, in dem sie die steinerne Platte mit dem Fußabdruck Rastullahs getragen hatte. Als hätte der einzige Gott ihr seinen Fuß in den Nacken gestellt, so fühlte sich die Salzgängerin. Immer schwerer und schwerer war die Steinplatte auf dem endlosen Weg durch die Salzwüste geworden, und immer wieder hatten Stimmen von Dämonen ihr flüsternd geraten, die Reliquie doch einfach zurückzulassen und wenigstens ihr Leben zu retten. Doch selbst als sie jetzt endlich die schwere Last zu Boden gleiten ließ, fühlte sie sich nicht besser. Die Knie begannen ihr zu zittern. Obwohl es nur noch höchstens fünfhundert Schritt bis zur Quelle und dem Schlangenbecken waren, kam ihr der Weg dorthin endlos vor. Sie brauchte länger, als es dauert, die neunundneuzig Gebote Rastullahs aufzusagen, bis sie das langersehnte Ziel endlich erreichte und sich vor der Quelle erschöpft auf die Knie sinken ließ.

Nichts war so köstlich wie frisches Quellwasser! Immer und immer wieder tauchte sie mit dem Gesicht in das kalte Wasser, um in gierigen Schlucken zu trinken und den beißenden Salzgeschmack von den Lippen zu spülen.

Nachdem sie getrunken hatte wie ein verdurstendes Tier, kroch sie in den Schatten der Büsche nahe der Quelle. Nur wenige Gottesnamen war es her, daß ich gemeinsam mit Fendal hier gelegen habe, dachte sie bitter. Was Melikae jetzt wohl tat? Ob sie überhaupt noch lebte? Vielleicht trug sie nun einen eisernen Sklavenring und wurde auf einem der Märkte von Al'Anfa zum Kauf angeboten. Bei dem Gedanken, daß ihre frühere Herrin jetzt selbst Sklavin sein könnte, empfand Neraida tiefe Genugtuung. Doch selbst dieses Gefühl vermochte den Schmerz über Fendals Tod nicht zu verdrängen. Als sie allein in der Salzwüste war, hatte sie den Thorwaler für Stunden vergessen, doch an diesem Ort, wo sie zusammen glücklich gewesen waren, umlagerten sie die Erinnerungen wie dunkle Schatten. Schließlich schlief Neraida erschöpft ein.

Als die Salzgängerin wieder erwachte, herrschte tiefe Nacht. Dicht neben der Quelle brannte ein kleines Feuer. Auch ein Schälchen mit frischen Feigen war bereitgestellt. Erschrocken kroch Neraida tiefer ins Gebüsch.

»Du brauchst keine Angst vor mir zu haben, mein Kind.«

Die Salzgängerin kniff die Augen zusammen und spähte in die Finsternis, doch konnte sie niemanden erkennen. Die Stimme hatte geklungen wie die eines alten Mannes. Das mußte der Prophet sein, der über das heilige Tal wachte. Sicher hatte er ihr noch nicht verziehen, daß sie mit Fendal einen Heiden an diesen gesegneten Ort gebracht hatte. Vielleicht waren das Feuer und seine freundlichen Worte eine Falle, um sie aus den Büschen zu locken. Doch das ergab keinen Sinn. Wie leicht hätte er sie im Schlaf überwältigen können, wenn er ihr Böses antun wollte.

»Traust du mir nicht, Neraida?«

Die Salzgängerin stutzte. Woher kannte er ihren Namen? Irgend etwas stimmte nicht! Sie sollte besser vorsichtig sein.

»Woher weißt du, wie ich heiße, und warum kann ich dich nicht sehen?«

»Es war Rastullahs Wille, als er das Land der Ersten Sonne schuf, daß ein jegliches Ding beseelt sein solle, die Schönheit seiner Schöpfung zu erkennen und ihr auf ewig Lobpreis zu singen. Auch wenn die meisten Diener des einen Gottes das Werk Rastullahs nicht in seiner Vollkommenheit wahrnehmen können, so ist es doch den Weisen vergönnt, im Wind Stimmen zu hören, die ihm Kunde bringen von dem, was in den Landen des Kalifen und auch anderswo geschieht. So weiß ich nicht nur, wer du bist, Neraida, sondern auch, was dir widerfahren ist. Ja, selbst einen Teil deiner Zukunft kenne ich, denn der Nebel, der nachts der Quelle im Tal entsteigt, erlaubt dem Träumenden zu sehen, was dem Wachen einst geschehen soll. So wußte ich, daß du an diesen Ort zurückkehren würdest, und ich weiß auch um deine Sorgen, Neraida.«

»Und du zürnst mir nicht?« Die Salzgängerin mochte den Worten kaum glauben. Die ganze Zeit über hatte sie sich in der Salzwüste überlegt, auf welche Art der Prophet sie strafen würde. Daß er ihr *verzeihen* könnte, war ihr nicht in den Sinn gekommen. Zögernd trat sie zwischen den Büschen hervor. Jetzt erkannte sie den Propheten. Er stand im Schatten der Steilklippen nahe der Quelle: ein alter Mann mit langem weißem Bart und zerzausten Haaren, die bis weit über die Schultern reichten. Er trug ein dunkles Gewand, dessen Farbe Neraida nicht erkennen konnte, weil er sich ein gutes Stück außerhalb des Lichtkreises hielt, den das kleine Lagerfeuer in die Finsternis schnitt.

»Wie heißt du, Herr?« Die Salzgängerin war jetzt bis dicht ans Feuer getreten, damit der Prophet sie gut sehen konnte.

»Mein Name ist Almansor. Du bist seit langem der erste Mensch, der mich nach meinem Namen fragt. Die Besucher des Tals begnügen sich damit, mich mit *Weiser* oder *Prophet* anzureden. Es paßt zu dem, was ich über dich weiß: daß du immer genau wissen willst, mit wem du es zu tun hast. Doch verzeih, ich bin unhöflich. Nimm nur Platz, auch wenn ich noch stehe.«

»Warum setzt du dich nicht auch ans Feuer?« Neraida war der Alte unheimlich. Schöne Worte vermochten sie nicht über sein ungewöhnliches Verhalten hinwegzutäuschen. So ließ sie sich zwar nieder, doch blieb sie weiterhin wachsam.

»Du wirst mich sicherlich für seltsam, ja, vielleicht sogar für verrückt halten, doch ich kann und ich will nicht, nur weil du mein Gast bist, mit meinen Lebensgewohnheiten brechen. Schon vor langer Zeit habe ich mir geschworen, nur noch das anzunehmen, was mir von Rastullah geschenkt wird. Wäre es der Wille des Gottes, daß ich mich zur Nacht an einem warmen Lager niederlasse, so ließe er ein Feuer in diesem Tal brennen. Doch Rastullah erwartet von mir Entsagung. Nur so kann ich ihm näher sein, als es alle jene sind, die hierherkommen, um mich um meinen Rat zu fragen.«

»Aber wäre es dir dann nicht auch verboten, Kleider zu tragen? Wie ich sehe, verstößt also auch du gegen die Ordnung des einzigen Gottes.«

»Deine Zunge ist so scharf wie dein Verstand, Salzgängerin. Und doch siehst du nicht alles, denn sonst wüßtest du, daß ich die Kleider, in denen ich mich sehr unwohl fühle, nur deinetwegen trage. Allein, ich dachte, daß der Anblick eines nackten Greises eine junge Frau wohl mehr befremden als entzücken würde. So habe ich entgegen meiner Gewohnheit Kleider angelegt.«

»Ich beuge mein Haupt vor dem Opfer, das du meinetwegen bringst, ehrwürdiger Prophet.« Neraida war jetzt halbwegs überzeugt, daß ihr von Almansor keine unmittelbare Gefahr drohte, und sollte er dennoch versuchen, ihr etwas anzutun, war sie zweifellos diejenige, die schneller laufen konnte. Also griff sie nach den Früchten neben dem Feuer und begann zu essen, während ihr der Alte schweigend zusah. Als sie schließlich satt war und sich wieder nach Almansor umsah, hüllten dichte Nebelschwaden die Quelle ein und breiteten sich langsam in ihre Richtung aus.

»Wo bist du, Erleuchteter?«

Neraida erhielt keine Antwort. Nicht der geringste Laut war im Tal zu hören, so als ersticke der Nebel jedes Geräusch. Die Salzgängerin rückte etwas näher ans Feuer. Jetzt, da sie ganz allein war, kam ihr das Tal unheimlich vor, in dem sie sich früher einmal geborgen gefühlt hatte. Leise summte sie ein Lied vor sich hin und beobachtete die wirbelnden Nebel, bis sie immer müder wurde.

Als Neraida wieder erwachte, war es heller Tag. Das Feuer neben ihr war erloschen, doch lagen frische Datteln und einige kleine Äpfel neben der kalten Asche. Neugierig blickte die Salzgängerin sich um und entdeckte in einiger Entfernung den Propheten. Almansor saß auf einem Felsblock und blickte konzentriert in das Wasser des Schlangenbeckens neben der Quelle. Neraida überlegte, ob sie ihm etwas zurufen sollte, doch dann entschied sie sich zu schweigen. Rastullah allein mochte wissen, was in dem Becken sosehr die Aufmerksamkeit des Alten fesselte. Vielleicht wäre er sogar erzürnt, wenn sie ihn störte. Also widmete sie sich dem Frühstück und brach danach auf, um ihren Rucksack und die leeren Wasserschläuche vom Eingang des Tals zu holen.

Vergeblich hatte Neraida nach der Ausrüstung gesucht, die sie am Vortag zurückgelassen hatte, als sie erschöpft das Tal der Sieben Säulen erreichte. Vermutlich hatte der alte Prophet die Sachen an sich genommen und längst in Sicherheit gebracht.

Ziellos wanderte sie zwischen Büschen und Palmen umher und erklomm schließlich einen flachen Felsen. Es war an der Zeit, sich Gedanken darüber zu machen, was sie mit ihrem weiteren Leben anfangen wollte. Bis gestern war ihr Sinnen allein darauf ausgerichtet gewesen, lebend bis an diesen Ort zu kommen, um dem Wächter des Tals das heilige Artefakt aus dem geschändeten Bethaus zu bringen. Doch was sollte sie nun tun? Sie konnte unmöglich für immer hierbleiben. Ein Leben in Einsamkeit würde sie nicht ertragen. Sie brauchte eine Aufgabe – aber wozu taugte sie schon? Sicherlich hatte sie bewiesen, daß sie eine gute Salzgängerin war, doch jetzt, da die Feinde Unau besetzt hielten, lag auch der Salzhandel in der Hand der Ungläubigen, und einem Al'Anfaner hülfe sie niemals. Lieber verhungere ich, dachte Neraida. Sonst hatte sie nur Erfahrung in der Verrichtung jener Arbeiten, die im Haus eines reichen Mannes anfielen. Doch in der Khom würde sie keinen neuen Herren finden. Wer reich war, leistete sich Sklaven und keine Diener. Jedenfalls keine Diener für Küchenarbeiten. Vielleicht sollte sie ins Kaiserreich der Heiden ziehen und zusehen, ob sie dort nicht einen Dienstherrn fände oder …

Während Neraida vor sich hinbrütete, war ihr Blick ziellos über die Felsen und die blendende Salzkruste des Wadi Gehenna geglitten. Doch jetzt hatte etwas ihre Aufmerksamkeit gefesselt. Etwas, das sie zunächst nur unbewußt wahrgenommen hatte und das nur langsam in ihr Bewußtsein vorgedrungen war. Im Schatten der östlichen Steilwand bewegte sich eine Kolonne von Reitern, die ihre erschöpften Pferde am Zügel hinter sich herzogen. Sie mochten noch etwa eine halbe Meile entfernt sein. Und es waren viele! Nicht drei oder vier. Nicht zehn oder zwanzig. Mindestens hundert Krieger kamen durch das Wadi und bewegten sich auf das verborgene Tal zu. Sie waren zu weit entfernt, als daß Neraida sie deutlich erkennen konnte, doch auch wenn sie nicht das Banner des Raben oder ein anderes Feldzeichen führten, so trugen sie unverkennbar die dunklen Waffenröcke Al'Anfas.

In ihrer ersten Panik überlegte Neraida, ob sie in die Felsen fliehen sollte. War es möglich, daß die Al'Anfaner ihr gefolgt waren? Der Gedanke hatte sie schon auf dem Weg durch die Salzwüste gequält. Schließlich war es auch Abu Dschenna gelungen, ihr und den anderen über den Chichanebi zu folgen, und über welche Magier mußte erst ein Heer verfügen, das gekommen war, das Land der Ersten Sonne der Herrschaft des Patriarchen zu unterwerfen! Hatten sie nicht schon in der Schlacht am Szinto üble Zauber benutzt, um die stolzen Wüstenreiter zu besiegen? Doch was führte sie ausgerechnet hierher? Konnte Tar Honak der geheiligte Fußabdruck Rastullahs so wichtig sein, daß er eine ganze Heeresabteilung abstellte, um in den Besitz der Reliquie zu gelangen?

Neraida ließ sich vom Felsen gleiten und schlich geduckt durch ein Dickicht junger Palmen. Erst als sie sicher war, daß man sie vom Wadi aus nicht mehr sehen konnte, richtete sie sich auf und lief los. Sie mußte Almansor finden und aus dem Tal bringen. Gegen eine solche Übermacht konnten sie sich unmöglich verteidigen! Sie konnte nicht verhindern,, daß die Ungläubigen das Tal schändeten. Doch sie konnte den alten Propheten retten.

Wie ein Blitz traf die Salzgängerin die Erkenntnis, weshalb die Heiden auf dem Weg ins Tal waren. Sie suchten gar nicht sie oder die Reliquie! Sie wollten das Tal selbst und womöglich auch den Kopf des Propheten. Das wäre ein Schlag, der den Glauben und den Kampfesmut der Wüstenstämme nicht weniger erschüttern würde als die vernichtende Niederlage am Szinto und die Eroberung Unaus.

Atemlos erreichte Neraida die Quelle, wo Almansor noch immer in seine stumme Zwiesprache mit dem Gott versunken schien. Wie konnte es sein, daß er von dem ganzen Geschehen nichts ahnte? Hatte er nicht behauptet, der Wind und selbst die Felsen sprächen zu ihm?

Ungeduldig packte Neraida den Alten an der Schulter und schüttelte ihn. »Erhabener, wir müssen fliehen! Die Schergen des Raben sind im Wadi und ...«

Almansor blickte mit leeren Augen zur Salzgängerin auf. Er schien immer noch der Welt der Sterblichen entrückt zu sein und nicht zu begreifen, was geschah.

»Bitte, Erleuchteter ...« Neraida schüttelte ihn noch energischer.

Plötzlich kam Leben in die Augen des Propheten. »Weiche von mir, tumbes Weib!« Eine dicke Zornesader schwoll auf der Stirn des Propheten, und sein Blick traf Neraida mit der Schärfe eines Schwerthiebs.

»Aber, wir ...«

»Schweig! Glaubst auch du schon, Rastullah habe sein Volk verlassen? Sogar du, Neraida, die du noch gestern dein Leben gegeben hättest, um das Stück Fels hierher zu schaffen, welches die Spur Gottes trägt. Du enttäuschst mich ...«

Neraida empfand tiefen Respekt vor dem Propheten, doch jetzt war nicht die Zeit für religiöse Debatten. »Wir müssen fliehen. Bitte verzeih, daß ich jetzt nicht die Unterwürfigkeit zeige, die dir gebührt, Erleuchteter, doch dein Leben ist in Gefahr und …«

»Blinde Närrin!« Almansor machte eine Bewegung, als wolle er ihre Worte aus der Luft pflücken und in den Staub schleudern. »Glaubst du wirklich, der einzige Gott lasse zu, daß heidnische Krieger, die ihr Schwert gegen den Kalifen erhoben haben, jemals diesen Platz betreten könnten? Hast du vergessen, was du im Wadi Gehenna gesehen hast? Die Standarte der Ungläubigen, die dort bis zum Ende aller Zeiten als Mahnmal dafür stehen muß, was mit denen geschieht, die sich an den Kindern Rastullahs vergehen. Glaubst du, er würde nicht wieder jeden Frevler ertränken, der dem Chichanebi entkommen ist und versucht, dieses heilige Tal zu entweihen? Neraida, ich bin erschüttert zu sehen, wie schwach dein Vertrauen in Rastullah ist. Nichts ist verloren! Auch wenn sich unsere Krieger am Szinto durch die Ränke des Raben verwirren ließen. Selbst die Eroberung Unaus ist kein Verlust für ein Volk, dem es bestimmt ist, frei wie der Wind durch die Wüste zu ziehen. Verloren sind wir erst, wenn wir schwach im Glauben werden. Sollten wir auch hundert Schlachten verlieren, könnte der Patriarch dennoch niemals triumphieren, solange unsere Krieger den heiligen Zorn Rastullahs im Herzen tragen! Geschlagen ist nur der, der den Glauben daran verliert, wofür er gekämpft hat! Merk dir das, Kind, und handle immer danach.«

Neraida sank auf die Knie, als sie erkannte, wie weit sie sich in ihrer Furcht von Rastullah entfernt hatte und wie sehr all das, was ihr widerfahren war, ihr Gottvertrauen ausgehöhlt hatte. Sie war weit vorangeschritten auf dem Weg in die ewige Verdammnis, und nur Rastullah mochte wissen, ob ihr noch Zeit zur Umkehr blieb. Wie weit sie in ihrer Verderbtheit schon gekommen war, zeigte sich darin, daß sie selbst jetzt noch an die Feinde dachte, die sich durch das Wadi näherten oder vielleicht sogar schon ins Tal eingedrungen waren.

Almansor schüttelte den Kopf, und sein Zorn war vergangen, so wie der Morgendunst den Strahlen der Sonne weicht. In seiner Stimme schwang nur noch Mitleid mit, als er erneut zu Neraida sprach. »Hat dich die Brut des Raben so sehr verschreckt, daß du in jedem Krieger, der sich die Farben der Nacht zum Gewand wählt, einen Schergen des Götzenpriesters Tar Honak siehst? Hast du schon jene vergessen, die dich geschützt und dir den Weg aus der Stadt gewiesen haben, die verloren war? Es sind nicht die Al'Anfaner, die auf dem Weg zu diesem heiligen Ort sind, sondern Scheich Said ben Sahir ben Kasim und die erlesensten seiner Streiter. Sie kommen deinetwegen, Neraida.«

Die Salzgängerin erschrak. Also wußten die Kasimiten schon, was sie getan hatte. Daß sie das Al-Raschid nurayan schah Tulachim dem Raben zur Beute gelassen hatte. Nun, sie würde ihr Schicksal ohne Jammern tragen.

»Es hat mich fast meine ganzen Kräfte gekostet, dem Scheich und seinen Kriegern einen Weg über den Chichanebi zu weisen.« Dem alten Propheten schien Neraidas Niedergeschlagenheit nicht aufzufallen. Zumindest ließ er sich nichts anmerken. »Da man den Salzgängern im besetzten Unau nicht trauen kann, wirst du in Zukunft den Scheich und seine Männer über den See führen. Sie werden vom Chichanebi aus Überfälle auf die Nachschublinien der Al'Anfaner unternehmen und sich danach jedesmal auf den Salzsee zurückziehen, so daß ihnen die Truppen des Patriarchen nicht folgen können. Doch um mit dieser Strategie Erfolg zu haben, sind sie auf deine Hilfe angewiesen, Neraida.«

Die Salzgängerin nickte. »Ich werde tun, was immer du befiehlst, Erleuchteter.«

»Da ist noch etwas.« Zum ersten Mal lächelte der Prophet sie freundlich an. »Sollte dich jemand nach dem Al-Raschid fragen, dann hast du das Buch nie gesehen.«

»Aber das ist doch...«

Almansor winkte ab. »Was diese kleine Notlüge angeht, so wird dir Rastullah sicher verzeihen. Manchmal schadet die Wahrheit nur. Wüßten die Kasimiten, was du getan hast, würden sie dich niemals als Führerin auf dem Salzsee anerkennen. Ja, sie würden dich wahrscheinlich hinter ihren Pferden zu Tode schleifen oder etwas Ähnliches. Daß sie eigentlich gekommen sind, um Krieg gegen die Heiden zu führen, vergäßen sie in ihrer Raserei. Wenn du also willst, daß dir der Frevel vergeben wird, den du begangen hast, als du einen Heiden an diesen Ort brachtest, dann stell deine ganze Kraft in den Dienst des heiligen Kriegs gegen Al'Anfas Götzenanbeter. Nur so kann deine Seele am Ende geläutert werden, und die Pforten zu Rastullahs Gärten werden dir offenstehen, wenn du den letzten Schritt auf diesem Weg gegangen bist.«

Neraida hatte wieder zu ihrer alten Selbstsicherheit zurückgefunden. »So sei es!« entgegnete sie. Das war zwar nicht die Zukunft, die sie sich gewünscht hätte, doch lag ein gerader und ehrenhafter Weg vor ihr.

»Niemals werden wir auf das Wort einer entlaufenen Sklavin hören!« Scheich Said und der Prophet maßen sich mit Blicken. Eine Stunde war es her, seit die Kasimiten die Quelle im Tal der Sieben Säulen erreicht hatten, und während die Krieger mittlerweile ihre Pferde versorgt und sich in den Schatten zurückgezogen hatten, errichtete ein Diener des Scheichs eine kleine Feuerstelle, auf der er Tee kochte.

»Du wendest dich also von Rastullah ab und begrüßt, daß die Heiden Unau plündern und womöglich noch das heilige Keft angreifen werden.« Almansor war dabei, sich in Zorn zu reden. Sein Gesicht verfärbte sich dunkel, und Neraida sah, wie erneut die dicke Ader anschwoll, die ihm über die Stirn lief.

»Und was ist mit dir, Prophet? Du hast mich belogen.

Nie war die Rede davon, daß ich mich dem Wort einer Sklavin unterwerfen müßte ...«

»Du nennst mich einen Lügner, Said!« Almansor war aufgesprungen und drohte dem Scheich mit seinen Stab. »Ich verkünde den Willen Rastullahs, vergiß das nicht! Möge der Eine dich in die tiefsten Abgründe der Niederhöllen schleudern, auf daß du immerdar für deinen Hochmut büßt.«

»Spei nur Gift und Galle, Prophet! Einen Kasimiten wirst du damit nicht erschüttern. Wir sind fest im Glauben und wissen, daß unser Tun richtig ist. Wir sind die ersten Kämpfer Rastullahs, das haben wir immer wieder bewiesen. Solange mir nicht der Gott selbst ein Zeichen gibt, werde ich dir nicht nachgeben. Es gibt viele Salzgänger, warum sollte ich diese Frau anerkennen?«

Neraida wünschte sich, tot am Grund des Salzsees zu liegen. War sie aus Unau geflohen, um sich hier aufs neue demütigen zu lassen?

Almansor hatte die Selbstbeherrschung zurückgewonnen. Ärgerlich schüttelte er den Kopf. »Du hast den Verstand einer Motte, die blind ins Feuer fliegt, ohne die Todesgefahr zu ahnen. Alle aufrechten Salzgänger haben in Unau gekämpft und sind jetzt tot oder in Sklaverei geraten. Diejenigen, die noch leben, haben sich dem Patriarchen unterworfen. Willst du solch ehrlosen Bastarden das Leben deiner Krieger anvertrauen? Sie werden euch alle in den Tod führen und hinterher dem Raben stolz von ihrer hinterhältigen Tat berichten. Ist das der Weg, den du zum Ruhme Rastullahs beschreiten willst? Glaubst du, daß der eine Gott dich in seinen himmlischen Gärten willkommen heißen wird und dir dafür dankt, daß du hundert seiner tapfersten Krieger in den Tod geführt hast? Bessere Unterstützung als einen kampflosen Sieg kannst du Tar Honak kaum gewähren.«

Der Sultan wirkte nachdenklich. Er griff nach einem

der kleinen Teegläser, die sein Diener auf einen flachen Stein am Rand des Feuers gestellt hatte. Mit großer Geste schlug er seinen Schleier zurück und schlürfte langsam den grünen Tee. Saids Gesicht war kantig und wirkte fast alterslos, so daß Neraida nicht sagen konnte, ob der Krieger nur dreißig Sommer gesehen hatte oder viel älter war. Unter seinem Turban hatte sich eine Haarsträhne gelöst und war ihm auf die Wange gefallen, als er den Schleier zurückgeschlagen hatte. Sein Haar war lang und weiß wie eine Schwanenbrust. Auch seine Augenbrauen waren schlohweiß. Doch stand die Farbe des Alters in krassem Gegensatz zu dem hellen, ja beinah fanatischen Glanz seiner Augen und dem jugendlichen Klang seiner Stimme. Sein Gesicht war zwar von feinen Falten durchzogen, doch sagte auch das nichts über sein Alter aus, denn wer täglich dem Wind und der Sonne ausgesetzt ist, der verliert schnell die rosige Haut der Jugend.

Der Scheich trug einen knielangen Kaftan aus dunkelblauem Tuch, dazu eine weite Reithose und schwarze Stiefel. Auch Turban und Schleier waren von dunkelblauer Farbe. Wie den meisten Kasimiten schien es auch Said zu gefallen, sich ein düsteres Äußeres zu geben.

Noch immer schwiegen die beiden Männer, und Neraida fühlte sich wie eine in die Jahre gekommene Haremsdame, die auf dem Sklavenmarkt zum Verkauf steht und die niemand mehr haben will. Über ihre Ehre war in dem ganzen Gespräch noch kein Wort gefallen.

»Du stößt dich daran, daß ich eine Sklavin bin, Scheich?« Sie blickte dem Kasimiten offen ins Gesicht, auch wenn es ihr schwerfiel, seinen kalten grauen Augen standzuhalten. Die Salzgängerin konnte nur mit Mühe ein vielleicht falsch gedeutetes Zittern unterdrücken, sosehr war sie in Wut über die beiden. Neraida wußte, was es hieß, sich als Frau in das Gespräch von Männern einzumischen, noch dazu, wenn man von so niederem Stand war wie sie. Doch wozu sonst hatte man sie hier ans Feuer geholt? Nur damit Said die Ware betrachtete, die der Prophet ihm so hartnäckig aufzuschwatzen versuchte? »Würdest du dich denn von einer Freigeborenen über den Chichanebi führen lassen?« Ihre Frage hatte verächtlich geklungen, und zum ersten Mal sah Said sie mit echter Aufmerksamkeit an.

»Eher als von einer Sklavin!«

»Wo liegt der Unterschied?«

»So kann nur eine Sklavin reden.« Die tiefe Stimme des Scheichs klang zornig. »Willst du eine gute Führerin sein, mußt du mehr als nur den rechten Weg kennen. Du mußt verstehen, wie Freie denken, mußt ihren Stolz kennen und ...«

»Glaubst du, es gäbe jemanden, der seinen Herrn besser kennt als ein Sklave? Ein Sklave lebt davon, die Launen und Wünsche seines Gebieters zu ahnen, noch bevor er selbst darum weiß. Ich kann nicht annehmen, was du mir vorwirfst! Es ist falsch, wenn ich deine Männer nur deshalb nicht begleiten soll, weil ich mich angeblich nicht in sie hineindenken kann.«

»Willst du nicht begreifen? Ich habe von Stolz gesprochen. Kein freier Mann wird sich den Befehlen einer *Sklavin* unterwerfen.«

»Du traust also immer noch lieber den wenigen Salzgängern, die in Unau um die Gunst der Heiden buhlen«, mischte sich der Prophet ein. »Narr! Sieh dir Neraida an. Was glaubst du ...«

Die Hand des Sultans war zum Dolch am Gürtel geglitten. »Jeder andere, der mich einen Narren nennt, würde dafür mit seinem Leben bezahlen.«

Almansor ließ sich von den Worten des Kasimiten nicht beirren. »Was glaubst du, warum sie die roten Kaktusdornnarben im Gesicht trägt? Neraida ist die Tochter eines Salzgängers, und soviel ich weiß, gehört ihr Vater zu denen, die jetzt unter dem Rabenbanner dienen. Er hat seine eigene Tochter als Sklavin verkauft.

Glaubst du, ein solcher Mann hielte dir die Treue? Ich kann nur noch einmal wiederholen, was ich dir gesagt habe, Said. Sei kein Narr!«

Der Scheich massierte mit Daumen und Zeigefinger seine buschigen Augenbrauen und brütete stumm vor sich hin. Es schien, als habe der Prophet es verstanden, Zweifel in ihm zu wecken. Doch hülfe das? Neraida erinnerte sich noch zu gut an die Kasimiten, die sie aus Unau geschafft hatten. Im Vergleich zu einer Tat, die nur vielleicht ehrenrührig sein könnte, war der Tod für sie immer das geringere Übel. Selbst wenn sich der Scheich doch noch entschlösse, sie zu anzuerkennen, dann nur deshalb, weil bei ihm letzten Endes die Vernunft gesiegt hatte – oder die Furcht davor, von Almansor verflucht zu werden, wenn er dem Rat des Propheten nicht gehorchte. Doch das wollte Neraida nicht! Bloß geduldet zu sein … Immer wieder geringschätzige Blicke zu spüren. Auch sie hatte ihren Stolz!

»Du sagtest, daß du ein Zeichen Rastullahs willst, um mich anerkennen zu können. Auch ich erkläre mich damit einverstanden. Ich unterwerfe mich einem Gottesurteil.«

Die beiden Männer blickten sie verwundert an. Mit dieser Wendung hatte offensichtlich keiner von ihnen gerechnet, und das gefiel Neraida. Sie hatte nicht vor, andere über ihr Schicksal bestimmen zu lassen.

»Wie stellst du dir das Gottesurteil vor?« fragte der Scheich lauernd.

»Du störst dich doch sosehr daran, daß ich einen Sklavenring trage. Befrei mich von ihm.«

»Närrisches Weib!« Der Kasimit lachte laut auf. »Glaubst du wirklich, ich würde dich von deinem Schandmal befreien? Nie und nimmer!«

»Ich denke, du urteilst vorschnell, Sultan. Sieh diesen Sklavenring, das eiserne Band, das sich seit zehn Jahren um meinen Nacken schließt. Selbst wenn ich es ablege, die Narben, die mir der Ring ins Fleisch geschnitten hat, werde ich mein Leben lang tragen. Doch vielleicht währt mein Leben ja nicht mehr lange. Ich wünsche, daß du deine Männer zusammenrufst, wenn du es wagst, an mir ein Gottesurteil zu vollziehen. Mit deinem Khunchomer sollst du mir den Sklavenring zerschlagen. Ist es Rastullahs Wille, daß ich dich auf dem Chichanebi führe, dann wird er deine Hand sicher leiten. Solltest aber du im Recht sein, Scheich, und dein Schlag geht fehl, dann brauchst du nicht mehr mit dem ehrwürdigen Propheten zu streiten. Der Grund eures Zwistes ist dann aus der Welt geschafft.«

»Das ist…« Almansor fehlten die Worte. »Das ist gotteslästerlich, Rastullah auf so niederträchtige Weise herauszufordern!«

»Nein, es ist eine gute Idee.« Scheich Said bedachte Neraida mit einem zweideutigen Lächeln. »Die Sklavin hat einen Weg gefunden, den ich gehen würde, wenn du mir noch einmal denselben Rat erteilst, Erleuchteter. Schließlich stünde es mir schlecht an, den Worten einer Unfreien zu folgen.«

»Ich werde diesen Wahnsinn nicht unterstützen.«

»Und ich werde nur dann mit den Kasimiten ziehen, wenn auch dem letzten von ihnen klar ist, daß es Rastullahs Wille ist, daß ich sie führe«, entgegnete Neraida kühl.

Almansor raufte sich den Bart und rollte mit den Augen. »Rastullah, was habe ich getan, daß du mich mit solchen Menschen strafst?«

Schließlich erhob sich der Prophet. »Ich werde mich nun in die Felsen zurückziehen, um im Gebet Zwiesprache mit Rastullah zu halten. Morgen werde ich wiederkehren und dir mitteilen, was der Gott entschieden hat.«

Neraida war sich nicht mehr so sicher, ob ihr Vorschlag vom Vortag wirklich so gut gewesen war. Was wäre, wenn der Scheich plante, absichtlich danebenzuschlagen, um sie zu töten, damit es für ihn keinen Grund mehr gäbe, mit dem Propheten zu streiten? Die Salzgängerin kauerte neben dem Schlangenbecken bei der Quelle und schaute zu Said hinüber. Der Krieger war jetzt wieder verschleiert. Er saß vielleicht zehn Schritt von ihr entfernt. Mit langsamen, gleichmäßigen Bewegungen führte er einen Schleifstein an der Schneide seines Khunchomers entlang. Das gleichförmige schabende Geräusch, das der Stein auf dem Metall verursachte, würde sie noch in den Wahnsinn treiben. Hoffentlich war er bald fertig mit der Prozedur. Aus den Augenwinkeln beobachtete sie einige der anderen Kasimiten, die sich in weitem Kreis um die Quelle versammelt hatten. Ihnen schien das Geräusch nicht das geringste auszumachen. Sie alle standen oder saßen völlig still und schauten dem Scheich zu. Das Schaben nahm kein Ende. Neraida hatte das Gefühl, als würde man ihr das Mark aus den Knochen kratzen. Jedes ihrer Haare sträubte sich, und sie ballte die Hände zu Fäusten. Die Salzgängerin mußte an das Lächeln denken, mit dem sie der Kasimit bedacht hatte, als er auf ihren Vorschlag eingegangen war. Sie war jetzt fast sicher, daß er sie töten wollte. Doch würde Rastullah das zulassen? Würde der Gott dulden, daß an diesem heiligen Ort ein kaltblütiger Mord geschah?

Das Kratzen des Schleifsteins war verstummt. Neraida blickte zu Said. Der Kasimit legte den langen grauen Stein neben sich in den Sand und erhob sich. Spielerisch ließ er die Klinge durch die Luft wirbeln und verharrte dann plötzlich, von einem Augenblick zum anderen.

»Bist du bereit?« Almansor war neben sie getreten. Er hatte seine Frage so laut gestellt, daß jeder in dem weiten Kreis die Worte gut verstehen konnte.

»Ja.« Neraida hoffte, daß niemand das leichte Zittern in ihrer Stimme gehört hatte. Noch vor Morgengrauen war der Prophet zu ihr gekommen und hatte ihr erklärt, Rastullah habe ihm die ganze Nacht lang kein Zeichen gegeben, das gegen das Gottesurteil spräche. Das Gesicht des Propheten war grau und ausdruckslos gewesen, als er zu ihr gesprochen hatte, und als sie ihn schließlich gefragt hatte, was ihn sosehr quälte, hatte Almansor ihr gestanden, daß es auch kein Zeichen dafür gegeben habe, daß der Gott ihr Treiben gutheiße.

Neraida legte den Kopf auf den Rand des Schlangenbeckens. Der grüne Stein war noch kalt von der Nacht. Leise sandte sie ein Stoßgebet zum Himmel und bat alle neun Frauen Rastullahs um Hilfe. Wenn es um Leben und Tod ging, war es nicht gut, auch nur eine von ihnen unbeachtet zu lassen.

Hätte sie gestern nur den Mund gehalten! Jetzt war es ihr keineswegs mehr gleichgültig, ob sie den nächsten Sonnenaufgang noch erlebte. Welch ruchloser Dämon hatte ihr nur diese törichten Worte in den Mund gelegt? Dämonisches Wirken an diesem heiligen Ort? Nur so war das erzürnte Schweigen Rastullahs zu erklären.

»Wende deinen Kopf zur Seite, so daß deine rechte Wange flach auf dem Stein liegt, sonst ist es unmöglich, meinen Schlag so zu führen, daß ich dich nicht verletze.« Der Kasimit sprach kalt und leidenschaftslos. Klang so die Stimme eines Mörders?

Neraida spürte, wie an ihrem Sklavenring gezogen wurde. Das Scharnier, das die eiserne Fessel verschloß, mußte jetzt knapp unter ihrem Nacken auf dem Stein liegen.

»Es ist ja kaum ein Finger breit Platz zwischen ihrem Hals und dem Ring. Wie in Rastullahs Namen willst du vermeiden, sie mit deinem Schwertstreich zu verletzen, Said?«

Der Prophet und der Scheich standen jetzt schräg hinter ihr, so daß Neraida sie nicht sehen konnte. Wenigstens würde sie dann auch nicht sehen, wie Said zuschlug. Bei dem Gedanken an den kalten Stahl der Waffe durchlief die Salzgängerin ein Angstschauer.

»Es ist nicht an mir, darüber nachzudenken, was ich tue. Rastullah wird meine Hand führen, und wenn nicht, dann bekommt diese Närrin nur das, was sie verdient.«

Neraida biß sich auf die Zunge. Diese Stimme! Der Schmerz sollte ihre Gedanken an den Kasimiten vertreiben. Sie war sich jetzt ganz sicher, daß der Scheich sie töten würde. Ein betäubendes metallisches Klingen ertönte und vertrieb alle Gedanken. Noch immer lag Neraida mit der Wange auf dem kalten Steinbecken. Etwas streifte ihren Nacken. Sie sah, wie einige der Kasimiten, die sich um die Quelle versammelt hatten, aufsprangen und etwas riefen, doch Neraida konnte kein Wort verstehen. Dann packte sie jemand unter den Armen. Sie wurde auf die Beine gezogen. Almansor redete auf sie ein, doch noch immer wollte das metallische Klingen nicht aus ihren Ohren weichen. Der verschleierte Sultan hatte einen seltsamen Ausdruck in den Augen. Dann griff auch er nach ihr, um sie zu stützen. Der Prophet legte ihr seinen Umhang um die Schultern, und gemeinsam führten die beiden sie von den jubelnden Männern fort. Die Salzgängerin verstand nicht, was das alles bedeuten sollte. Sie hatte die Kraft, allein zu gehen. Warum stützten die beiden sie, nachdem doch Almansor selbst einen Stock brauchte, um sich auf den Beinen zu halten? Ihr fehlte nichts – da war nur das unerträgliche Klingen, das einfach nicht verhallen wollte.

»Was soll das? Laßt mich los! Warum schafft ihr mich weg?«

Der Prophet antwortete etwas, doch Neraida sah nur, wie sich seine Lippen bewegten. Noch immer hörte sie keines seiner Worte. Und dann spürte sie, daß etwas Warmes ihren Rücken und ihre Beine hinunterlief. Hatte Said doch danebengeschlagen? War sie dem Tode nahe, und war das der Grund, warum sie nicht mehr verstand, was um sie herum geschah? Nein, das durfte nicht sein! So hatte sie sich den Tod nicht vorgestellt! Und wenn sie denn sterben mußte: Warum hatte der Schlag sie nicht sofort getötet? Was war nur mit ihr geschehen?

Melikaes Atem ging stockend, und stolz hob sie das Haupt. Ihr Tanz hatte an ihren Kräften gezehrt. Hauptmann Olan war von seinem Lager aufgesprungen und applaudierte leidenschaftlich. »Wunderbar! Großartig! Noch nie habe ich einen so vollkommenen Tanz gesehen. Es war wie Magie. Ich glaubte, eine ganze Kapelle spielen zu hören, dabei ...«

»Manchmal kann einem die Liebe die Sinne verwirren.« Melikae schenkte dem bärtigen Al'Anfaner einen scheuen Blick. Gleichzeitig gab sie dem Flötenspieler einen Wink, sie alleinzulassen.

»Unsere Weisen erzählen, daß der, der die Frau tanzen sieht, die Rastullah ihm bestimmt hat, eine überirdische Musik hören wird.«

»Ja, genau so war es. Ich ... Ich weiß nicht, wie ich es in Worte fassen soll. Ich glaube, Worte sind gar nicht in der Lage, das Wirken von Göttern zu beschreiben. Auch wenn es gotteslästerlich ist, aber eben glaubte ich, Rahja selbst tanze für mich.«

Melikae tat verwundert und wich ein wenig vor ihm zurück. »Ihr habt es also auch gehört?« Die Musik war Bestandteil der Magie, die sie mit ihrem Tanz gewirkt hatte, doch das sollte der Al'Anfaner nicht wissen.

»Ich küsse den Boden, auf dem du schreitest, Unvergleichliche! Ich möchte das Lager sein, auf dem du ruhst, und sollte es mich das Leben kosten, so wäre die Aussicht, dich nur einmal in meinen Armen zu halten, jedes Opfer wert. Ich ...«

Es war schon erstaunlich, welchen Unsinn Männer, betört von der Magie, daherreden, dachte Melikae. Olan war ohne Zweifel gebildet. Seine hohe Stirn, sein edles Auftreten, seine – zu anderen Zeiten – geschliffene Rede, all das sprach dafür, daß er aus einer der reichen Familien Al'Anfas stammte. Doch auch er war nicht besser als die anderen heidnischen Schlächter. Vornehme Erziehung, Bildung ... das war nur Blendwerk! Hinter seiner Maske war er nicht weniger eine Bestie als ein jeder Krieger des Raben. Vor zwei Tagen hatte Melikae – wie alle Bewohner der Stadt – mitansehen müssen, wie auf Befehl des Patriarchen einige Rebellen hingerichtet wurden. Olan hatte dabei das Kommando geführt und die Henkersknechte angewiesen, was zu tun sei, um die Qualen der Opfer möglichst zu verlängern. Konnten Kinder Rebellen sein? Nicht einmal ihnen hatte Olan die Folter erspart.

»Sag an, meine Holde, du strahlender Mond in meinen Träumen, darf ich hoffen, daß du meine Liebe erwiderst? Auch du hast die göttliche Melodie vernommen. Ist das nicht ein Zeichen dafür, daß wir beide füreinander bestimmt sind?«

»Ja, es ist wahr, auch ich empfinde ein starkes Gefühl für dich.« Das ist nicht einmal gelogen, dachte Melikae höhnisch. »Doch ich bin eine ehrbare Frau, auch wenn man sich in der Stadt anderes über mich erzählt. Und Ihr, mein Wüstenlöwe, steht in Waffen vor mir, weil Euch der Patriarch befohlen, hat, Eure Männer auf einen Erkundungsritt zu führen. Ich tanzte nur ...« Melikae zögerte und blickte auf das Lager mit seinen prächtigen goldbestickten Kissen.

»Was, o bitte, sag mir, was du denkst, schönste aller Frauen.« Der Hauptmann kniete vor Melikae nieder. »Warum hast du getanzt? Sei nicht so grausam! Du weißt nicht, welche Folter es für mein Herz ist, über deine Gedanken im ungewissen zu bleiben.«

Wie kannst du nur so leichtfertig von Folter reden, Kindsmörder? Ich wünschte, ich könnte dir antun, was du auf dem Platz vor dem Bethaus den Kindern angetan hast, dachte sie bitter. »Ich habe für Euch getanzt, weil ich hoffte, Ihr dächtet dann auf Eurem Weg in die Berge noch an mich, denn … Auch mein Herz steht in Flammen, wenn ich Euch nur von Ferne sehe, Olan. Und ich wünschte …« Sie schüttelte den Kopf. »Nein, ich kann nicht davon reden. Es ist zu …«

»Was ist, Liebste? Wovon kannst du nicht reden? Was betrübt dich?«

»Es ist ein alter Brauch bei uns, daß der Mann, der eine Frau verehrt, ihr ein besonderes Geschenk macht. Erst dann darf die Frau sich seiner Liebe geneigt zeigen. Das Geschenk ist gleichbedeutend mit einem Heiratsversprechen. Doch es war vermessen von mir, daran auch nur zu denken. Ihr Al'Anfaner tretet jeden unserer Bräuche mit Füßen und verbietet uns sogar, zu Rastullah zu beten. Ich …«

»Sehe ich aus, als sei mein Herz eine Feste von Eis? Du mußt verstehen, wenn der Patriarch streng zu sein hat, um dich und die Deinen von ihrem Irrglauben an den Götzen Rastullah abzubringen. Wer falsche Götter anbetet, stärkt damit die verderblichen Kräfte jener Dämonen, die darauf lauern, die himmlische Ordnung der Zwölfgötter zu zerstören. Doch darin, einer schönen Frau eine Liebesgabe zu bringen, kann ich keine Gefahr entdecken. Es ist ein schöner Brauch. Sag mir, was dein Herz begehrt, was immer es auch sei. Für dich würde ich selbst den Himmel erstürmen, um nächtens die silberne Scheibe des Madamals zu stehlen und dir zu Füßen zu legen.«

Melikae zog den Schleier, den sie auch während des Tanzes nicht abgelegt hatte, ein wenig höher, so daß nur ihr Augenpaar noch zu sehen war. »Schenk mir eine Azila, eine wilde Rose aus den Bergen. Dort wachsen sie schöner als selbst in den prächtigsten Palastgärten, denn sie brauchen Wildnis und Einsamkeit. In den Bergen gibt es ein Tal, in dem zu dieser Jahreszeit Hunderte von Rosen blühen. Bringst du mir von deinem Ritt diese Gabe mit, soll dein Werben Erfüllung finden. Doch mußt du sie wirklich im Tal der Rosen pflücken, denn nirgendwo sonst in den Bergen erblüht die Azila in solcher Schönheit. Deshalb würde ich auch sofort erkennen, wenn du versuchen solltest, mich zu betrügen, weil dir der Weg bis ins Tal der Rosen zu weit war.«

»Einzig vollkommene Schönheit ist ein angemessenes Geschenk für vollkommene Schönheit. Sag mir, wo dieses Tal liegt, und ich werde dir in jener Nacht, in der du meiner Liebe deine Unschuld schenkst, ein Lager von Rosen bereiten.« Noch immer lag Olan auf Knien vor ihr, und seine Augen glühten, als hätte ihn ein Fieber ergriffen.

»Fünf Meilen westlich der Stadt findest du einen verfallenen Palast aus der Zeit, als noch die Soldaten des Kaisers in Unau herrschten. Hinter ihm beginnt ein schmaler Weg, der tief in die Berge führt und schließlich im Tal der Rosen endet. Du kannst es nicht verfehlen.«

Olan erhob sich und küßte den Saum ihres Schleiers. »Noch bevor am morgigen Abend die Sonne den Horizont berührt, werde ich zurück sein, meine Geliebte. Dann werde ich dich in Rahjas Reich entführen, um dich all die tausend Genüsse zu lehren, die die Göttin der Liebe ihren Auserwählten zu schenken vermag.«

Der Hauptmann griff nach seinem federgeschmückten Helm, den er auf ein niedriges Tischchen neben dem Lager gestellt hatte, und eilte davon. Eine Weile noch hörte Melikae den Klang seiner schweren Reitstiefel. Dann war es still. Als sie sicher war, daß Olan den Palast verlassen hatte, machte sich die Sharisad auf die Suche nach dem Flötenspieler.

»Wir sollten keine Taube mehr in die Berge schicken.« Asif blickte besorgt zur Unterstadt hinab. »Man sagt, der Patriarch habe einige Falkner kommen lassen. Jedenfalls scheinen sie zu wissen, wie wir unsere Nachrichten weitergeben. Sogar die Feggagir werden überwacht.«

»Aber wir müssen unseren Freunden eine Nachricht zukommen lassen. Wenn Olan und seine Männer sie überraschen ...«

»Dazu wird es nicht kommen. Vor Einbruch der Dunkelheit können sie das Tal nicht erreichen. Sie sind zunächst einmal Richtung Norden geritten. Angeblich hat man einen Trupp Reiter auf dem Salzsee gesichtet. Sie sollen überprüfen, ob diese Nachricht wahr ist. Erst danach wird der Hauptmann in die Berge reiten.«

»Aber es sind dir doch alle Wege versperrt.«

Der Flötenspieler lächelte. »Ich wäre nicht der beste Dieb der Stadt, wenn ich nicht trotz aller Wachen aus Unau herauskäme. Ich werde mich nur bis zur Djer Al'Melachim durchschlagen. In den Ruinen der alten Festung wartet ein Reiter der Rebellen auf mich. Wünsch mir Glück, Melikae.« Der Flötenspieler schenkte ihr einen seltsamen Blick.

»Und wenn wir doch eine Brieftaube schicken?«

Asif schüttelte den Kopf. »Das ist zu gefährlich. Wenn sie abgefangen wird, weiß der Patriarch, daß du eine Verräterin bist. Wir brauchen dich noch, Melikae. Du bist die einzige von uns, die Kontakt zu den Offizieren Tar Honaks hat. Nur durch dich erfahren wir, was der Rabe als nächstes plant. Seine Truppen rüsten zum Aufbruch, und niemand weiß, wohin er sich wenden wird. Sollte er jetzt Keft angreifen, wäre die heilige Stadt verloren. Geh also kein unnötiges Risiko ein. Und wenn die Nachricht von Olans Tod eintrifft, dann leg Trauergewänder an und beklage sein schreckliches Ende.«

»Man wird mich steinigen, wenn ich das tue. Die Hälfte meiner Sklaven ist mir in den letzten zwei Gottesnamen fortgelaufen, weil sie keiner Verräterin dienen wollten, und Sulibeth, meine alte Lehrerin, ist vor Gram über mich gestorben. Du hast doch selbst erlebt, was geschah, als ich ihr die letzte Ehre erwiesen habe und ihren Trauerzug zum Beinfeld vor die Stadt begleitete. Man hat mich angespuckt und mit Unrat beworfen. Ich werde von den Bürgern fast genausosehr gehaßt wie der Patriarch.«

Asif ergriff ihre Hände und blickte sie durchdringend an. »Du darfst jetzt keine Angst haben. Du bist unsere wertvollste Spionin. Außer mir weiß nur noch Scheich Dscherid, von wem wir unsere Informationen bekommen, und so muß es auch bleiben. Was glaubst du denn, wie viele von den scheinbar so ehrbaren Händlern und Handwerkern mit Freuden den Namen eines Spions preisgäben, um ihre Frauen und Kinder vor Folter und Sklaverei zu bewahren? Mach weiter wie bisher, stell dich ganz offen auf die Seite der Eroberer. Dafür wird man dich zwar hassen, aber niemand käme auf den Gedanken, daß ausgerechnet du für uns spionierst.«

Müde blickte Melikae auf die weißgekalkten Häuser der Unterstadt. Aus der Höhe sahen sie aus wie ein Labyrinth aus ineinander verschachtelten Rechtecken und Quadraten und nicht wie eine Stadt. Asif hatte leicht reden. Er wußte nicht, wie es war, den Haß einer ganzen Stadt zu ertragen. Ahnte er ihre Ängste überhaupt? Jede Nacht, wenn sie sich zur Ruhe legte, brauchte sie Stunden, um Schlaf zu finden. Ängstlich lauschte sie auf das kleinste Geräusch im Palast, immer darauf gefaßt, daß sich ein Sklave mit einem Dolch in ihr Gemach schleichen könnte, um ihrem Leben ein Ende zu bereiten.

»Ich werde mich nun auf den Weg machen, und denk an meine Worte, Melikae.«

»Möge Rastullah über deinen Schritten wachen, Asif.«

»Auf daß er der *einzige* sei, der über meinen Schritten wacht!« Der Flötenspieler grinste sie breit an, dann wandte er sich um und verließ das Gemach.

Wie gern wäre ich wie er, dachte Melikae. Sie fühlte sich in ihrem Palast gefangen und haßte die Rolle, die ihr im Kampf gegen die Al'Anfaner zugefallen war. Sie hatte sich das alles ganz anders vorgestellt. Sie war keine Heldin, sondern wurde verachtet. Hure und Schlimmeres nannte man sie hinter ihrem Rücken, und es gab niemanden außer dem Flötenspieler, dem sie sich anvertrauen konnte. Noch nie in ihrem Leben war sie so einsam gewesen.

Unruhig wartete Melikae in einem der prächtigen Säle des Sultanspalastes von Unau. Vier Kriegsleute – drei Frauen und ein Mann – in schwarzen Lamellenpanzern und mit riesigen Schilden gewappnet, bewachten die beiden Portale, die aus dem Saal führten. Sie trugen Waffenröcke, die das Wappen des Raben zeigten. Von Olan wußte Melikae, daß diese Soldaten zu den Tempelwachen des dunklen Götzen Boron gehörten. Sie galten als gnadenlos und völlig ergeben. Deshalb wurde auch nur ihnen die Ehre zuteil, über das Leben des Hohenpriesters Tar Honak zu wachen.

Mit blanken Schwertern standen die Kriegsleute vor den beiden Portalen, jederzeit zum Kampf bereit. Furchteinflößender aber als die gezogenen Waffen waren die geschlossenen schwarzen Helme, die Rabenköpfen nachempfunden waren und den Wachen das Aussehen von Dämonen verliehen.

Drei Tage waren vergangen, seit Hauptmann Olan mit seinen Reitern aufgebrochen war. Seitdem hatte keine Nachricht von ihm Unau erreicht. Doch dann war vor einer Stunde einer der schwarzgewappneten Ordenskrieger in Melikaes Palast erschienen und hatte sie aufgefordert, ihm zu folgen, denn Patriarch Tar Honak verlangte, sie zu sehen. Der Sharisad war fast das Herz stehengeblieben, als sie die Botschaft erhielt. Fieberhaft hatte sie überlegt, wie sie ihrem Schicksal entfliehen konnte. Doch jeder Fluchtversuch wäre sinnlos gewesen. Sie wußte nur zu gut, daß mehr als zweitausend Al'Anfaner in der Stadt lagen und jeder Weg hinaus von Dutzenden von Kriegern bewacht wurde. Man mußte schon Asif heißen, um durch dieses feinmaschige Netz schlüpfen zu können. Deshalb hatte Melikae sich entschieden, ihr prächtigstes Gewand anzulegen und sich Tar Honak zu stellen. Sie wollte auf dem Weg in den Tod Stolz und Ehre beweisen. Auch wenn sie genau wußte, daß ihr in der Stadt niemand nachtrauern würde, wenn sie für ihren Verrat hingerichtet würde. Erst als sie dem Soldaten auf die schlammigen Straßen der Oberstadt gefolgt war, hatte sie ihre Angst überwunden. Mit hocherhobenem Haupt schritt sie vorbei an den rußgeschwärzten Ruinen und verwüsteten Gärten, wo die fremden Soldaten ihre Pferde weiden ließen. Überall auf den Straßen begegnete man kleinen Gruppen von Kriegern, und mancher Söldner blickte Melikae und ihrem Leibwächter neugierig hinterher.

Dem Regen des Nachmittags war ein eisiger Wind gefolgt, der von den Bergen im Osten herabwehte, so daß Melikae vor Kälte zitterte, als sie endlich den Palast erreichte. Der Saum ihres Kleides war mit Schmutz bespritzt, und sie fühlte sich unscheinbar und häßlich, als ihre Wächter sie schließlich in der Halle vor Tar Honaks Gemächern der Obhut seiner Kameraden übergab.

Noch immer glomm ein Funke der Hoffnung in ihr, ihrem Schicksal vielleicht entgehen zu können. Bislang hatte außer Abu Dschenna kein Mann ihr zu widerstehen vermocht. Und auch Tar Honak war nur ein Mann! Vielleicht erläge auch er ihrem Zauber, selbst wenn sie kaum Gelegenheit hätte, für ihn zu tanzen. Sie wußte, daß der Befehlshaber der Al'Anfaner die Farbe der Nacht liebte. So hatte sie ein langes schwarzes Kleid mit Perlenstickereien angelegt. Dazu trug sie ein schlichtes schwarzes Kopftuch und einen halbdurchscheinenden Schleier. Um die Hüften hatte sie einen mit Dutzenden von Goldmünzen geschmückten dunkelblauen Gürtel geschlungen. Bei jedem Schritt klingelten leise die Münzen und die mit Glöckchen versehenen feinen Kettchen, die Melikae um die Fußknöchel trug.

Sie war barfuß in den Palast gekommen, um trotz der Pracht ihrer Kleider ihre Demut gegenüber dem Hohenpriester des Boronkultes zu beweisen. Doch Plünderer hatten den Palast all der kostbaren Teppiche beraubt, für die er einst einmal berühmt gewesen war, so daß Melikae auf kaltem Marmor stand, als sie auf die Audienz wartete.

Vielleicht waren es nur ihre bangen Ahnungen, die sie empfänglich für den kalten Atem des Todes machten. Was mochte Tar Honak von ihr wollen? Immer wieder blickte sie zu dem hohen Portal mit seinen mächtigen bronzebeschlagenen Flügeltüren, hinter denen die Gemächer des Eroberers lagen. Selbst an den Türen hatten sich die Plünderer vergangen und allen Schmuck aus Perlen und Opalen, Türkis und Blutkoralle, der ursprünglich einmal die Bronzepforten geziert hatte, herausgebrochen und zum Einsatz beim Knöchelspiel gemacht.

Als sich endlich das Tor öffnete, trat eine mittelgroße Frau mit langem blonden Haar aus dem Gemach. Sie trug eine kostbar ziselierte Plattenrüstung und darüber einen ärmellosen weißen Mantel. In der Linken führte sie ein schlankes Tuzakmesser, das in einer mit Edelsteinen üppig verzierten Scheide steckte. Überhaupt schien es der schönen Offizierin Freude zu bereiten, mit ihrem Reichtum zu prahlen. So trug sie über der Rüstung eine breite Kette mit protzigen Smaragden und dazu passend einen ähnlichen Gürtel. Geradezu bescheiden nahm sich im Vergleich dazu ein Amulett aus, das einen weißen und einen schwarzen Rabenkopf zeigte.

Für einen Augenblick verharrte die Offizierin vor

Melikae und musterte die Sharisad mit ihren grünen Augen. »Frischfleisch.« Das Wort war mehr eine Feststellung als eine Frage, und ohne ihr noch weiter Beachtung zu schenken, eilte die blonde Frau davon.

In der Bronzepforte, die nicht wieder geschlossen worden war, stand ein Mann in schwarzer Kutte und winkte der Sharisad zu. »Der Patriarch will dich jetzt sehen. Er erwartet dich auf der Terrasse.«

Melikae deutete eine kurze Verbeugung an und trat ein. Selbst im Gemach des Patriarchen waren die Spuren der Plünderer unübersehbar. Doch offensichtlich hatten sich Diener und Sklaven, die im Troß der Armee folgten, bemüht, das große Zimmer wieder in einen Zustand zu versetzen, der den Ansprüchen Tar Honaks genügte. Man hatte Bahnen aus schwarzem Stoff vor die Wände gespannt und eine von vier hohen Pfosten umfriedete breite Bettstatt hereingeschafft. Die Seidenbanner der Soldaten des Sultans von Unau und der geschlagenen Spahija des Kalifen hingen von der Decke. Dunkle Flecken auf dem Fahnentuch zeugten von dem Preis, den die Standartenträger für die Ehre ihrer Herrscher gezahlt hatten.

Getrennt durch einen mehr als mannshohen, aus etlichen Glastäfelchen zusammengesetzten Spiegel führten auf der dem Bett gegenüberliegenden Seite zwei kleine Türen auf die Terrasse. Beide standen offen; eine leichte Brise wehte in das düstere Gemach und bewegte sanft und unheimlich zugleich die Stoffbahnen an den Wänden und die Fahnen an der Decke. Fast glaubte Melikae, die bedrückende Gegenwart des dunklen Gottes, den die Al'Anfaner anbeteten, in diesem Raum zu spüren, und sie war dankbar, daß der Patriarch sie auf der Terrasse erwartete, so daß sie hier nicht länger verweilen mußte.

Eilig durchquerte sie das Gemach und trat auf die weite Plattform, die im Osten bis an die Stadtmauer reichte und mit den Verteidigungsanlagen der Oberstadt verschmolz. Dort, ganz am Ende, stand eine breitschultrige, hochgewachsene Gestalt in einem bodenlangen schwarzen Pelzmantel und blickte nach Osten zu den Unauer Bergen. Neben ihm ruhte eine mit Eisenbändern beschlagene Truhe auf der Mauerbrüstung, wie man sie zum Transport von Schmuck oder größeren Münzsummen benutzte. In respektvollem Abstand zu ihrem Herrn stand ein Dutzend Krieger und Kriegerinnen in schwarzen Rüstungen auf Wache, um den Palastgarten und die Ebene unterhalb der Mauer zu beobachten.

Hätte ich nur einen Dolch unter meinem Kleid verborgen! dachte Melikae. Bislang hatte sie noch niemand nach versteckten Waffen durchsucht, und würde sie dem Patriarchen nur nahe genug kommen, mochte sich vielleicht eine günstige Gelegenheit zum Zustoßen ergeben. Einen Augenblick lang wünschte sich die Sharisad, sie wäre wenigstens ein bißchen wie die kühne Neraida. Die Salzgängerin hätte eine solche Gelegenheit sicherlich nicht ungenutzt verstreichen lassen. Doch solche Gedanken waren müßig. Melikae straffte sich, überquerte die Terrasse und blieb zwei Schritt hinter dem Heerführer der Al'Anfaner stehen. Einer der Krieger war an die Seite Tar Honaks getreten und flüsterte ihm etwas ins Ohr, doch der Patriarch winkte nur ärgerlich ab, und der Soldat entfernte sich wieder. Ohne Melikae auch nur die geringste Beachtung zu schenken, blickte er zu den nahegelegenen Bergen. Die Sharisad ballte die Hände zu Fäusten. Sie war es nicht gewohnt, von Männern nicht beachtet zu werden, und selbst die hochmütigen al'anfanischen Eroberer hatten ihrer Schönheit bislang stets Respekt gezollt.

»Dein Volk ist wie eine lästige Zecke, Tänzerin.« Die Stimme des Hohenpriesters und Heerführers war melodisch und angenehm. Ohne Mühe und fast ohne Akzent sprach er das Tulamidische, und sollten seine Leibwächter die Sprache der Wüstenstämme nicht verstehen, so mußten seine Worte für die Krieger wie ein Kompliment für die Tänzerin klingen.

»Den Leib des lästigen Blutsaugers habe ich längst zerquetscht. Eure Armee ist am Szinto und hier in Unau vernichtend geschlagen worden, und nichts könnte mich daran hindern, ins heilige Keft weiterzuziehen. Und dennoch steckt mir der Zeckenkopf noch immer im Fleisch und vermag mich womöglich gar zu vergiften, wenn ich nicht auch ihn austilge. Der Sultan dieser erbärmlichen Stadt ist den Seinen ebensowenig zu Hilfe geeilt wie der Kalif jenen, die am Szinto ihr Leben für ihn gelassen haben. Noch immer verkriecht sich Chamallah in Mherwed und hetzt mit seinem Haß die Stämme der Wüste gegen mich auf. Und im gottlosen Keft ereifern sich jene senilen Männer, die ihr Mawdliyad nennt, gegen meine gnädige Herrschaft und versuchen, ein Heer von Kameltreibern aufzustellen. Was soll ich also tun? Von wem geht die Gefahr aus? Wo finde ich das Haupt der Zecke, das ich aus meinem Fleisch reißen muß?«

Melikae wußte nicht, ob der Patriarch von ihr wirklich eine Antwort auf seine Fragen erwartete. Sie schwieg, und Tar Honak schien sich wieder ganz seinen Gedanken hinzugeben. Er beachtete sie nicht und blickte unverwandt auf die Berge im Osten.

Langsam empfand die Sharisad die Stille als Bedrohung. Was sollte das bedeuten? Welches Spiel trieb er mit ihr? Hatte er wirklich erwartet, sie werde für ihn entscheiden, ob er zuerst Mherwed, die Stadt des Kalifen, oder das heilige Keft angreifen solle?

Überraschend drehte sich der Heerführer um. Sein Gesicht war blaß und schmal, fast hager mit tiefliegenden grauen Augen. Ein sorgfältig gestutzter Bart zierte seine Oberlippe. Unter dem Pelzmantel trug er eine Kutte aus schwarzer Seide, deren Saum mit goldenenen Rabenköpfen bestickt war. Erst jetzt erkannte Melikae, daß der Patriarch den Mantel aus kostbarem Zobelfell nur auf die Schultern gelegt hatte, und daß er bei weitem nicht so breitschultrig war, wie sie angenommen hatte. Im Gegenteil, der Feldherr und Hohepriester wirkte eher schmächtig. Gar nicht so, wie man sich einen Eroberer vorstellte.

Melikae wich unwillkürlich ein klein wenig zurück, als Tar Honak sich zu ihr umdrehte. Seinen durchdringenden grauen Augen schien eine unheimliche Kraft innezuwohnen. Man sagte, allein seine Magie habe das Heer der Novadis am Szinto vernichtet.

»Fürchtest du mich?« Etwas Lauerndes lag in der Stimme des Patriarchen.

»Hätte ich Grund dazu, Eure Hochwürdigste Erhabenheit?« Melikae war zwar darauf gefaßt, daß ihr der Patriarch jeden Augenblick seine Kenntnis über ihr Komplott offenbarte, aber noch immer glomm ein schwacher Funke der Hoffnung in ihr. Vielleicht hatte es nichts mit dem Verschwinden Olans zu tun, daß Tar Honak sie in den Sultanspalast bestellt hatte. Schließlich hätte er sie auch von irgendwelchen Söldlingen aus ihrem Haus zerren lassen können. Sie mußte darauf achten, ihre Ängste zu verbergen. Und sie durfte den Hohenpriester auf keinen Fall verärgern. Deshalb sprach sie ihn mit seinem selbstgewählten Titel an, auch wenn sie ihn anmaßend und lächerlich fand.

»Was hast du mit dem Hauptmann gemacht, der in deinem Hause zu Gast war?«

»Was werft Ihr mir vor?« Jetzt ist es vorbei, dachte Melikae. Er weiß alles. Sie verschränkte die Hände, damit der Patriarch nicht bemerkte, daß sie zitterten.

»Bevor er mit seinen Männern die Stadt verließ, hat er mir einen versiegelten Brief überbringen lassen.« Tar Honak musterte sie für einen Atemzug schweigend, bevor er fortfuhr. »Er bittet mich darin um die Erlaubnis, dich zum Weib nehmen zu dürfen. Warum? Meine Offiziere können jeden Mann und jede Frau in der eroberten Stadt zum Sklaven nehmen, wenn es sie danach verlangt. Warum hat er das nicht bei dir getan? Was zeichnet dich vor den anderen aus?«

Melikae blickte zu Boden. Ob der Patriarch ihre Erleichterung bemerkt hatte? »Vielleicht liebt er mich«, sagte sie leise.

Tar Honak griff nach ihrem Kinn und zwang die Sharisad, ihm in die Augen zu sehen. »Warum sollte er? Er hätte in Al'Anfa ein Dutzend bessere Frauen als dich haben können, die seiner Familie Ruhm und geschäftliche Verbindungen gebracht hätten. Was hattest du ihm zu bieten? Es heißt, du seist eine Hexe. Hast du ihn verzaubert?«

»Wenn Ihr glaubt, was man auf der Straße von mir erzählt, dann müßtet Ihr auch glauben, daß ich eine Hure bin, weil ich als einzige Frau in dieser Stadt freiwillig einem Eurer Offiziere ein Quartier geboten habe.«

»Vielleicht bist du nur schlauer als andere. Womöglich versuchst du, mir mit geheuchelter Unterwürfigkeit Sand in die Augen zu streuen.« Der Patriarch verzog die schmalen Lippen zu einem bösen Lächeln.

Melikae war wieder verunsichert. Ahnte er vielleicht doch etwas? Entweder gelang es ihr jetzt, überzeugend die besorgte Geliebte zu spielen, oder sie hatte ihr Leben verwirkt. »Ihr seid grausam, Eure Hochwürdigste Erhabenheit. Ihr spielt mit einer Frau, die in Sorge um ihren Geliebten vergeht. Wer auch immer behauptet, ich sei eine Hexe, der lügt. Ich bin lediglich eine Sharisad. Eine unbedeutende Tänzerin, die sich in den Mann verliebt hat, der ihr das Leben schenkte, als Eure Truppen die Oberstadt stürmten.«

Tar Honaks Lächeln erstarb. »Fast wäre es mir lieber, du hättest mir etwas anderes erzählt. Was gibt es Tragischeres als Liebe? Nichts ist ungewisser als die flüchtige Gabe Rajhas.« Ein schwer zu deutender Unterton lag in der Stimme des Patriarchen. Melikae fühlte, daß dessen Worte auf eine hintergründige Art aufrichtig waren, doch die Art, wie er sprach, war kalt, ja, fast hämisch.

»Boron machte mir ein Geschenk für dich, Tänzerin. Es ist in der Truhe hier neben mir. Öffne sie!«

Zögernd trat die Sharisad an die Brüstung. Die Truhe schien unverschlossen. Was hatte das alles zu bedeuten? Wollte der Hohepriester sie prüfen? Wollte er wissen, ob sie ein Geschenk von einem Götzen annahm und so Rastullah beleidigte? Was würde er tun, wenn sie den Mut zur Ablehnung fände?

»Was zögerst du? Verachtest du vielleicht den Gott, der mich zu seinem ersten Diener bestimmt hat?«

»Verzeiht, Eure Hochwürdigste Erhabenheit. Nichts liegt mir ferner, als den mächtigen Boron zu beleidigen. Allein, Ihr habt mich ein wenig verwirrt.« Melikae hoffte inständig, daß Rastullah ihr diese ketzerischen Worte vergeben würde. Doch sie mußte den Argwohn des Hohenpriesters zerstreuen. Wenn ihr das gelänge, hätte sie vielleicht Gelegenheit, weitere seiner Offiziere in den Tod zu schicken. Allein das zählte.

Fast hastig schlug sie den Deckel der kleinen Truhe auf und erstarrte. Sie blickte in die toten weißen Augen Olans. Sein immer so sorgfältig gepflegter Bart war von dunklem Blut verklebt.

»Der Kopf des Hauptmanns lag heute morgen auf den Stufen des Bethauses der Unterstadt. Genau an der Stelle, an der er stand, als er in meinem Namen die Hinrichtung der Verräter kommandierte.«

Melikae wurde übel. Sie hatte den Tod dieses Mannes gewollt. Doch sie hatte nicht damit gerechnet, ihn auf diese Weise noch einmal wiederzusehen.

»Ich denke, du solltest den Brief bekommen, in dem er mich darum bittet, um deine Hand anhalten zu dürfen. Ich habe keine Verwendung dafür.« Tar Honak zog einen sorgfältig gefalteten Brief mit zerbrochenem Rabensiegel aus den Falten seines Gewandes hervor und überreichte ihn der Tänzerin.

»Welch seltsame Wege das Schicksal doch geht!« Der Patriarch lächelte. »Ohne deinen Geliebten verächtlich machen zu wollen, muß ich doch sagen, daß er mir für das Kriegshandwerk wenig geeignet erschien. Er war zwar ein guter Soldat, und seine Männer respektierten ihn, doch fehlte es Hauptmann Olan an der nötigen Härte. Er war als einziger gegen die Hinrichtung von Unschuldigen zur Vergeltung von Rebellenanschlägen. Das war auch der Grund, warum ich ihm das Kommando bei der Exekution übertrug. Ich wollte seine Treue auf die Probe stellen.«

Melikae wurde schwindlig. Welch grausames Spiel trieb der Hohepriester mit ihr? Hatte er sie durchschaut und wollte sie mit seinen Worten quälen, oder hatte sie tatsächlich den Falschen in den Tod geschickt? Sie konnte den starren, anklagenden Blick aus Olans toten Augen nicht mehr ertragen. Keuchend rang sie nach Luft.

»Ist dir nicht wohl, Tänzerin? Hast du denn dem Tod noch niemals ins Antlitz gesehen?«

»Ich … ich bitte um die Erlaubnis, mich … zurückziehen zu dürfen.« Jedes Wort kostete Melikae Überwindung. Vom süßlichen Leichengeruch, der von der Truhe ausging, war ihr übel geworden.

»Ich denke, du solltest deinem Geliebten die letzte Ehre erweisen und sein Haupt an dich nehmen. Vielleicht solltest du es in deinem Garten bestatten, so daß Olan immer nahe bei dir sein kann.« Tar Honak klappte den Deckel der Truhe zu und hielt sie der Tänzerin entgegen.

Einen Moment lang fürchtete Melikae, ohnmächtig zu werden. Unfähig, auch nur einen Finger zu rühren, stand sie vor dem Patriarchen und starrte auf die Truhe.

»Nun, worauf wartest du?« Eine steile Falte zeigte sich auf der Stirn des Hohenpriesters. »Verweigerst du dem Hauptmann die letzte Ehre?«

Melikae ballte die Hände zu Fäusten, so daß sich die Nägel tief in die Handflächen gruben. Sie durfte sich keine Blöße geben. Sie mußte die trauernde Geliebte spielen, oder Tar Honak würde Verdacht schöpfen. »Verzeiht, doch der Schmerz um den Verlust droht mich zu übermannen, Eure Hochwürdigste Erhabenheit. Es ist … Es ist, als sei alle Kraft aus meinen Gliedern gewichen.«

Der Patriarch musterte sie streng. »Wache!«

Sein gellender Ruf traf Melikae wie ein Peitschenhieb. Was hatte sie falsch gemacht? Warum …

Eine schwarzgewappnete Kriegerin salutierte vor dem Patriarchen.

»Sorg dafür, daß die Tänzerin ein Geleit in ihren Palast bekommt. Und nimm das!« Der Patriarch überreichte der Soldatin die Truhe. »Nun bring die Sharisad fort von hier. Ihre Art, mit dem Schicksal umzugehen, das Boron uns allen zugedacht hat, verärgert mich, und ihre Anwesenheit in meiner Gegenwart grenzt ans Lästerliche.«

»Jawohl, Eure Hochwürdigste Erhabenheit.« Die Gardistin verbeugte sich knapp und nahm die Truhe. Zwei weitere Soldaten eilten auf einen Wink herbei und packten Melikae. Ohne Widerstand zu leisten, ließ sich die Sharisad von der Terrasse führen. Als sie die Tür zum düsteren Schlafgemach erreichten, erklang hinter ihnen noch einmal die Stimme des Patriarchen.

»Ab morgen wird der junge Adran Bonareth in deinem Hause Quartier beziehen. Er ist der Kommandant einer ganz ansehnlichen Abteilung Sklavenjäger. Leider fehlen ihm sowohl das ansprechende Äußere als auch die guten Umgangsformen unseres Hauptmanns Olan. Ich hoffe, du wirst ihm trotz alledem eine gute Gastgeberin sein. Ich habe gehört, er legt auf den Umgang mit schönen Frauen größten Wert. Leider mußte er unter den harten Bedingungen im Feld auf seine Lustsklavinnen verzichten, und da ich befürchte, daß sein Handeln mehr von Rahja als von Rondra bestimmt wird, werde ich ihn hier zurücklassen müssen, wenn das Heer aufbricht. Er wird dir helfen, den Schmerz um Olan schnell zu vergessen.«

Tar Honak hatte sich keine Mühe gegeben, seinen Hohn zu verbergen. Doch in einem hat er recht, dachte Melikae. Seine Worte halfen ihr, ihre Zweifel zu vergessen: Jeder Al'Anfaner war ihr Feind, und sie schwor sich, daß es Adran Bonareth nicht besser ergehen sollte als Olan.

Um an jedem Morgen aufs neue an diesen Schwur erinnert zu werden, würde sie den Helm des toten Hauptmanns auf ein Tischchen gleich neben ihrer Bettstatt stellen, so daß er das erste wäre, das sie zu Beginn eines jeden neuen Tages sähe. Erst wenn die Al'Anfaner aus Unau vertrieben wären, würde sie den Helm aus ihrem Schlafgemach entfernen. Olans Kopf aber sollte ein Sklave irgendwo im Garten des Palastes verscharren, sobald die Wachen des Patriarchen gegangen waren.

»Ich kann … nicht mehr!« stieß Omar keuchend hervor. Er war fast am Ende seiner Kräfte. Sein Laufrhythmus wurde immer ungleichmäßiger, und immer häufiger stolperte er im weichen Sand.

»Solange du noch reden kannst, bist du noch nicht am Ende. Stell dir vor, ein Trupp Al'Anfaner Sklavenjäger säße dir im Nacken. Beflügelt das deine Schritte?«

Omar hätte seinen Peiniger am liebsten aus dem Sattel gestoßen und mit beiden Fäusten auf ihn eingeschlagen. Seit mindestens drei Stunden ließ Gwenselah ihn durch den heißen Sand laufen, während er auf seinem Kamel nebenherritt und ihn beobachtete. Bei dem seltsamen Husten, der Omars Lehrer immer wieder peinigte, wäre Gwenselah wahrscheinlich nicht einmal in der Lage gewesen, auch nur eine halbe Stunde zu gehen.

Welchen Sinn hatte das Ganze nur? Omar begriff nicht, warum der Verschleierte ihn dieser Tortur aussetzte. Er war doch kein Kamel! Wenn ein Mann eine weitere Strecke zurückzulegen hatte, benutzte er ein Kamel, ein Pferd oder irgendein anderes Reittier. Noch nie hatte Omar gehört, daß ein Novadi mehr als zwei oder drei Meilen gelaufen wäre. Das war eines Kriegers unwürdig! Wieso begriff dieser von Dämonen gerittene Kasimit das nicht? War er verrückt? Schon mehr als einmal hatte Omar am Geisteszustand seines Lehrers gezweifelt. Jeder Rechtgläubige wußte, daß alle Kasimiten irgendwie verrückt waren, aber Gwenselah war weit mehr als das. Er war vollkommen irrsinnig!

Einen Augenblick lang dachte der Novadi darüber nach, ob Gwenselah vielleicht doch nicht zu diesen Fanatikern gehörte. Meist drehte sich jeder zweite Satz eines Kasimiten um Rastullah, nicht so bei diesem. Soweit sich Omar erinnern konnte, hatte der Verschleierte nicht ein einziges Mal von Rastullah gesprochen, ja, er schien nicht einmal zu beten. Doch was sollte er sonst sein? Der Schleier, seine Schwertkunst, das alles paßte nur auf die kämpferischsten Söhne Rastullahs.

Wieder einmal rutschte Omar im Sand aus, doch diesmal gelang es ihm nicht mehr, das Gleichgewicht zu halten. Der Länge nach schlug er in den feinen braunen Sand. Es reichte! Jetzt war Schluß mit der blödsinnigen Rennerei. War er denn selbst schon so verrückt, sich den Launen eines Irren zu unterwerfen?

»Steh auf, es ist noch ein weiter Weg bis zu unserem Lager.« Der Verschleierte hatte sein Kamel gezügelt und blickte spöttisch zu Omar herab. »Weißt du, daß deine Art zu laufen mich an ein Kind erinnert, das gerade gehen lernt? Man könnte meinen, daß du den Körper kaum kennst, in dem du lebst.«

Schon wieder so ein Spruch! Das war genug! Welcher Gläubige, den Rastullah auch nur mit ein klein wenig Vernunft bedacht hatte, redete solchen Unsinn?

»Schluß... es reicht. Ich bin... niemandes... Sklave mehr!« Eigentlich hätte er diesem Verrückten noch viel mehr zu sagen gehabt, doch im Moment war Omar zusehr damit beschäftigt, nach Luft zu schnappen, als daß er seiner Wut freien Lauf lassen konnte. Bei jedem Atemzug hatte er das Gefühl, flüssiges Feuer flösse ihm in die schmerzenden Lungen. Noch nie in seinem ganzen Leben hatte er sich so elend gefühlt.

»Du hast dich lange genug ausgeruht. Steh wieder auf!« Gwenselahs Stimme klang kalt und mitleidlos.

»Nein.« Omar wäre ihm am liebsten an die Kehle gesprungen, aber er hatte nicht einmal mehr die Kraft, sich aufzusetzen. Ein leichter Wind wehte über die Dünen und trieb dünne Schleier von feinem Staub vor sich her. Überall auf Omars schweißnassem Gesicht klebte dieser Sand. Er spürte ihn in der Nase, auf den rissigen Lippen und im ausgetrockneten Mund.

»Hast du Durst, Omar?«

Mißtrauisch blickte der Novadi zu Gwenselah. Natürlich hatte er Durst! Was sollte diese schwachsinnige Frage?

»Ich werde jetzt zu unserem Lager zurückreiten und mir dort ein Mahl bereiten.«

»Hilf mir auf... das Kamel.« Omar richtete sich halb auf. Ein Schluck Wasser und eine Schale Hirsebrei, was hätte er dafür nicht alles gegeben!

»Ich sagte, *ich* reite ins Lager. Von *dir* war nicht die Rede, Omar. Du hast dir dein Essen nicht verdient. Ich hoffe, du erinnerst dich noch an den Weg, denn ich fürchte, der Wind hat unsere Spur längst im Sand verwischt.«

»Du willst mich hier alleinlassen?« Omar war aufgesprungen. »Das kannst du nicht tun. Ich... ich werde sterben.«

Gwenselah verpaßte seinem Kamel einen Schlag mit dem Bambusstab und trieb es ein Stück weiter die Düne hinauf. »Ich kann dein Gewimmer nicht mehr ertragen, Novadi. Ich hätte dich den Geiern überlassen sollen, doch das läßt sich ja nachholen.«

»Aber…« Omar war wie versteinert. Welcher Dämon hatte von Gwenselah Besitz ergriffen? Sicher war er immer ein strenger Lehrer gewesen, aber jetzt… »Warum?«

»Ich habe es dir gesagt. Ich kann dein wehleidiges Gewimmer nicht mehr ertragen, Sklave!« Das Kamel des Verschleierten wurde unruhig, und er brauchte einige Augenblicke, um das Tier wieder unter Kontrolle zu bringen. Das war die Gelegenheit Gwenselah aufzuhalten! Sein Meister war verwirrt, aber er würde schon wieder zu sich finden. Omar sprang auf und stürmte auf das Kamel los. Er mußte Gwenselah aus dem Sattel reißen. Mit einem verzweifelten Schrei, sprang der Novadi auf das Kamel zu. Doch Gwenselah hatte mit dem Angriff gerechnet. Noch bevor Omar ihn zu packen bekam, versetzte ihm der Verschleierte einen Hieb mit seinem Bambusstock. Benommen stürzte der Novadi in den Sand. Grelle Lichtpunkte tanzten ihm vor den Augen.

»Kümmerlich! Ich werde zurückreiten und dich vergessen. Weißt du, wen ich allerdings nicht vergessen kann?« Der Verschleierte machte eine kurze Pause, doch Omar war zu benommen, um auf die Frage zu antworten.

»Melikae! So wie du sie schilderst, muß sie sogar schöner sein als selbst die neun vollkommenen Frauen, die sich Rastullah in seinen Harem geholt hat. Ich werde morgen nach Unau reiten und sie mir holen. Was glaubst du, was geschieht, wenn ich sie aus der Gefangenschaft ihres Vaters befreie, ihr erzähle, ich hätte dich sterbend in der Wüste gefunden, und du hättest mir aufgetragen, sie sicher bis in ihr Königreich am Meer zu geleiten? Ich glaube, noch bevor wir die Goldfelsen erreichen, hat sie dich vergessen und wird mein Weib.«

»Nein!« Omar sprang auf und versuchte noch einmal, seinen Fechtmeister aus dem Sattel zu stürzen. Dieser falsche Dämon! Hatte er die ganze Zeit nur ein Spiel mit ihm getrieben? Er würde ihn...

Gwenselah verpaßte Omar einen Tritt, so daß der Novadi zurücktaumelte. »Du bist nicht mehr als ein Stück Aas, Omar. Erkenne das endlich und füge dich in dein Schicksal.« Der Verschleierte riß die Zügel seines Meharis herum und ritt die Düne hinauf.

»Warte... Ich...« Nein! Er würde nicht mehr bitten. Erschöpft richtete sich Omar auf. Ein Stück Aas hatte ihn dieser Halunke genannt. Soweit war es noch nicht mit ihm. Er würde diesen niederträchtigen Verräter, diesen falschen Freund, dem er getraut hatte, schon noch kriegen. Gwenselah hätte ihm nicht verraten sollen, wohin er reiten würde. Noch war er nicht tot! Der Zorn verlieh Omar neue Kräfte. Schritt um Schritt kämpfte er sich die Düne hoch. Als er den Kamm erreichte, war der Verschleierte verschwunden. Er mußte irgendwo zwischen den Dünen dahinreiten. In den Dünentälern sänke das Mehari kaum in den Sand ein, und der Wind würde die flachen runden Spuren des Kamels schneller verwischen.

Gwenselah hatte ihn einen Narren genannt. Omar lachte bitter. Vielleicht hatte der Verschleierte ja recht, doch der Kasimit war kein geringerer Narr, wenn er glaubte, ein Novadi fände seinen Weg durch die Wüste nicht. Entschlossen blickte Omar nach Osten. Dann stieg er langsam die langgestreckte Flanke der Düne hinab. Bis zum Morgengrauen hätte er noch sehr viel Zeit. Der Verräter würde ihm nicht entkommen.

Vorsichtig kroch Omar bis zum Kamm der Düne und musterte das kleine Lager, das unter ihm lag. Gwenselah hatte es nicht einmal für nötig gehalten, auf ein Lagerfeuer zu verzichten. War er wirklich so dumm, oder war es eine Falle? Omar verharrte regungslos und versuchte, im unsteten Licht des nur noch leicht glimmenden Feuers Einzelheiten zu erkennen.

Das Kamel des Kasimiten hatte sich ein wenig vom Feuer entfernt. Offensichtlich hatte ihm Gwenselah eine Fußfessel angelegt, so daß es nicht fortlaufen konnte. Der Krieger selbst lag völlig regungslos in eine Decke eingerollt dicht beim Feuer. Sogar jetzt hatte er seinen Schleier nicht abgelegt. Verrückt, diese Kasimiten. Völlig verrückt! Aber bald würde es einen weniger von diesen Hurensöhnen geben.

Drei oder vier Schritt vom Feuer entfernt lag der Sattel des Mehari und der Vorrat an Wasser und Lebensmitteln. Undeutlich sah Omar den Griff des zweiten Tuzakmessers hinter dem Sattel aufragen. Mit dieser Waffe hatte er während der Fechtstunden gekämpft, die Gwenselah ihm erteilt hatte. Sollte er hinüberschleichen und sich das schmale, leicht gebogene Schwert holen? Mit einem einzigen Hieb dieser Waffe könnte er Gwenselah töten.

Doch was tun, wenn das Kamel ihn bemerkte und unruhig wurde? Er müßte einen Umweg machen, um an das Tuzakmesser zu gelangen. Außerdem trug es ein Glöckchen an seiner Parierstange. Eine falsche Bewegung, und das helle Klingen des Glöckchens mochte den Kasimiten aufwecken. Nein! Er würde die Finger von der Waffe lassen. Umwege konnte er sich nicht leisten. Sollte der Kasimit wach werden und ihn bemerken, war er ein toter Mann. Das war Omar nur allzu klar. Wenn es Gwenselah gelänge, seine Waffe zu ziehen, dann wäre der Kampf schon entschieden. Omar könnte gegen den geübten Krieger niemals bestehen. Oft genug hatte er das in den unzähligen Fechtstunden während der letzten neun Gottesnamen erfahren. Fast neunzig Tage waren vergangen, seit Gwenselah ihn in der Wüste gerettet hatte. Was hatte den Kasimiten nur dazu getrieben, ihn jetzt so schändlich zu verraten?

Omar umklammerte fester den schweren Stein, den

er nahe dem Lagerplatz gefunden hatte. Mitternacht war lange vorbei. Wenn er mit dem Zählen der Tage in der langen Zeit seit seiner Flucht aus Unau nicht durcheinandergeraten war, würde mit Sonnenaufgang der zweite Rastullahellah beginnen, der Tag der Treue und der Schwüre. Ein geeigneter Tag, um den treulosen Verräter in die Niederhöllen zu schicken!

Ein letztes Mal blickte Omar zu dem Kamel hinüber. Das Mehari verhielt sich immer noch völlig ruhig. Es war jetzt fast windstill. Das Tier nähme keine Witterung von ihm auf, wenn er näher an das Lager schliche. Langsam richtete sich der Novadi auf und schritt über den scharfen Kamm der Düne hinweg. Der weiche Sand schluckte alle Geräusche, doch liefen mit jedem seiner Schritte kleine Sandlawinen den Hang der Düne hinab. Er würde unmittelbar hinter dem Kasimiten das Dünental erreichen. Für keinen Augenblick ließ er den Verräter aus den Augen. Wie immer hatte Gwenselah sein Tuzakmesser dicht neben sich gelegt. Selbst im Schlaf lag seine Linke auf der Scheide des schlanken Schwertes. Doch das würde diesem Schurken nichts mehr nutzen. Noch bevor er dazu käme, die Waffe zu ziehen, würde Omar ihm mit dem Stein den Schädel zertrümmern. Oder sollte er ihm doch Gelegenheit geben, seine Tat zu bereuen? Einen Schlafenden zu ermorden, war eines freien Mannes nicht würdig. So tötete ein Sklave.

Omar zögerte. Wenn er Gwenselah weckte, begab er sich in tödliche Gefahr. Aber wenn er einen Wehrlosen tötete, hätte er auf immer seine Kriegerehre beschmutzt, und er wollte ein Krieger sein. Omar der Sklave war tatsächlich in der Wüste gestorben, so wie Melikaes Vater es Abu Dschenna befohlen hatte. Es gab jetzt nur noch Omar den Krieger, und der würde nicht mehr wie ein Sklave handeln. Vorsichtig schlich er weiter. Jetzt, da er den Entschluß gefaßt hatte, Gwenselah nicht einfach meuchlings zu töten, fühlte er sich besser.

Noch einmal spähte er zu dem Kamel hinüber. Das Tier hatte sich vom Lager abgewandt. Es bestand keine Gefahr, daß es seinen Herrn warnen würde.

Vorsichtig kniete Omar hinter dem Kasimiten nieder, die Rechte mit dem Stein erhoben, bereit, jeden Moment zuzuschlagen. Gwenselah schlief noch immer. Regelmäßig hob und senkte sich seine Brust. Omar griff mit der Linken nach der Schulter des Kriegers und schüttelte ihn leicht. Sofort schlug der Kasimit die Augen auf. Von einem Moment zum anderen schien er hellwach.

»Jetzt ist die Stunde deines Todes gekommen, ehrloser Bastard. Mach deinen Frieden mit Rastullah und versuch nicht, deine Waffe zu ziehen! Nimm die Hand weg vom Schwert!«

Ohne ein Wort zu sagen, gehorchte Gwenselah und hob die Linke. Omar dankte Rastullah im stillen. So leicht hatte er sich das nicht vorgestellt. Er wechselte den Stein in die andere Hand und griff nach dem Schwert.

»Rühr dich nicht, oder ...!«

»Oder was? Sollte ich mich vor dem Tod noch fürchten, wenn du mir bereits gesagt hast, daß du mich ohnehin umbringen wirst?«

Das war Gwenselah, wie ich ihn kenne, dachte Omar. Ein Krieger, den nichts zu erschrecken schien. Doch er brauchte ihn nicht mehr zu fürchten. Er hatte jetzt sein Schwert! Achtlos warf er den Stein hinter sich, zog die Waffe aus der Scheide und stand auf.

»Dein Spott wird dir nichts mehr nutzen. Es scheint, als sei nun der Tag gekommen, an dem die Hyäne an ihrem Aas ersticken wird, Verräter. Du hättest mich besser in der Wüste getötet.«

»Ich freue mich, daß du unbeschadet zum Lager gefunden hast. Du bist sogar ein wenig früher hier, als ich erwartet hatte.«

»Was ...?«

»Ich sagte, ich habe dich erwartet.«

Omar lachte. »Du bist verrückt, Gwenselah. Hat Rastullah dich auch noch des letzten Funkens Verstand beraubt? Es scheint dir wohl nichts genutzt zu haben, daß du deinen Kopf so sorgsam vor der Sonne verbirgst. Hast du geglaubt, der Gerechtigkeit des Gottes entgehen zu können, indem du das Gesicht versteckst?«

Einen Augenblick lang herrschte Schweigen zwischen ihnen. Offensichtlich begriff Gwenselah langsam, in welcher Lage er steckte.

»Gestattest du, daß ich mich aufsetze? Ich finde es ungehörig, im Liegen mit einem anderen Krieger zu reden. Das ist nicht die Art, wie zwei Kämpfer wie wir miteinander umgehen sollten.«

Was hatte der Kerl vor? Omar war sicher, daß irgend etwas dahintersteckte. Auf der anderen Seite konnte der Kasimit ihm nicht gefährlich werden. Es lagen gut drei Schritt Abstand zwischen ihnen, er hielt ein gezogenes Schwert in der Hand, und Gwenselah war unbewaffnet. Was sollte schon passieren?

»Gut, du kannst dich aufsetzen. Aber versuch keine Tricks, ich würde dich ...«

»Würdest du mich töten?« Der Fechtmeister schnalzte mit der Zunge. »Welch schreckliche Aussichten! Wenn ich nicht tue, was du von mir verlangst, könnte ich eine halbe Stunde früher sterben, als wenn ich mich deinen Worten füge. Dein Umgang mit Todfeinden scheint nicht sonderlich durchdacht zu sein. Ich fürchte, was das angeht, muß ich dir noch eine gesonderte Lektion erteilen.«

»Gesonderte Lektion ...?« Omars Hände waren naß vor Schweiß. Die verdammte Selbstsicherheit des Kasimiten machte ihm angst. Er durfte sich nicht von Worten verunsichern lassen! Das einzige, was zählte, war die Tatsache, daß *er* ein Schwert in der Hand hielt und *nicht* Gwenselah.

»Was hast du denn aus der heutigen Lektion gelernt? Oder habe ich dich etwa vergeblich beleidigt und in der Wüste zurückgelassen?«

»Hör auf mit deinem verrückten Gerede. Wenn du glaubst, du könntest mich verwirren, irrst du dich. Du wolltest mich umbringen und mir Melikae rauben. Das sind die Tatsachen. Und dafür wirst du sterben.«

Gwenselah legte den Kopf schief und musterte Omar eine Weile schweigend. »Versuchen wir es andersherum. Was hast du aus meinen Fehlern gelernt?«

»Ist es dein letzter Wunsch, daß ich mich auf deine verrückten Fragen einlasse? Du solltest lieber deinen Frieden mit Rastullah machen.«

»Das ist nebensächlich. Wenn du dich wirklich nach dem Ehrenkodex eines Kriegers verhalten willst und mir einen letzten Wunsch vor meiner Hinrichtung gewährst, dann solltest du auf meine Frage antworten. Danach werde ich vor dir mein Knie beugen und still den tödlichen Schlag erwarten.«

Wie konnte es jemand wagen, in der Stunde seines Todes den einzigen Gott zu lästern? Das bedeutete ewige Verdammnis. »Du lebst nicht nur gottlos, Gwenselah, du verschenkst auch jede Aussicht, jemals in die himmlischen Gärten Rastullahs zu gelangen.«

»Gestatte mir die Engstirnigkeit, mein Leben und Sterben als eine Angelegenheit zu betrachten, die nur mich allein etwas angeht. Beantworte lieber meine Frage! Was hast du aus meinen Fehlern gelernt?«

Omar lachte, doch es klang nicht so überheblich wie beabsichtigt. Es hörte sich eher verlegen an. »Also gut, du sollst deinen Willen haben, Gwenselah. Ich habe gelernt, was daraus erwächst, wenn man einen Feind unterschätzt. Du hättest daran denken sollen, daß ich vielleicht doch noch die Kraft fände, dir zu folgen. Du hättest mir auch nicht verraten dürfen, wohin du gehst. Am besten wärst du einfach fortgeritten, dann wäre ich mit Sicherheit in der Wüste verdurstet.«

Gwenselah zuckte mit den Schultern. »Du hast mir doch geschworen, du seist am Ende deiner Kräfte. Ich habe dich bisher für keinen Lügner gehalten, Omar.«

»Ich bin kein Lügner!« Der Novadi tat einen Schritt nach vorn und zielte drohend mit der Spitze seiner Waffe auf Gwenselahs Brust. Er hatte genug von den Spitzfindigkeiten des Kasimiten. »Allein der Haß hat mir die Kraft gegeben, dir zu folgen.«

»Ich sehe, du hast heute also doch etwas über dich gelernt.«

»Schluß jetzt! Ich habe mein Wort gehalten, jetzt ist es an dir, Ehre zu beweisen.«

»Ich bin bereit.« Stolz reckte der Verschleierte das Kinn vor. »Durchbohr mir das Herz, mein Schüler, ich habe dich gelehrt, wie dieser Streich zu führen ist.«

Omar packte das Tuzakmesser mit beiden Händen. Er zitterte leicht. Noch nie hatte er einen Menschen getötet. Es war schwer, einen Wehrlosen zu richten – oder sollte er besser sagen: zu ermorden? Nein! Es war sein Recht, Gwenselahs Leben zu nehmen. Der Kasimit hatte schließlich auch nicht gezögert, ihn in der Wüste zurückzulassen. Er war nicht besser als Abu Dschenna! Entschlossen trat Omar vor den Krieger, als Gwenselah ihm eine Handvoll Sand ins Gesicht schleuderte.

Er hätte damit rechnen müssen, daß diese Hyäne sich nicht so einfach zum Sterben niederkniete. Sofort wich Omar einige Schritt zurück, um einem Angriff des Fechtmeisters auszuweichen. Gleichzeitig versuchte er, sich den Sand aus den brennenden Augen zu wischen.

Als er endlich wieder klar sehen konnte, war Gwenselah verschwunden. Omars Herz schlug wie rasend. Er hätte nicht so lange zögern dürfen! Vorsichtig drehte er sich um die eigene Achse, sichernd das Schwert erhoben.

»Hier bin ich!«

Erschrocken fuhr Omar herum. Gwenselah stand nur

ein paar Schritt hinter dem fast erloschenen Lagerfeuer und schnallte das zweite Schwert vom Kamelsattel.

»Rastullah steh mir bei! Beschütze mich vor dem Zorn dieses Gottlosen!« murmelte Omar leise. Mit fahrigen Fingern schlug er ein Schutzzeichen. Jetzt konnte ihn nur noch göttliche Gnade retten.

Mit federndem Schritt, das Tuzakmesser vor der Brust erhoben, kam der Kasimit näher. »Wenn du deinen Feind töten willst, darfst du niemals zögern, Omar. Er täte es auch nicht.« Die Stimme des Kasimiten klang jetzt weniger höhnisch. Er sprach fast in dem Tonfall, den er als Lehrer so gern anschlug.

»Ich werde mich dir nicht unterwerfen!« Omar wich ein wenig vor seinem Fechtlehrer zurück und versuchte, in eine Position seitlich von ihm zu kommen, doch Gwenselah folgte jeder seiner Bewegungen.

»Glaubst du, daß der Schüler seinen Lehrer überwinden kann?«

»Ruhig, Omar. Ruhig!« Wie ein Gebet wiederholte der Novadi immer wieder dieselben Worte. Er durfte sich nicht reizen lassen. Wohl tausendmal hatte ihn Gwenselah gelehrt, daß der Zorn im Kampf ein schlechter Berater war, ein Diener des Todes, der seinem Herrn neue Opfer zuführte.

Plötzlich schnellte Gwenselah vor. Omar riß sein Schwert hoch und klirrend schlugen die Waffen aufeinander. Der Schlag des Fechtmeisters hatte geradewegs auf Omars Kopf gezielt. Wie eine Viper, deren Giftzahn sein Opfer verfehlt hatte, schnellte der Verschleierte zurück, das Schwert wieder sichernd vor der Brust erhoben. Omar hatte seinem Meister widerstanden! Gwenselah war also nicht unbesiegbar. Vielleicht würde er doch noch das nächste Morgenrot erleben? Vielleicht sollte er sogar zum Gegenangriff übergehen, auch wenn er damit seine eigene Deckung gefährdete, es wäre …

Noch bevor Omar seinen Gedanken zu Ende geführt

hatte, stieß Gwenselah erneut vor. Doch diesmal begnügte er sich nicht mit einem einzigen Angriff. Seine Klinge schien zu einem silbernen Blitz geworden zu sein, geschleudert von einem Gott, der nichts als Tod und Verderben im Sinn hatte. Funken stoben von den Schwertern, wenn die Klingen aufeinanderschlugen und die Kämpfer anschließend in stummem Ringen versuchten, den andern aus dem Gleichgewicht zu bringen. Dann trennten sie sich wieder voneinander, um sich wie in einem tödlichen Tanz zu umkreisen. Auch Omar griff jetzt an. Immer wieder zuckte sein Tuzakmesser vor – auf der Suche nach einer Lücke in der Deckung des Verschleierten. Seine Erschöpfung und der kräftezehrende lange Marsch durch die Wüste waren vergessen. Alles, was ihm einmal etwas bedeutet hatte, war einem kalten Zorn gewichen. Die Welt bestand nur noch aus Gwenselah und seinem tödlichen Schwert, und er, Omar, war zum Arm Rastullahs geworden, um diesem Gottlosen den Tod zu geben.

Wieder stieß er vor, und diesmal mußte sein Fechtlehrer vor seinen Hieben zurückweichen. Schritt um Schritt trieb er ihn durch das schmale Tal zwischen den Dünen. Es war, als wüßte er jede Bewegung des Kasimiten schon im voraus. Konnte das sein? Er täuschte einen Hieb gegen das Haupt des Verräters an und änderte dann im letzten Moment die Schlagrichtung. Nur ein verzweifelter Sprung rettete Gwenselah das Leben. Omars Klinge hatte den Kaftan des Fechtmeisters geschlitzt, ohne den Krieger allerdings zu verwunden. Gwenselah war zu besiegen! Einen Atemzug lang gestattete sich Omar das Gefühl von stillem Triumph. Der Verschleierte stand neben der Glut des halb erloschenen Feuers und wartete auf Omars Angriff. Jetzt würde er es vollenden! Mit einem Satz sprang Omar vor, sein Schwert beschrieb einen schillernden Halbkreis und zuckte nach Gwenselahs Kopf. Doch statt den Schlag zu parieren, duckte sich der Kasimit. Aus dem Augenwinkel sah Omar, wie sein Lehrer einen Hieb gegen den Boden führte. Die Klinge des Tuzakmessers fuhr in die Glut des Feuers und wirbelte – wie einen Schauer von Kometen – glühende Holzstückchen in die Luft. Omar zuckte zurück und riß die Arme vors Gesicht. Fast gleichzeitig stieß Gwenselah vor. Sein Schwert fiel hinab auf Omars Handschutz und riß ihm mit einem Ruck die Waffe aus der Hand. Der Fechtmeister setzte ihm die Klinge an die Kehle. Omar fühlte sich unendlich müde. Alle Kraft hatte ihn verlassen. Seine Glieder waren schwer, und der Tod, der ewige Schlaf, erschien ihm jetzt wie ein Geschenk. Er schloß die Augen, setzte sich erschöpft nieder und erwartete das Ende. Doch nichts geschah. Schließlich hörte er ein leises Scharren. Omar riß ungläubig die Augen auf. Gwenselah hatte sein Schwert in die Scheide zurückgeschoben.

»Warum ...?« Er konnte nicht fassen, was er sah. Warum verschonte ihn der Kasimit?

»Deine Lektion ist beendet. Wenn die Sonne ihr Haupt erhebt, werde ich dich zum Krieger weihen.«

»Welch eine Lektion?«

»Fast hundert Tage lang habe ich dich im Fechten unterrichtet, doch was ich dich nur unvollkommen gelehrt habe, ist das Wissen um deine eigenen Kräfte. Deshalb habe ich dich gestern zum Laufen gezwungen, bis du vor Erschöpfung zusammengebrochen bist. Du solltest glauben, dein Herz zerspränge dir, wenn du auch nur noch einen einzigen Schritt mehr tun müßtest. Erst dann warst du soweit, daß ich dich mit einer Kraft vertraut machen konnte, die in dir schwelt, dein Denken bestimmt und die du dennoch nicht zu nutzen verstehst: dem Haß! Allein der Haß hat dich durch die Wüste bis zum Lager geführt. Er hat es dir eingegeben, das Schwert gegen mich zu richten, obwohl ich es war, der dir das Leben gerettet hat. Und doch warst du in der Lage, im Kampf deinen Haß zu zügeln. Du hast nicht unbedacht gefochten. Ich bin zufrieden mit dir.«

Omar hatte das Gefühl, als zöge man ihm den Boden unter den Füßen weg. Gwenselah hatte ihn getäuscht. Alles, was er in den letzten Stunden durchlitten hatte, war nur gespielt gewesen. Sein Meister hatte jeden seiner Schritte vorausgesehen. Welch ein Mensch war er nur?

»Also hast du auch nicht geschlafen, sondern mich beobachtet, wie ich über den Hang der Düne geschlichen bin.«

Gwenselah lachte leise. »Ich habe geschlafen. Ich habe mein Leben in deine Hand gegeben.«

»Du hast *was?*« Omar konnte nicht fassen, was der Verschleierte sagte. »Und wenn ich dich getötet hätte? Was wäre gewesen, wenn ich mit dem Stein zugeschlagen hätte, statt dein Schwert zu nehmen und dich zu wecken.«

»Dann wäre ich ein schlechter Lehrmeister gewesen und hätte durch dich meine verdiente Strafe erhalten. Welch ein Fechtmeister wäre ich schon, wenn ich dir in hundert Tagen nicht so viel Ehrgefühl beigebracht hätte, daß du keinen Schlafenden tötest? Ich bin zufrieden, daß ich mich nicht in dir getäuscht habe, Omar.«

Omars Überraschung und Erleichterung entluden sich in einem gereizten Auflachen. »Und Melikae … sie bedeutet dir nichts?«

»Nach allem, was du mir über sie erzählt hast, scheint sie eine außergewöhnliche Frau zu sein. Es würde mich freuen, sie kennenzulernen und ihren Liebreiz bewundern zu dürfen. Alles andere habe ich nur gesagt, um in dir die Flammen des Zorns zu schüren, damit du die Kraft sammelst, dich dieser Prüfung zu stellen.«

Omar schüttelte den Kopf. Seit neun Gottesnamen waren sie nun schon beisammen, doch was wußte er über diesen Mann? Nie hatte er in der ganzen Zeit über sich gesprochen. Auch hatte er es vermieden, Omar mit seiner Sippe bekanntzumachen. Wann immer sie Ausrüstung oder Lebensmittel brauchten, nahm er das Kamel und verschwand für einen Tag in der Wüste. Doch schwieg er sich darüber aus, wohin er gegangen war und warum es verboten war, ihm zu folgen. Nur über mich wollte er alles wissen, dachte der Novadi. Immer wieder habe ich ihm meine Lebensgeschichte erzählt, habe von Melikae geschwärmt, ihm meine Träume anvertraut. Er hat mich hintergangen! Ein silberner Lichtstreif erhellte im Osten den Horizont.

»Ich weiß, was ich dir angetan habe.« Gwenselahs Stimme klang erschöpft. »Wahrscheinlich haßt du mich jetzt kaum weniger als Abu Dschenna und ...«

»Das macht es nur noch schlimmer! Du hast unsere Freundschaft mißbraucht. Für dich war ich doch nur ein Spielzeug, so wie ich als Sklave für meinen Herren nur ein nützliches Ding war, das Arbeiten erledigt und mit dem man tun und lassen kann, was man will. Gibt es denn keinen Ort, an den du gehörst? Hast du nichts Besseres zu tun, als mit mir deine bösartigen Spiele zu spielen und mir das Töten beizubringen?«

»Du sagst es!«

»Ist das ein neues Spiel?« Seit der Kampf beendet war, hatte Omar einfach nur dagesessen und das Gesicht in den Händen vergraben. Der Haß hatte ihn ausgebrannt. Doch jetzt fand die verzehrende Flamme neue Nahrung. Er hob den Kopf und blickte zu Gwenselah auf, der noch immer vor ihm stand.

»Was glaubst du, wer ich bin? Zu welchem Stamm gehöre ich wohl?«

Omar spuckte dem Verschleierten vor die Füße. Er hatte es gewußt! Der Krieger fing wieder an, seine makabren Späße mit ihm zu treiben. »Was sollst du schon sein? Du bist ein Verrückter! Ein Kasimit, warum sonst solltest du ständig einen Schleier tragen und dich davonstehlen, wenn du essen und trinken mußt, damit ich nur dein Gesicht nicht sehe!«

»Ich gehöre zum Stamm der Beni Geraut Schie.«

Der Novadi lachte laut auf. »Für wie dumm hältst du mich? Ein Kind würde dir das vielleicht glauben ... Du könntest mir genausogut erzählen, du seist ein Riese oder ein Löwe mit Menschenkopf. Ich glaube nicht an Märchen und an die Geschichten, die Kaufleute sich abends in den Karawansereien erzählen.«

»Du glaubst also nur, was du siehst?«

Omar kannte diese Falle. Wahrscheinlich würde dieser Gottlose ihn als nächstes fragen, warum er dann an Rastullah glaubte.

Doch Gwenselah schwieg. Statt einer Antwort nahm er Schleier und Kopftuch ab. Der Krieger hatte schulterlanges silbriges Haar und unnatürlich verformte Ohren. Sie waren länglich und spitz.

»Glaubst du mir jetzt?«

Omar wußte nicht, was er sagen sollte. Hastig schlug er ein heiliges Zeichen, denn nach allem, was er über die Beni Geraut Schie gehört hatte, waren sie Dämonen, die allein das Verderben der Rechtgläubigen im Sinn hatten.

»Soll ich auch meine Kleider ablegen und dir zeigen, wie hell meine Haut an jenen Stellen ist, die die Sonne nie erreicht?«

»Ich glaube dir ... Ich ...« Wie verhielt man sich einem Dämon gegenüber? Jedes Wort wollte jetzt gut bedacht sein!

»Wie ich sehe, kennst du die Märchen, die man sich über meine Schwestern und Brüder erzählt, sehr wohl.« Gwenselah lächelte. »Aber du brauchst keine Angst zu haben. Ich bin kein aus dem Wüstensand geborener Dämon, obwohl ...« Der Krieger zögerte. Dann schüttelte er den Kopf. »Du hast mich für einen Kasimiten gehalten. Man verwechselt uns sehr oft mit diesen religiösen Eiferern. So bleiben mir und den Meinen viele Fragen erspart, doch die Tage von uns *Wüstendämonen*, wie man uns so oft nennt, sind gezählt. Mein Volk wird bald die Khom verlassen ...« Gwenselah hustete. Jetzt, ohne Schleier, sah Omar ihm deutlich an, wie schmerzhaft dieser Husten war. Der Krieger verzog das Gesicht zu einer Grimasse und preßte die Faust gegen den Mund.

Schließlich beruhigte er sich wieder. Omar entdeckte kleine dunkle Pünktchen auf Gwenselahs Hand. Der Beni Geraut Schie kniete nieder und wischte die Hand im Sand sauber.

»Stellst du dir Dämonen wirklich so vor wie mich?« Der Krieger lächelte gequält. »Ein Dämon mit einem Husten, der nicht ausheilen will. Sehr erheiternd, diese Vorstellung.« Er machte eine Pause und blickte nach Osten, wo die aufgehende Sonne den Himmel in flammendes Rot tauchte.

Omar wußte nicht, was er sagen sollte. Die Beteuerungen Gwenselahs, kein Dämon zu sein, hatten ihn nicht überzeugt. Würde ein ausgewachsener Drache vor ihm im Sand kauern und böte ihm seine Freundschaft an, er würde sich kaum unwohler fühlen als jetzt. Man erzählte sich die gräßlichsten Geschichten über die Beni Geraut Schie, und da sich gerade herausgestellt hatte, daß diese Dämonenbrut offensichtlich nicht der Phantasie von Märchenerzählern entsprungen war, schien es nicht unwahrscheinlich, daß auch alles andere stimmte, was Omar über sie gehört hatte.

»Unser Volk stammt von denselben Vorfahren ab wie die Elfensippen, die weiter im Norden leben«, brach Gwenselah nach einer Weile das Schweigen. »Du hast mich heute schon mehrmals ›Bastard‹ genannt, Omar. Mit dieser Bezeichnung hast du sogar recht. Mein Name bedeutet in deiner Sprache soviel wie *Kind des Silberzweigs*, denn ich wurde in einem Land geboren, wo die Sonne nur selten den grimmigen Frost besiegt und wo die Bäume silbern funkeln, wenn der Sturm sie in einen Panzer aus Eis legt.«

»Aber lebt das Volk der Beni Geraut Schie nicht in der Wüste?« In Omar keimte ein schwacher Hoffnungsschimmer, daß sich Gwenselahs Geschichte vielleicht als Aufschneiderei herausstellen mochte, welchen Zweck er damit auch immer verfolgte.

»Ich habe dir doch gesagt, ich sei ein Bastard. Mein Vater stammt aus jenem Elfenvolk, das weit nördlich des Kaiserreichs im ewigen Eis lebt. Meine Mutter war in den Norden gezogen, weil sie ein Schwert suchte, das man uns gestohlen hatte. *Selflanatil,* die Silberflamme. Auch mein Schicksal war es, diese kostbare Waffe zu suchen, und ich habe sie genausowenig gefunden wie meine Mutter und alle die anderen meines Volkes, die ihr Leben gegeben haben, um die kostbare Waffe zu finden. Es war ein Mensch, der sie uns schließlich vor wenigen Gottesnamen zurückbrachte. Mein Leben war also verschenkt. Die vielen Jahre, da ich die Städte des Nordens bereist habe, um die Spur eines Diebes zu finden, der seit mehr als zweihundert Jahren tot sein mußte ... Ich habe versagt.«

Omar wußte nicht, was er dazu sagen sollte. Er war sich ja nicht einmal sicher, ob diese Geschichte wahr war. So schwiegen sie wieder. Plötzlich richtete sich Gwenselah auf. Mit einem Ruck zog er sein Schwert, drehte die Klinge und hielt Omar den Knauf der Waffe entgegen.

»Ich habe dir gesagt, daß ich dich heute zum Krieger weihen würde und daß ich nicht mehr länger dein Meister sein werde. Erlaube, daß ich dir dieses Schwert schenke. Es soll dich begleiten, bis deine Rache erfüllt ist.«

Verwirrt nahm Omar die Waffe entgegen. Er wurde aus diesem seltsamen Mann nicht klug, und für all das, was in den letzten Stunden geschehen war, hatte er noch immer keine andere Erklärung, als daß Gwenselah verrückt war.

»Vielleicht solltest du die Waffe deinem Gott weihen, wenn du willst, daß sie dir treu dient. Schließlich ist sie das Geschenk eines Gottlosen.« Die Stimme des Kriegers hatte wieder den gewohnt spöttischen Unterton. »Ich werde dich nun verlassen und zu dem verborgenen Ort reiten, an dem meine Brüder leben. Du sollst ein neues Gewand von mir bekommen. Die Kleider, die du als mein Schüler getragen hast, sind deiner nicht mehr würdig. Wir werden sie heute abend verbrennen, und dann wirst du dich waschen. Erst mit dem Sand der Wüste und dann mit frischem Quellwasser. Du sollst alles von dir spülen, was an den Sklaven Omar erinnert. Und weil ein Krieger immer beritten sein sollte, werde ich dir auch ein weißes Mehari schenken. All dies gebe ich, ohne eine Bedingung zu stellen, denn du hast es dir verdient. Doch eine Bitte habe ich an dich. Nimm mich mit auf deiner Suche nach Melikae!«

Was sollte er dazu sagen? Gwenselahs Großzügigkeit überraschte Omar ebensosehr wie dessen Bitte. Doch war es klug, diesen seltsamen Krieger an der Seite zu haben? Omar hatte nun selbst gelernt, mit dem Schwert umzugehen, aber vielleicht war das nicht genug. Abu Dschenna war ein Magier, und Rastullah allein mochte wissen, über welche Waffen jener zu gebieten vermochte. Auch in Abu Feisals Palast einzudringen und Melikae zu befreien, wäre leichter mit der Unterstützung eines treuen Gefährten. Doch konnte er sich auf Gwenselah verlassen?

»Wenn du wiederkommst, werde ich dir meine Antwort geben.«

»So sei es.« Der Elf verneigte sich kurz, dann hob er den Schleier und das Kopftuch auf und machte sich daran, das Mehari zu satteln.

Der Wind trieb Schleier aus Salz und Staub über die weite Ebene des Chichanebi, und nur verschwommen zeichneten sich die Umrisse einer Felsgruppe vor dem Horizont ab. Mit brennenden Augen musterte Neraida den seltsam geformten Berg. Es war viele Jahre her, seit sie ihn das letzte Mal gesehen hatte. Den roten Pfeiler, mehr als hundert Schritt breit, der sich hoch über eine Gruppe Felsen erhob, die um ihn zu kauern schienen, wie Diener vor ihrem Herren niederknien. Ahmar Medjel, den roten Turm, nannten die Salzgänger diese steinerne Insel inmitten des Chichanebi. Fast wie Adern liefen rote Felsbänder von dort in den Salzsee. Ausläufer des Berges, die das Salz und der Wind in Jahrhunderten glattgeschliffen hatten. Nur der rote Turm schien den Stürmen auf ewig trotzen zu wollen, so wie er sich stolz und weithin sichtbar über den Salzsee erhob. Zwischen den Klippen zu seinen Füßen fand sich eine schmale, windgeschützte Schlucht, in der eine Quelle, deren Wasser fast kein Salz enthielt, aus den Tiefen des roten Sandsteins hervorbrach. Und obwohl auf dem kargen Felsen keinerlei Grün gedieh, galt der Ahmar Medjel den Salzgängern mehr als die Gärten von Unau, denn wo Hitze, Sand und Wind zu Dienern des Todes wurden, verhieß das bittere rötliche Wasser der Quelle Leben.

»Wo liegt der Zugang zu dem Tal, von dem du uns erzählt hast?« Said ben Sahirs Pferd tänzelte unruhig, so als habe sich die Anspannung des Reiters auf das Tier übertragen.

»Warte!« Neraida mußte schreien, um das Heulen des Sturms zu übertönen. Der leichte Wind, der ständig über den Chichanebi wehte, hatte sich in der letzten Stunde fast zu einem Orkan gesteigert. Obwohl sie am Grab Fendals geschworen hatte, nie wieder einen Schleier zu tragen, hatte sie wortbrüchig werden müssen. Wer Mund und Nase nicht schützte, den würden Staub und Salz langsam ersticken. Doch auch wenn die Umstände verlangten, die Krieger so schnell wie möglich zwischen die sicheren Felsen zu führen, zögerte Neraida. Der Sturm hatte all ihre Pläne zunichte gemacht. Seit fünf Gottesnamen diente sie den Kasimiten als Salzgängerin. Unzählige Male hatte sie die verschleierten Reiter bei Angriffen auf Spähtrupps der

Al'Anfaner und auf die Lager jener Verräter begleitet, die der Armee des Patriarchen Ziegen, Pferde und Kamele verkauften. Während dieser Zeit war in ihr der Plan gereift, die Kasimiten auch an diesen Ort zu führen. Doch jetzt, als sie die Felsen vor sich sah, zwischen denen sie einst laufen gelernt hatte, schreckte sie vor ihrem Entschluß zurück.

Auch unter den Salzgängern gab es Verräter, die sich bereitwillig der Herrschaft der Götzendiener unterworfen hatten. Auch sie hatten es verdient, für ihre Schwäche bestraft zu werden, für die Schande, die sie über die Beni Novad gebracht hatten, über jenes Volk, das Rastullah vor allen anderen auserwählt hatte, seinen Glauben zu verbreiten. Halef ben Orman war einer von drei Salzgängern gewesen, die nach Unau gekommen waren, um ihr Haupt vor dem Götzen Boron zu beugen. Diese drei waren die einzigen, die noch Salzplatten in die Sultansstadt brachten. Sie hatten Rastullah für die Dublonen der Eroberer verkauft. Das Gold hatte schwerer gewogen als ihr Glaube.

»Wir … los! Was … hast … nur …« Der Sturm verschluckte die Stimme Saids. Sie durfte die Männer nicht länger dem Toben der Elemente aussetzen!

Neraida hob die Rechte und gab das Zeichen zum Absitzen. Dann schwang sie sich selbst aus dem Sattel. Wie feine Nadeln stach ihr das Salz, das in wilden Wirbeln über dem Chichanebi tanzte, in die Augen. Hatte sie zu lange gezögert? Halb geblendet suchte sie nach einem sicheren Weg über die trügerische Kruste des Sees.

Neraida hatte den Trupp der Kasimiten aufgeteilt. Ein Drittel der Krieger stellte sie vor dem südlichen Eingang zu der schützenden Schlucht in das Felsmassiv auf. Ihr Anführer sollte so lange warten, wie man brauchte, um die neunundneuzig Gebote zu rezitieren, und dann in die enge Klamm vorstoßen. Mit den anderen umrundete sie den roten Felsen, um den zweiten der beiden Eingänge zu besetzen. Keiner sollte aus dem Tal entkommen!

Entschlossen klammerte sie die Rechte um den Khunchomer, den ihr Said als ihren Anteil an der Kriegsbeute geschenkt hatte. Noch nie hatte sie die Waffe gegen einen Menschen gezogen, doch nun ging es gegen einen Feind, dem sie schon Tausende von Malen die grausamsten aller vorstellbaren Tode gewünscht hatte – einen Gegner ohne Mitleid und ohne Seele, auf den selbst die Dämonen der Niederhöllen mit Verachtung blicken mußten. Mit einem Ruck riß sie das gekrümmte Schwert aus seiner purpurnen Scheide. »Yallah!« Fast verschluckte das Brüllen des Sandsturms ihren heiseren Schrei, doch ohne auf die anderen zu warten, stieß sie ihrer Stute die Fersen in die Flanke und jagte in die enge Schlucht. Himmelhoch türmten sich rechts und links neben Neraida beinahe senkrechte Felswände aus rötlichem Sandstein. Ein dünner Wasserfilm machte den steinigen Boden schlüpfrig und gefährlich für jeden Reiter, der in unbotmäßiger Eile durch die Klamm stürmte. Der Weg war kaum so breit, daß zwei Berittene aneinander vorbei konnten, und wand sich wie eine steingewordene Viper. Leicht hätten hier wenige entschlossene Krieger eine ganze Armee aufhalten können, doch Neraida wußte, daß in der engen Schlucht keine Wachen postiert waren. Nirgends im Ahmar Medjel stand eine Wache, denn der Chichanebi schützte die roten Felsen besser, als es irgend ein Krieger vermocht hätte. Und wäre selbst der Salzsee nicht Schutz genug gewesen, so hätte der tobende Sturm jegliche Wacht überflüssig gemacht. Neraida wußte nur zu gut, daß der Sandsturm, wenn er sie schutzlos auf dem Salzsee überrascht hätte, für sie alle das Ende gewesen wäre. Doch Rastullah schien ihrer Rache wohlgesonnen!

Ohne Rücksicht auf Leib und Leben jagte sie ihre

Stute in halsbrecherischer Eile durch die engen Windungen der Schlucht. Die Klamm war ihr noch immer bestens vertraut. Tausende von Malen war sie als Kind hier entlanggegangen. Doch jetzt achtete sie kaum auf den Weg. Wie einen Geist sah sie das Gesicht eines Mannes vor sich, der wohl mehr als fünfzig Jahre kommen und gehen gesehen hatte. Furchige Wangen, geschmückt mit den roten Narben des Salzgängers. Narben, verursacht durch giftige Kaktusstacheln. Narben, die ein Leben lang nicht mehr verblaßten und die schon Stunden vor dem leichtesten Wetterumschwung zu schmerzen begannen. Auch jetzt brannten Neraidas Narben wie glühende Kohlen in ihrem Fleisch, und der Schmerz war wie Öl, das ins Feuer ihres Zorns geschüttet wurde.

Wieder beschrieb der Weg eine Kehre, und dann öffnete sich die enge Schlucht zu einem kleinem Tal, das vielleicht hundert Schritt lang war und sich selbst an der breitesten Stelle über nicht mehr als zehn Pferdelängen erstreckte.

Sieben Zelte waren hier aufgeschlagen, und in zwei Pferchen drängten sich Kamele und Pferde. Dicht neben den Pferchen tröpfelte ein kümmerliches Rinnsal aus den roten Felsen. Die Quelle, der einzige Reichtum dieses Tals, das ansonsten nichts als Steine zu bieten hatte. Schon vor undenklichen Zeiten, als noch das Volk der Echsen in der Khom regierte, hatte man zwei tiefe Becken in den Sandstein geschlagen, in denen sich unterhalb der Quelle das Wasser sammelte. Eine schmale Rinne leitete dann das wenige überschüssige Wasser in die Klamm.

Vier der langgestreckten Zelte waren aus Bahnen jenes wetterbeständigen zähen Stoffs gefertigt, den man aus eingefärbtem Kamelhaar webte. Sie dienten als Unterkünfte für die Sklaven, die die niedere Arbeit des Salzschlagens zu verrichten hatten und die auf ihren geschundenen Rücken jene großen Salzplatten in das

Lager zurücktrugen, damit diese später von Kamelen und Maultieren zum Basar von Unau geschafft werden konnten.

Etwas abseits stand ein rotes Zelt, das von prächtig geschnitzten Stangen aus schwarzglänzendem Holz getragen wurde. Es war ein Geschenk von Abu Tarfidem Tuametef al-Leram, dem verfluchten zwölften Sultan von Unau, an Halef ben Orman, den tyrannischen Herrscher in diesem winzigen Tal, denn einst hatte Halef den Herrscher tödlich verwundet auf dem Chichanebi gefunden und nach Unau geschafft, wo Abu Tarfidem dank der Hilfe eines Magiers von seinen Verletzungen genesen war.

Die Salzgängerin kannte dieses Zelt nur vom Hörensagen. Sie war schon längst Sklavin Feisals gewesen, als Halef die Gnade des Sultans zu Teil wurde. In Neraidas Kindheit war ein bescheidenes Zelt das Reich der wenigen Frauen und ihrer Kinder gewesen. So als hätte sie vor nicht einmal einem Gottesnamen den Ahmar Medjel verlassen, konnte sich Neraida an dieses Zelt erinnern. Innen war die Decke mit dunklem Samt ausgeschlagen, auf den die Frauen mit silbernen Fäden kleine Sterne gestickt hatten, so daß man glaubte, den Himmel zu sehen, wenn man sich nachts auf sein Lager streckte. Dicht hinter den schwarzen Zelten war ein Zelt aus grünem Tuch aufgeschlagen. Es gehörte den Freien, die im Ahmar Medjel lebten. Junge Männer, die Halef das geheime Wissen der Salzgänger lehrte und die ihm dafür hatten schwören müssen, ihm zweimal neun Jahre zu dienen, denn die zwei war die Zahl der Vollkommenheit, und nur der Vollkommene vermochte den Gefahren des Chichanebi zu trotzen. Die Neun aber war eine heilige Zahl, die wie keine andere Rastullahs Gefallen fand, und Vollkommenheit vermochte nur jener erlangen, an dem Rastullah Gefallen hegte. Das siebte und letzte Zelt überragte alle anderen. Es zeigte jedem, der das kleine Tal betrat, schon von weitem, welchen Reichtum ein Salzgänger erlangen konnte. Seine Wände waren aus kostbar bestickten Seidenbahnen gefertigt und zeigten Bilder von wilden Kämpfen, aber auch prächtige Karawanen, den Harem eines reichen Mannes und einen übergroßen alten Mann, der über Sklaven wachte, die Salz schlugen. Die Stangen des Zeltes bestanden aus rotem Mohagoni, in dem sich winzige Splitter aus gelben Mammuton zu kostbaren Ornamenten fügten. Solange Neraida zurückdenken konnte, hatte sie Angst vor diesem Zelt gehabt, das angeblich noch aus den Zeiten des ersten Kalifen stammte. Hier herrschte Halef ben Orman, ihr Vater, dessen dunkle grimmige Stimme sie selbst heute noch bis in die Träume verfolgte. Jener grausame Tyrann, der sie, die eigene Tochter, als Sklavin verkauft hatte!

Alle diese Eindrücke und tausend Erinnerungen an ihre Kindheit in dem versteckten Tal waren binnen eines einzigen Atemzugs an Neraida vorübergezogen, doch als sie das Zelt ihres Vaters sah, holte der Haß sie in die Wirklichkeit zurück. Die meisten Bewohner des Tals hatten sich in ihre Zelte zurückgezogen. Nur bei den Kamelen standen zwei Männer, und an der Quelle hatte eine Frau einen Tonkrug mit Wasser gefüllt. Sie war die erste, die die Reiter sah. Mit einem schrillen Schrei ließ sie ihren Krug fallen und rannte auf das rote Zelt zu. Neraida riß ihr Pferd herum, so daß die Hufe der Stute glühende Funken aus dem felsigen Boden schlugen. Hinter ihr drängten die verschleierten Kasimiten in den Talkessel, entschlossen, die Verräter, die den Al'Anfanern Salz verkauften, für ihren Frevel zu strafen. Aus dem grünen Zelt stürzten einige Jünglinge, mit Hacken und Dolchen bewaffnet, und binnen weniger Augenblicke hallte das Tal vom Klingen der Waffen und den Schreien Verletzter und Sterbender wider.

Entschlossen drängte Neraida ihr Pferd durch das Getümmel und hielt auf das Zelt ihres Vaters zu. »Halef ben Orman, komm heraus, du Wurm, und stell dich, denn der Zorn Rastullahs ist über dein Haupt gekommen!«

Einer der Salzgänger löste sich aus dem Kampfgetümmel und versuchte Neraida aus dem Sattel zu stoßen. Es war Aijum, jener Mann, der einst ihre Schönheit gelobt hatte, als sie noch ein Mädchen war und noch keine Narben im Gesicht trug. Verschleiert und mit einem Schwert in der Hand, kam sie ihm offenbar nicht bekannt vor.

Als es Aijum nicht gelang, sie aus dem Sattel zu reißen, klammerte er sich an ihr Bein und zückte einen Dolch. Doch noch bevor er Zeit fand, die Klinge zu heben, traf ihn die Lanze eines der Leibwächter Neraidas. Mit einem gurgelnden Schrei stürzte Aijum zu Boden. Neraida war wie in einem Rausch. Endlich hatte sie die Macht, sich zu rächen. Doch sie mußte ihren Vater stellen, bevor ihr einer der Krieger zuvorkam. Inmitten der tobenden Schlacht hatte sie nur noch Augen für das Prachtzelt. Jetzt wurde die seidene Plane am Eingang zurückgeschlagen, und ein hochgewachsener Mann mit kurzgeschorenem weißen Haar trat hervor. Er trug nichts als eine weite Hose aus grünem Stoff und einen breiten roten Gürtel. Mit beiden Händen hielt er ein riesiges Schwert. Hinter ihm tauchte ein blasses von goldenem Haar gesäumtes Gesicht auf. Seine neue Favoritin! Die Frau, die den Platz eingenommen hat, der meiner Mutter gebührt, schoß es Neraida durch den Kopf.

Plötzlich stieß ihre Stute ein schrilles Wiehern aus und stieg auf die Hinterbeine. Ein Pfeilschaft ragte aus der Schulter des Tieres. Erschrocken griff Neraida nach der Mähne, doch das lange Haar glitt ihr durch die schweißnassen Finger, und sie stürzte aus dem Sattel. Behende rollte sie sich zur Seite, um den stampfenden Pferdehufen zu entgehen. Dann griff sie nach dem Khunchomer, den sie im Sturz verloren hatte. Obwohl sie hart auf dem Boden aufgeschlagen war, spürte sie keinen Schmerz. Ihr war, als hätte sie Rauschkraut geraucht. Alles um sie herum erschien ihr seltsam entrückt. Sie drehte sich nach dem Zelt ihres Vaters um und erschrak. Ein Kasimit bedrängte Halef mit seinem Schwert. Das durfte nicht sein! Er gehörte ihr! Neraida lief los. Nur mit Mühe konnte sich der alte Mann der Schwerthiebe des berittenen Kriegers erwehren. Dann holte der Verschleierte zum tödlichen Schlag aus. Doch noch bevor seine Klinge ihr Ziel fand, warf sich Halef zu Boden und schlug noch im Fallen nach den Vorderläufen des Hengstes. Mit einem scheußlichen Wiehern strauchelte das Pferd und begrub im Fallen seinen Reiter unter sich. Sich mühsam auf sein großes Schwert stützend, kam der Alte wieder auf die Beine. Im selben Moment erreichte Neraida sein Zelt.

»Dreh dich um, Halef ben Orman« Neraidas Stimme war halb durch ihren Schleier erstickt, doch der Alte hatte sie gehört. Langsam hob er sein Schwert und drehte den Kopf.

»Wer bist du, daß du meinen Namen kennst?«

»Ich bin der Verderber der Verderbten, und mein Schwert schreibt mit Blut im Buch der Gerechtigkeit.«

Halef ben Oran hatte sich jetzt ganz zu ihr umgedreht, und Neraida hob die Linke, um den beiden Leibwächtern ein Zeichen zu geben, sich nicht in diesen Kampf einzumischen.

»Rastullah braucht nicht die Hand eines Sterblichen, um Gerechtigkeit zu üben. Du bist ein ehrloser Räuber, sonst nichts.«

Halefs Stimme klang dunkel und furchteinflößend, ganz so, wie Neraida sie von früher in Erinnerung hatte. »Du besudelst mit deinen Worten den Namen Rastullahs. Du nennst dich seinen Rächer? Du bist doch nur ein Geier! Bietest hundert Reiter auf, um Wehrlose zu überfallen und auszurauben und ...«

»Rastullah schickt die Geier, um das Aas aus der

Wüste zu tilgen, und das tun auch wir, denn auch wenn deine Zunge noch flink sein mag, so bist du nicht mehr als verrottendes Aas, alter Mann.«

Mit einem wütenden Aufschrei stürmte Halef auf sie los. Doch mit einer schnellen Drehung brachte sich Neraida außer Reichweite seines Schwertes, und sein Schlag ging ins Leere. Said hatte ihr in der Zeit, da sie mit den Kasimiten ritt, zwar nicht beigebracht, mit dem Schwert zu fechten, doch hatte er viele Stunden und noch mehr Geduld aufgeboten, um sie zu lehren, wie man Angriffen auswich. Selbst als Neraida gedroht hatte, die Kasimiten zu verlassen, hatte er sich geweigert, ihr das Töten beizubringen. Doch tat er das nicht etwa, weil er ein besonders frommer Mann war, sondern nur deshalb, weil er seinen Feinden die Schande ersparen wollte, von der Hand einer Frau zu sterben.

Halef war durch den fehlgegangenen Hieb aus dem Gleichgewicht geraten und hatte sich auf den Beinen zu halten. »Ich sehe, deine Kraft reicht kaum noch, ein Schwert zu führen«, höhnte Neraida. »Welchen Sinn hat dein Leben da noch, nachdem auch deine Manneskraft nicht ausreichte, einen Sohn zu zeugen, und dein Weib Zuflucht in den Armen eines anderen suchte, um das zu bekommen, was du nicht zu geben vermagst?«

»Wer bist du?« keuchte Halef. Sein Atem ging stockend, und seine Augen sprühten vor Zorn.

Jeden Augenblick auf einen neuen Angriff des alten Salzgängers gefaßt, hob Neraida langsam die Linke und zog das Tuch, das ihr Gesicht verhüllte, bis zum Kinn hinab. »Erkennst du mich? Weißt du noch, wem du diese Narben beigebracht hast?«

»Neraida?« Kalte Boshaftigkeit lag in der Stimme des Alten. »Ich hätte dich in ein Salzloch stoßen sollen, so wie ich es mit deiner schwachsinnigen Mutter tat!«

Die Worte trafen die Salzgängerin wie ein Schlag. Ihre Mutter war also nicht über den Chichanebi geflohen, wie man ihr als Kind erzählt hatte. Diese Bestie hatte sie ermordet.

»Überrascht?« Halef lachte böse. »Auch wenn Delilah nur den Verstand einer läufigen Hündin hatte und mich betrog, konnte ich doch niemandem erzählen, daß ich sie in ein Salzloch gestoßen hatte. Immerhin war ihr Vater ein Hairan der Beni Schebt, und er wäre zur Blutrache gezwungen gewesen. Eine Fehde aber war dieses törichte Weib nicht wert.«

»Mir ist sie dein Blut wert!« Neraida sprang vor und versuchte, ihrem Vater den Khunchomer in die Brust zu stoßen, doch mit erstaunlicher Gewandtheit und Kraft parierte er ihren Schlag. Beinahe hätte sein Streich ihr sogar die Klinge aus der Hand gerissen.

»Du hältst dich wohl für eine Amachd'sunni, doch deine Rache ist nicht gerecht. Deine Mutter war es, die Unrecht begangen hat. Sie war nicht nur so dumm, mich zu betrügen, nein, sie hat es mir eines Nachts im Zorn auch noch erzählt. Mir blieb gar nichts anderes übrig, als sie zu töten und meine Ehre wiederherzustellen. Sie und nicht ich ist verantwortlich für dein Schicksal!«

»Du lügst! Du warst es, der mich gequält hat!« Wie eine rasende Löwin stürzte sich Neraida auf Halef, der diesmal schon mehr Mühe hatte, ihre Schläge zu parieren. Keuchend trennten sich die beiden wieder und umkreisten sich wie lauernde Raubtiere.

Erst jetzt bemerkte Neraida, daß der Kampflärm rings um sie verstummt war. Das Gefecht um den Ahmar Medjel war entschieden. In weitem Kreis hatten sich die Kasimiten um sie und Halef versammelt und beobachteten sie.

Auch der alte Salzgänger hatte bemerkt, daß das Schicksal der Seinen sich entschieden hatte. »Es … war mein Recht! Ihre Mutter hat mir diesen … Bastard untergeschoben. Ich hätte auch sie … töten können. Ich war gnädig, als … ich sie verkaufte.« Sein Atem ging rasselnd, und Angst war in seiner Stimme zu hören.

»Wimmere nicht wie ein zitterndes Lamm, das seine Herde verloren hat. Stell dich dem Schicksal, das Rastullah dir bestimmt hat!« Neraida spuckte vor ihm aus. Sie sollte froh sein, daß dieser ängstliche Greis nicht ihr wirklicher Vater war. Er war es kaum wert, daß sie ihre Klinge mit seinem Blut besudelte.

»Stirb, Bastard!« Mit gellendem Schrei, das mächtige zweihändige Schwert hoch über dem Kopf erhoben, stürzte Halef auf sie zu. Neraida riß ihren Khunchomer hoch, um den tödlichen Schlag abzuwehren.

Als wären sie lebendig, kreischten ihre Klingen, als sie funkenstiebend aufeinanderschlugen. Neraida ging durch die Wucht des Schlages in die Knie. Ihr Schwert entglitt ihren Fingern, die vor Schmerzen wie taub waren. Dennoch hatte ihre Parade den Hieb des Alten abgelenkt, und er verfehlte sie. Mit irrem Lachen hob Halef erneut sein Schwert. »Jetzt sollst du deiner Mutter folgen, Bastard.«

Gebannt verfolgte Neraida jede seiner Bewegungen. Said hatte sie gelehrt, auch unbewaffnet den Angriffen eines Feindes zu widerstehen. Sie war jünger und schneller als Halef, und sein großes Schwert war zu unhandlich, als daß er damit einen Hieb führen konnte, mit dem sie nicht rechnete. Vielleicht gelänge es ihr sogar, seinen Schwertstreich zu unterlaufen und ihn zum Stürzen zu bringen.

Plötzlich stieß Halef einen spitzen Schrei aus. Der riesige Khunchomer entglitt ihm und fiel klirrend zu Boden. Ein Wurfdolch ragte aus seinem rechten Arm.

Wütend sprang Neraida auf und drehte sich zu den Kasimiten um. »Wer hat das getan?«

»Ich!« Said ben Sahir stieg aus dem Sattel und trat vor sie. »Ich konnte das Wagnis nicht eingehen, daß er dich tötet. Ohne dich kommen wir niemals von hier weg. Nur du kannst uns durch die Salzwüste führen.«

»Er hätte mich nicht getötet! Ich … Du hast mich meiner Rache beraubt!«

»Was hindert dich, zu ihm zu gehen und dem Schurken die Kehle durchzuschneiden?« Said warf dem alten Salzgänger, der wimmernd seinen Arm umklammerte, einen verächtlichen Blick zu. »Ich sage dir, es ist dein Recht, ihn zu töten. Nun strafe ihn!«

Zögernd blickte Neraida auf ihren Khonchomer, der noch immer am Boden lag. Noch vor wenigen Augenblicken hätte sie nicht gezögert, Halef den Kopf abzuschlagen, doch jetzt war alles anders.

»Du hattest kein Recht, dich in unsere Fehde einzumischen, Said. Durch deine Tat ist meine Rache verhindert. Ich kann Halef nicht töten, solange er wehrlos ist.«

Der Scheich machte eine wegwerfende Bewegung. »Mach ein Ende, bring ihn um! Auch er hat versucht, dich zu töten, nachdem du deine Waffe verloren hattest und wehrlos warst.«

»Ich bin nicht wie er!« Neraidas Stimme bebte vor Zorn. »Durch deine Tat hast du verhindert, daß ich meine Ehre wiederherstellen konnte. Dafür erkläre ich dir die Fehde, Said ben Sahir ben Kasim. Sobald der Krieg gegen die Ungläubigen entschieden ist, werde ich dich für deine heutige Tat zur Rechenschaft ziehen.«

Der Scheich starrte sie einen Augenblick lang ungläubig an, dann verneigte er sich kurz. »Ich nehme die Fehde an, Neraida, und bin stolz, eine Feindin wie dich zu haben.«

Zwei Tage waren seit dem Gefecht bei Ahmar Medjel vergangen, und längst hatte das Toben des Sandsturms aufgehört. Neraida hatte die Kasimiten von der verborgenen Quelle zwischen den roten Felsen nach Norden geführt, dorthin, wo jenseits des Salzsees die Karawanenpiste zum heiligen Keft verlief.

Etwa zehn Meilen vom Chichanebi entfernt hatten sie beim Brunnen von El Amra ihr Lager aufgeschlagen. Eine verwitterte Mauer schützte das Brunnenloch vor dem Flugsand der Wüste, und schon von weitem entdeckte man den hoch in den Himmel ragenden hölzernen Hebearm mit seinen schweren Gegengewichten, durch den der pralle Ziegenbalg, der als Schöpfgefäß diente, aus der Tiefe des Brunnenschachts gehoben werden konnte. Dicht bei dem Brunnen standen zwei lange Tränken, aus rotem Stein gehauen, in die durch einen Schwenk des Hebearms das kostbare Wasser fließen konnte.

Als sie El Amra erreicht hatten, rastete dort lediglich ein alter Mann, der mit seinem Esel im spärlichen Schatten des Brunnens Zuflucht vor der Mittagssonne gesucht hatte.

Seit dem Überfall auf das Lager im Ahmar Medjel hatte sich das Gefolge Said ben Sahirs deutlich vergrößert. Um den verräterischen Salzhändler zu bestrafen, hatten die Kasimiten Halef ben Orman fast alles genommen, was er besaß. Beinahe sechzig Lastkamele und Pferde hatten sie erbeutet und mehr als dreißig Sklaven und Dienerinnen aus seinen Zelten geraubt. Halef waren nur noch eine Handvoll Getreuer, die Zelte und genug Lebensmittel für einen Gottesnamen geblieben.

Diese Strafe war seinem Verrat am Volk der Wüste angemessen, und doch konnte Neraida noch immer nur mühsam ihren Zorn auf Said unterdrücken. Sie war sich völlig sicher, daß sie den Zweikampf gewonnen hätte. Damit wäre endlich alles abgegolten gewesen, was Halef ihr angetan hatte. Doch wie die Dinge jetzt standen, mochte allein Rastullah wissen, ob sie Halef ben Orman jemals wiedersehen würde.

Mißmutig löste sie den Sattelgurt ihrer Stute und nahm dem Tier Sattel und Zaumzeug ab. Vor allem wegen der Sklaven, die vom Fußmarsch über den Chichanebi erschöpft waren, würden sie den Rest des Tages rasten. Said plante, die Gefangenen und die erbeuteten Reit- und Lasttiere am nächsten Tag mit einer Eskorte von zwanzig Kriegern als Geschenk an seine Sippe in die Oase Kireh zu schicken.

Der stolze Scheich hatte sich in den letzten Tagen verändert. Sooft sie in den vergangenen Gottesnamen al'anfanische Patrouillen oder die Lager abtrünniger Nomadensippen überfallen hatten, nie war der Kasimit darauf aus gewesen, Beute zu machen. Erhoffte er sich, durch das großzügige Geschenk neue Krieger zu gewinnen, die mit ihm in den heiligen Krieg gegen die Ungläubigen zogen? Neraida fragte sich, was in Said vorgehen mochte. Verstohlen musterte sie den Scheich, der dicht beim Brunnen stand und seine Krieger beim Tränken der Pferde beaufsichtigte. Bislang hatte er sich immer als unbeugsam und gottesfürchtig erwiesen, außer ...

Neraida durchlief ein Schauer, und trotz der Mittagshitze wurde ihr kalt, als sie wieder an jenen Morgen im Tal der Sieben Säulen dachte, als Said ihren eisernen Sklavenring zerschlagen hatte. Sie wußte mittlerweile aus seinem eigenen Mund, daß es ihm damals gleichgültig gewesen war, ob er sie tötete oder von dem demütigenden Symbol der Sklaverei befreite. Er selbst hatte ihr erzählt, daß er die Augen geschlossen hatte, unmittelbar bevor er seinen Khunchomer niedersausen ließ, und daß er so den Ausgang des Gottesurteils allein in Rastullahs Hand legte. Und das war es, was Neraida noch heute am meisten ängstigte. Saids Schwert hatte damals zwar den Sklavenring zerbrochen, doch hatte es zugleich einen Fingerlang über ihren Nacken geschnitten. Deshalb hatte ihr der Prophet den Mantel übergeworfen und sie sofort vom Platz des Gottesurteils fortgeschafft. Er wollte verhindern, daß die einfachen Krieger sahen, was geschehen war, und vielleicht an der rechtmäßigen Berufung Neraidas zu ihrer Führerin auf dem Salzsee zweifelten. Damals hatte Said dem Propheten geholfen, sie vor den Blicken der Männer zu verbergen. Doch wie ging das mit seiner Behauptung zusammen, daß es ihm angeblich gleichgültig war, was mit ihr geschah? Und warum hatte Rastullah es zugelassen, daß das Gottesurteil so zweideutig ausfiel? Hätte er ihren Tod gewollt, so hätte das Schwert Saids nur ein wenig tiefer in ihren Nacken zu schneiden brauchen. Also mußte es doch wohl sein Wille sein, daß sie die Kasimiten führte. Schließlich war durch den Schwertstreich auch ihr Sklavenring zerbrochen!

Drei Tage hatte es gedauert, bis der Schnitt so weit verheilt war, daß sie mit den Kasimiten das Tal verlassen konnte. Auch wenn die Wunde stark geblutet hatte, war sie nicht sehr tief gewesen. Der Prophet hatte die Verletzung mit einer Salbe aus Kräutern und geronnener Stutenmilch behandelt, so daß von dem Schnitt nicht mehr als eine feine weiße Narbe zurückgeblieben war.

Schlimmer war die Narbe auf ihrer Seele, denn auch wenn der Prophet versucht hatte, ihr alle Zweifel auszureden, so war Neraida insgeheim davon überzeugt, daß sie gegen Rastullahs Willen verstoßen hatte, als sie die Kasimiten auf den Salzsee führte. Auch wenn sie nicht wußte, welcher Weg der richtige war, spürte sie doch, daß sie sich gegen ihren Gott verging.

Daß ihr nun die Blutrache an ihrem habgierigen Stiefvater versagt geblieben war, war ein neuerliches Zeichen dafür, daß sie die Gunst des Gottes verloren hatte. Doch warum nur? Seit sie aus Unau geflohen war, hatte sie alles getan, um für die Sünde Buße zu tun, daß sie das Al-Raschid nurayan schah Tulachim, das heilige Buch der Kasimiten, zurückgelassen hatte. Doch offenbar wurden ihre Gebete nicht erhört.

Einige Rufe vom Brunnen her schreckten Neraida aus ihren Gedanken auf. Am Horizont war ein Trupp Reiter aufgetaucht, der auf den Brunnen zuhielt. Said gab ein scharfes Kommando, und die wenigen Krieger, die ihre Pferde noch nicht abgesattelt hatten, schwangen sich auf den Rücken ihrer Tiere.

Die fremden Reiter führten die große schwarze

Kriegsfahne der Beni Novad. Sie waren die Herren dieser Region, und es war ihr Brunnen, an dem Said und seine Getreuen lagerten.

Die meisten der Beni Novad ritten weiße Mehari. Hundert Schritt vor dem Brunnen fächerte die Kolonne in eine langgezogene Kette auf, so daß man die Zahl der Reiter besser schätzen konnte. Es mußten vierzig oder mehr sein. Die meisten von ihnen waren mit wimpelgeschmückten Lanzen bewaffnet. Neraida griff nach ihrem Schwert, das neben dem Sattel lehnte. Die Ankunft der Beni Novad konnte nichts Gutes bedeuten.

Kaum zehn Schritt vom Brunnen entfernt brachten die Krieger ihre Kamele zum Stehen. Erst jetzt erkannte Neraida, daß viele von ihnen blutige Verbände trugen. Ein einzelner Reiter löste sich aus der Formation und näherte sich dem Lager der Kasimiten um weitere zwei Kamellängen.

Said hatte sich inzwischen auf einen Hengst geschwungen und ritt dem Scheich der Beni Novad entgegen.

»Wer wagt es, das Wasser der Beni Novad zu stehlen?« Die Stimme des Anführers der Kamelreiter klang laut und befehlsgewohnt. Der Mann hatte einen wilden schwarzen Bart und trug ein teures Kettenhemd über seinem Kaftan. Ohne Zweifel war er der reichste und mächtigste seiner Sippe.

»Ich bin Said Ben Sahir von den Söhnen Kasims.« Said hob grüßend die Hand. »Wir freuen uns, unser Lager mit euch teilen zu können.«

Der Bärtige spuckte verächtlich in den Sand. »Wir teilen weder ein Lager noch unser Wasser mit den Söhnen Kasims. Lieber schütten wir das Wasser in den Sand als zu dulden, daß ein ungewaschener Kasimit unseren Brunnen besudelt.«

Said lachte. »Du nennst das hier einen Brunnen? Ich dachte, ein Kind hätte hier ein Loch in den Sand gescharrt, doch ich vergaß, daß die Beni Novad wie Kinder sind.«

»Ein Beni Kasim mit dem Mut eines Sandflohs kann mich nicht beleidigen. Es weiß doch jeder, daß ihr eure Gesichter verhüllen müßt, weil sie so scheußlich sind, daß euch vor Schreck das Herz zerspringen würde, wenn ihr euch gegenseitig anblicken müßtet.«

»Du verwunderst mich. Nach allem, was zu hören ist, vermag ich kaum zu glauben, daß ein Beni Novad sich getraut, auch nur das Wort Mut in den Mund zu nehmen. Irre ich mich, oder ist der Mut deines Volkes so groß, daß alle Sippen zusammen nicht in der Lage waren, eure schönste Oase gegen eine kleine Schar der Götzenanbeter zu verteidigen?«

Neraida zuckte zusammen. Diese Worte konnten nur noch durch Blut getilgt werden. Soweit sie wußte, waren die Al'Anfaner, als sie Unau verlassen hatten, so zahlreich wie die Heuschrecken über die Oase Tarfui hergefallen. In der Schlacht um die Oase nördlich von Unau hatte nicht nur Dschadir ben Nasreddin, der Sultan der Beni Novad, sein Leben verloren, sondern es waren auch viele Scheichs gefallen, und das Wasser der Oase war noch Tage nach der Schlacht rot vom Blut der Toten gewesen.

»Ist das das Gewinsel eines Feiglings, der nicht erkennen will, daß der Tod vor ihm steht, Said von den Söhnen Kasims? Glaubst du, deine Schlangenbrut, die sich von der Sklavin einer Hure über den Chichanebi führen läßt, könnte gegen die Krieger bestehen, die Rastullah vor allen anderen mit seinem Vertrauen ausgezeichnet hat? Wir wissen, daß sich die läufige Hyäne unter euch verbirgt, die die Sharisad von Unau über den Salzsee geführt hat. Und wenn sich schon die Herrin zur Buhle der Ungläubigen macht und selbst davor nicht zurückschreckt, den Hohenpriester der Götzenanbeter in seinen privaten Gemächern zu besuchen – was will man dann erst von der Sklavin erwarten und von denen, die einer solchen Sklavin folgen?«

Die Worte des Bärtigen waren wie Öl, das man ins

Feuer goß. Längst hatten alle Kasimiten ihre Waffen genommen und sich drohend hinter Said aufgebaut. Auch Neraida war an die Seite des Verschleierten geeilt. Dafür, daß der Beni Novad sie mit ihrer früheren Herrin verglichen hatte, würde sie ihm bei lebendigem Leib das Herz herausreißen. Natürlich hatte auch sie in den vergangenen Gottesnamen schon vom schändlichen Leben der Sharisad gehört, und oft hatte sie sich gewünscht, daß Melikae im Wadi Gehenna umgekommen wäre und nicht mehr lange genug gelebt hätte, um solche Schande über ihre Sippe und alle jene zu bringen, die ihr einmal zu Diensten waren.

»Seid ihr denn wie tollwütige Hunde, die keinen Herren kennen?« Der alte Mann, der im Schatten der Brunneneinfassung ruhte, hatte sich erhoben und bahnte sich jetzt seinen Weg durch die verschleierten Kasimiten. »Habt ihr denn alle Gottesfurcht verloren und müßt ihr euch wie die Tiere gegenseitig die Gurgel herausreißen, während die Ungläubigen unsere Bethäuser schänden, unseren Frauen Gewalt antun und ...«

»Wer bist du, Alter, daß du es wagst, einen Kasimiten gottlos zu nennen?« fuhr Said den Mann scharf an.

»Ich bin Nebahath ibn Raud ai Shebah, zweiter Mawdli von Keft und Gesandter des Ruhollah Moswi al-Hendi, des Verkünders Rastullahs und weisesten aller Mawdliyat im Land der Ersten Sonne. Im Dienst meines Herren bin ich in Verkleidung nach Mherwed gereist, um den Palast des Sultans zu sehen, und nun weiß ich, daß über dem Haus des Abu Dhelrumun ibn Chamallah der Schatten des Todes liegt. Schon lange wußten die Mawdliyat von Keft, daß ein Kalif, der in mehr als zwanzig Jahren keinen Erben zeugt, nicht die Gunst des einen Gottes genießen kann, doch nun hat sich Rastullah vollends von ihm abgewandt. Dennoch ist eine heilige Zeit angebrochen! Dreimal neun Jahrneunte sind vergangen, und es ist die Mitte des nächsten Jahrneunts, seit Rastullah uns erschienen ist. Zwei Jahrneunundneunzigste sind vergangen, und es ist die Mitte des nächsten Jahrneunundneunzigstes, seit der einzige Gott sich offenbarte. Es ist die Zeit, in der Rastullah prüfen wird, ob wir es wert sind, seinem Lobpreis zu dienen. Und wenn wir nicht vor seinem gestrengen Urteil bestehen werden, so werden sich eure Kinder und Kindskinder bis ins neunundneunzigste Glied unter der Knute der Götzenanbeter beugen müssen, bis Rastullah seinem Volk wieder Milde schenkt.«

Der Bärtige hatte sein Kamel niederknien lassen, sprang aus dem hohen Sattel und warf sich vor dem Mawdli in den Staub. »Verzeiht, daß ich Euch nicht erkannt habe, Ehrwürdiger. Mein Zorn muß mich blind gemacht haben!«

»Ich weiß, daß du nicht besser siehst als ein alter Hund, Ali ben Kurman, doch es ist nicht an mir, dir zu vergeben. Ein Mann, der in Zeiten höchster Not engstirnig ist, mag nur auf die Gnade Rastullahs hoffen.« Nebahath drehte sich um und blickte nun zu Said und seinen Gefolgsleuten.

»Was hast du mir vorzuwerfen? Ich streite und siege im Namen Rastullahs, und niemand kann mir vorwerfen, daß ich nicht gottesfürchtig bin.« Stolz richtete Said sich im Sattel auf. »Schon immer galten die Kasimiten als die treuesten Diener Rastullahs und ...«

»Und die Beni Novad waren das Volk, das er auserwählt hat, seine Botschaft unter den Heiden zu verbreiten. Keinen Stamm liebt der eine Gott mehr als uns«, mischte sich Ali ben Kurman ein.

»Schweigt, ihr Nichtswürdigen!« Böse funkelte der Mawdli die beiden Scheichs an. »Wollt ihr meine Autorität als Richter in Frage stellen und euch über mein Wort stellen?«

Für einen Augenblick herrschte bedrücktes Schweigen. Hier und dort hörte man ein Pferd schnauben, doch wagte es keiner der Krieger, auch nur ein Wort zu sagen. Neraida war froh, daß sie so stand, daß der Mawdli sie nicht sehen konnte. Sie wußte genau, daß sie gegen viele Gesetze Rastullahs verstoßen und noch weit größere Schande auf sich geladen hatte. Wahrscheinlich brauchte ihr Nebahath nur in die Augen zu schauen, um all ihre Sünden zu erkennen.

»Könnte es denn nicht Rastullahs Wille sein, daß uns die Ungläubigen heimsuchen?« Der Alte sprach jetzt in demselben belehrenden Tonfall, den er vor einem Bethaus bei der einzig wahren Auslegung der neunundneunzig Gebote angeschlagen hätte. »Könnte es nicht der Wille des Gottes sein, daß die Al'Anfaner unser Land mit Krieg überziehen? Schließlich sollte jeder Gläubige wissen, daß nichts ohne den Willen Rastullahs geschieht. Wenn es also der Wille des einen Gottes ist, was bewegt ihn dann, so Ungeheuerliches zu gestatten? Warum sieht er mit an, wie unsere Brüder und Schwestern gemordet und in die Sklaverei verschleppt werden?«

Wieder machte der Mawdli eine Pause und ließ seine Worte auf die Krieger wirken.

»Es ist der Kalif! Über der Herrschaft von Chamallahs Sohn lag stets ein Schatten. Er hat keinen Sohn, gründete nicht eine Stadt und eroberte keinen Fußbreit Boden für die Kinder Rastullahs. Ich frage euch, wofür hat dieser Kalif eigentlich gelebt? Seinetwegen trifft uns der Zorn des Gottes. Und was ist mit den Städten, die die Fremden genommen haben? Erlaubten nicht die Bewohner des lästerlichen Selem sogar den Geschuppten, in ihren Mauern zu leben? Und sind die Echsen nicht Anbeter H'rangas, der großen Schlange, die seit Anbeginn der Zeiten der Feind Rastullahs war? So ist es gerecht, wenn Feuer und Schwert diese Stadt geläutert haben! Und was ist mit dem stolzen Unau, dessen Mawdliyat das Wort Rastullahs verdrehen? Haben nicht auch sie sich so weit von den Worten des einzigen Gottes entfernt, daß man in ihnen kaum noch seine

Kinder erkennt? Und war darum nicht auch die Strafe gerecht, die dieser Stadt widerfahren ist? Aber noch ist Rastullahs Strafgericht nicht zu Ende! Ihr alle habt euch am einzigen Herrn vergangen, indem ihr euch seinem Werkzeug in den Weg gestellt habt, denn nichts anderes als ein Werkzeug sind die Ungläubigen in den Händen des Gottes.«

Ein ehrfüchtiges und auch ein wenig ängstliches Raunen ging durch die Reihen der Krieger. Auch Neraida war der Gedanke neu, daß sie sich versündigt haben könnte, indem sie die Boronsdiener bekämpft hatte. Doch die Worte des Mawdli empfand sie wie ein Licht, das dem Verwirrten in finsterer Zeit den Weg zu seinem wahren Ziel weist.

»Das Kalifat ist wie ein mächtiger, aber kranker Krieger. Schwärende Wunden haben ihm die Kraft genommen. Doch Rastullah ist wie ein guter Arzt, denn er schneidet dem Kranken das faulige Fleisch von den Knochen, damit er sich wieder erholen kann. Die Al'Anfaner aber sind das Messer, das er dabei nutzt. Erst wenn der letzte Schnitt geglückt ist, wird sich der Kranke wieder an seine einstige Stärke erinnern und von seinem Lager erheben. Dann aber wird der Arzt dem Geheilten das Messer in die Hand legen, damit er in seinem gerechten Zorn die Klinge zerbrechen kann, die ihm solche Pein bereitet hat.«

»Und wie werden wir erkennen, wann Rastullah den letzten Schnitt geführt hat?« In Saids Stimme schwangen sowohl Ehrfurcht als auch Skepsis mit, und Neraida erschrak vor seinen Worten, denn dies war nicht die Art, wie man mit einem Mawdli redete.

»Die Mawdliyat des heiligen Keft werden den Tag nennen, an dem es Zeit ist, wie der Sturmwind aus der Wüste zu kommen und die Ungläubigen in das Meer zurückzujagen, über das sie gekommen sind. Niemand ist dem Gott näher als jene, die an dem Ort leben, an dem Er sich einst seinem Volk offenbart hat und der noch immer die Aura seiner strahlenden Macht atmet. Dort war es Ruhollah Marwan al-Hendj vergönnt, dem ältesten und weisesten aller Mawdliyat, den Willen Rastullahs zu erkennen. Die Brutstätten des Unglaubens sollen durch die Fremden ausgemerzt werden, als da sind Selem, Unau und Mherwed. Und erst wenn die Faust des Gottes den nutzlosen Kalifen Dhelrumun zerschmettert hat und die Mawdliyat von Keft die Würde seines Nachfolgers anerkannt haben, erst dann bricht der Tag an, da sich der kranke Krieger wieder von seinem Lager erheben mag.«

»Du sagst also, es sei falsch, sich gegen die Eroberer zu stellen und Frau und Kinder zu verteidigen?« Ein leicht höhnischer Unterton lag in der Stimme Saids. Daß der Kampf gegen Ungläubige ehrlos sein könnte, stellte alle Ideale eines Kasimiten auf den Kopf. Sich diesem Urteil des Mawdliyat zu beugen, überlegte Neraida, hieß für ihn, alles, wofür er bislang gelebt hatte, zu leugnen.

»Du magst ein großer Krieger sein, Said von den Söhnen Kasims, doch die Kunst, Rastullahs Willen richtig zu deuten, scheint dir so fern zu liegen wie die Sterne, die nachts am Himmelszelt funkeln. Die Mawdliyat sind der Meinung, daß es nicht Rastullahs Wille sein kann, sich dem Heer entgegenzustellen, das sein Werkzeug ist. Doch ist es natürlich erlaubt, jene zu bekämpfen, die sich von der Hauptstreitmacht trennen. Tötet die schwarzen Krieger, wo immer ihr sie dabei antrefft, das Land zu schänden, Vieh zu rauben und Ernten zu verbrennen. Doch hütet euch vor der Armee, denn wer gegen sie zieht, der wendet sich auch gegen Rastullah, und wer sich gegen Rastullah wendet, der wird vernichtet werden.«

Noch immer herrschte beklommenes Schweigen. Alle Kampfeswut schien die Kasimiten und die Beni Novad verlassen zu haben. Doch in Neraida nagte wieder der Zweifel. Sie hatte sich zu den Kasimiten gesellt, um Buße zu tun, doch wenn der Kampf der Kasimiten falsch war, dann durfte sie nicht darauf hoffen, daß Rastullah ihre Buße anerkennen würde. Im Gegenteil, sie hatte sich ein weiteres Mal vor dem Gott versündigt – und das, obwohl sie den Worten des Propheten Almansor gefolgt war! Gab es für sie überhaupt noch Rettung?

Ungestüm drängte sie sich durch die Reihen der Kasimiten, kniete vor dem alten Mawdli nieder und küßte zum Zeichen ihrer Unterwürfigkeit den Saum seines Gewandes.

»Bitte, weiser Mann, erhöre mein Flehen! Ich habe gesündigt, zeige mir den Weg zurück zu Rastullah!«

»Bist du die Frau, von der Ali ben Kurman gesprochen hat? Jene, deren Herrin zur Buhle der Eroberer geworden ist?«

»Ich weiß nicht, welche Schande Melikae von Unau auf sich geladen hat, seit ich aus ihrem Haus geflohen bin, doch stimmt es, daß ich einst ihre Sklavin war.«

»Schande?« Der Scheich der Beni Novad hatte seine Stimme wiedergefunden. »Erst vor wenigen Tagen habe ich von einem Kaufmann aus Unau gehört, daß diese Hure für jeden, der in ihrem Haus Quartier nimmt, die Schenkel spreizt! Sie ist …«

»Genug, Ali«, unterbrach ihn der Mawdli streng. Dann wandte er sich wieder Neraida zu. »Warum hast du ihr Haus verlassen?«

Neraida schluckte. Sie konnte unmöglich die ganze Wahrheit sagen, solange die Kasimiten jedes ihrer Worte hören konnten. »Einige Kasimiten haben mich gebeten, den heiligen Fußabdruck Rastullahs aus dem Bethaus der Stadt von Unau fortzubringen, bevor er den Eroberern in die Hände fiel. Aus diesem Grund bin ich meiner Herrin entflohen, die bis dahin keinen lasterhaften Lebenswandel geführt hatte.«

»Und was hat dich dazu gebracht, als Weib an der Seite von Kriegern zu reiten? Hast du denn keinen Respekt vor dem zweiundsechzigsten Gebot des Gottes, das da lautet: *Der Gottgefällige meidet die Frauen und wechselt mit ihnen weder Worte noch Blicke – sofern sie nicht in den Bund der Ehe mit ihm getreten sind?* Durch deine Anwesenheit zwangst du alle jene gottesfürchtigen Männer, die mit Scheich Said zogen, gegen Rastullah zu freveln. Ja, selbst jetzt zwingt deine Anwesenheit uns dazu, das Gebot zu übertreten. Kennst du denn keine Scham, Weib?«

Die strengen Worte des Mawdli verletzten Neraida. Sie hatte gehofft, bei ihm Trost und Rat zu finden. So konnte sie, auch wenn sie wußte, wie unklug es war, seine Vorwürfe nicht ohne Widerspruch hinnehmen. »Es mag sein, Ehrwürdiger, daß meine Anwesenheit unter den Söhnen Kasims ein Frevel war, doch wäre ich nicht an ihrer Seite geritten und hätte ich ihnen nicht den rechten Weg gewiesen, so wären sie schon längst alle Opfer des Chichanebi geworden, der nicht zwischen Gläubigen und Heiden zu unterscheiden vermag.«

Ein empörtes Raunen ging durch die Reihen der Krieger. Es war schon ungewöhnlich, daß eine Frau unaufgefordert ihr Wort an einen Mawdli richtete, doch daß sie ihm auch noch widersprach, war ein unerhörter Frevel.

Während das Murren immer lauter wurde, stieg Said aus dem Sattel seines Shadif und stellte sich schützend vor Neraida. »Wer seine Hand an die Salzgängerin legt, lebt fortan in Fehde mit mir. Ihr allein verdanken ich und meine Krieger, daß uns der Chichanebi nicht verschlungen hat. In all den Gottesnamen, die wir zusammen geritten sind, hat sie nicht weniger Mut bewiesen als jeder andere von meinen Kriegern.«

»Und doch verstoßt ihr gegen das Gebot Rastullahs!« entgegnete Nebahath zornig. »Was ist aus den Söhnen Kasims geworden, daß sie solchen Frevel dulden?«

»Willst du behaupten, ich verginge mich an Rastullah?« Saids Hand lag auf dem Knauf seines Khunchomers. »Es war der Prophet Almansor, der uns dazu geraten hat, Neraida als Führerin auf dem großen Salzsee zu wählen. Und Rastullah selbst hat uns in einem Gottesurteil bewiesen, daß es recht ist, sie unter uns zu haben.«

»Und doch verstoßt ihr gegen das zweiundsechzigste Gebot«, beharrte der Mawdli.

»Seht nur!« Einer der Reiter hatte den Arm erhoben und zeigte nach Süden. »Rastullah gibt uns ein Zeichen!«

Weit entfernt zeichnete sich ein dunkler Fleck gegen den wolkenlosen Himmel ab. Offensichtlich ein großer Vogel, der genau auf den Brunnen zuhielt. Einige der Novadis knieten nieder, um Rastullah ihre Demut zu bezeugen. Selbst aus Nebahaths Gesicht war der Zorn gewichen. Angespannt blickte er zum Himmel, um den Flug des Vogels zu deuten.

»Es ist ein Adler.« Zunächst war es kaum mehr als eine halblaut gemurmelte Vermutung. Doch dann bestand kein Zweifel mehr an der Wahrheit der Worte. Ein Adler, wie man ihn sonst nur in den fast hundert Meilen entfernten Unauer Bergen zu Gesicht bekam, hatte sich in die Weiten der Khom verirrt. Das mußte wahrhaftig ein Zeichen Rastullahs sein! Auch Neraida war sich dessen ganz sicher. Doch was wollte der Gott seinen Gläubigen offenbaren? Der mächtige dunkelbraune Vogel zog hoch über dem Brunnen zwei Kreise und drehte dann nach Nordosten ab.

Jetzt kniete auch Nebahath nieder und verbarg das Gesicht in den Händen. »Rastullah, vergib mir, denn der Hochmut hat mich blind gemacht!« Wie eine Litanei wiederholte der Mawdli immer wieder seine Bitte um göttliche Gnade.

Neraida war beunruhigt. Sie hatte die Bedeutung des Vogelflugs zwar nicht verstanden, doch aus dem Verhalten Nebahaths schloß sie, daß ihnen Schreckliches bevorstand. Oder sollte sie allein es sein, der Unglück drohte? Die Luft war erfüllt vom vielstimmigen Gemurmel der Betenden. Selbst die Pferde und Kamele schienen den Atem Rastullahs zu spüren. Sie schnaubten unruhig und scharrten im Sand. Auch Neraida versenkte sich demütig ins Gebet, um ihren Geist für die Botschaft des Gottes zu öffnen.

Etliche Minuten mochten vergangen sein, bis sich schließlich der alte Mawdli als erster wieder erhob. Sein Gesicht war vor Gram verzerrt, und Staub klebte an seinem langen Bart.

»Ich habe gefehlt«, verkündete er laut. »Es stand mir nicht zu, mein Wort gegen das Weib an deiner Seite zu erheben, Said von den Söhnen Kasims. Doch auch jeder von euch hat den Zorn des Gottes erregt. Rastullah ist erbost, weil ihr in Zeiten des Krieges die Schwerter gegeneinander ziehen wolltet. Daß der Adler zweimal einen Kreis über unseren Köpfen beschrieb, bedeutet, daß die Novadis und die Söhne Kasims fortan gemeinsam kämpfen sollen. Nach Nordosten, dorthin, wo das Heer des Patriarchen gezogen ist, führt auch euer Weg, und eure Aufgabe ist es, die Dörfer und die Oasen vor den Kriegern unter dem Rabenbanner zu schützen. Vergeßt euren Streit, denn der Kreis ist das Zeichen der Gemeinsamkeit, und da auch Neraida zu eurem Kreis gehört, mag die Salzgängerin weiter mit euch ziehen. Doch eins bleibt mir noch zu tun.«

Nebahath trat vor Neraida, die noch immer auf den Knien lag. »Erhebe dich, stolzes Weib. Neraida, die du es wagst, die Rede von Männern zu unterbrechen, und die du einen Khunchomer an deiner Seite trägst, als seiest du ein Krieger oder eine Amachd'sunni.«

Eingeschüchtert und zugleich erregt hob sie den Kopf und blickte dem Alten ins Gesicht. Ihr Herz schlug wie rasend, und ihre Hände waren naß vor Schweiß. Was wollte der Mawdli von ihr? Seine Worte klangen freundlich, doch mochte sie dem Stimmungswechsel nicht recht trauen.

Nebahath breitete in feierlicher Geste die Arme aus und drückte Neraida an seine Brust. Dann küßte er sie auf die Stirn und verkündete: »Neraida, Tochter des Chichanebi, das Auge Rastullahs ruht auf dir, und der Gott hat Gefallen an dir gefunden. Doch damit deine Anwesenheit unter Kriegern nicht die Gesetze verletzt, die uns der Eine einst zu Keft gegeben hat, sollst du fortan kein Weib mehr sein. Ich küsse dich, wie ich einen Bruder küssen würde, und banne mit dieser keuschen Geste die Lüsternheit, die zum Wesen eines jeden Weibes gehört. Von dieser Stunde an bist du ein Mann und Krieger wie jene, an deren Seite du reitest, und dein Name soll lauten Neraid al Barad, denn kalt wie der Schnee auf den höchsten Gipfeln Raschtuls, der selbst der Sommersonne nicht weichen mag, sind dein Herz und dein Mut.« Nebahath hob sie auf und küßte sie dabei auf die rechte Wange. Dann drehte er sich zu den Kriegern um und rief ihnen mit lauter Stimme zu: »Grüßt den neuen Streiter an eurer Seite, meine Brüder! Auf daß ihr alle im heiligen Krieg triumphieren möget!«

Die Krieger rissen ihre Speere und Khunchomer hoch und riefen Neraidas neuen Namen. Dann wurde sie von einigen Kasimiten auf die Schultern gehoben und jubelnd umrundeten die Männer mit ihr den Brunnen. Neraida war schwindelig. Zwar freute sie sich, endlich als gleichwertig von den Kämpfern anerkannt zu werden, aber dennoch war sie sich nicht sicher, ob ihr Schicksal nun eine gute oder aber eine böse Wendung genommen hatte.

Erst zwei Gottesnamen waren vergangen, seit die Ungläubigen die Sultansstadt Unau verlassen hatten, um sich wie ein Heuschreckenschwarm, alles Land verheerend, nach Norden zu wenden. Tar Honak hatte beschlossen, gen Mherwed zu ziehen und den Kalifenthron an sich zu reißen. Und es schien nichts und niemanden zu geben, die den Raben und seine finsteren Diener aufhalten konnten. Melikae war zunächst froh, daß der Patriarch die Stadt verlassen hatte. Adran Bonareth war ihrem Liebreiz ebenso zum Opfer gefallen wie Hauptmann Olan, und einen Tag, nachdem Tar Honak die Stadt verlassen hatte, schickte sie einen dunkelhäutigen Sproß der mächtigen Familie Florios ins Verderben. Doch dann griff die Angst nach dem Herzen der Tänzerin. Zu viele Männer, die in ihrem Haus genächtigt hatten, waren auf rätselhafte Weise verschwunden. Tagtäglich fürchtete sie, daß ihr Komplott aufgedeckt würde. Auch fiel es der schönen Tänzerin, die damals nichts sosehr brauchte wie Bewunderung und Anerkennung, immer schwerer, mit dem Haß der Bürger zu leben. So beschloß sie mutig, ihren Todestag selbst zu bestimmen und ihr Leben nicht dem Scharfsinn eines Al'Anfaners zu überlassen, der vielleicht eines Tages ihr Geheimnis zu entlarven vermochte. Wenn sie schon sterben mußte, so wollte sie vor ihrem Tod doch wenigstens eine Tat vollbringen, die ihren Namen für alle Zeiten reinwaschen würde. Also suchte sie unter den Waffen ihres Vaters einen Khunchomer, der so prächtig verziert war wie die übliche Klinge einer Schwerttänzerin und eine Schneide besaß, so scharf, daß sie ein fallendes Seidentuch zerteilte.

Dann entließ sie alle ihre Sklaven in die Freiheit und warb einige Dienerinnen an, die im Troß der Ungläubigen in die Stadt gekommen waren und den Offizieren des Patriarchen bereitwillig gewährten, was Melikae ihnen bislang stets verheißen, aber immer vorenthalten hatte. Auch kaufte sie eine Sänfte, ausgeschlagen mit purpurner Seide und getragen von Sklaven aus dem tiefen Süden, deren Haut fast so schwarz wie der Nachthimmel war. Auch einige Söldner dingte die Sharisad und schloß sich dann mit ihrem Gefolge, das sie gar farbenprächtig ausstaffiert hatte, einer der großen Versorgungskarawanen an, die in regelmäßigen Abständen dem Heer Tar Honaks folgten. Sie war überzeugt, daß es ihr Schicksal sei, das zu vollbringen, was einem ganzen Heer am Szinto nicht gelungen war. Und welch schöneres Ende mochte es für sie noch geben, die mit Omar und mit ihrer

Ehre jeglichen Sinn im Leben verloren glaubte? Melikae wollte über dem Leichnam des Patriarchen, der ihrem Volk Tod und Verderben gebracht hatte, von den Schwertern seiner Leibwächter gefällt werden. So hätte sie sterbend wenigstens noch ihre Ehre zurückerlangt, und vielleicht wäre Rastullah gnädig und würde sie in seinem Paradies wieder mit Omar vereinen.

Mahmud fühlte sich unendlich alt und müde. Seine letzten Worte hatte er mit heiserer Stimme gesprochen, und ein leichtes Schwindelgefühl hatte ihn befallen, so daß er die Gesichter seiner Zuhörer nur noch verschwommen sah.

Nachdem er sich in seiner Geschichte unterbrochen hatte, war es eine ganze Weile still geblieben, so als hinge jeder einzelne noch den Bildern nach, die Mahmud beschworen hatte, oder den Erinnerungen, die er selbst an die Zeit des großen Khomkriegs hatte. Jene schrecklichen Tage, da es keine Gewalt auf Dere zu geben schien, die die Macht hatte, den Siegeszug Tar Honaks aufzuhalten.

Die einzige, die die Schwäche des Märchenerzählers bemerkte, war Almandina. »Soll ich Euch stützen?« flüsterte sie leise. Mahmud nickte dankbar, denn er war nicht sicher, ob er aus eigener Kraft hätte aufstehen können. Als er sich, mit Hilfe der Bettlerin, schwankend erhob, da war es, als sei plötzlich der Zauberbann gebrochen, den seine Worte gewoben hatten. Bewegung kam in die Menge, und obwohl es einige gab, die sich einfach davonstahlen, um wieder den Geschäften des Tages nachzugehen, so nahmen sich doch die meisten die Zeit, dem Märchenerzähler auf ihre Weise etwas von dem zurückzugeben, das er ihnen mit seiner Geschichte geschenkt hatte. Manche verneigten sich nur stumm, andere jubelten lautstark oder versuchten, ihn zu umarmen und auf die Wangen zu küssen. Wieder andere kamen einfach nur nach vorn und warfen ein paar Kupfermünzen in die Schale, die vor dem Teppichstapel stand, auf dem er gesessen hatte.

Schwer stützte sich Mahmud auf seinen Wanderstab, doch gab ihm die Dankbarkeit der Fremden ein wenig von der Kraft zurück, die es ihn gekostet hatte, während der stickigen, heißen Mittagsstunden ohne Unterbrechnung den Faden seiner Erzählung weiterzuspinnen.

Wie immer aber währte die Dankbarkeit des Publikums nur einige kostbare Augenblicke lang, dann löste sich die Menge langsam auf. Männer und Frauen hatten ihr Tagwerk zu verrichten, das ihnen nun, da es etwas kühler geworden war, wieder leichter von der Hand ginge. Nur die Kinder und einige Alte blieben noch. Almandina hatte die kleine Holzschale aufgehoben, nachdem niemand mehr den Eindruck erweckte, noch eine Münze geben zu wollen, und war wieder zu Mahmud getreten.

»Bring mich zum Bethaus«, flüsterte der Märchenerzähler heiser. Die Bettlerin nickte, und obwohl ihre verkrüppelten Beine sie selbst kaum zu tragen vermochten, forderte sie ihn auf, sich mit seinem Arm auf ihre Schultern zu stützen.

»Kann ich etwas für Euch tun?« Ein Schatten hatte sich aus einem Hauseingang gelöst. Ein Zwerg mit speckigem, breitkrempigem Hut, geflochtenem Bart und weitem schwarzen Mantel war vor Mahmud getreten.

»Gebt eine milde Gabe! Mein Meister braucht Tee und Honig, oder er wird seine Stimme verlieren.« Ohne zu warten, was der Märchenerzähler dazu meinte, hatte die sonst so zurückhaltende Almandina das Wort ergriffen und dem Zwerg die flache Schale entgegengestreckt. Dieser machte ein Gesicht, als hätte sie ihm gerade vorgeschlagenen, mit einem von der Duglumspest Gezeichneten von einem Teller zu speisen.

»Ich fürchte, ich habe unglücklicherweise keinen Heller bei mir.«

»Etwas anderes hätte ich von einem Zwerg auch nicht erwartet«, versetzte Almandina bitter.

»Es ist wirklich so«, beteuerte der Zwerg halblaut. »Und mir hat die Geschichte auch …«

Ohne ihm weiter zuzuhören, wandten sich Mahmud und die Bettlerin ab. Ausreden wie diese hörte jeder, der auf der Straße lebte und auf die Gaben anderer angewiesen war, ein dutzendmal und öfter am Tag. Mahmud war froh, daß die junge Bettlerin ihm half, obwohl auch sie ihm seine größte Sorge nicht abnehmen konnte. Er hatte Angst vor dem Abend. Angst, daß sich seine Stimme nicht wieder erholen würde und er seine Geschichte vor der Zeit abbrechen müßte, weil er statt schöner Worte nur noch ein heiseres Krächzen herausbringen würde. Er sollte einen Teil der Münzen, die er bekommen hatte, dem Bethaus spenden. Vielleicht würde Rastullah ihm dann Gnade gewähren und bis Sonnenuntergang zumindest diese Sorge von seinen alten Schultern nehmen.

Tulef war wütend. Wieder einmal war er es, der unter dem Geiz seines Vaters zu leiden hatte. Alle waren jetzt auf den Feldern, um die Ernte einzubringen, nur er, er mußte hier in der götterverlassenen Taverne seines Vaters bleiben. Dabei war den ganzen Tag noch kein Reisender über die große Straße aus Fasar gekommen. Immer wieder malte er sich aus, wie er verstohlen der schönen Shahane zuschauen könnte, wie sie sich bückte, um die Ähren aufzunehmen und zu einem Bündel zu binden. Ihre Haare, schwarz wie Rabenflügel, würden dann nach vorn fallen und jedesmal, wenn sie sich mit einem fertigen Bündel aufrichtete, würfe sie den Kopf in den Nacken und würde sich mit dem Arm den Schweiß von der Stirn wischen. Vielleicht würfe sie ihm dann ein Lächeln zu, wenn sie merkte, daß er sie beobachtete.

Das unruhige Schnauben eines Pferdes riß Tulef aus

seinen Tagträumen. Es war doch tatsächlich ein Gast gekommen! Eifrig eilte Tulef aus der kleinen Garküche quer durch den Schankraum zum Eingang. Als er sah, wer dort sein Pferd absattelte, stockte ihm der Atem. Dann dankte er den Göttern, daß sein Vater ihn heute dazu verdonnert hatte, im Dorf zu bleiben. Einen solchen Gast hatte die Taverne höchstens einmal im Jahr, und mit etwas Glück würde er Tulef seine Dienste fürstlich entlohnen. Der Fremde mußte ein Agha des Kalifen sein oder vielleicht auch der Sohn eines der Erhabenen von Fasar. Auf jeden Fall war er ein mächtiger Krieger. Sein stählerner Spangenhelm, das kostbare Kettenhemd, aber auch die mit goldenen Blumen bestickte Hose, einfach alles, was er am Leib trug, verkündete seine Macht und seinen Reichtum. Allein der Hengst, den er ritt, mußte mehr wert sein als alle Ziegen, die es in ganz Naggliah gab.

»Ich freue mich, daß Euer adamantener Blick auf dieses bescheidene Gasthaus gefallen ist, Erhabenster«, grüßte Tulef den Krieger mit einer tiefen Verbeugung. »Sagt, womit kann ich Euch dienen, und scheut nicht davor zurück, scheinbar Unmögliches zu verlangen, denn selbst ein Dschinn nähme keine größere Mühsal auf sich als ich, wenn es darum geht, Euch jeden Wunsch von den Augen abzulesen.«

»Bring mir Wasser in den Stall und einen Sack voller Hirse.« Die Stimme des Fremden klang müde und gleichgültig.

»Aber, Hochwohlgeborenster, wie könnte ich erlauben, daß Ihr Euch nach den Strapazen Eurer Reise nun noch im Pferdestall plagt? Laßt mich Euren Hengst versorgen, und derweil nehmt Platz in meiner schattigen Schenke. Im Stall findet sich alles, um auch den verwöhntesten Pferdegaumen zu beglücken, und sodann laßt mich auch Euch verwöhnen.«

»Mein Pferd würde dich mit seinen Hufen zerschmettern, bevor du auch nur seine Zügel ergriffen hättest. Wenn ich im Stall wirklich alles finde, was ich brauche, will ich meinen Hengst selbst versorgen. Geh jetzt und stell mir Wein bereit! Ich will trinken, wenn diese Arbeit getan ist.«

»Jeder Eurer Wünsche ist mir ein Befehl!« Tulef verneigte sich erneut und schritt gesenkten Hauptes rückwärts auf die Taverne zu. Er nahm sich vor, ein wenig vorsichtiger zu sein. Offensichtlich war der Fremde nicht gerade bester Stimmung. Aber vielleicht war er ja einfach nur hungrig und erschöpft? Was sollte er ihm nur auftischen? Grübelnd durchquerte der Junge den Schankraum, rückte geistesabwesend einige Schemel zurecht und wischte rasch mit dem Ärmel über einen schmutzigen Tisch. Ob er es wohl wagen sollte? Einen Augenblick lang schaute er zögernd zur Tür der Garküche. Dann faßte er sich schließlich ein Herz, ging in die Küche, schob den schweren Tisch neben der Feuerstelle beiseite und öffnete die Falltür. Er würde die Amphore Raschtulsblut anbrechen, die sein Vater seit zwei Jahren aufbewahrte.

Vorsichtig stieg er die schmale Leiter in den Erdkeller hinab und blickte sich im staubigen Zwielicht nach der kleinen Amphore um. Das Gefäß allein war schon ein Kunstwerk. Unzählige Male war er in den letzten zwei Jahren in den Keller hinabgestiegen, um den wundersamen Fisch zu bestaunen, der auf den schlanken Bauch der Amphore gemalt war. Einmal hatte sein Vater das kostbare Gefäß in die Schankstube geholt, als ein weitgereister Kaufmann zu Gast war, um ihm das Schmuckstück zu zeigen. Dieser hatte behauptet, der Fisch sei ein Dolphin oder so ähnlich und daß der mächtige Meergott Efferd diesen kühnen Schwimmern, die manchmal viele Schritt hoch aus dem Wasser sprangen, um ein Schiff zu grußen, das von fernen Küsten kam, sein besonderes Augenmerk widmete.

Tulef seufzte leise. Das Meer bekäme er wohl niemals zu sehen. Schon sein Vater war sein ganzes Leben lang nie weiter als bis Fasar gekommen, und auch sein Großvater, der als weitgereister Mann galt, hatte zwar die Kalifenstadt Mherwed gesehen, doch bis in eine der großen Küstenstädte war selbst er nicht gekommen.

Tulef mußte etliche der bauchigen Vorratskrüge beiseite rücken, bis er die Amphore mit dem kostbaren Wein endlich gefunden hatte. Sein Vater hatte sie in ein altes Tuch eingeschlagen und im hintersten Winkel versteckt. Vorsichtig hob der Junge sie auf und blies den Erdstaub vom Verschluß. Dann schlängelte er sich durch den engen Keller zurück zur Leiter und kletterte in die Garküche hinauf.

Erst nachdem er die Falltür zum Keller wieder geschlossen und den Tisch an seinen Platz gerückt hatte, wurde ihm bewußt, daß er noch ein ganz anderes Problem hatte, wenn er dem Gast aufwarten wollte. Raschtullsblut konnte man nicht aus einem schmucklosen irdenen Becher trinken. Doch was tun? Es gab keine Pokale und auch keinen Becher aus Metall im Haus. Vorsichtig lugte Tulef in den Schankraum. Der Fremde schien noch immer im Stall zu sein. Vielleicht sollte er schnell zur alten Yasine hinüberlaufen. Dort hatte er einmal einen Bronzepokal gesehen. Ob sie ihm das gute Stück leihen würde? Wieder blickte er in den Schankraum. Noch war Zeit. Er würde es versuchen!

Als Tulef atemlos mit dem Pokal unterm Arm die Dorfstraße heraufgerannt kam, sah er schon von weitem, wie der Fremde vom Stall in die Schankstube ging. Gehetzt bog der Junge in eine Seitengasse ab und näherte sich von hinten der väterlichen Taverne. Vielleicht würde der Krieger dann nicht bemerken, daß er kurz das Haus verlassen hatte. Eilig rannte er die enge Straße hinab und scheuchte dabei einige schläfrige Hühner auf.

»Heho, Kerl! Wo steckst du?« Noch bevor er durch die Tür war, hörte er den Fremden rufen.

Endlich wieder in der Küche, stellte er eilig den Pokal ab und trat in die Schankstube.

»Tut mir leid …« Schnaufend rang Tulef nach Luft. »Ich habe … versucht, ein … Huhn zu fangen.«

»Ich will nicht essen. Ich hab dir gesagt, ich will trinken. Sonst nichts! Ich hoffe, du kannst mir mit einem vernünftigen Wein aufwarten.«

»Ihr werdet zufrieden sein, Erhabenster!«

Tulef verbeugte sich und schlich in die Küche. Dort klemmte er sich den hölzernen Dreifuß für die Amphore und ein halbwegs sauberes Tuch unter den Arm. Dann eilte er zurück, den Fremden zu bedienen. Der Krieger hatte den schweren Helm abgenommen und auf den Tisch gestellt. Der Mundschutz aus Kettengeflecht, den er sonst unter der Nasenspange des Helms eingehakt hatte, hing ihm jetzt auf die Brust hinab. Dort wo das Kettengeflecht sein Gesicht schützte, war die Haut heller, ein Hinweis darauf, daß er seinen Helm wohl nur selten ablegte.

An der Seite seines Stuhls lehnte ein schlankes, leicht gebogenes Schwert, wie Tulef noch keines gesehen hatte. Noch beeindruckender als die Waffe war allerdings der Rundschild, der ebenfalls am Stuhl lehnte. Rings um den Schildbuckel schimmerten kostbare Edelsteine, und in goldener Farbe war das Siegel des Kalifen auf den Schild gemalt. Tulef hatte vor dem Krieger den Kopf geneigt und musterte ihn scheu aus den Augenwinkeln. Der Mann hatte mittellanges schwarzes Haar, und an den Schläfen zeigten sich schon die ersten grauen Strähnen. Sein Gesicht wirkte hager, ja fast ausgezehrt, und seine dunklen Augen lagen in tiefen Höhlen.

Der Knabe hatte nur für einen kurzen Moment gewagt, den Krieger zu beobachten. Dann wandte er sich eilig um und kehrte zur Küche zurück. Dort polierte er noch einmal den geliehenen Bronzepokal und musterte ihn kritisch. Ein wenig buntes Glas war als Schmuck auf den Pokal geklebt, doch an zwei Stellen klafften Lücken. Das gute Stück hatte eindeutig schon bessere Tage gesehen. Doch was sollte es! Er hatte sein Bestes gegeben. Naggliah war schließlich nicht Fasar oder Khunchom. Tulef nahm ein kleines Messer vom Tisch und legte es in den Pokal, dann hob er die Amphore auf und trat mit stolzgeschwellter Brust in den Schankraum.

»Es freut mich, daß Ihr mein Haus gewählt habt, Erhabenster. Es ist das einzige in der ganzen Stadt, das Euch Raschtulsblut zu bieten hat. Einen Tropfen, so edel, daß selbst Sultane unseren Weinkeller darum beneiden und …«

»Warum ist es so leer hier?« Der Krieger drehte sich bei seinen Worten halb um und ließ den Blick über die verwaisten Tische und Stühle schweifen. Tulef hatte das ungute Gefühl, daß der Fremde ihm überhaupt nicht zugehört hatte.

»Es ist wegen der Ernte, Erhabenster. Die Männer und Frauen sind auf den Feldern und …«

»Setz dich zu mir, Junge. Ich kann es nicht ertragen, die leeren Plätze zu sehen, sie …« Der Krieger drehte sich jetzt zu dem Knaben um und blickte ihm geradewegs ins Gesicht.

Tulef räusperte sich aufgeregt. »Ja, Herr?«

»Schenk mir endlich ein! Ich habe schon zu viele schäbige Tavernen und Teehäuser gesehen. Ich kann sie nur noch ertragen, wenn ich trinke.«

Der Junge zuckte bei den Worten zusammen. Natürlich hatte er schon oft mürrische Gäste erlebt, doch daß jemand so unverblümt schlecht von seinem Zuhause sprach, kam selten vor. Und daß ausgerechnet dieser prächtige Krieger, ein Held, so redete, machte die Worte noch bitterer.

»Setzt dich endlich, oder willst du, daß ich zu dir aufblicken muß?«

Der Fremde warf ihm einen bösen Blick zu, und Tulef

beeilte sich, einen Hocker an den Tisch zu ziehen. Er wünschte mittlerweile, der Krieger wäre einfach an der Taverne vorübergeritten. Der Glanz von Waffen und Rüstung war für Tulef verblaßt, und das, was blieb, machte dem Jungen angst.

»Trink!« Der Mann hatte einen tiefen Schluck aus dem Pokal genommen und schob ihn jetzt über den Tisch.

»Aber ich …«

»Bist du dir zu fein, mit mir aus demselben Kelch zu trinken?«

»Nein, Erhabenster, ich …« Tulef schluckte. Vor Angst wollten ihm die Worte schier im Hals steckenbleiben. »Ich bin es nicht wert, mit Euch gemeinsam zu trinken, mein Fürst.«

»Unsinn! Ich habe schon mit Männern und Frauen getrunken, vor denen deine Leute vor Verachtung ausspucken würden, also kann ich auch mit dir trinken. Jetzt laß dich nicht weiter bitten, als seist du der Erste Eunuch des Kalifen. Ich hasse es, allein zu trinken, deshalb wirst du mir Gesellschaft leisten, ob du willst oder nicht!«

Mit zitternden Händen griff Tulef nach dem Bronzepokal und führte ihn an die Lippen. Der Wein hatte ein blumiges, berauschendes Aroma. Allein sein Duft war schon wunderbar, und er schmeckte so köstlich und unvergleichlich, als sei er von der Tafel der Götter gestohlen.

»Alle die leeren Stühle …« Der Fremde schien durch Tulef hindurchzublicken. »Alle die Toten! Manchmal, wenn ich nachts allein am Lagerfeuer sitze, aber auch am hellichten Tag, wenn ich in leeren Tavernen trinke, sind sie mir nahe, weißt du. Sie schauen mich an mit ihren leeren Augen, und es ist, als wollten sie fragen, warum *sie* gestorben sind und nicht ich, dessen Leben nur noch ein Ziel kennt.«

Der Fremde nahm den Pokal, den Tulef wieder auf

den Tisch gestellt hatte, und trank. Der Junge wußte nicht, was er zu den Worten des Kriegers sagen sollte. Aber vielleicht erwartete dieser auch keine Antwort.

»Hast du schon einmal jemanden sterben sehen?« Der Gewappnete hatte den Pokal auf den Tisch zurückgestellt. »Weißt du, was es heißt, jemandem in die Augen zu sehen und ihn zu töten? Gleichgültig, ob er ein Wegelagerer oder gar ein Ungläubiger ist! Es ... Füll den Pokal nach!«

Tulef stand auf und nahm die Amphore aus dem Ständer. Dabei vermied er es, dem Mann in die Augen zu sehen. Er fragte sich, ob der Krieger wohl verrückt war. Noch nie hatte er einen Kämpfer so reden hören. Die Karawanenwachen und die wenigen Söldner, die gelegentlich hier Halt machten, pflegten mit ihren Taten zu prahlen.

Plötzlich stand der Fremde auf und packte Tulef beim Kinn, so daß er ihm ins Gesicht sehen mußte.

»Du hältst mich wohl für eine Hyäne? Für einen elenden Schurken oder ...«

»Nein, Herr! Wie könnt Ihr so etwas denken? Ich bewundere Euch und Eure Taten und ...« Tulef hatte Todesangst. Warum hatte er hier zurückbleiben müssen? Warum ausgerechnet er? Und warum waren alle, die ihm vielleicht helfen konnten, auf den Feldern vor der Stadt?

»Du brauchst mich nicht zu belügen. Ich weiß genau, was du von mir denkst. An deiner Stelle würde ich auch jeden, der mich so behandelt, wie ich dich behandle, für einen ausgemachten Schurken halten. Es ist mein Wunsch, daß du so von mir denkst. Jetzt setz dich und trink!«

Tulef zitterte so sehr, daß er einen Teil des Weins verschüttete, als er den Bronzepokal zum Mund führte. Der kostbare Wein schmeckte jetzt fade und schal. Verstohlen lugte er über den Rand des Kelchs und musterte den Krieger. Der Fremde erwiderte seinen Blick, und ein melancholisches Lächeln spielte um seine Lippen.

»Sag mir, daß du mich haßt!«

»Ich…« Tulef war völlig verwirrt. Suchte der Fremde vielleicht nach einem Vorwand, ihn zu töten? Den würde er ihm gewiß nicht liefern!

»Du haßt mich also nicht! Vielleicht hilft es dir, wenn du weißt, daß alle meine Freunde tot sind. Es scheint fast, als laste auf mir ein Fluch. Wer immer mit mir geritten ist, hat auf meinem Weg sein Verderben gefunden. Kannst du dir vorstellen, wie es ist, in deinen Träumen deine Freunde wiederzusehen und sie fragen zu hören, wofür sie gestorben sind?«

Der Junge hielt noch immer den Bronzepokal umklammert, und obwohl er ihn bis auf den letzten Tropfen geleert hatte, setzte er ihn nicht von den Lippen ab, so als wäre er ein schützender Schild gegen den unheimlichen Krieger.

Der Fremde hatte den Kopf auf die Hände gestützt und starrte gedankenversunken auf die Tischplatte. Ganz so, als könne er in der Maserung des rissigen Holzes die Antwort auf alle seine Fragen finden. Tulef wäre gern fortgelaufen, doch er hatte Angst, daß selbst die kleinste Bewegung die Aufmerksamkeit des Kriegers wieder auf ihn lenken würde. Also verharrte er und sandte ein stummes Gebet zu den Göttern. Eine Ewigkeit schien vergangen zu sein, bis der Fremde wieder das Haupt hob und ihn anstarrte. »Kennst du Mahmud, den Märchenerzähler?«

»Ja… Erhabener. Er war… erst vor wenigen Tagen… hier in der Stadt.« Tulefs Zunge war wie gelähmt. Jedes Wort kostete den Knaben Überwindung. Welch finsterer Plan des Fremden mochte wohl hinter dieser Frage stehen? Was konnte ein Krieger des Kalifen von einem abgerissenen alten Märchenerzähler wollen?

»Wie lange war er hier am Ort?«

»Er hat einen Tag und eine Nacht in der Stadt verbracht.« Die Erinnerung an den Alten gab Tulef ein wenig von seiner Kraft zurück. Er setzte den Pokal auf den Tisch und blickte den Fremden fragend an. »Ich selbst habe einen Nachmittag lang seiner Geschichte über die unglückliche Nedime gelauscht, der verlorenen Tochter des Kalifen.«

»Und wohin ging er, als er diese armselige Stadt verließ?«

Plötzlich hatte Tulef das Gefühl, daß er dem Fremden auf keinen Fall die Wahrheit sagen durfte. Dieser unheimliche Reiter würde dem alten Mahmud nichts als Tod und Verderben bringen, wenn er ihn fände. So zuckte er mit den Schultern und machte eine unbeholfene Geste. »Die Götter allein wissen, wohin Mahmud seine Schritte lenkt. Mir hat er jedenfalls nicht gesagt, wohin er geht.«

Der Fremde erhob sich von seinem Stuhl und packte Tulef am Kragen. Die Augen des Kriegers leuchteten in einem unheimlichen Glanz, so als sei er von einem bösen Geist besessen.

»Bist du sicher, daß du nicht weißt, wohin er gegangen ist? Bislang hat er nirgends, wo ich nach ihm gefragt habe, ein Geheimnis daraus gemacht, wo sein nächstes Reiseziel liege. Also denk noch einmal gut nach, ob du nicht vielleicht etwas vergessen hast!«

»Ich weiß nichts, Erhabener«, winselte Tulef ängstlich. »Im Namen der Götter, so glaubt mir doch!«

»Glaubst du, ich fürchte deine Götter, Heidenkind? Es gibt nur einen Gott, und vor seinem Namen erzittern alle Götzen!« Der Mann stieß Tulef zurück. Dann griff er nach dem seltsamen Schwert, das an seinem Stuhl lehnte. Ein böses Lächeln umspielte seine Lippen.

»Weißt du, auf dieser Waffe lastet ein seltsamer Fluch. Ich kann mit ihr keinen Unschuldigen töten. Manchmal bringt mich das in tödliche Gefahr, doch jetzt ist das ein großer Vorteil.« Langsam ließ er die gebogene lange Klinge aus der Scheide gleiten. »Wenn du mich belogen hast, dann wirst du den Tod finden, wenn ich dir das Schwert durch die Brust stoße, denn du hast deine Unschuld verschenkt. Eine Tat, die selbst die Götzen, die du anbetest, verurteilen werden. Bist du aber unschuldig, so werde ich dich nicht verletzen können.«

Blanker Angstschweiß stand Tulef auf der Stirn. Sollte er sein Leben für Mahmud verschenken? War der Märchenerzähler das wert? Und wer außer dem Fremden wüßte schon von seinem Verrat?

»Ich glaube ... vielleicht habe ich doch etwas gehört ...«

»Nur zu, erzähl mir alles, was du weißt, und ich werde dir keine deiner Lügen nachtragen.« Das Lächeln war von den Lippen des Kriegers gewichen.

»Er wollte nach Norden ... nach Fasar.«

»Und wie lange ist es her, daß er Naggliah verlassen hat?«

»Ich weiß ... es ... nicht, wirklich«, stotterte Tulef. »Es muß ... fünf ... oder sechs Tage her sein ... seit er gegangen ist.« Der Junge fühlte sich elend. Er war ein gemeiner Verräter.

»Glaubst du, ich handle unrecht?« Die Stimme des Fremden hatte einen eigenartig weichen Ton bekommen. Er schob sein Schwert in die Scheide zurück und schien einen Augenblick lang in Gedanken versunken. Als er den Kopf wieder hob, lag ein feuchter Glanz in seinen Augen, so als koste es ihn alle Kraft, seiner Gefühle Herr zu werden.

»Weißt du, Junge, für mich ist dieser alte Mann nicht nur ein Märchenerzähler. Er hat mir mehr genommen, als ich in Worte fassen kann, und ich bin das Werkzeug von Rastullahs heiligem Zorn, wenn ich ihm nachstelle.«

Der Krieger griff nach dem Spangenhelm auf dem Tisch und klemmte ihn unter den Arm. Dann hob er den Schild auf, drehte sich ohne ein weiteres Wort um und trat auf die Tür zu.

Tulef war erleichtert, ihn gehen zu sehen. Zugleich fragte er sich, was der Märchenerzähler dem Fremden wohl angetan haben mochte. Ob er wohl in einer seiner Geschichten die Ehre des Mannes in Frage gestellt hatte? Oder auch nur die Ehre eines seiner Ahnen? Er hatte schon viel über die merkwürdigen Ehrvorstellungen der Wüstenreiter und über den großen Aufwand gehört, den sie betrieben, selbst jahrhundertealte Fehden bis zu ihrem blutigen Ende auszufechten. Und doch fand er, daß Mahmud ein solches Schicksal nicht verdient hatte. Er würde zu den Göttern beten, daß sie schützend ihre Hand über den Märchenerzähler hielten.

»Ich glaube, ich habe noch etwas vergessen.« Tulef zuckte zusammen, als ihn die Stimme des Fremden aus seinen Gedanken riß. Der Krieger war noch einmal zurückgekehrt und stand in der Tür der Taverne.

»Für den Wein und deine Angst.« Er schnippte zwei Münzen durch die Luft, die mit leisem Klirren auf dem Holzboden aufschlugen.

Als Tulef sie aufgehoben hatte und ungläubig bestaunte, war der Fremde schon wieder aus dem Türrahmen verschwunden. Er hatte mit zwei frischgeprägten Marawedi des Kalifen Malkillah gezahlt. Zwei Goldmünzen, so wertvoll, daß sie eine große Familie für drei oder vier Gottesnamen ernähren würden.

Immer wieder drehte er die Marawedi ungläubig zwischen den Fingern, so als könnten sie sich jeden Augenblick als heimtückischer Trug erweisen. Sicher war der Wein teuer gewesen, doch diese Bezahlung übertraf seinen Wert bei weitem.

Und dann plötzlich traf ihn die Erkenntnis mit der niederschmetternden Wucht eines Blitzes, der die einsame Zypresse fällt. Das war nicht der Lohn für gute Gastlichkeit. Die beiden Marawedi waren das Blutgeld für Mahmuds Leben!

Vom Platz vor dem Haus ertönte Hufschlag. Der

Krieger hatte sein Pferd aufgezäumt und verließ die kleine Stadt Richtung Norden. Einen Tag würde er bis Fasar brauchen.

Tulef fühlte sich elend.

Mahmud brauchte einen Augenblick, bis er im unsteten Licht einer erlöschenden Fackel den Hof des Bethauses wiedererkannte, auf dem er sich zur Ruhe gelegt hatte. Jemand hatte ihn unsanft aus dem Schlaf geschüttelt.

»Meister!« Wieder rüttelte ihn die Gestalt an seiner Seite. »Meister, was ist mit Euch?«

Der Märchenerzähler rieb sich die Augen. Jetzt erkannte er Almandina, die neben ihm kauerte und ihn besorgt musterte.

»Geht es Euch gut, Meister?«

»Warum?« Mahmud fand nur schwer in die Wirklichkeit zurück. Er hatte irgend etwas Wichtiges geträumt. Etwas, woran er sich unbedingt erinnern sollte. Doch das Traumbild war schon verblaßt, und alles, was noch blieb, war die undeutliche Erinnerung an eine kleine Stadt und die Ahnung, daß es wichtig für ihn wäre, eine Brücke über die immer breiter werdende Kluft des Vergessens zu schlagen.

»Ihr habt so schrecklich gestöhnt im Schlaf. Da dachte ich, es sei besser, Euch zu wecken, Meister.«

Mahmud zwang sich ein gequältes Lächeln ab. »Du hast recht daran getan, meine Freundin. Ich glaube, du hast mich von einem schrecklichen Alptraum befreit.«

Die verkrüppelte Frau nickte stumm, und Mahmud war froh, daß sie keinen Versuch unternahm, weiter in ihn zu dringen.

Wie ein alter Kater streckte er die müden Glieder und gähnte. Dann lehnte er sich gegen die Mauer des Hofes, die noch immer ein wenig von der Wärme der Mittagssonne gefangen hielt. Wie gern hätte er weitergeschlafen, doch er durfte seine Zuhörer nicht enttäuschen. Sicher warteten schon die ersten im Basar der Teppichhändler auf ihn, und wahrscheinlich war der kleine Omar schon ganz aufgeregt vor Neugier, den weiteren Verlauf der tragischen Geschichte um Omar den Löwentöter zu erfahren.

»Meister, ein Gast wartet auf Euch am Tor. Soll ich ihn hereinbitten? Er steht dort wohl schon eine Stunde, doch ich wollte Euch nicht wecken.«

»Ein Gast? Mich nicht wecken? Du sprichst ja, als wäre ich die Shanja von Rashdul, die überlegt, ob sie einen Botschafter des Kaiserreichs empfangen will.« Mahmud grinste breit. »Aber gleichgültig. Wer auch immer mir seine Aufwartung machen will, möge nun eintreten.«

Almandina lächelte und deutete eine Verbeugung an, die bei ihrem mißgestalteten Körper reichlich grotesk anmutete. »Wie Ihr befehlt, Meister! Wollt Ihr den Fremden im Perlenzimmer oder lieber beim silbernen Brunnen im Garten empfangen?«

»Ich denke, der Brunnen wär mir genehm. Nach einem so reichlichen Abendmahl ist es immer entspannend, am Wasser zu sitzen und den Nachtigallen zu lauschen.«

Lachend drehte Almandina sich um und humpelte zum Tor.

Mahmud fragte sich, wer da wohl mit ihm reden wollte. Es war lange her, seit er das letzte Mal in Fasar gewesen war, und er glaubte nicht, daß sich in dieser schnellebigen Stadt mit ihrem vergänglichen Pomp und ihren heimtückischen Intrigen noch jemand an seinen letzten Besuch erinnerte. Aber vielleicht hatte er unwissend einen der Mächtigen durch seine Geschichte beleidigt. Die Erzählung von Omar und Melikae war eigentlich alles andere als ein Märchen. Alle, von denen er berichtet hatte, hatten einmal gelebt, und einige lebten noch immer. Doch sollte er jemanden beleidigt haben, ließe dieser sicher nicht anfragen, ob er ihn besuchen dürfe. Wer auch immer vor dem Tor stand, konnte nichts

Übles im Sinn haben. Mahmud reckte sich noch einmal, dann griff er nach dem Stab, der neben ihm an der Mauer lehnte, und richtete sich seufzend auf. Das waren die Momente, da er bedauerte, was er einst getan hatte. Das Alter war schon eine rechte Qual. Müde klopfte er Sand und Staub von seinem zerschlissenen Kaftan.

Almandina brachte einen jungen Mann, der ein eigenartiges Gestell auf den Rücken geschnallt trug. Einige Beutel und eine bauchige Kürbisflasche baumelten von seinem breiten Gürtel, und unter den rechten Arm hatte er eine kleine Kiste geklemmt.

»Der Zwerg, Meister Arom, hat mich geschickt, den königlichen Erzähler für die vortreffliche Geschichte zu entlohnen, mit der er ihn am Mittag unterhalten hat.«

»Sagt Meister Arom, daß ich ihm für seine Großmut danke.« Auch wenn Mahmud sich bemühte, höflich zu klingen, so war er doch voller Mißtrauen gegenüber dem Fremden.

»Gewiß, königlicher Erzähler.« Der Mann verbeugte sich leicht, wobei das seltsame Gerät auf seinem Rücken ein metallisches Klappern von sich gab. Dann kniete er nieder und schnallte sein eigenartiges Mitbringsel ab. Es sah aus wie ein kleines Faß und stand auf vier ehernen Füßen. Seitlich führte ein etwas mehr als fingerdickes Rohr vom unteren Bereich des Fasses, das von einem spitzen Dach gekrönt wurde, nach oben. Der junge Mann drehte an einer kleinen Kurbel, die fast ganz unten am Rohr angebracht war, und ein metallisches leises Klicken ertönte.

»Jetzt ist der Abzug wieder frei«, kommentierte er seine Tat und öffnete eine kleine, von verschlungenen Mustern durchbrochene Pforte im unteren Drittel des Metallfasses. Dann löste er eine Bronzestange von der Rückseite, deren Knauf mit einem Drachenkopf aus Filigran verziert war und die entfernt an einen Schürhaken erinnerte, und stocherte damit im Innern des Fasses herum.

Mahmud und auch Almandina waren niedergekniet und schauten den jungen Mann neugierig bei seinem eigenartigen Treiben zu. Dieser hatte den Bronzehaken beiseite gelegt und pustete nun aus Leibeskräften ins Innere des Fasses, in dem ein mattes rötliches Glimmen erstrahlte.

Mahmud räusperte sich. »Ohne aufdringlich erscheinen zu wollen, mein Freund, möchte ich Euch doch fragen, was Ihr dort Eigenartiges treibt.«

Zunächst schien der Fremde die Worte gar nicht zur Kenntnis genommen zu haben, und es dauerte eine ganze Weile, bis er sich nach Luft japsend aufrichtete.

»Verzeiht ... königlicher Erzähler ... aber ohne ... Blasebalg ist es ... ein wenig aufwendig ... die Glut wieder ... zu entfachen.«

»Was in Rastullahs Namen ist das für ein brennendes Faß, das Ihr da mitgebracht habt?«

Ein warmes orangerotes Leuchten strahlte jetzt durch das kleine Türchen, und der junge Mann schnallte einen der Lederbeutel von seinem Gürtel. Er war jetzt wieder etwas zu Atem gekommen und antwortete, ohne von seiner Arbeit aufzusehen.

»Meister Arom hat diese vortreffliche Gerätschaft ersonnen. Er nennt es das Drachenfaß. In seiner unteren Hälfte ist eine feuerfeste irdene Schale eingelassen, die wie der Schlund des Drachen die Lohe birgt.«

Der Mann hatte den Beutel inzwischen geöffnet und entnahm ihm einzelne Holzkohlestückchen, die er mit einem Fingerschnippen durch die kleine Pforte in die Glut beförderte.

»Das Faß selbst ist aus Eisen gefertigt, das die Wärme der Glut aufnimmt. Nur auf seiner Rückseite sind einige Eichenbrettchen angebracht, damit ich mich nicht verbrenne, wenn ich es auf den Rücken schnalle. Trotzdem kann ich Euch sagen, daß es eine rechte Tortur ist, daß Drachenfaß in der Mittagshitze durch die Basare der Stadt zu tragen.«

»Ja, aber was ist der Sinn dieser eigenartigen Gerätschaft?«

»Wartet!« Der Mann schnallte die Kürbisflasche von seinem Gürtel öffnete eine kleine Luke an der Seite des Fasses und goß den Inhalt der Flasche hinein.

»Es wird ein wenig dauern, bis das Wasser heiß und Euer Mahl erwärmt ist?«

»Mein Mahl erwärmt?« Ungläubig musterte Mahmud das Faß. »Welches Mahl?«

Der junge Mann drehte sich um und lächelte fast schon mitleidig. »Über dem Feuer befindet sich ein Behälter, in den man Wasser füllen kann, um Tee zu kochen. Und hier oben sind Fächer, in denen Speisen verwahrt werden können, die durch die Beschaffenheit des Drachenfasses nur langsam erkalten und schnell wieder warm werden, wenn ich die Glut ganz unten im Feuertopf entfache.«

Mahmud runzelte die Stirn und kratzte sich am Bart. Sicher war das Faß eine hervorragende Handwerksarbeit, doch erschien es ihm so überflüssig wie die zahllosen Götzen der Nordländer.

»Sagt, welchen Sinn ergibt eine solche Apparatur in einer Stadt wie Fasar, in der es unzählige Schenken und Garstuben gibt?«

»Es dient dazu, einem Freund ein Mahl von besonderer Güte zu schicken, so wie man es in irgendeiner Garstube nicht ohne weiteres bekäme. Sein eigentlicher Zweck aber ist, den Reisenden im hohen Norden stets mit einer warmen Mahlzeit verwöhnen zu können, ohne daß er deshalb umständlich ein Lager aufschlagen müßte, um ein Feuer zu entfachen. Hier in Fasar vermag es einen anderen Nutzen zu erfüllen, denn so wie die Wasserverkäufer zur Mittagsstunde stets Kundschaft finden, obwohl es sicherlich über hundert Brunnen in Fasar gibt, so finde auch ich mein Auskommen, indem ich frischen Tee feilbiete. Doch sagt, welchen Tee bevorzugt Ihr, königlicher Erzähler?«

»Nun, zu Ehren der Stadt, die mich so gastfreundlich empfangen hat, schlage ich vor, es mit Fasarer Rosenblatt zu versuchen. Natürlich nur, wenn meine Begleiterin sich dieser Wahl anschließt.«

Almandina, die die ganze Zeit stumm das Drachenfaß bewundert hatte, nickte zustimmend.

»Gut, dann wäre das geklärt.« Der junge Mann nahm einen weiteren Beutel von seinem Gürtel, dann befeuchtete er sich mit der Zungenspitze die Finger, öffnete vorsichtig die kleine Luke, durch die er schon das Wasser eingefüllt hatte, und nahm einige Teeblätter aus dem Beutel, um sie sogleich im Faß verschwinden zu lassen.

»Während der Tee zieht, müßt Ihr Euch jetzt nur noch entscheiden, welche Sorte Honig Ihr zu wählen wünscht.« Der Mann klappte die kleine Kiste auf, die er mitgebracht hatte. Sie war von innen mit dunklem Samt ausgeschlagen. Mehrere sorgfältig mit Pergament verschlossene kleine Töpfchen sowie zwei kunstvoll geschliffene metallgefaßte Gläser füllten die Truhe.

Mahmud zog verwundert die Augenbrauen hoch. Er war zwar schon oft als Gast in Fürstenhäusern reichlich beschenkt worden, doch daß er für ein Märchen, das er inmitten der Basare erzählte, solch reichliche Gaben erhielt, geschah ihm zum ersten Mal.

»Was habe ich getan, daß Meister Arom einen alten Mann, dessen Heim die Straße und dessen Obdach Rastullahs Sternenhimmel ist, so reichlich beschenkt?«

Sein Gegenüber zuckte mit den Schultern. »Es steht mir nicht zu, die Taten meines Dienstherren zu beurteilen. Doch ich glaube, er empfängt heute abend Gäste, und wünscht, daß Ihr sie mit einem Eurer Märchen erfreut.«

»Was?« Halb hatte Mahmud mit einer solchen Antwort gerechnet. Wütend griff er nach seinem Stab und stemmte sich schnaufend in die Höhe. »Richte deinem Meister aus, daß er sich getäuscht hat, wenn er glaubt, daß ich alle meine treuen Freunde enttäuschen werde, die mich heute im Basar erwarten. Ich werde keines seiner Geschenke annehmen! Komm, Almandina, laß uns gehen.«

Die Frau warf dem Drachenfaß einen sehnsüchtigen Blick zu. Dann stand auch sie auf, bereit, Mahmud zu folgen.

»Aber, so wartet doch! So war das doch alles nicht gemeint!« Auch der junge Mann war jetzt auf den Beinen und hatte den Märchenerzähler am Ärmel gepackt. »Verzeiht, wenn ich mich mißverständlich ausgedrückt habe, aber nicht Ihr sollt zu meinem Herrn kommen, Arom wird Euch besuchen, und seine Gäste wird er mitbringen.«

»Zunächst einmal läßt du mich los, du Tunichtgut!« Mahmuds Stimme hatte einen überraschend bedrohlichen Klang angenommen, so daß der junge Mann erbleichte und den Worten sofort Folge leistete. Auch Almandina war ein wenig zurückgewichen und musterte den Märchenerzähler verwundert.

»Mein Herr meint es gut mit Euch! Er hat gehört, daß Ihr Euch um Eure Stimme sorgt. Deshalb schickt er Euch den Tee und den Honig. Außerdem möchte er, daß Ihr bei Kräften seid, bevor Ihr Eure Erzählung wieder aufnehmt. So ließ er mich auch gleich ein Mahl für Euch bereiten.«

Mahmud strich sich nachdenklich über den Bart. »Euer Meister ist sehr reich?«

Der junge Mann nickte. »Mein Herr gehört zwar nicht zu den Erhabenen, doch glaube ich, daß er über mehr Gold verfügt, als ein Mensch in seinem Leben ausgeben kann.«

»Nun gut«, der Märchenerzähler lächelte hintergründig. »Dann werden wir sein Geschenk annehmen, doch richtet ihm aus, daß die Plätze in meiner nächsten Nähe auch weiterhin den Kindern gehören werden, denn ein kleines Mädchen, das sich einen Kanten trockenen

Brots vom Essen abspart, um ihn mir zu schenken, steht höher in meiner Achtung als jeder reiche Zwerg, der versucht, mich mit seinem Gold zu beeindrucken. Auch er und seine Gäste sind mir willkommen, doch sollen sie wissen, daß ich sie nicht höher schätze als selbst den geringsten Bettler unter meinen Zuhörern, denn das Streben nach Macht und Gold ist für mich schon lange ohne Bedeutung. Und nun gebt uns von dem Tee, bevor er so lange gezogen hat, daß er zu bitter ist, um noch genossen werden zu können.«

Der junge Mann blickte ihn einen Augenblick lang sprachlos an, dann kniete er nieder, öffnete einen kleinen Hahn in der Seite des Fasses und füllte die kostbaren Gläser mit goldenem Tee.

»Komm, setz dich zu mir!« Mahmud hockte sich neben das Faß und winkte Almandina, die noch immer verunsichert wirkte. Scheu wich sie seinem Blick aus.

»Entschuldige, wenn meine Stimme im Zorn ein wenig harsch geklungen hat. Laß es mich wieder gutmachen und mit dir das Essen teilen, das mir Arom geschickt hat.«

Einen Moment lang zögerte die verkrüppelte Frau noch, doch als der Diener des Zwergs schließlich die Fächer in der oberen Hälfte des Fasses öffnete und der köstliche Duft von gebratenem Huhn und süßer Dattelsoße über den Hof des Bethauses zog, faßte sie sich ein Herz und setzte sich zu Mahmud.

Der Märchenerzähler war auf seinem Weg durch die Basare so tief in Gedanken versunken, daß er von Almandina kaum Notiz nahm. Die rüde Art, wie er den jungen Mann angefahren hatte, beunruhigte ihn. Mahmud hatte geglaubt, solchen Ton schon lange hinter sich gelassen zu haben. Stolz und Hochmut waren Eigenschaften, die ihm nicht mehr anstanden. Er hatte sich für geläutert gehalten, doch mit Schrecken wurde ihm klar, daß das, was er tot und vergangen gewähnt hatte, noch immer in ihm schlummerte. Erst als ihm in einer engen Gasse die prächtige Sänfte eines Erhabenen entgegenkam, der Tänzer und Flötenspieler vorauseilten und die von grimmig blickenden Söldnern begleitet wurde, fand er in die Wirklichkeit zurück.

Grob wurde er von einem zurückweichenden Händler in einen Hauseingang gedrängt und bekam die Ellbogen des rücksichtslosen Mannes zu spüren.

Überall herrschten Geschrei und Gedränge. Nur selten geschah es, daß die Erhabenen die verwinkelten und überfüllten Gassen der Altstadt benutzten. Für sie gab es andere Wege. Himmelhohe Brücken, die sich in einem dichten Netz zwischen den turmartigen Palästen der Stadt spannten, luftige Stege die zu betreten einfachen Bürgern strengstens verboten war.

Die Sänfte wurde von acht dunkelhäutigen Mohasklaven getragen und war aus jenem kostbaren schwarzen Holz gefertigt, das man auf den dschungelbedeckten Inseln des tiefen Südens fand. Die schweren samtenen Vorhänge waren zugezogen, so daß Mahmud nicht erkennen konnte, wer sich mit solcher Pracht durch die Basare bewegte.

Plötzlich war weiter vorn ein Schrei zu hören. Es war die unverwechselbare Stimme der Bettlerin. Unter Einsatz seines Wanderstabs drängte sich Mahmud an dem dicken Kaufmann vorbei und sah, wie ein Stück weiter oben Almandina im Gedränge in den Staub der Gasse gestürzt war. Unbeholfen versuchte sie, wieder auf die Beine zu kommen, doch noch bevor sie sich aufgerichtet hatte, stolperte eine der Tänzerinnen aus der Eskorte der Sänfte über sie, was mit allgemeinem Gelächter quittiert wurde. Verzweifelt drängelte Mahmud sich die Straße hinauf, um der Bettlerin beizustehen. Er hätte auf sie achten sollen, statt stumpf vor sich hinzubrüten! Schon hatte einer der muskelbepackten Leibwächter Almandina ergriffen und ihr einen Schlag versetzt. Einige der anderen Krieger hatten ihre

Waffen gezogen, so, als befürchteten sie, in einen Hinterhalt geraten zu sein.

»Bitte verschont meine Tochter!« schrie Mahmud lauthals. »Bitte, laßt Gnade walten, tapferer Held!«

Der Krieger, der Almandina gepackt hatte, blickte zu Mahmud herüber, der an den anderen Wachen vorbei die Gasse hinaufeilte.

»Verschonen?« Der Soldat lächelte grimmig. »Im Dreck hat sie gelegen, und in den Dreck gehört sie auch.« Er stieß die Bettlerin zu Boden und versetzte ihr einen Fußtritt.

Almandina hatte schützend die Hände erhoben und ertrug die Schläge, ohne auch nur einen Laut von sich zu geben.

»Möge dir Rastullah die ganze Härte, die in deinem Herzen wohnt, von anderer Stelle nehmen, so daß dein Weib auf immer unfruchtbar bleibe, du Sohn einer Hyäne!« Mahmuds Stimme klang laut und so unheilschwanger, daß die Menge rundherum schlagartig verstummte.

Der Söldner erstarrte inmitten seiner Bewegung. »Nimm diesen Fluch von mir«, flüsterte er heiser. Mahmud war jetzt bis zu ihm vorgedrungen und hob Almandina auf. »Nimm den Fluch zurück, alter Mann!« Die Stimme des Kriegers klang jetzt lauter, und seine Hand glitt zum Dolch an seinem Gürtel.

»Töte mich, und meine Verwünschung wird dich für immer verfolgen«, zischte Mahmud.

»Was ist da vorne los?« Der Mann in der Sänfte hatte den Vorhang zurückgeschlagen und schaute die Gasse hinab. Einen Atemzug lang haftete Mahmuds Blick am Gesicht des Erhabenen. Es war ein Mann in mittleren Jahren mit dunkler Haut, einem aufwendig frisierten Spitzbart und schweren goldenen Ohrringen. Seine Augen waren schwarz wie die Nacht, und unter einem Turban aus roter Seide reichte ihm das gelockte schwarze Haar bis zu den Schultern. Erschrocken wandte sich der Märchenerzähler ab. Es war nicht gut, den Unwillen der Erhabenen zu wecken und schon gar nicht, Harun al Matassa aufzufallen, einem stadtbekannten Schwarzmagier.

»Der Fluch...« Der Soldat hatte Mahmud gepackt. »Nimm ihn von mir!«

»Das kann ich nicht. Nur du selber kannst ihn brechen. Sei weniger grausam zu denen, die ohnehin keine würdigen Gegner für dich sind, und der Fluch wird von dir fallen, noch bevor das Nachtgestirn sich wieder rundet.« Mit diesen Worten riß sich Mahmud los und schob Almandina vor sich her durch die Menge. Dann verschwanden sie in einer kaum schrittbreiten Gasse.

Mahmud hatte seinen Arm um die Hüfte der Bettlerin geschlungen, und so schnell ihn die alten Beine trugen, machte er sich mit ihr davon. Noch zweimal wechselte er die Richtung, bis er sicher war, daß ihnen niemand folgte.

Als sie endlich den Basar der Teppichhändler erreichten, hatte sich dort eine große Menschenmenge versammelt. Erschrocken zögerte Mahmud und überlegte, ob er nach dem Vorfall nicht lieber einen abgeschiedeneren Ort aufsuchen oder vielleicht sogar die Stadt verlassen sollte. Doch dann siegte sein Pflichtgefühl. Er war ein Märchenerzähler und wollte nicht den größten Frevel eines Märchenerzählers begehen: sein Publikum zu verlassen, bevor er seine Geschichte vollendet hatte. Er würde bleiben! Und wenn es ihn das Leben kostete!

Almandina schien zu spüren, welchen inneren Kampf er ausfocht. »Ich möchte wieder neben Euch sitzen, wenn Ihr Eure Geschichte erzählt, *Vater*«, flüsterte sie leise.

Der Märchenerzähler zuckte innerlich zusammen. Sie hatte also gehört, daß er sie im Streit mit dem Soldaten *Tochter* genannt hatte. Er hatte es gesagt, ohne groß darüber nachzudenken, was es für sie bedeuten würde. Es war einfach in der Hoffnung geschehen, daß der grausame Krieger die Tochter eines alten Mannes vielleicht mit mehr Milde behandeln würde als irgendeine Bettlerin. Doch viel schwerer als für den Soldaten hatten seine Worte offensichtlich für Almandina gewogen. Und er konnte sie nicht mehr zurücknehmen! Bisher hatte er nicht mehr als Mitleid für die entstellte kleine Frau empfunden, doch vielleicht war es ein Wink des Schicksals, daß er sie getroffen hatte? Vielleicht gab ihm Rastullah Gelegenheit, ein wenig von der Schuld abzutragen, die er auf sich geladen hatte? Und doch brachte er die Bettlerin in Gefahr, wenn er sie bei sich behielt.

Mahmud blickte Almandina einen Atemzug lang zweifelnd an. Dann fiel ihm ein, daß sie sehr wohl wußte, welches Risiko sie einging. Sollten sie tatsächlich wegen des Zwischenfalls mit der Sänfte verfolgt werden, begaben sie sich in größte Gefahr, wenn sie für jeden Verfolger unübersehbar inmitten aller, die der Geschichte von Omar und Melikae lauschten, im Basar der Teppichhändler saßen.

Der Märchenerzähler lächelte die Bettlerin an. »Wenn wir schon gemeinsame Feinde haben, dann sollten wir auch in Zukunft gemeinsam von Stadt zu Stadt ziehen. Erweist du mir die Ehre und wirst meine Schülerin?«

Almandina blickte verlegen zu Boden und schüttelte den Kopf. »Ich … ich bin es nicht wert. Schaut mich an! Ich bin entstellt. Die Leute laufen fort, wenn sie mich sehen. Sie würden mir niemals zuhören, wenn ich ein Märchen erzählte.«

Mahmud drückte sie an sich und strich ihr sanft über das Haar. »Vergiß, wie du aussiehst. Wenn du dich schämst, dann werden wir dein Gesicht hinter einem hauchdünnen Schleier verbergen, so wie Neraida es einst getan hat, und auch deinen geschundenen Körper wird niemand bemerken, wenn du ein weites Gewand trägst. Die Magie des Märchenerzählers liegt sicher zu einem Teil in seiner Geschichte, aber noch viel wichtiger ist seine Stimme. Und deine Stimme, Almandina, ist so schön und vollkommen, daß sich niemand ihrem Zauber wird entziehen können.«

»Ihr macht mich verlegen, Meister. Noch nie hat jemand etwas Gutes in mir gesehen, und ich kann auch nicht mehr glauben, daß etwas Gutes in mir wohnen mag. Ich bin eine Bettlerin und werde eines Morgens tot in der Gosse liegen.«

»Heute abend wirst du an meiner Seite sitzen, und du wirst sehen, daß deinetwegen keiner gehen wird. Und wenn du mir vertraust, dann werde ich dich das Märchenerzählen lehren.«

»Ich ...« Almandina löste sich von ihm und trat einen Schritt zurück in die dunkle Gasse, aus der sie gekommen waren.

»Hab keine Angst! Heute abend wirst du nur neben mir sitzen.« Mahmud streckte ihr die Hand entgegen, und eine seltsame Aura schien ihn zu umgeben, vielleicht war es aber auch nur der unstete Schein der Fackeln und Öllämpchen, die hinter ihm den Basar erhellten. Einige Atemzüge lang verharrte Almandina unentschlossen am Eingang der Gasse. Doch dann faßte sie sich ein Herz, trat hervor und ergriff die ausgestreckte Hand des Märchenerzählers.

Mahmud war überrascht, als er, endlich auf seinem gewohnten Platz thronend, übersehen konnte, wie viele Menschen gekommen waren, die Geschichte von Omar und Melikae zu hören. Da waren die Kinder und alten Weiber, die schon am letzten Nachmittag seiner Erzählung gelauscht hatten, und selbstverständlich saß der ungeduldige kleine Omar wieder an seiner Seite, aber auch viele Handwerker aus den angrenzenden Gassen hatten sich eingefunden. Hier und dort sah man einige sonnengegerbte Wüstenkrieger, die am Nachmittag vielleicht Geschäfte auf den berühmten Kamel- und Pferdemärkten von Fasar getätigt hatten. Fast wie eine

Insel stach die kleine Gruppe von Zwergen mit ihren breitkrempigen schwarzen Schlapphüten aus dem Meer der buntgewandeten Tulamiden und Novadis hervor. Meister Arom war also wie angekündigt mit seinen Gästen gekommen, und den Diener mit dem Drachenfaß hatte er auch gleich mitgebracht. Gleich neben ihnen hatte sich auf seidenem Teppich und von muskelstrotzenden Leibwächtern umringt, eine grell geschminkte Kurtisane niedergelassen. Ein wenig abseits, schräg hinter den Zwergen, standen zwei Gewappnete, deren spitze Helme verräterisch im Halbdunkel eines Baldachins schimmerten, und beobachteten mißtrauisch den Menschenauflauf, so als befürchte einer der Erhabenen, der Märchenerzähler könne die Menge gegen die Herren der Stadt aufbringen.

Mahmud räusperte sich leise und konnte nur schwer ein zufriedenes Lächeln unterdrücken. Auch wenn er sich schon vor langer Zeit geschworen hatte, alle Eitelkeit abzulegen, so verspürte er in einem verborgenen Winkel seines Herzens doch stets Genugtuung, wenn er bemerkte, daß zumindest einige der Herren im Land der Ersten Sonne ihm mehr als nur Respekt entgegenbrachten. Noch einmal ließ er den Blick über die Menge schweifen, lauschte dem leisen Murmeln, das über dem Platz lag und das er mit einer winzigen Geste schlagartig verstummen lassen konnte.

Der würzige Duft von Wasserpfeifen, grünem Tee und frischgebackenen Fladenbroten schwängerte die laue Nachtluft. Ein Geruch, der Mahmud lieber war als selbst die kostbarsten Parfüms aus dem sündigen Al'Anfa, denn es war der Atem des Lebens, der ihm entgegenschlug. Für einen Moment verharrte er, genoß den Augenblick und fragte sich, wie viele Nächte wie diese ihm wohl noch vergönnt wären. Dann breitete er wie der Hohepriester eines Götzenkultes die Arme aus, und es ward still in der engen Gasse, als er seine Stimme erhob, um zu erzählen.

Es schien, als habe der allweise Rastullah beschlossen, den Sterblichen die Sinnlosigkeit ihres Kampfes gegen das Schicksal vor Augen zu führen, indem er alle ihre Wege ins Leere führte. Als Omar und Gwenselah sich gen Unau wandten, glaubten sie, eine Reise von nur wenigen Tagen vor sich zu haben. Sie hatten den Weg über das rastullahgefällige Keft gewählt, doch mußten sie in der Stadt des einzigen Gottes erfahren, daß es unmöglich war, noch weiter in Richtung des Morgenrots zu reisen, ohne in den großen Krieg hineingezogen zu werden. Da es aber ihr Bestreben war, den Dienern des dunklen Götzen nicht schon aufzufallen, bevor sie das geknechtete Unau erreicht hatten, entschlossen sie sich, jenseits des Manekh-Chanebi vorbei an der Oase Manesh bis tief ins Shadif vorzustoßen, um dann in weitem Bogen wieder den Weg nach Unau aufzunehmen. Als sie nach mehreren Gottesnamen schließlich den südlichsten Punkt ihres Weges erreicht hatten, traf sie Rastullahs Zorn, so wie der Blitz den einzigen Baum in der Ebene zerschmettert. Das Werkzeug des Gottes aber war ein Rudel beutegieriger Khoramsbestien, die das Lager der beiden Aufrechten angriffen, ihren Meharis die Vorderläufe durchbissen und ihre Wasserschläuche in Stücke rissen. Hätte nicht Rastullah selbst den Zorn der Bestien gelenkt, die Helden hätten den nächsten Morgen nicht mehr gesehen. So jedoch wichen die gierigen Räuber, ohne Omar und Gwenselah auch nur verletzt zu haben. Doch die Zahl der Meilen, die sie von Unau trennte, war größer noch als die geheiligte Zahl der Gebote, die Rastullah einst zu Keft seinem Volk verkündet hatte.

Neraida aber war auf ihrem Weg nach Norden gemeinsam mit den Söhnen Kasims und den Beni Novad auf Scheich Jassafer Yhlal Al-Ghos'Mherwed gestoßen, der an der Seite seines Bruders Yali Hachman und dreihundert weiterer Getreuer Krieg gegen die Ungläubigen führte. Obwohl die Söhne der Wüste lieber ihr Blut als ihre Ehre gaben und sich entschlossen hatten, den ersten unter den Gläubigen mit ihrem Leben zu verteidigen, war Kalif Abu Dhelrumun aus seinem Mherweder Palast gen Gorien geflohen und hatte seine Residenz aufgegeben, lange bevor das Heer der Feinde vor den Toren der Stadt stand. Was ihm an Mut fehlte, das war den Streitern der Wüste zehnfach gegeben. So entschieden die drei Scheichs, nachdem sich das Heer der Ungläubigen nach seinen Plünderungen im Balash überraschend von Mherwed abgewandt hatte und wieder in den Süden gezogen war, den Kriegern des Raben die beiden kleinen Städte Madrash und Bakir wieder zu entreißen. Doch so unergründlich die Weisheit Rastullahs ist, so unbegreiflich ist dem Menschen oft auch der Wille des Gottes. Während die Beni Novad zusammen mit den Kasimiten und hundert Reitern des Scheichs Jassafer das Städtchen Madrash im Sturm nahmen und nicht einer der Söldner des Patriarchen sein Leben vor dem Zorn der Streiter Rastullahs retten konnte, so fügte es der unergründliche Gott zur gleichen Stunde, daß der Angriff auf Bakir fehlschlug und die Brut des Raben über die Löwen der Wüste triumphierte. Ja, es schien, als habe sich Rastullah mit Scham von seinem Volk abgewandt, denn noch während sie in Madrash den Sieg über die Ungläubigen feierten, erreichte die Scheichs die Nachricht, daß nun auch die Oase Hayabeth verloren war und die Vorhut der Armee Tar Honaks in Gewaltmärschen ein zweites Mal auf Madrash vorrückte. Als sie dies aber vernahmen, herrschte großes Geschrei unter den Tapferen, und selbst Scheich Jassafer, der noch zur Mittagsstunde so tapfer gegen die Eroberer gefochten hatte, verließ aller Mut.

Wie ein gefangener Löwe durchmaß Scheich Jassafer nun schon zum dritten Mal den weiten Hof der Karawanserei, in dem sich die Anführer der Wüstenkrieger versammelt hatten. Fluchend raufte er sich den Bart, und in seinem Schmerz hatte er sich das Gesicht mit den Fingernägeln zerkratzt. Schließlich blieb er in der Mitte des Hofes stehen und drehte sich zu den anderen beiden Scheichs um.

»Wir müssen Madrash verlassen. Wir haben keine andere Wahl. Der Späher sagt, daß mindestens dreihundert Krieger der Vorhut im Morgengrauen die Stadt erreichen und spätestens bis zum Abend das ganze Heer des Raben vor Madrash lagern wird. Jeder Widerstand gegen eine solche Übermacht wäre sinnlos.«

»Er hat recht«, stimmte Ali von den Beni Novad verdrossen zu.

»Wenn wir bleiben, werden wir so wehrlos sein wie die Ameise im Wurfnetz der Wüstenspinne.«

Gespannt blickte Neraida zu Said, der gelassen am hohen Tor der Karawanserei lehnte. Seit sie die Schreckensnachricht über das Heer des Raben erreicht hatte, war er stumm geblieben. Würde auch er sich dem Schicksal beugen? Der Salzgängerin fiel es noch immer schwer zu glauben, daß ihr Kampf gegen die Eroberer wieder einmal sinnlos gewesen sein sollte. Sie hatte zwar seit den Ereignissen am Brunnen von El Amra einen festen Platz im Rat der Krieger, doch wie gern hätte sie diese Ehre verschenkt, wenn sie dafür nur ein einziges Mal hätte erleben dürfen, wie die Ungläubigen eine wirkliche Niederlage erlitten. Was bedeutete schon Madrash? Sie hatten eine kleine Garnison niedergemacht, und nicht einmal dieser Triumph würde länger als einen Tag währen! Es war zum Verzweifeln! Immer öfter dachte sie darüber nach, ob Rastullah sein Volk mit Knechtschaft strafen wollte, auch wenn der Prophet Almansor und der Mawdli Nebahath den Siegeszug der Al'Anfaner anders deuteten.

Noch immer blickten die beiden Scheichs zu Said und warteten auf das Wort des Kasimiten. Schließlich trat Ali ungeduldig vor den Verschleierten. »Hat dir das Entsetzen die Zunge gelähmt, Said von den Söhnen Kasims? Muß ich dich aus deiner Starre rütteln? Oder soll ich dich besser gleich auf dein Pferd binden und in deine Oase zurückschicken, damit du zusammen mit den Weibern über die Schrecken des Krieges jammern kannst?« Auch wenn Nebahath die beiden gezwungen hatte, gemeinsam gegen die Ungläubigen zu ziehen, war der Ton, in dem sie miteinander sprachen, keineswegs freundlicher geworden.

»Mich erschreckt nur eins: die Erkenntnis, daß ich in einem Schwarm von Wüstenflöhen tapferere und zuverlässigere Verbündete hätte als in den Beni Novad, ganz zu schweigen von Euch, Scheich Jassafer. Kampflos wird kein Kasimit aus Madrash weichen, und sollte es Rastullahs Wille sein, daß wir unterliegen, so sind wir tapfer genug, dem Unvermeidlichen ins Auge zu sehen. Mehr habe ich nicht zu sagen, denn meine Zunge erträgt es nicht, zu Feiglingen zu sprechen.«

»Kasimitischer Narr!« brüllte Jassafer. »Wem nutzt es, wenn wir alle unser Leben verschenken? Das hat nichts mit Mut zu tun!«

»Du nennst mich und meine Krieger Feiglinge, Said?« Es kostete den bärtigen Ali offensichtlich größte Mühe, dem Kasimiten nicht an die Gurgel zu springen.

»Mir fällt kein anderes Wort für Männer ein, die die Flucht ergreifen, noch bevor der Feind in Sicht kommt.«

»Hört auf zu streiten!« Jassafer packte Ali und versuchte, ihn von Said wegzuzerren, bevor ein Unglück geschah. »Nur wenn alle Sippen zusammenhalten, können wir gegen die Götzenanbeter bestehen.«

»Laß mich los!« zischte Ali. »Es besudelt meine Ehre, von der Hand eines Feiglings berührt zu werden.«

»Was? Hat dir ein Dschinn die Sinne verwirrt? Du hast mir doch eben noch zugestimmt, daß unsere einzige Rettung die Flucht ist.«

»Dreh mir nicht das Wort im Mund um, Jassafer. Davon habe ich nie gesprochen.«

»Und was ist mit den Ameisen, die wehrlos im Wurfnetz der Wüstenspinne gefangen sind? Waren das nicht deine Worte?« höhnte Said. »Ein erstaunlich gelehrtes Bild für einen Beni Novad, von denen es doch heißt, sie seien so dumm, daß sie nicht einmal die Finger einer einzigen Hand abzählen können.«

»Nun, mein besserwisserischer Freund. Wenn du so

klug bist, wie du tust, dann müßtest du doch wissen, daß die Wüstenspinne manchmal mit ihrem Netz ihr Opfer verfehlt. Geht aber der erste Angriff fehl, kann die Ameise, wenn sie ein Krieger ist, mit ihrem Mut die viel größere Spinne bezwingen. Und was mich und meine Männer angeht, werden wir hierbleiben und den ersten Angriff abwarten, denn ein Beni Novad kennt weder Furcht noch Flucht.«

»Ihr seid ja beide von Sinnen! Wenn ihr glaubt, ich lasse mich von eurer Dummheit beeindrucken und bleibe auch, dann habt ihr euch geirrt. Was euch fehlt, ist die Weisheit des Alters, und so wie ich die Dinge sehe, werdet ihr auch keine Gelegenheit mehr haben, diese Weisheit zu erlangen.«

»Geh nur, alter Mann!« versetzte Said kühl. »Ich werde nicht versuchen, dich zu halten. Und wenn hier sonst noch jemand den Kuß der Weisheit verspürt und sich Jassafer anschließen möchte, so werde ich ihn nicht zurückhalten.«

Die Berater Jassafers, die wie die anderen Krieger im Hof schweigend dem Streit der Scheichs beigewohnt hatten, erhoben sich und durchschritten mit ihrem Anführer das Tor.

»Nun, möchte sonst noch jemand gehen?« Ali blickte Neraida an und lächelte auf anzügliche Weise. »Man kann schließlich nicht von jedem verlangen, wie ein Krieger zu sterben.«

»Stimmt«, entgegnete die Salzgängerin ruhig. »Also prüft noch einmal Euer Herz, Scheich. Schließlich seid Ihr ein Beni Novad.«

»Wie meinst du das, Neraid al Barrad?« Alis Hand glitt zum Knauf seines Khunchomers.

»So wie ich es sage, Beni Novad.«

»Sprich den Namen meines Volkes noch einmal wie ein Schimpfwort aus, und ich reiße dir das Herz heraus, du Mannweib!«

Neraida stand langsam auf. Sie war zwar bei weitem

nicht so muskulös wie Ali, aber fast einen halben Kopf größer als der Scheich. Hinter Ali hatten sich seine Berater versammelt, bereit, die Ehre ihres Stammes jederzeit mit dem Schwert zu verteidigen.

»Ich kämpfe nicht mit Kleineren, Beni Novad. Das ist gegen meine Ehre als Kriegerin.«

»Du…« Ali riß den Khunchomer aus der Scheide und ging wütend auf Neraida los. Mit einem tänzerischen Schritt wich die Salzgängerin seinem Schlag aus und zog ihrerseits den Krummsäbel.

»Genug!« Said trat zwischen die beiden Streithähne. »Wir werden morgen mehr als genug Gelegenheit haben, unseren Mut zu kühlen. Bis dahin schlage ich vor, daß die Beni Novad die westliche Hälfte der Stadt besetzen und ich mit meinen Kriegern hier im Osten bleibe.«

»Wir kuschen nicht, nur weil ein Kasimit bellt. Ich kann deinen Vorschlag nur annehmen, wenn ihr diejenigen seid, die weichen. Ich jedenfalls werde den Osten der Stadt nicht verlassen.«

Neraida blickte zu Said. Gäbe er dem Hurensohn darauf die passende Antwort? Sie brauchten keine Beni Novad, um Madrash zu verteidigen. Sie sollten Ali und die Bastarde, die er Gefolgschaft nannte, hinauswerfen. Doch Said verhielt sich eigenartig. Er blieb ruhig und zuckte ergeben mit den Schultern. »Wie du meinst, Ali, dann werde ich mit meinen Leuten den Westteil der Stadt besetzen.«

»Schön. Ich sehe, die Söhne Kasims haben endlich erkannt, wer hier wem zu weichen hat.« Ali grinste zufrieden, doch dann trat einer seiner Berater hinter ihn und flüsterte ihm aufgeregt gestikulierend etwas ins Ohr. Fast schlagartig verfinsterte sich die Miene des Scheichs wieder.

»Du bist ein elender Betrüger, Said!«

»Was?« Es war offensichtlich, daß die Geduld des Kasimiten erschöpft war.

»Alle Brunnen der Stadt und der Fluß liegen im Westen! Du willst wohl, daß wir bei dir um Wasser winseln müssen. Oder wolltest du uns verdursten lassen?«

»Ich war mir dessen nicht bewußt und ...«

»Schweig!« Alis Augen sprühten vor Zorn. »Jedes Kind weiß, daß ein Kasimit sein Antlitz hinter einem Schleier verbergen muß, weil ihm die Falschheit ins Gesicht geschrieben steht.«

»Dann laß uns in Rastullahs Namen die Stadt in eine nördliche und eine südliche Hälfte teilen.« Saids Stimme klang gepreßt, ganz so, als koste es ihn größte Anstrengung, Ali nicht an die Kehle zu gehen.

»Ich muß mich erst mit meinen Männern beraten, bevor ich mit einer Schlange verhandle.«

»Die Schlange stört sich nicht an den Bräuchen der Wüstenflöhe«, entgegnete Said scharf. Doch Ali nahm die Beleidigung nicht weiter zur Kenntnis und zog sich mit seinen Kriegern in den hintersten Winkel des Hofes zurück. Es dauerte eine Ewigkeit, bis die Beni Novad ihr Palaver beendet hatten. Zweimal schickten sie einen Krieger in das Städtchen, der die Örtlichkeiten prüfte, damit sie sicher waren, nicht betrogen zu werden. Schließlich kehrte Ali zurück und baute sich in majestätischer Pose, die Hände in die Hüften gestützt, vor Said auf.

»Wir werden deinen Vorschlag annehmen, Said von den Söhnen Kasims, wenn du zwei Bedingungen erfüllst!«

»Welche?«

»Erstens müssen wir die Stadthälften so teilen, daß die Grenze genau durch die Mitte des Tores zu diesem Hof läuft, denn wir werden keinesfalls vor euch weichen. Zweitens können wir euch nur dann die südliche Hälfte der Stadt überlassen, wenn die Einteilung noch vor dem Morgengrauen wieder aufgehoben wird. Denn wer im Süden steht, wird die Ehre haben, sich als erster den Al'Anfanern zu widersetzen; und den Vorzug, als erste in die Schlacht zu ziehen, werden wir euch auf keinen Fall überlassen.«

»Aber im Süden gibt es viel mehr stinkende Ställe als im Norden. Warum sollten wir das annehmen?« meldete sich einer der Berater Saids zu Wort. »Glauben die Beni Novad etwa, sie könnten uns wie Vieh behandeln?«

»Genug!« Saids Stimme überschlug sich vor Wut. »Ich bin es leid, mit Krämerseelen um ein Nachtlager zu feilschen. Alle meine Krieger werden in der südlichen Hälfte dieses Hofes Quartier beziehen. Schließlich findet sich hier in der Karawanserei alles, was wir brauchen. Mögen die Beni Novad nehmen, was ihnen gefällt. Ich bestehe nur darauf, am Eingang der Stadt Wachen aufstellen zu lassen.«

Ali kratzte sich unschlüssig am Bart. Dann nickte er schließlich. »Das ist möglich, aber meine Männer werden die Nordhälfte des Hofes nehmen und euch im Auge behalten.«

»So sei es.« Ohne ein weiteres Wort drehte sich Said um und schritt auf die Südhälfte des Tors zu. Als er an Neraida vorbeikam, zischte er leise: »Möge Rastullah diesen Haderer in den kältesten Winkel der Niederhöllen schleudern. Lieber ziehe ich allein gegen hundert Götzenanbeter, als noch einmal mit einem weinerlichen Kameltreiber über irgend etwas zu verhandeln. Wenigstens haben sie nicht bemerkt, daß auf unserer Seite des Hofs das Gästehaus der Karawanserei steht. So werden wir den Rest der Nacht zumindest in einem bequemen Quartier verbringen.«

Mit zusammengekniffenen Augen blickte Neraida nach Osten, wo der Silberschleier, der den beginnenden Tag ankündigt hatte, vom Rot der aufgehenden Sonne vertrieben wurde. Fast schien es, als hätte Rastullah den Horizont in Flammen gesetzt.

Wie oft sie das Ereignis eines Sonnenaufgangs wohl

noch verfolgen durfte? Vielleicht wäre es doch klüger gewesen, mit Scheich Jassafer zu ziehen.

Noch vor dem Morgengrauen hatten die Krieger der Kasimiten und der Beni Novad Stellung auf den Dächern entlang der Hauptstraße bezogen, die parallel zum Fluß durch die kleine Stadt lief. Außer der Karawanserei gab es nicht einmal hundert Häuser in Madrash: weißgekalkte kleine Lehmziegelbauten, die sich um winzige Höfe scharten. Fast alle hatten sie flache Dächer mit gemauerten Brüstungen, auf denen die Krieger jetzt in Deckung lagen.

Die Einwohner von Madrash waren noch in der Nacht in die Hügel im Osten der Stadt geflohen, als sie gehört hatten, daß um den Ort ein zweites Mal in nur zwei Tagen eine Schlacht entbrennen würde. Feiges Pack, dachte Neraida verächtlich. Lieber duldeten sie die al'anfanischen Besatzer, als ihr Hab und Gut zu verteidigen. Andere sollten für sie bluten!

Plötzlich unruhig geworden, robbte die Salzgängerin ein Stück nach vorn und spähte über die Brüstung. Unter ihr lag die breite Straße, die zur Karawanserei in der Mitte der Ortschaft führte. Die Stadt zog sich einen Hügel hinauf, der im Westen zum Fluß hin steil abfiel. So waren die Häuser im Frühjahr vor dem Hochwasser des Malik geschützt. Dutzende von Bergbächen speisten den Fluß, der sich bei schweren Regenfällen oder wenn hoch auf den Bergen der Schnee schmolz, binnen weniger Stunden in einen reißenden Strom verwandeln konnte.

Fast wie eine Burg lag die durch hohe Mauern geschützte Karawanserei auf dem Gipfel des kleinen Hügels, unmittelbar neben dem Basar, wo in friedlicheren Zeiten fliegende Händler und die Bauern der Umgebung ihre Waren feilboten. Dorthin, in die Karawanserei, sollten sie sich zurückziehen, wenn die Stellungen entlang der staubigen Straße nicht mehr zu halten waren.

Der Mann neben Neraida stieß die Salzgängerin mit dem Ellbogen in die Seite und zeigte nach Süden. »Sie kommen.«

In der Ebene vor der Stadt war eine Staubwolke zu erkennen. Es dauerte noch eine ganze Weile, bis sich in dem Staub unscharf eine Marschkolonne abzeichnete. Es waren Fußsoldaten in schwarzen Waffenröcken. Dieselben Kämpfer, die vor nicht ganz sechs Gottesnamen zum Sturm auf die Oberstadt von Unau angetreten waren. Neraida verspürte einen Kloß im Hals. In Unau hatten die Söhne Rastullahs das Heer des Patriarchen dreißig Tage lang hinhalten können, doch war die Oberstadt auch gut befestigt gewesen. Madrash könnte man nicht einmal dreißig Stunden lang verteidigen. Und schon gar nicht gegen eine solche Übermacht.

Ein Reiter trennte sich von der Marschkolonne und kam auf die Stadt zu. Er trug eine weiße Fahne und näherte sich bis auf wenige Pferdelängen dem Ortseingang. Höchstens fünfzig Schritt war er von Neraida entfernt. Der Kasimit neben ihr zog einen Pfeil aus seinem Köcher und legte ihn auf die Bogensehne. Doch spannte er seine Waffe noch nicht.

»Wir wissen, daß ihr hier auf uns wartet, Rebellen. Wir haben Freunde in der Stadt, die uns von euch berichtet haben!«

Neraida schnaubte verächtlich. Sie hätten sich denken können, daß es unter den hiesigen Bauern Überläufer gab. Sie hätten ihnen nicht gestatten dürfen, Madrash zu verlassen.

»Seine Hochwürdigste Erhabenheit, Tar Honak, Patriarch von Al'Anfa, ist gewillt, euch das Leben zu schenken. Wenn ihr jetzt sofort eure Waffen niederlegt und euch vor der Stadt versammelt, sollt ihr das Glück haben, als Sklaven in Diensten des allmächtigen Al'Anfa zu überleben. Solltet ihr in eurer Verblendung allerdings darauf bestehen, Widerstand zu leisten, so soll ich euch ausrichten, daß noch vor der Mittagsstunde jeder von euch in die Niederhöllen gefahren sein wird, denn wer den Götzen Rastullah anbetet, den erwartet nach seinem Tod nichts als ewige Verdammnis.«

Weiter vorn erhob sich Said auf einem Häuserdach. Mit blankem Schwert in der Hand und wehendem Umhang sah er im roten Morgenlicht aus wie einer jener Helden aus längst vergangenen Zeiten, von denen heute nur noch die Märchenerzähler zu berichten wissen.

»Ich schenke dir dein Leben, Wurm, doch kann ich deinen Anblick und deine Gotteslästerungen nicht länger ertragen. Kriech zurück zu deinem Herrn und sag ihm: Ein Kasimit stirbt, aber er ergibt sich nicht!«

Ohne Verzug wendete der Bote sein Pferd und galoppierte, begleitet vom Hohngelächter der Krieger, zur Marschkolonne zurück.

Wer auch immer die Vorhut der Al'Anfaner kommandierte, hatte keine Eile mit dem Angriff auf Madrash. Zunächst rasteten die Truppen eine Weile außerhalb der Reichweite der Novadibogenschützen. Dann formierten sich die knapp dreihundert schwarzgewandeten Krieger zu sechs Abteilungen etwa gleicher Größe und nahmen Aufstellung in der Ebene vor der Stadt.

»Sie wollen uns zu einem Ausfall herausfordern, doch wir durchschauen den schlichten Geist ihres Anführers und werden weiter auf sie warten!« rief Said seinen Kriegern auf den Dächern zu.

Allmählich breitete sich Unruhe unter den Männern aus. Kasimiten und Beni Novad waren tapfere Kämpfer, doch war ein jeder gewohnt, für sich allein zu streiten und in wilden Angriffen seinen Mut unter Beweis zu stellen. Tatenlos in Deckung zu bleiben und den Feinden beim Exerzieren zuzusehen, widersprach der Natur eines jeden Wüstenkriegers zutiefst.

Auch Neraida wurde immer ungeduldiger. Wie die

meisten anderen stand sie jetzt aufrecht auf einem Häuserdach und blickte nach Süden zu den Heiden. Immer noch hielten sich die Al'Anfaner rund hundert Schritt vom ersten Haus am Fuß des Hügels entfernt. Zwei Einheiten hatten sich unmittelbar vor dem Ortseingang aufgestellt, die vier anderen standen flankierend daneben. Es war jetzt offensichtlich, daß sie nur mit einem Drittel der Truppen über die Straße zur Karawanserei vorstoßen wollten. Die restlichen zweihundert Krieger würden versuchen, durch die engeren Straßen und Gassen vorwärtszukommen. Der Angriff würde also auf der ganzen Breite der kleinen Stadt erfolgen.

Wenn sie nur endlich losschlügen! dachte Neraida. Ihnen zuzusehen, war schlimmer, als inmitten des hitzigsten Gefechts zu stehen.

»Wir sollten uns auf die Pferde schwingen und ihnen zeigen, daß wir keine Angst haben«, brummte der Bogenschütze neben ihr.

»Genau dazu wollen sie uns doch verleiten!«

»Na und? Wenn du nicht den nötigen Mut hast, Neraid, kannst du ja hier bleiben. Mich schrecken sie jedenfalls nicht ab und ...« Fluchend schlug sich der bärtige Krieger gegen den Hals. »Dreimal verfluchte Moskitoplage hier am Fluß ...« Mitten im Satz stockte er und tastete nach seinem Hals. Dabei drehte er sich leicht, und Neraida sah, was ihn *gestochen* hatte. Ein winziger, nicht einmal einen Spann langer Pfeil, kaum dicker als eine Nadel, steckte ihm dicht über dem Nackenwirbel im Hals.

Fluchend zog sich der Novadi das Geschoß aus der Wunde.

»Mohas!« Neraida hatte das Wort kaum über die Lippen gebracht, als von einem angrenzenden Häuserdach ein Schrei ertönte. Offensichtlich war auch dort ein Mann getroffen worden.

Das Exerzieren war nur ein Ablenkungsmanöver gewesen! Neraida erbleichte. Während sie dem Hauptteil der feindlichen Truppen beim Aufmarsch zugesehen hatten, mußten sich die Mohas vom Fluß her in die Stadt geschlichen haben. Wie konnte man einem so heimtückischen Angriff begegnen? Die Ereignisse ließen der Salzgängerin keine Zeit mehr, über die Fehler in der Strategie der Scheichs nachzudenken. Ein Pfeil verfehlte Neraida nur um Haaresbreite und verfing sich in einer Falte ihres Umhangs. Gleichzeitig beobachtete sie, wie die Truppen, die bislang vor der Stadt paradiert hatten, mit dem Angriff auf die vordersten Häuserzeilen begannen. Um ein ungünstigeres Ziel für die Plänkler mit ihren Giftpfeilen zu bieten, warf sich die Salzgängerin flach auf das Häuserdach. Doch das war keine Lösung auf Dauer. Besorgt blickte sie zum Bogenschützen, der hinter der Dachbrüstung kauernd versuchte, einen der Plänkler auszumachen. Entweder wirkte das Gift des Pfeils noch nicht, oder er hatte Glück gehabt und das tückische Geschoß schnell genug aus der Wunde gezogen. Jedenfalls verhielt er sich noch ganz normal und schien keinerlei Schmerzen zu haben.

Weiter oben am Hügel erklang Hufschlag. Vorsichtig lugte Neraida über die Brüstung und schaute in Richtung der Karawanserei. Sieben oder acht von Alis Männern kamen auf ihren feurigen Shadifs die Straße heruntergeprescht. Ohne sich im mindesten an die vereinbarte Strategie zu halten, hatten sie sich selbständig gemacht und versuchten offensichtlich, eine besonders glänzende Rolle in der Schlacht um Madrash zu spielen.

Mit leisem Klicken schlug ein Giftpfeil zwei Handbreit neben der Salzgängerin gegen die Brüstung. Er schien aus einer dunklen Türöffnung auf der anderen Straßenseite abgefeuert worden zu sein. Wie viele von diesen heimtückischen Schützen wohl in die Stadt eingedrungen waren?

»Siehst du die blaugestrichene Tür?« flüsterte der

Novadi. »Im Haus daneben sitzt unser kleiner Freund. Wenn du dich noch ein bißchen weiter aus deiner Deckung hervorwagst, könnte ihn das vielleicht zu einem weiteren Schuß reizen.«

»Und mir pustete er dafür einen seiner giftigen Holzsplitter ins Gesicht? Danke!«

»Ich hätte wissen müssen, daß du nicht genug Mut für so etwas hast.«

»Du solltest aufpassen, was ...«

»Vorsicht!« Der Novadi verpaßte ihr einen groben Stoß in die Rippen, so daß sie zur Seite rutschte, und leise sirrend wie eine Libelle zog ein Giftpfeil über sie hinweg.

»Er hat ein Haus weiter hinten gesessen, als ich dachte«, kommentierte der Novadi den Schuß kühl.

Vorsichtig lugte Neraida erneut über die Brüstung und beobachtete die Straße. In leichtem Bogen führte sie den flachen Hügel hinauf. Dicht an dicht standen auf beiden Seiten Häuser, zwischen denen nur hier und dort eine schmale Gasse auf den Hauptweg mündete. Ungefähr zehn Schritt weiter die Straße hinauf spannte sich ein flacher Torbogen über den Weg. Vielleicht hatte es dort früher einmal eine Befestigung gegeben. Heute war davon nicht mehr als ein bröckelnder Mauerbogen übrig.

»Wenn du den Kerl da unten ablenkst, werde ich versuchen, auf die andere Straßenseite zu kommen«, flüsterte Neraida. »Ich wette, ich kann ihn dazu überreden, seine sichere Deckung zu verlassen.« Die Salzgängerin versuchte ihre Worte mit einem grimmigen Lächeln zu unterstreichen, doch schien ihr das mehr schlecht als recht gelungen zu sein. Jedenfalls blieb der Novadi völlig unbeeindruckt.

»Gut.« Das war der einzige Kommentar, den er zu ihrem Plan machte.

Verärgert zog sie sich von der Brüstung zurück. Viele der Krieger nahmen sie immer noch nicht ernst, doch noch vor Sonnenuntergang sollten sie wissen, daß Neraid al Barad, was Mut und Kampfgeschick anging, hinter keinem von ihnen zurückstehen mußte! Ohne auch nur ein einziges Mal beschossen zu werden, überquerte sie drei Dächer, die lediglich durch kniehohe Mauervorsprünge voneinander getrennt waren. Dann aber blockierte eine Gasse ihren Weg. Zu allem Überfluß gab es zum Dach auf der anderen Seite, bedingt durch die Hügellage, einen beachtlichen Höhenunterschied. Doch jetzt konnte sie nicht mehr zurück, ohne sich lächerlich zu machen. Hoffentlich war niemand in der Gasse! Wenn sie sich auf der anderen Seite an der Mauerbrüstung hochziehen mußte, war sie so gut wie wehrlos. Neraida zog sich ein Stück zurück, um besser Anlauf nehmen zu können. Dann richtete sie sich auf und rannte, so schnell sie nur konnte, auf die Mauerbrüstung zu.

»Rastullah!« Den Schlachtruf der Kasimiten auf den Lippen, stieß die Salzgängerin sich ab und sprang. Doch sie schaffte es nicht ganz. Das Haus war zu hoch. Fluchend klammerte sie sich an die Brüstung und versuchte, mit den Füßen Halt zu finden. Ihre Brüste schmerzten vom Aufprall gegen die Mauer. Nicht einmal zwei Schritt unter ihr lag die Gasse. Wenn sie abrutschte, konnte ihr eigentlich nichts geschehen, außer daß vielleicht ein paar Mohas irgendwo aus ihrer Deckung sprangen und über sie herfielen! Stöhnend mühte sie sich, mit einem Klimmzug das Dach zu erreichen. Plötzlich packte jemand nach ihren Armen, und alles andere als sanft wurde sie über die Mauerkrone gezogen. Überrascht starrte sie in die Gesichter zweier Novadis aus Alis Gefolgschaft.

»Sei bloß still!« zischte sie der kleinere der beiden an. »Hoffentlich hast du noch nicht alles verdorben!«

»Was ...?«

Ihr Gegenüber legte einen Finger auf die Lippen und zeigte auf eine Falltür im Dach. »Unter uns sitzen mindestens drei dieser nackten Heiden. Wir wollen sie überraschen. Wenn ich dir gleich ein Zeichen gebe, reißt du die Luke auf, und Nazir und ich springen hinunter. Ist das klar?«

Neraida nickte stumm. Natürlich hatte sie verstanden! Aber sie würde sich die Freiheit nehmen, den Plan ein wenig abzuändern. Sie würde mitkommen. Wenn die beiden glaubten, sie würde auf dem Dach zurückbleiben, hatten sie sich geirrt!

Leise bezogen die drei Stellung um die Falltür. In die Mitte der Klappe war ein Eisenring eingelassen, der genau wie die angeschlagenen Amphoren und die geflickten Säcke, die auf dem Dach herumlagen schon bessere Zeiten gesehen hatte. Neraida kniete nieder und griff nach dem Ring. Erwartungsvoll blickte sie zu den beiden Kriegern auf, doch die zwei verharrten reglos, so als würden sie auf ein für die Salzgängerin unsichtbares Zeichen warten. Der größere der beiden, den sein Gefährte Nazir genannt hatte, war ein wahrer Hüne. Ein Krieger mit wildem schwarzen Bart und zwei Khunchomern, die er auf den Rücken gegürtet trug. Seine Kleidung war ehemals prächtig gewesen, doch hing sie ihm nun in Fetzen vom Leib, so wie den meisten Männern, die seit etlichen Gottesnamen im Kampf gegen die Al'Anfaner standen und die keine andere Heimat mehr kannten als den Sattel und ein hastig aufgeschlagenes Lager in der Wildnis. Sicher hatte der Bärtige einst zu den Leibwächtern eines Scheichs oder gar eines Sultans gehört, doch ebenso sicher war sein früherer Herr tot, sonst wäre er kaum an der Seite von Ali und seinen Novadis in den Kampf gezogen.

Der Kampflärm vom Eingang der kleinen Stadt schien sich langsam in ihre Richtung zu verlagern. Hier und dort waren auch ganz in der Nähe Schreie und das Klirren von Waffen zu hören.

Der kleinere Novadi zog sein Schwert. Vorsichtig, so als befürchte er, selbst das kleinste Geräusch könnte die

Mohas unter ihnen aufschrecken, ließ er seine Klinge dabei zwischen Daumen und Zeigefinger gleiten. In fließender, eleganter Bewegung zog auch Nazir seine beiden Waffen, und Neraida fühlte sich unwillkürlich an eines der blutigen Rituale erinnert, in denen die Heiden ihren Götzen opferten. Ob Nazir noch etwas dabei empfand, wenn er tötete?

Der Kleinere nickte ihr stumm zu, und die Salzgängerin riß mit einem Ruck die Bodenluke auf. Ohne auch nur einen Augenblick zu zögern, sprangen die beiden in das dunkle Loch, das sich unter ihnen aufgetan hatte. Weder eine Treppe noch eine Leiter stand unter der Luke, und ein muffiger Geruch nach Lehm, kalter Asche und altem Olivenöl schlug Neraida entgegen. Rufe in einer fremden, ein wenig an das Gurren von Tauben erinnernden Sprache erklangen. Dann steigerten sie sich zu schrillen Schreien.

Was willst du noch hier oben? Neraida hatte das Gefühl, eine eigenartige Lähmung hätte sie ergriffen. Sollte sie vielleicht weniger Mut als die beiden Krieger haben? Sie war jetzt Neraid al Barrad, und alle sollten wissen, daß sie den Beinamen ›der Kalte‹ zu Recht trug! Wütend biß sie die Zähne zusammen und sprang auch durch das Loch. Sie durfte der Feigheit keinen Platz in ihrem Herzen lassen! Federnd landete sie auf dem gestampften Lehmboden und versuchte, sich blinzelnd im Zwielicht der dunklen Kammer zu orientieren. Links von ihr erkannte sie Nazir, der zwei oder sogar drei der Waldmenschen in einer Ecke des Raums in die Enge getrieben hatte und mit wilden Schreien auf sie einschlug. Ein klirrendes Geräusch hinter ihr ließ die Salzgängerin herumfahren. Gleichzeitig riß sie ihren Khunchomer hoch. Ein Reflex, der ihr Leben rettete.

Ein über und über in grellen Farben bemalter Moha hatte einen Vorhang, der in einen angrenzenden Raum führte, beiseite gerissen und sprang mit erhobenem Dolch auf sie zu. Doch seine wilde Grimasse wurde zu einer Maske des Entsetzens, als er plötzlich das blinkende Schwert zwischen sich und der Salzgängerin sah. Wild mit den Armen rudernd, wollte er die Sprungrichtung ändern. Zu spät! Die scharfgeschliffene Spitze des Khunchomers bohrte sich ihm in den Leib. Von der Wucht des Aufpralls wurden beide zu Boden gerissen. Es schien, als hätte Rastullah den Fluß der Zeit verlangsamt, so deutlich erlebte die Salzgängerin all das, was sich in weniger als einem Atemzug abspielte. Sie fiel zurück, der Moha prallte auf ihre Brust, und die Luft wurde ihr aus den Lungen gepreßt. Der Atem des Sterbenden schlug ihr warm ins Gesicht. Er hatte den Kopf gehoben, starrte sie an, und in seinen Zügen mischten sich Schmerz und Überraschung. Die Salzgängerin fühlte, wie sich sein Blut in pulsierenden Stößen über ihren Leib ergoß. Dann sank der Kopf des Mohas nach vorn gegen ihre Schulter. Der sterbende Krieger summte mit heiserer Stimme eine in fremdartigen Rhythmus auf- und abschwellende Melodie. Neraida schloß die Augen und betete stumm zu Rastullah, dieses Grauen endlich zu beenden.

»Lebst du noch?« Etwas Warmes streifte ihre Wange. Dann fühlte sie, wie der sterbende Moha beiseite gerollt wurde. Ein leises Pfeifen ertönte.

»Wo hat es dich erwischt?«

»Ich glaube, nirgends.« Unsicher blinzelnd schlug die Salzgängerin die Augen auf. »Ist es vorbei?« Nazir hatte sich über sie gebeugt.

»Zumindest hier.« Einen Moment lang musterte er sie und legte die Stirn in Falten. »Kannst du aufstehen?«

Neraida nickte und stemmte die Ellbogen gegen den Boden. Sie fühlte sich schwach wie ein Neugeborenes. Als sie den Moha erblickte, wurde ihr schlecht. Nazir mußte bemerkt haben, wie alle Farbe aus ihrem Gesicht wich. Er packte sie und half ihr, sich aufzusetzen. »Das erste Mal?« Seine Stimme klang so gelassen, als fragte er sie beiläufig nach ihrem ersten Kuß. Wieder nickte Neraida. Sie hatte das Gefühl, die Sprache verloren zu haben. Kaum gelang es ihr, den Blick von dem sterbenden Moha zu wenden. Er trug ein Halsband aus zähem roten Leder. Ein Sklavenband! Ob man ihn in diesen Krieg gezwungen hatte? Ob die Freiheit sein Preis sein sollte? Was sonst sollte einen Waldmenschen hierher in die Hügel verschlagen, wenige Meilen südlich von Mherwed?

Noch immer summte der Krieger leise die disharmonische Melodie. Sein Blut hatte einen Teil der kunstvollen Kriegsbemalung verschmiert. Immer leiser wurde sein Summen.

»Kaban hat es auch erwischt!« Nazir wies mit einer flüchtigen Kopfbewegung in eine Ecke der Kammer. Erst jetzt bemerkte Neraida den kleinen Mann, der zusammengekrümmt am Boden lag. »Sie sind wie Raubtiere, diese Wilden. Manche behaupten, in jedem von ihnen stecke ein Dämon, aber das ist wohl nur ein Märchen für schreckhafte Kinder. Wenn auch nur ein Fünkchen Wahrheit daran wäre, würden wir nicht mehr leben.«

Neraida konnte den Worten des Kriegers kaum folgen. Noch immer war ihr übel. Nazir ging zu der Tür, die auf die Hauptstraße wies. Sie stand einen Spaltbreit offen. Hier hatten die Mohas mit ihren Blasrohren gekauert, als die beiden Krieger in den Raum herabgesprungen waren. Ungeduldig drehte er sich zu Neraida um. »Wir müssen weg von hier! Der Kampflärm kommt immer näher. Wenn wir länger bleiben, werden wir womöglich von den anderen abgeschnitten. Nimm deine Waffe und komm!«

Unfähig, sich zu rühren, starrte Neraida auf ihr blutverschmiertes Krummschwert, das sich tief in den Leib des Mohas gebohrt hatte. Das Totenlied des Waldmenschen war verstummt, und er war in sich zusammengesunken. Selbst über den Tod hinaus hielt sein glasiger

Blick die Salzgängerin gefangen. Nazir hatte sich von der Tür abgewandt und war wieder an ihre Seite getreten. »Kannst du es nicht?« Er warf einen Blick auf ihre Waffe, dann setzte er einen Fuß auf die Brust des Toten und zog das Krummschwert mit einem Ruck aus seinem Leib.

»Der spürt nichts mehr.« Er drückte ihr das Schwert in die Hand. »Beim ersten Mal ist es schlimm, beim zweiten Mal ist es unangenehm, aber ab dem dritten Mal ist es gerade so, als ob du einem Huhn den Hals umdrehst.«

Von der Straße ertönten Schreie. Erst der Tumult brachte Neraida in die Wirklichkeit zurück. Nazir hatte die Tür zur Straße nun ganz aufgestoßen, so daß sie sah, was draußen vor sich ging. Kleine Gruppen von Novadis hasteten die Straße hinauf. Einer winkte ihnen zu. »Sie haben die Ställe. Sie sind uns in den Rücken gefallen!«

Nazir stieß einen lästerlichen Fluch aus. Dann packte er Neraida am Ärmel. »Wir müssen weg von hier. Komm endlich! Du wirst später noch genug Zeit haben, darüber nachzudenken, was du heute getan hast.«

Als sie den Marktplatz in der Mitte der kleinen Stadt erreichten, war dort alles ruhig. Das hohe Portal der Karawanserei stand weit offen, doch weder auf den angrenzenden Mauern noch auf den Dächern der meist zweigeschossigen Lehmhäuser, die den Platz umgaben, zeigte sich ein Al'Anfaner.

»Alles zurück zur Karawanserei!« ertönte eine vertraute Stimme. Ali von den Beni Novad kam die Straße heraufgerannt. Die Linke hatte er fest gegen den blutverschmierten Kaftan gepreßt, und sein Gesicht war aschfahl. Sogar die Kasimiten, die sich auf dem Platz eingefunden hatten, gehorchten seinem Wort. Es mußte wirklich schlecht für sie stehen. Stumm und mit verschlossenen Gesichtern folgten die Krieger dem Befehl.

Alle Rivalitäten und die ständigen Sticheleien, die bislang den gemeinsamen Kriegszug der Beni Novad und der Kasimiten bestimmt hatten, waren vergessen. Unruhig blickte Neraida die Straße hinab. Auch weiter unten in der Stadt war der Kampflärm verstummt. Es schien, als hätten sich beide Seiten voneinander gelöst, um während des unausgesprochenen Waffenstillstands ihre Truppen neu zu formieren. Doch wo steckte Said? Die Salzgängerin hatte den Scheich der Kasimiten unter den Männern auf dem Platz nicht entdecken können. War er schon tot? Hatte er für seine Ehre, die er noch nie mit einem Rückzug besudelt hatte, jetzt sein Leben gegeben? Neraida wollte einfach nicht glauben, daß der Scheich nicht mehr lebte! In all den Gefechten, in die Said geritten war, seit sie das Tal der Sieben Säulen verlassen hatten, hatte der Kasimit nicht einmal eine Schramme davongetragen. Ja, es schien, als halte Rastullah selbst seine schützende Hand über ihn.

»Komm Neraid, wir müssen gehen!« Nazir packte sie am Ärmel und wollte sie durch das Tor der Karawanserei ziehen. Doch jetzt hatte sie genug. Sie ließe sich von dem Hünen nicht mehr länger gängeln, so als wäre sie ein Kind. Wütend riß sie sich los.

»Neraid …«

»Laß mich! Ich werde zurückgehen und Said suchen. Verkriech du dich nur wie ein räudiger Hund, den Kinder mit ein paar Steinwürfen verschreckt haben.«

Einen Lidschlag lang stand Nazir wie versteinert da. Dann lief sein Gesicht so rot an, als wäre ihm alles Blut zu Kopfe gestiegen. »Hat dich ein Dschin verhext, du törichtes Weib? Wozu habe ich dich gerettet, wenn du jetzt freiwillig in dein Verderben läufst?«

»Habe ich dich um irgend etwas gebeten?« Neraida drehte sich um und schritt langsam auf die Straße zu. Insgeheim hoffte sie, Nazir hinter sich zu hören. Doch alles blieb still.

Nach vielleicht zwanzig Schritten warf sie einen

Blick über die Schulter. Der Hüne stand immer noch kurz vor dem Tor der Karawanserei. Er folgte ihr nicht. Feigling, dachte Neraida. Aber was konnte man von einem Beni Novad anderes erwarten? Sie hatten keinen Schneid. Niemals gäbe es unter diesen Kameltreibern einen, der auch nur im entferntesten an Said heranreichen würde.

Oder war der Scheich der Kasimiten vielleicht doch tot? So als hätte sie ein eisiger Luftzug gestreift, durchlief Neraida ein Schauer bei diesem Gedanken.

Die Salzgängerin drückte sich in einen Hauseingang und blickte die breite Straße entlang, die sich nach etwa zwei Dutzend Schritt nach links wandte. Doch alles war still. Totenstill! Jetzt erst wurde ihr bewußt, daß Said ihr mehr gewesen war als nur ein Vorbild. Hätte sie nicht Fendal an seinem einsamen Grab im Manekh-Chanebi ewige Treue geschworen …

Welch törichten Gedanken hing sie da nach! In ihrem Leben gab es keine Liebe mehr zu einem Mann! Sie war selbst ein Mann. Alles Weibliche in ihr war gestorben. Neraida, die Sklavin, war tot! Es gab nur noch Neraid al Barrad, einen Krieger aus der Sippe der Söhne Kasims. Deshalb würde sie jetzt auch handeln wie ein Kasimit. Ganz gleich, ob Said tot war oder lebte, ihr Platz war an seiner Seite!

Neraida umklammerte den Knauf ihres blutverschmierten Khunchomers noch fester. Sie würde nicht mehr schwach werden, nur weil von ihrer Hand ein Feind Rastullahs gefallen war. Was hatte Nazir gesagt? Nur beim ersten Mal sei es schlimm!

Entschlossen trat Neraida aus der Deckung des Hauseingangs und schritt weiter die staubige Straße entlang. Jeden Augenblick rechnete sie damit, daß sie einer der winzigen vergifteten Pfeile der Mohas träfe. Doch nichts geschah!

Sollten sich die Waldmenschen tatsächlich aus der Stadt zurückgezogen haben oder …? Die Salzgängerin schüttelte den Kopf. Ihr war ein Märchen eingefallen, das ihre Mutter ihr vor langen Jahren einmal erzählt hatte. Es war die Geschichte eines einsamen Kriegers, den Rastullah, nachdem er stundenlang einer erdrückenden Übermacht widerstanden hatte, für seine Feinde unsichtbar machte, damit er dem drohenden Tod entging. War vielleicht auch sie unsichtbar? Einen Moment lang malte sie sich aus, wie sie unbehelligt die breite Straße bis zum Fuß des Hügels hinabgehen und dann mitten durch die Reihen der Al'Anfaner schreiten würde, ohne daß auch nur ein einziger sie bemerkte. Ja, sie könnte vor den Patriarchen selbst treten und ihm vor die Füße spucken und …

Ein leises Zischen riß sie aus ihren Gedanken. Im Schatten einer schmalen Gasse kauerten Said und zwei weitere Kasimiten hinter einem Stapel großer Amphoren. Der Scheich gab ihr ein Zeichen, auf der anderen Seite der Straße in einem Hauseingang Deckung zu suchen. Weiter unten entdeckte sie einen großen Trupp schwarz gewandeter Söldner, der sich um eine Pantherfahne scharte. Noch war sie kaum im Gesichtsfeld der Al'Anfaner, und es schien, als habe man sie nicht bemerkt. Wenn sie aber hier, mitten in der Kurve, die Straße kreuzte, um sich Said und seinen Kriegern anzuschließen, zöge sie mit größter Wahrscheinlichkeit die Aufmerksamkeit der Söldner auf das Versteck der Kasimiten. Also folgte sie dem stummen Befehl des Scheichs und wartete unruhig ab, was geschehen würde. Es dauerte noch eine ganze Weile, bis sich die Soldaten schließlich formiert hatten und in einer Kolonne die Straße hinaufmarschiert kamen.

Neraida betete leise. Auf jeden von ihnen kamen mindestens fünf feindliche Krieger. Das war das Ende! Auch wenn sie noch so tapfer kämpfen würden, gegen eine solche Übermacht konnte man einfach nicht bestehen. Wenn sie jetzt flöhe … Sie verwarf den Gedanken sofort wieder. Die Kasimiten hatten sie als eine der

Ihren unter sich aufgenommen, und sie würde nicht weniger mutig streiten als sie. Auch wenn das alles sinnlos war.

Fest preßte sie sich mit dem Rücken gegen die Tür. Jeden Augenblick würden die Al'Anfaner sie sehen. Die Spitze der Marschkolonne hatte schon jene Stelle erreicht, wo die Straße den Knick machte. Vorsichtig aus dem Hauseingang spähend, erkannte Neraida die Männer in der ersten Marschreihe. Einen Offizier mit eisernem Helm, von dem ein schwarzer Pferdeschweif wehte. Dazu trug der Anführer einen Küraß und einen Schild, auf dem ein springender schwarzer Panther dargestellt war. In der Rechten hielt er ein langes gerades Schwert, wie es die Heiden gern benutzten. Neben ihm ging eine junge Frau, die eine schlaff von einer Bronzestange hängende Fahne trug. Auch sie führte ein gerades Schwert. Drei weitere Krieger in schwarzen Lederrüstungen und mit großen Schilden versuchten, die Fahnenträgerin und den Offizier zu decken. Aufmerksam spähten sie zu den Häuserdächern hinauf, so als ahnten sie, daß die Novadis ihren Widerstand noch nicht aufgegeben hatten. Hinter ihnen folgten in mindestens sieben oder acht Reihen weitere Bewaffnete.

Höchstens zehn Schritt trennten sie jetzt noch vom Versteck der Kasimiten. Dumpf hallte ihr rhythmischer Marschtritt auf der staubigen Straße. Jetzt waren es noch neun Schritt. Sieben… Ängstlich spähte Neraida zu der Gasse auf der anderen Seite hinüber. Noch fünf Schritt. Vier… Sie krampfte die Hand um den Griff ihres Khunchomers. Zwei…

Mit einem Schrei stießen die Kasimiten die große Amphore auf die abschüssige Straße, aus der sich ein Schwall öliger Flüssigkeit ergoß. Fast im selben Augenblick schleuderte einer der Krieger eine Fackel hinterher, und binnen eines Atemzugs stieg mitten auf der Straße eine tosende Flammenwand auf. Die heidnischen Soldaten stießen Entsetzensschreie aus. Ihre ordentliche Marschkolonne löste sich zu einer Horde ziellos durcheinanderlaufender Krieger auf, die sich bei dem Versuch, den Flammen auszuweichen, die sich langsam einen Weg die Straße hinab bahnten, gegenseitig zu Boden stießen. Noch ehe Neraida sich entschieden hatte, ob sie vorwärtsstürmen und die verwirrten Feinde angreifen sollte oder besser verharrte, bis sie einen Befehl erhielt, hatten die Kasimiten um Said zwei weitere Amphoren umgestoßen, so daß sich noch mehr von dem Lampenöl, das in den tönernen Gefäßen gelagert war, in die Flammen ergoß. Brüllend wie ein zorniger Stier versuchte der Anführer der Ungläubigen die Disziplin unter seinen Soldaten wiederherzustellen, während gleichzeitig die Flammen in sich zusammensanken, als Saids Stimme den Lärm auf der Straße übertönte: »Rastullah ist groß! Zeigt ihm, wie seine Kinder die Ungläubigen strafen!«

Von den Dächern sprangen fünf oder sechs schwarzgewandete Kasimiten, und auch der Scheich warf sich in die Schlacht. Als läge ein Zauber auf ihr, wurde Neraida von der Wut der Angreifer mitgerissen. Den Schlachtruf Saids aufnehmend, stürmte sie aus ihrem Versteck, sprang über die ersterbenden Flammen hinweg und stürzte sich auf die Heiden.

Erst als die Waffen ruhten und die Heiden die Straße hinabstürmten, wich der Bann von der Salzgängerin. Halb verwundert, halb erschrocken, blickte sie auf das blutige Krummschwert in ihren Händen. Zu ihren Füßen lag die Bannerträgerin. Neraida schien ihr die schwere bronzene Fahnenstange entrissen zu haben, doch konnte sie sich nicht mehr an den Kampf erinnern. Die Flammen waren fast völlig erloschen, doch hing noch immer ein erstickend schwerer Geruch nach verbrannten Haaren und Kleidern in der Luft.

Unfähig, sich daran zu erinnern, was sie getan hatte, faßte die Salzgängerin nach ihrem linken Arm. Er schmerzte … Ihr Gewand war zerrissen, und ein Schnitt zerteilte ihre glatte dunkle Haut. Doch konnte die Wunde nicht tief sein, denn sie blutete kaum, und so, als schütze sie noch immer der eigenartige Schlachtzauber, der von ihr Besitz ergriffen hatte, fühlte Neraida keinen Schmerz.

»Laß uns gehen, hier bleibt für uns nichts mehr zu tun.« Wie aus dem Nichts war Scheich Said vor ihr aufgetaucht. Zwei der Krieger, mit denen er in die Schlacht gezogen war, standen hinter ihm. Neraida blickte noch einmal auf die Toten, die mit verrenkten Gliedern auf der Straße lagen. Wie die Kasimiten hatten auch die Al'Anfaner schwarze Rüstungen und Gewänder getragen, so daß man erst auf den zweiten Blick Freund und Feind voneinander unterscheiden konnte. Jetzt erkannte sie, daß hier und dort zwischen den gefallenen Heiden auch tote Wüstenkrieger lagen.

»Komm jetzt, es ist vorbei!« Said packte die Salzgängerin am unverletzten Arm und wollte sie mit sich ziehen.

»Laß mich!« Mit einem Ruck riß Neraida sich los. »Ich werde nicht vor den Heiden fliehen.«

Said lachte, und rund um seine Augen zeichnete sich ein Netzwerk feiner Falten ab. »Es gibt hier keine Feinde mehr. Also können wir auch nicht fliehen. Wir gehen lediglich zu Ali, dem Scheich der Wüstenflöhe, um ihm von unserem Sieg zu künden.«

Neraida blickte die breite Straße entlang. Sie wußte, daß der Trupp, den sie in die Flucht geschlagen hatten, nicht mehr als eine Vorhut war. Es würde gewiß nicht lange dauern, bis die Heiden einen neuen Angriff bildeten.

»Laß das!« Saids Stimme klang plötzlich kalt. »Wir dürfen ihnen nicht den Triumph gönnen, daß wir uns feige nach ihnen umdrehen. Komm endlich! Wir werden mit gemessenem Schritt die Straße hinaufgehen, ganz so, als wollten wir wie in Friedenszeiten den

Basar vor der Karawanserei aufsuchen, um dort einige Einkäufe zu erledigen.« Bei den letzten Worten hatte der Scheich seinen Khuchomer in die Scheide gestoßen und sich langsam in Bewegung gesetzt.

Neraida wußte, daß die Krieger sie allein zurücklassen würden, wenn sie ihnen nicht folgte. Mit steifen Beinen setzte sie Schritt vor Schritt. Ihr Rücken prickelte, so als krabbelten ihr Hunderte von Dungfliegen über die nackte Haut. Was war, wenn noch einige versprengte Feinde in dem Labyrinth der Gassen rechts und links der breiten Hauptstraße zurückgeblieben waren?

Der Weg hinauf zur Karawanserei erschien der Salzgängerin schier endlos. Manchmal glaubte sie, Schritte hinter sich zu hören oder aus den Augenwinkeln huschende Bewegungen auf den Dächern zu sehen. Doch trotz allem hielt sie den Blick starr auf den Rücken Saids gerichtet. Schließlich erreichten sie unversehrt den Marktplatz vor der Karawanserei. Weder Freund noch Feind waren zu sehen. Die Morgensonne warf lange Schatten über den staubigen Platz. In Neraidas Nacken sträubten sich die feinen Härchen. Irgend etwas stimmte hier nicht! Es war zu still! Entweder liefen sie geradewegs in eine Falle oder ... Said verharrte und gab ihnen ein Zeichen, sich zu verteilen. Das Tor zur Karawanserei stand nur einen Spaltbreit offen.

Neraida hörte ihr Herz schlagen. Langsam ließ sie ihren Khunchomer aus der Scheide gleiten und schlich dann wie die anderen leicht geduckt auf das hohe Portal zu, bereit, jedem Feind die Stirn zu bieten.

Plötzlich erschien einer von Alis Kriegern im Tor und winkte ihnen zu. »Kommt! Schnell, die Heiden waren hier.«

Said drehte sich halb zu ihnen um. »Das könnte eine Falle sein. Ich werde vorgehen. Bleibt, bis ihr mich wieder unter dem Tor stehen seht. Ansonsten ...« Seine

Stimme erstarb. Zum ersten Mal seit jenem längst vergangen Tag, da sie sich im Tal der Sieben Säulen begegnet waren, wirkte der Scheich der Kasimiten kraftlos. Ohne ein weiteres Wort schritt Said auf die hohe Pforte zu und verschwand hinter den mächtigen Torflügeln.

Obwohl außer ihr noch zwei weitere Krieger auf dem weiten Platz standen, fühlte sich die Salzgängerin einsam und verlassen. War das das Ende? Angespannt lauschte sie, ob nicht ein leises Geräusch verriete, was hinter den hohen Mauern der Karawanserei geschah. Doch es war nichts zu hören. Kein Klirren von Waffen, kein halberstickter Schrei ... Stille. Nicht einmal das Heulen eines Hundes irgendwo in den Gassen der Stadt oder auch nur das leise Pfeifen des Windes störte die Stille. Es war, als wäre ganz Madrash ein einziger Friedhof. Mit Schrecken dachte die Salzgängerin daran, was man sich über die Schlacht am Szinto erzählte. Es hieß, daß Tar Honak über finstere Magie gebiete und mit den Dämonen der jenseitigen Sphären ein Bündnis geschlossen habe. Jeder, den sie bisher getroffen hatte, erzählte eine andere Geschichte über die Schlacht, bei der fast die ganze Armee des Kalifen vernichtet worden war, doch alle stimmten darin überein, daß irgend etwas Unheimliches geschehen war und der Götzenpriester seinen Triumph nicht den Schwertern seiner Söldner zu verdanken hatte. Rastullah allein mochte wissen, welch abgründiges Spiel der Patriarch jetzt mit ihnen trieb. Auch wenn Neraida die Angst vor den Schwertern seiner Söldner überwunden hatte, seine Macht und das, was er ihr vielleicht über den Tod hinaus anzutun vermochte, würde sie stets fürchten.

Said tauchte im Portal der Karawanserei auf. Erleichtert atmete die Salzgängerin auf. Niemals gäbe er sich für eine Intrige hin. Daß er lebte, konnte nur heißen, daß der Handelsposten noch sicher war. Leichten Schrittes ging sie auf das hohe Tor zu. Erst als sie die Pforte fast erreicht hatte, merkte sie, daß mit dem

Scheich etwas nicht stimmte. Auch wenn sein Gesicht bis auf die Augen verschleiert war und sie nicht in seinen Zügen lesen konnte, so spiegelte seine ganze Haltung eine eigenartige Erschöpfung und Kraftlosigkeit wider. Fast schien es so, als versinke er in seinen weiten Gewändern. Sein Haupt war gebeugt, und seine Stimme klang müde, als er die Salzgängerin und seine Gefährten am Tor empfing. »Kommt und seht, was sie getan haben.«

Als sie die Pforte durchschritten hatten, zogen zwei Wächter die Torflügel zu und verriegelten den Eingang mit einem fast mannslangen Querbalken. Hinter dem Tor erstreckte sich ein weiter Hof, um den sich das Gästehaus, lange Ställe und auch Stapelhäuser zum Lagern von Waren gruppierten. Er war groß genug gewesen, alle ihre Pferde und Kamele aufzunehmen, und genau das war ihnen zum Verhängnis geworden. Wer oder was auch immer die Karawanserei überfallen hatte, mußte ein Herz aus Stein haben. Kein Raubtier, von dem Neraida je gehört hatte, wäre in der Lage gewesen, ein solches Blutbad anzurichten.

Wohin man auch sah, überall lagen tote Reittiere. Kaum einen Schritt konnte man tun, ohne auf die verrenkten Glieder von toten Pferden und Kamelen zu treten. Ohne einen Unterschied zu machen, hatten die Heiden billige Lastkamele und edle Shadif hingemetzelt. Manche Tiere waren geschächtet worden, anderen hatte man offensichtlich mit schweren Keulen oder anderen stumpfen Waffen den Schädel eingeschlagen. Ein erstickender Blutgeruch schien zwischen den Mauern der Karawanserei gefangen zu sein. Kleine Gruppen von Novadis und Kasimiten standen stumm zwischen den toten Tieren. Hier und dort war ein Krieger niedergekniet, um mit Tränen in den Augen Abschied von seinem stolzen Reittier zu nehmen.

In einer Ecke entdeckte die Salzgängerin Nazir. Er hatte das mächtige Haupt seines Rappen in den Schoß gebetet und strich immer wieder durch dessen blutverkrustete Mähne, so als könne er dem Hengst damit auch über den Tod hinaus noch einen letzten Beweis seiner Liebe und Treue geben.

Die Stämme der Wüste waren berüchtigt für die blutigen Fehden, die sie untereinander austrugen. Oft folgte jahrzehntelang Überfall auf Überfall, bis schließlich eine der beiden verfeindeten Sippen bis auf den letzten Sproß ausgerottet war. Herden und prächtige Schlachtrösser wechselten so oft innerhalb eines einzigen Jahres ein dutzendmal den Besitzer. Doch noch nie hatte Neraida davon gehört, daß während einer dieser Fehden eine solche Bluttat begangen worden war. Es ergab einfach keinen Sinn! Was hatte man davon, ein Pferd zu töten? War sein Besitzer durch den schändlichen Verlust der Tiere bei einem kühnen Räuberstreich doch mehr als genug gedemütigt. Selbst wenn die eigenen Herden schon so groß waren, daß man keine weiteren Tiere mehr gebrauchen konnte, käme ein Novadi niemals auf die Idee, ein Schlachtroß oder ein Mehari zu töten. Könnte man die Beute doch auf jedem Markt gegen klingendes Gold eintauschen!

»O Rastullah, mögest du die Frucht im Leib ihrer Weiber verdorren lassen, und möge das Feuer des Himmels auf die Häupter der Ruchlosen regnen, die diesen Frevel begangen haben.« Ali von den Beni Novad war aus dem Eingang des Gästehauses getreten und hatte die Arme in weiter Geste dem Himmel entgegengestreckt, so als könne er seine Worte auf diese Weise an den Gott selbst richten. »Auch wenn nun alle Hoffnung auf den Sieg verloren ist, so weiß ich, daß du, erhabener Rastullah, mich und die Meinen rächen wirst!«

Malik, der Wundarzt und Magier des Scheichs, hat Ali offenbar schon behandelt, dachte Neraida, denn unter dem zerfetzten Kaftan des stämmigen Kriegers leuchteten weiße Leinenverbände.

»Nun betet, meine Brüder, denn ich spüre, die

Stunde, in der unser Herr uns zu sich ruft, ist nicht mehr fern und ...«

»Was gibst du dein Leben schon jetzt in Rastullahs Hand?« fiel ihm Said ins Wort. »Nicht er soll die feigen Pferdemörder strafen. Seht ihr denn nicht, daß es der Wille der Heiden war, unseren Mut durch diese Tat zu brechen? Sie wollen, daß wir unsere Hoffnung fahren lassen und uns in unserer Mutlosigkeit ihrem Ansturm nur noch mit halben Herzen widersetzen. Ich aber behaupte, daß auch jetzt noch Hoffnung ist, denn Rastullah ist groß! Er wird nicht nur das Leben der Frevler in unsere Hände legen, sondern Er wird uns auch vor allem Übel bewahren, wenn unser Mut Ihn mit Stolz zu erfüllen vermag. So seid nicht verzagt und schärft eure Klingen, denn bald schon werden wir beweisen können, daß wir zu fechten verstehen. Und ich frage euch, Brüder, haben wir es nötig, einen Feind zu fürchten, der heimtückisch Kamele mordet?«

»Nein! Nein, laßt die Heiden bluten!« Dutzendfach ertönte der Ruf aus den Kehlen der Wüstenkrieger, und es war das erste Mal, daß Kasimiten und Beni Novad wirklich vereint schienen.

Auch Neraida hatte das Gefühl, daß Saids Worte ihr Blut heißer durch die Adern strömen ließ, und sie brannte darauf, den Al'Anfanern den gerechten Lohn für ihre Untat zu zahlen.

Schon wollte sie zum Tor der Karawanserei stürzen, als Ali etwas tat und sie mitten im Schritt verharrte.

Der Scheich der Beni Novad kniete nieder und hob eine Handvoll Sand auf, um sie sich demütig auf das Haupt zu streuen. »Vergib mir, allweiser Gott, daß mein Zorn und mein Entsetzen über die Tat unserer Feinde mich verzagen ließen. Ich erkenne, daß du deinen Willen durch den Mund Saids kundtust. Ich habe gefehlt und werde sühnen, indem ich mich fortan dem Wort des Kasimiten unterwerfe.«

»Nein, Ali! Ein Bruder kann einem Bruder nicht befehlen!« Der Verschleierte half dem Scheich der Beni Novad, sich zu erheben, und schloß ihn in seine Arme. »Vergib mir meinen kleinmütigen Zorn, den ich gegen dich hegte. Mein Stolz hat mich geblendet, so daß ich den Willen Rastullahs nicht mehr erkennen konnte. Keiner von uns vermag ohne den anderen zu triumphieren, doch gemeinsam werden wir die Ungläubigen bezwingen, so wie ein Rudel Löwen es vermag, selbst einen Elefanten zu reißen, obwohl auch der größte und mächtigste unter ihnen allein dem grauen Herrscher des Shadif niemals gewachsen wäre.«

Die Verbrüderung der beiden Scheichs wurde mit Jubel begrüßt, und alle die Krieger, die vor wenigen Augenblicken noch verzagt und mutlos gewesen waren, schienen nun wild entschlossen, den Al'Anfanern ihr Leben so teuer zu verkaufen, daß die Ungläubigen noch lange an den Tag der Schlacht von Madrash dächten.

Zweimal hatten die schwarzgewappneten Krieger unter der Pantherfahne versucht, die Mauern der Karawanserei zu erstürmen, und zweimal waren sie von Novadis und Kasimiten zurückgeschlagen worden. Doch auch die Wüstenkrieger hatten einen hohen Blutzoll zu zahlen gehabt, und allein Rastullah mochte wissen, wie lange sie der Übermacht der Heiden noch zu widerstehen vermochten.

Die Söldner Al'Anfas hatten sich nach dem letzten Angriff ganz vom Marktplatz zurückgezogen und schienen nicht einmal mehr die Stadt besetzt zu halten. Offensichtlich ordneten sie auf den Feldern vor Madrash ihre Streitmacht, um dann zu einem neuen Sturm anzusetzen.

Neraida saß auf einer schmalen Treppe, die zum Dach eines der gemauerten Ställe führte, und beobachtete, wie der Schatten, den die Ostmauer in den Hof warf, immer kürzer wurde. *Solltet ihr aber in eurer Ver-*

blendung darauf bestehen, Widerstand zu leisten, so soll ich euch ausrichten, daß noch vor der Mittagsstunde jeder von euch in die Niederhöllen gefahren sein wird ... Die Worte des Boten, den Tar Honak am Morgen geschickt hatte, gingen der Salzgängerin nicht aus dem Kopf. Der Patriarch hatte sich damit in Zugzwang gesetzt. Er konnte nicht dulden, daß sie den Mittag erlebten, ohne sein Gesicht zu verlieren. Doch was würde er tun?

Wieder warf sie einen Blick auf den Schatten der Mauer. Zehn oder elf Krieger lagen dort. Verletzte, die zu schwach waren, noch eine Waffe zu führen. Unter ihnen befand sich auch Ali. Der Scheich hatte trotz seiner Wunden bei den Angriffen der Heiden auf der Mauer gestanden und gekämpft. Nun schien es mit ihm zu Ende zu gehen. Malik, der Magier und Wundheiler der Beni Novad, kniete neben ihm und wechselte seine Verbände, doch konnte man seiner traurigen Miene schon von weitem ansehen, daß kein Kraut und kein Zauber den Scheich den Fängen des Todes noch zu entreißen vermochten.

Wieder blickte Neraida ängstlich nach dem Schatten, der jetzt weniger als anderthalb Schritt in den Hof reichte, und sie hatte das Gefühl, zusehen zu können, wie er langsam in Richtung der groben Ziegelmauer wanderte. Verzagt wandte sie sich ab, erklomm die restlichen Stufen zum Dach des Stalles, um von dort aus dem Aufmarsch der Al'Anfaner zuzuschauen. Die Häuser auf der gegenüberliegenden Seite des Marktplatzes waren ein wenig höher als der Stall und verstellten so den freien Blick. Nur da, wo Gassen und Straßen wie steile Klüfte zwischen den hochaufragenden Mauern lagen, konnte man bis zum Horizont sehen. Selbst das wenige, das sie so erkennen konnte, reichte aus, um Neraida die Aussichtslosigkeit ihrer Lage vor Augen zu führen. Ständig trafen neue Einheiten auf den Feldern vor Madrash ein, und ein schier endloser Heerwurm näherte sich über die Karawanenstraße.

Eine Reiterabteilung, die inmitten einer Staubwolke am Lager der Ungläubigen vorbeipreschte und die Hauptstraße heraufkam, zog die Aufmerksamkeit der Salzgängerin auf sich. Diese Krieger machten nicht den geringsten Versuch, auch nur halbwegs unter Deckung in die Nähe des befestigten Handelspostens zu gelangen. Sie trugen ein schwarzes Banner, das einen Rabenkopf vor einer silbernen Scheibe zeigte. Neraida stockte der Atem. Noch von der Belagerung Unaus wußte sie, welche Kämpfer unter dieser Fahne stritten. Es waren die Boronsraben, die Leibwächter des Patriarchen! Mit zusammengekniffenen Augen versuchte sie zu erkennen, ob der Götzenpriester mit ihnen ritt. Die Krieger waren auf ihren prächtigen Rappen jetzt so nahe herangekommen, daß sie einzelne Reiter voneinander unterscheiden konnte und auch ihre Helme, die wie Rabenköpfe geformt waren, deutlich zu erkennen vermochte. Doch der Patriarch schien sie nicht zu begleiten, es sei denn, er hatte selbst eine Rüstung angelegt.

Kurz vor dem Marktplatz bogen die Reiter in eine Seitengasse ab, und Neraida beobachtete, wie sie absaßen und ihre Pferde in ein Getreidelager führten. Ganz ohne Zweifel waren diese Gardesoldaten geschickt worden, um den letzten allesvernichtenden Sturm gegen die Karawanserei zu führen. Noch immer drängten Reiter in die schmale Gasse vor dem Markt, als Neraida sich erhob und zur Treppe zurückging. Es war an der Zeit, Said zu berichten, was dort unten vor sich ging.

Die Salzgängerin fand den Scheich an der Seite Alis. Das Gesicht des korpulenten Kriegers hatte alle Farbe verloren, und dicke Schweißtropfen standen ihm auf der Stirn.

»Was meinst du …«, flüsterte er mit heiserer Stimme. »Ist die Ameise dem … Wurfnetz der … Spinne entgangen?«

Said lächelte. »Zumindest hat der erste Wurf der Spinne sein Ziel verfehlt. Der Kampf ist zwar ungleich, doch ist das Schicksal der Ameise noch nicht besiegelt.«

»Gut.« Alis Züge entspannten sich. »Ich werde dir jetzt… meine Männer anvertrauen, Said… von den Söhnen Kasims. Sei ihnen… ein weiser Anführer… und schütze sie vor ihrer… eigenen Tollkühnheit, so gut… du es vermagst.«

»Hör auf mit solchen Reden! Du wirst mit uns reiten, Ali.« Said hatte die Hand des Scheichs ergriffen und drückte sie sanft. »Du mußt nur ein wenig schlafen, und du wirst sehen, dein Magier Malik sorgt schon dafür, daß du wieder zu Kräften kommst.«

Neraida blickte aus den Augenwinkeln zu dem schwarzbärtigen Mann hinüber, der neben Ali stand. Ein feuchter Schimmer lag in seinen Augen. Offensichtlich hatte er alles getan, was in seiner Macht stand, und Alis Leben lag nun allein in Rastullahs Hand. Der sterbende Scheich schüttelte matt den Kopf. »Mach mir nichts vor, Said. Selbst hinter deinem Schleier… kannst du nicht… verbergen, wenn… du lügst. Was diese… Kunst angeht… hast du… noch eine Menge zu lernen… mein Freund.« Die Stimme des Scheichs wurde immer schwächer.

»Erweist… du mir einen… letzten Gefallen… Said?«

Der Kasimit nickte stumm.

»In der… Decke, die auf… meinen Sattel… geschnallt ist… findest du… eine Pfeife… und einen… Tabaksbeutel… Bring sie mir!«

Der Verschleierte erhob sich und blickte über den Hof auf die hingemetzelten Pferde und Kamele.

»Ich glaube, es liegt nahe beim Tor.« Neraida war aufgestanden »Er hat einen weißen Hengst geritten.«

»Ich weiß«, entgegnete Said einsilbig und machte sich auf den Weg. Die Salzgängerin folgte ihm. Sie hatte vor dem Sterbenden nicht darüber sprechen mögen, was in der Stadt vor sich ging, doch Said sollte es jetzt erfahren. »Draußen sammelt sich die Leibgarde des Patriarchen.«

Der Scheich schien auf ihre Worte nicht zu achten. Ungerührt, so als hätte er sie nicht verstanden, suchte er sich einen Weg zwischen den Kadavern.

»Hörst du nicht, Said? Sie rüsten sich zu einem neuen Angriff.«

»Sind sie beritten?« fragte er tonlos.

»Natürlich nicht!« Neraida konnte es nicht fassen. Said schien nicht mehr klar denken zu können! »Wie sollten sie zu Pferd die Karawanserei stürmen? Sie haben ihre Hengste in einem Lagerhaus unweit des Marktplatzes untergestellt und …«

»Das ist doch der Shadif von Ali, oder?« Der Verschleierte war stehengeblieben und wies auf einen prächtigen Schimmel.

»Ja, das ist er. Aber das ist doch jetzt unwichtig. Hörst du mir denn nicht zu? Die Al'Anfaner werden bald wieder angreifen, und du kümmerst dich um den sinnlosen Wunsch eines Sterbenden. Hast du vergessen, wie sehr die Lebenden dich brauchen?«

Der Scheich schnallte die Satteldecke los und rollte sie auf. Sorgfältig in den Stoff eingeschlagen, lag eine lange weiße Pfeife, die nach Art der Heiden aus den Ländern des Nordens geschnitten war. Gleich hinter dem Pfeifenkopf machte das Rohr einen scharfen Knick und stieg eine Elle lang nach oben an, bevor es nach einem zweiten Knick mit dem Mundstück endete.

»Eine schöne Arbeit.« Said ergriff die Pfeife, drehte sie zwischen den Fingern und bewunderte die Schnitzerei des Kopfstücks, das einem Löwenhaupt nachempfunden war.

»Aber …«

»Ich habe dich sehr gut verstanden, Neraid!« unterbrach er die Salzgängerin barsch. »Wir werden die Tore öffnen und die Rabengarde angreifen, sobald Ali von uns gegangen ist. Das dürfte so ziemlich das letzte sein, womit sie rechnen. Wenn wir Glück haben, können wir sie überrumpeln und uns bis zu dem Stall durchschlagen.«

»Aber das ist doch ...«

»Schweig!« Der Scheich richtete sich ruckartig auf. »Jetzt ist nicht die Zeit für ein Palaver über Schlachtpläne. Ali steht an der Schwelle zu Rastullahs Gärten des ewigen Friedens. Ihm bleiben vielleicht nur noch wenige Atemzüge. Was könnte es jetzt Wichtigeres geben als seinen letzten Wunsch?«

Neraida wußte nicht, was sie darauf noch sagen sollte. Der Kasimit schien einfach nicht zu begreifen, in welcher Lage sie waren. Oder sollte sie etwa diejenige sein, die nicht mehr unterscheiden konnte, was rastullahgefällig und wirklich wichtig war?

Said war zu Ali zurückgegangen, und grübelnd folgte Neraida ihm.

»Bitte stopf ... mir die Pfeife ... und entzünde ...« Die Stimme des Novadi war so schwach, daß man seine Worte fast nicht mehr verstehen konnte. Er zitterte am ganzen Körper und schien an Krämpfen zu leiden.

Der Kasimit kniete nieder, öffnete den buntbestickten Tabaksbeutel und stopfte auf sorgfältige Weise die Pfeife. Malik, der Magier und Heilkundige, hatte indessen in irgendeinem der Häuser einen glimmenden Holzspan aufgetrieben und reichte ihn dem Scheich, damit dieser die Pfeife entfachte.

Said nahm einen tiefen Zug, so daß der Tabak im Pfeifenkopf hell aufglühte. »Gutes Kraut«, murmelte er halblaut, dann nahm er die Pfeife und schob sie Ali in den Mundwinkel.

Die Augen des Novadi strahlten dankbar. Er hatte kaum noch die Kraft, einen richtigen Zug zu nehmen, und die Glut im Pfeifenkopf wurde langsam wieder dunkler.

»Die Ungläubigen haben sich entschlossen, für den Mord an unseren Shadif und Mehari Sühne zu leisten.«

Said sprach in einem Tonfall, als beriete er mitten im tiefsten Frieden mit den Ältesten der Sippe, welchem der jungen Krieger man ein eigenes Pferd überlassen sollte. »Sie haben fünfzig Söldner auf prächtigen Rappen geschickt, die auf der anderen Seite vom Marktplatz in Stellung gehen. Wenn es uns gelingen sollte, ihnen die Pferde zu stehlen, könnte man vielleicht an Rückzug denken.«

»Rück… zug…« Ali hüstelte und blies dabei ein Wölkchen aus hellem Rauch über die Lippen.

Auch Neraida glaubte, nicht richtig gehört zu haben. Es was das erste Mal, daß das Wort Rückzug über Saids Lippen kam. Hatte er denn seine ganze Ehre verloren? Wie sollte sie als Kasimit mit der Schande leben, vor Feinden geflohen zu sein?

So als hätte Said ihre Gedanken erahnt, lachte er leise und schüttelte den Kopf. »Ihr mögt euch vielleicht wundern, solche Worte von mir zu hören, doch was ich plane, ist keine Flucht. Es ist eine Pferderaub! Und zu einem Pferderaub gehört nun einmal, daß man sich mit seiner Beute so schnell wie möglich vom Feind absetzt. Niemand würfe uns deshalb Feigheit vor. Im Gegenteil, wenn es uns glückt, die Pferde der Leibwache des Heidenfürsten zu stehlen, so wird man in der ganzen Khom über die Al'Anfaner lachen. Unsere Namen aber wird man mit Ehrfurcht nennen.«

Ali lächelte schwach. Es schien, als wolle er noch etwas sagen, allein, er hatte nicht mehr die Kraft dazu. Wieder schüttelten ihn Krämpfe. Dann fiel ihm die lange Pfeife aus dem Mundwinkel, und seine Augen weiteten sich, so als dürfe er jenes Geheimnis schauen, das sich den Lebenden erst mit ihrem letzten Atemzug offenbarte. Der Schatten der Mauer war weiter aus dem Hof gewichen, und im selben Moment, als der Scheich starb, erreichte das Licht die Sohlen seiner abgewetzten alten Stiefel, als wolle Rastullah ihm mit den Strahlen der Sonne den Weg zu den himmlischen Pforten weisen.

»Khatrak, Ali ben Kurman!« Said hatte sich vorgebeugt und strich dem Toten sanft über das Gesicht, um ihm die Augen zu schließen. Dann ordnete er den zerzausten schwarzen Bart und segnete ihn, indem er leise jene rituellen Worte murmelte, die den Toten an den Pforten zu Rastullahs prächtigen Gärten ankündigen sollten.

Mit fahriger Geste schlug Neraida das Symbol des allsehenden Auges, denn wann immer ein Sterblicher seine letzte Reise antrat, waren böse Geister und Dämonen nahe, die versuchen würden, vom Leib des Toten Besitz zu ergreifen.

Said verharrte noch für einige Augenblicke in stummer Trauer neben Ali, bevor er sich erhob. Um den toten Scheich hatten sich etliche Beni Novad geschart, die Abschied von ihrem Anführer nehmen wollten. Said nickte der Salzgängerin zu und gab ihr ein Zeichen, ihm zu folgen. Sie suchten sich einen Weg über die Walstatt der Tierkadaver und gingen zum Tor. Erst als sie außer Hörweite der anderen waren, blieb Said stehen. »Ich weiß nicht, wie gerissen Tar Honak ist, der Sultan der Ungläubigen, doch fürchte ich, daß er mehr über das Herz der Wüstenreiter weiß, als ich bisher geglaubt hatte. Es war keine blindwütige Raserei, als seine Krieger so grausam unsere Shadif und Mehari töteten. Vielleicht kennt er sogar den Wortlaut des zweiundvierzigsten Gebotes, wo es heißt: *Der Gottgefällige gibt seinem Zorn freie Bahn, wenn die Ehre seines Freundes, seines Vaters, seines Sohnes, seines Pferdes oder seiner Frau oder Tochter abgeschnitten, gekränkt oder in Frage gestellt wurde.* Wenn er tatsächlich um dieses heilige Gesetz wissen sollte, so weiß er auch, daß die Söhne der Wüste auf seinen Frevel mit blindem Zorn antworten werden.«

»Du meinst, er hat uns eine Falle gestellt.« Neraida erschauderte. Auf den Gedanken, daß ein Ungläubiger die Gesetze Rastullahs kennen mochte, wäre sie niemals gekommen. Zu abwegig schien ihr die Vorstellung, denn wer wollte die weisen Worte des Gottes vernehmen, ohne von ihrer Kraft durchdrungen zu werden und allen Götzen abzuschwören? Energisch schüttelte sie den Kopf. »Deine Rede verwirrt mich, Said. Als wir den Hof betraten, sprachst du noch ganz anders.«

»Ich wollte Angst und Trauer aus den Herzen unserer Krieger bannen, doch…« Er brach ab und blickte Neraida auf eine Weise an, die sie erschreckte und ihr zugleich auch schmeichelte.

»Nebahath hat dich Neraid den Kalten, genannt, denn kalt sind dein Herz und dein Mut. Deshalb halte ich vor dir mit der Wahrheit nicht zurück. Auch wäre es eine Sünde, der Frau, die man…« Wieder brach der stolze Krieger ab, und die Salzgängerin merkte, wie er zum ersten Mal in all den Gottesnamen, die sie sich nun kannten, ihrem Blick auswich.

Neraida erschauderte. Es gab nur einen in ihrem Leben, und der hieß nicht Said. Der Kasimit war der Mann, den sie zur Fehde aufgerufen hatte für den Tag, da dieser blutige Krieg beendet sein würde. Sie durfte auf die Schwäche, die Said zeigte, nicht eingehen. Vielleicht würde er sich ihr dann wieder verschließen?

»Wir alle haben gesehen, wie die Ungläubigen nach dem letzten Waffengang vor uns geflohen sind. Wen wundert es, daß der Patriarch nun die Mutigsten seiner Streiter schickt, da die anderen nicht vor unseren Klingen bestehen konnten?«

Said schaute sie mit einem Blick voller Überraschung und Enttäuschung an. »Du sagst, du hast die Reiter seiner Leibwache kommen sehen, Neraida? Du weißt, daß wir große Teile der Stadt nicht einsehen können. Wenn der Patriarch nicht gewollt hätte, daß wir sie bemerken, wäre es ihm ein leichtes gewesen, die Reiter vor unseren Blicken zu verbergen. Rastullah allein weiß, wer noch alles dort draußen lauert. Vielleicht webt Tar Honak schon jetzt irgendeinen finsteren Zauber, um uns alle ins Verderben zu stürzen, so wie er es auch am Tag der Schlacht am Szinto tat. Man sagt, daß seine Leibwache nie von seiner Seite weicht. Wenn das stimmt, so muß auch er sich irgendwo jenseits des Marktes verborgen halten. Doch wie dem auch sei, unsere Ungewißheit wird nicht mehr lange dauern. Sieh nur zum Himmel! Die Sonne steht hoch über unseren Köpfen. Bald werden wir wissen, welches Schicksal uns erwartet.«

»Also werden wir angreifen?«

»Sind wir Kasimiten?« Said lachte bitter. »Selbst wenn ich wüßte, daß hinter diesem Tor die Schlünde der Niederhöllen lägen, ich dürfte nicht zögern, seine Schwelle zu überschreiten. Es ist mein Schicksal. Mein Vater und alle meine Ahnen, solange man sich ihrer Namen erinnert, starben im Kampf. Damit steht auch mein Ende fest, wenn ich meiner Sippe keine Schande bereiten will. Ich habe lediglich noch die Wahl, den Zeitpunkt selbst zu bestimmen. Allein deshalb werde ich nicht hierbleiben und abwarten, bis die Al'Anfaner zu mir kommen. Aber wer weiß, vielleicht irre ich mich auch, und wir beide werden schon in einer Stunde im Sattel eines gestohlenen Pferdes gen Mherwed reiten.«

Wieder lachte der Scheich sein zynisches Lachen. Einen Augenblick lang dachte Neraida daran, was vielleicht geschehen wäre, wenn sie ihm und sich gestattet hätte, so zu handeln, wie sie fühlten. Doch dann verwarf sie den Gedanken wieder, denn es war töricht, darüber nachzugrübeln, was nicht sein durfte.

»Bevor wir gehen, möchte ich dir noch etwas schenken.« Der Kasimit zog ein sauber gefaltetes kleines Tuch hinter dem Gürtel hervor. »Meine Amme hat es mir geschenkt, und ich möchte, daß du es trägst, wenn du spürst, daß der Tod nicht mehr fern ist. Wann immer Krieger meiner Sippe wußten, daß sie in ihren letzten Kampf ritten, hatten sie ein solches Tuch um ihre Stirn geschlungen. Ein heiliger Vers aus dem Al-

Raschida nurayan schah Tulachim ist in den Stoff hineingewoben, der den Wächtern am Tor zu Rastullahs ewigen Gärten gebietet, den Märtyrer mit Ehrerbietung zu empfangen. Der Vers kündet davon, daß der Tote das Leben für seinen Glauben gegeben hat. Welch größeres Geschenk könnte man Rastullah bereiten? Doch nun laß uns gehen und die Krieger sammeln, um diesen unglückseligen Ort auf immer zu verlassen.«

Neraida preßte die Wange gegen das rissige hölzerne Tor und spähte durch einen Spalt auf den Platz. Es war jetzt Mittag und kein Al'Anfaner ließ sich sehen! Sie hatte Angst. Hätte sie die halbe alanfanische Armee vor dem Tor versammelt gesehen, sie wäre ruhiger gewesen. Unruhig leckte die Salzgängerin sich über die spröden Lippen. Ihr Mund war so trocken wie Wüstensand, und ihr Magen schmerzte. Sie wußte, daß da draußen irgend etwas lauerte! Vielleicht war Tar Honak doch gekommen? Bei einer Berührung an der Schulter fuhr sie hastig herum. Es war Said. Er hatte lange mit Malik, dem Magier, gesprochen und dann die Männer gesammelt.

»Siehst du etwas, Neraid al Barrad?«

Die Salzgängerin schüttelte den Kopf. »Nein.« Ihre Stimme klang heiser wie das Krächzen eines Geiers. »Glaubst du, Tar Honak ist da draußen?«

»Nein, ich bin sicher, er sitzt in seinem Prachtwagen und läßt sich von Sklaven kühlenden Wind zufächern. Du weißt doch, Raben fliegen nie zur Mittagsstunde!« Der Scheich hatte sich halb zu den Kriegern umgewandt, und seine Worte klangen so, als sei er davon wirklich überzeugt.

»Dann kann uns ja nichts geschehen.« Neraida versuchte zu lächeln. Sie schämte sich für ihre Schwäche. Wenn sie alle fest im Glauben waren, was vermochte ihnen ein Dämonenmeister wie der Patriarch von Al'Anfa dann noch anzuhaben? Sie blickte auf die kleine Schar, die sich um den Scheich gesammelt hatte. Kaum dreißig Krieger waren ihnen noch geblieben. Davon waren einige so schwer verletzt, daß ihre Kameraden sie stützen mußten. Doch auch wenn ihre Flucht behindert würde, so hatte Said dennoch befohlen, daß niemand zurückbleiben sollte, um den Al'Anfanern lebend in die Hände zu fallen.

»Freunde, spürt ihr, wie der Blick Rastullahs auf uns ruht?« Said hatte wieder die Stimme erhoben. »Ganz gleich, ob wir triumphieren oder ob nur wenigen die kühne Tat gelingen wird, jeder einzelne von uns wird in diesem Kampf Unsterblichkeit erringen. Noch bis das letzte Salz aus den Tiefen des Chichanebi gefördert wird und Rastullah die Khom erneut in einen blühenden Garten verwandelt, wird man sich von euren Heldentaten erzählen. Doch damit auch unsere Feinde wissen, wer Tod und Verderben über sie gebracht hat, laßt uns unsere Schleier ablegen.« Bei diesen Worten griff der Scheich nach seinem Hattah und löste das prächtige schwarze Tuch, das sein Antlitz verhüllte. Unendlich langsam, so als wäre er ein Mawdli, der eine heilige Handlung vollzog, ließ er das Hattah zu Boden gleiten. Neraida hielt den Atem an. Es war das erste Mal, daß sie den Kasimiten gänzlich unverschleiert sah. Sein Haar fiel in langen weißen Locken bis zu den Schultern. Sein Gesicht war dunkel und wurde von einer langen geraden Nase beherrscht. Doch was Neraida am meisten beeindruckte, waren die Lippen des Kriegers. Sie waren voll und sinnlich, fast wie die einer Frau. Sie mußte sich abwenden, damit nicht auffiel, mit welch verräterischen Blicken sie ihn anstarrte. Selbst jetzt, als sein Schleier gefallen war, erschien ihr der Scheich auf unheimliche Art alterslos.

Es dauerte einige Augenblicke, bis der erste unter den Kasimiten Saids Beispiel folgte. Was er von ihnen verlangte, war ein Bruch mit alter Tradition. Noch nie war ein Kasimit unverschleiert in den Kampf gezogen, und die Geschichte dieser stolzen Krieger war wahrlich reich an Kämpfen.

Schließlich legten auch die letzten das Hattah ab, obwohl Neraida fast sicher war, daß viele von ihnen es nicht deshalb taten, weil Said sie überzeugt hatte, sondern weil sie nicht als Männer gelten wollten, die sich gegen das Wort ihres Scheichs gestellt hatten. Einige von ihnen hatten statt des Hattah breite türkisfarbene Stirnbänder angelegt, so wie jenes, das Said ihr geschenkt hatte.

Einen Atemzug lang zögerte die Salzgängerin und überlegte, ob nicht auch sie das Tuch tragen sollte. Aber hieße das nicht, das Schicksal herausfordern? Fände der Tod sie leichter, wenn sie ihm zeigte, daß sie bereit war? Doch was war, wenn sie tödlich verletzt werden würde? Hätte sie dann noch die Kraft, das Stirntuch anzulegen?

Saids Stimme riß Neraida aus ihren Gedanken. »Freunde! Gleich, wenn wir das Tor aufstoßen, wird Malik einen mächtigen Zauber wirken, doch laßt eure Augen nicht davon blenden, was ihr zu sehen glaubt. Maliks Magie wird den Marktplatz in einem Rosengarten mit schier undurchdringlichen, himmelhohen Dornenranken verwandeln. Aber laßt euch nicht täuschen, das alles wird nur Blendwerk sein, um uns vor den Augen der Feinde zu verbergen. Sobald ihr den ersten Schritt in die Dornenmauer wagt, wird der Trug vor euren Augen verschwimmen.«

Einen Atemzug lang hielt Said inne. Dann zog er seinen breiten Khunchomer. »Möge Rastullah unseren Herzen den wilden Mut des Wüstenlöwen schenken, und möge die Kraft unserer Arme nicht hinter der Kraft unseres Glaubens zurückstehen, wenn wir den Götzendienern entgegentreten. Yalla!«

Zwei Männer zogen den Querbalken zur Seite und stießen die hohen Torflügel auf. Neraida kniff die Augen zusammen. Schattenlos lag der Marktplatz vor ihr, und der Sand erschien im gleißenden Licht fast so weiß wie das Salz des Chichanebi. Ungefähr dreißig Schritt mochten es bis zum Eingang der Gasse sein. Neraida prägte sich die Richtung ein. Kein Hindernis würde ihren Lauf aufhalten. Hinter sich hörte sie das leise Murmeln des Magiers. Gespannt musterte sie den Platz, doch nichts geschah. Neraida schluckte. Sollte die Kraft des Zauberers versagen? Hatte das Glück sie verlassen? Unsicher blickte sie hinter sich. Malik stand neben Said. Sein Gesicht war angespannt. Er hatte die Augen geschlossen, und Schweiß rann ihm von der Stirn. Dann plötzlich stieß er einen tiefen Seufzer aus. Im gleichen Augenblick lief ein erstauntes Raunen durch die Reihen der Krieger, und als Neraida sich wieder dem Tor zuwandte, war ihr der Blick auf den Platz von wild wuchernden Rosenranken verstellt.

Blutrote Blüten, so prächtig, daß selbst der Kalif keine schöneren in seinen Gärten haben mochte, erblühten an Ranken, deren mächtigste so dick wie Männerarme waren. Doch Dornen, so lang wie Kinderfinger, verhießen jedem Tod und Verderben, der dieser Pracht zu nahe kam.

»Folgt mir!« Said drängte an der Salzgängerin vorbei und verschwand zwischen den Ranken, so als hätte es ihn niemals gegeben. Neraida zögerte. Schon waren der Magier und die ersten der Krieger an ihr vorbeigeeilt.

»Komm!« Nazir stand neben ihr. »Oder willst du wieder deinen eigenen Weg gehen?« Der Hüne lächelte sie freundlich an.

Unsicher streckte die Salzgängerin die Hand nach einer der Rosenblüten aus. Im selben Moment, da sie versuchte, die zarten Blätter zu berühren, verblaßte das Trugbild, und sie sah wieder den Marktplatz und alle jene, die schon an ihr vorbeigeeilt waren. Erleichtert seufzte sie auf, dann zog auch sie ihren Khunchomer und rief: »Yalla, Nazir!«

Gleichzeitig ertönten von den Dächern auf der anderen Seite des Marktes Kommandos in der Sprache der Ungläubigen, und ein Hagel von Pfeilen ging auf den Platz nieder. Doch offensichtlich schossen die Götzenanbeter blind, denn kaum ein Geschoß fand sein Ziel.

»Vorwärts! Laßt den Mut nicht sinken! Sie können uns nicht sehen!« ertönte Saids Stimme.

Neraida biß sich auf die Lippen und rannte, rannte wie noch nie in ihrem Leben. Allein Rastullah würde jetzt entscheiden, wer lebend die dreißig Schritt bis zur Gasse schaffte.

Die ganze Zeit blickte sie dabei auf Said. In all den Gottesnamen, die sie zusammen geritten waren, hatte ihn nicht ein einziges Mal die Klinge eines Ungläubigen getroffen. Auch aus den hitzigsten Gefechten war er stets unverletzt hervorgegangen. Rastullah hielt schützend die Hand über ihn! Er würde sie auch diesmal aus der Gefahr führen.

Plötzlich zogen bunte Schlieren durch das helle Licht des Mittags, und Jubelgeschrei erklang von den Dächern.

Hatte ein feindlicher Magier das Trugbild zerstört? Wie zur Antwort traf Neraida ein Schlag zwischen Rückgrat und Schulter. Ungläubig starrte die Salzgängerin auf den gefiederten Schaft, der hoch aus ihrem Rücken ragte. Sie fühlte keinen Schmerz, nur eine merkwürdige Taubheit. Rund um sie herum schlugen weitere Pfeile ein. Ächzend taumelte sie weiter vorwärts. Sie würde Said folgen! Er führte sie aus der Gefahr! Der Scheich hatte fast den Eingang zur Gasse erreicht, als ihn ein Pfeil im Bein traf. Humpelnd stürmte er weiter vorwärts. Dann traf ihn ein weiteres Geschoß, und der Khunchomer entglitt seinen Händen.

»Yalla, meine Freunde!« Seine Stimme hatte noch nichts von ihrer Kraft verloren. Said bückte sich nach seiner Waffe.

Verzweifelt hob Neraida den Blick. Rings um den Platz hatten sich Bogenschützen und Krieger mit Armbrüsten auf den Dächern jener Häuser erhoben, die zu hoch gewesen waren, um von der Karawanserei aus eingesehen werden zu können. Es mußten zweihundert oder sogar noch mehr Soldaten sein. Sie hatten sie erwartet!

Neraida erkannte unter den Schützen einen Krieger mit Rabenhelm. War das Tar Honak? Wie versteinert blieb sie stehen, und es schien ihr, als halte selbst die Zeit den Atem an. Alles um sie herum geschah verwirrend langsam. Sie sah den Krieger auf dem Dach mit einer Klarheit, als stünde er unmittelbar vor ihr. Der Mann hatte kalte blaue Augen.

Er rief irgend etwas, streckte den Arm aus und wies auf Said.

Der Scheich hatte sich taumelnd erhoben und blickte Neraida über den Platz hinweg an. Er lächelte! Dann öffneten sich seine Lippen, als wolle er ihr etwas zurufen. Doch er kam nicht mehr dazu. Ein Hagel von Geschossen ging auf ihn nieder.

»Nein!« Neraida dröhnte die eigene Stimme in den Ohren, als wäre sie nur ein Echo in fernen Grotten.

Said war in die Knie gesunken. Noch immer blickte er sie an und lächelte. Die Salzgängerin lief los. Es war noch Leben in ihm! Sie mußte ihn in die Gasse bringen! Dort konnten ihn die Bogenschützen nicht mehr treffen! Ein zweites Mal ging ein Hagel von Pfeilen auf Said nieder. Die Wucht der Geschosse riß ihn nun vollends zu Boden.

Wieder schrie Neraida auf. Im selben Augenblick traf sie ein Pfeil in den Schenkel. Sie strauchelte und stürzte in den weichen Sand. Nur zwei Schritt vor ihr kauerte Malik hinter der niedrigen Mauer des Brunnens. Zwei Pfeile ragten aus seiner Brust. Der Magier hatte die Augen geschlossen und bewegte langsam die Lippen. Wieder traf ein Schlag Neraida. Ein Pfeil hatte sich in ihren Arm gebohrt. Malik öffnete die Augen. Eine Mischung aus Enttäuschung und ungläubigem Erstaunen lag in seinem Blick. Aus dem Nichts erschienen Rosenblüten und fielen um ihn herum zu Boden.

Irgend jemand packte Neraida und zerrte sie auf die Beine.

»Komm in Deckung! Hinter den Brunnen!« Es war Nazir.

Ringsumher lagen Tote auf dem Platz. Nur hier und dort versuchten einzelne Krieger, taumelnd wie Marionetten, denen die Fäden durchtrennt worden waren, die Gasse zu erreichen.

Wieder hoben die Bogenschützen um den Mann mit dem Rabenhelm ihre Waffen. Diesmal zielten die Krieger auf Neraida!

Nazir stieß einen lästerlichen Fluch aus, und die Salzgängerin spürte, wie der hünenhafte Krieger sie fester packte und sich gegen die Brust preßte. Dann warf er sich nach vorn.

Im Stürzen sah Neraida im Sand eine rote Rosenblüte liegen. Eine Verheißung auf Rastullahs ewig blühende Gärten?

Dumpfe Geräusche wie Schläge von einem Stößel in einem Mörser drangen in ihr Bewußtsein. Dann war der Zauber gebrochen, der sie bislang keine Schmerzen hatte spüren lassen, und bevor ihr die Sinne schwanden, glaubte sie, Dämonenkrallen zu sehen, die sie in einen finsteren Abgrund reißen wollten.

Als die Salzgängerin wieder zu Bewußtsein kam, spürte sie als erstes, wie ein schrecklicher Druck von ihr wich. Sie konnte wieder ein wenig freier atmen, wenngleich ihr jeder Atemzug Schmerzen bereitete. Langsam begriff sie, daß sie nicht in die Gärten Rastullahs eingegangen war. Von irgendwo her hörte sie die fremde Sprache der Eroberer. Jemand packte sie an der Schulter und drehte sie herum. Hoch am Himmel stand die glühende Sonnenscheibe und stach mit sengenden Strahlen nach ihren Augen. Neraida blinzelte. Sie konnte noch immer nicht fassen, daß sie lebte. Warum war ihr der Weg zu Rastullah verwehrt geblieben? War es wegen des Al Raschida? Konnte der Gott ihr nicht vergeben, daß sie das Buch in Unau zurückgelassen hatte? Ein Frauengesicht tauchte über ihr auf. Ein leuchtendgelber Kreis prangte wie eine Sonnenscheibe auf ihrem schwarzen Waffenrock, und strähniges braunes Haar quoll unter ihrem goldverzierten Helm hervor. Sie rief etwas, und gleich darauf erschienen noch weitere Gesichter. Dann spürte Neraida, wie sie von vielen Händen gepackt und in die Höhe gehoben wurde. Gleichzeitig wurden die Schmerzen wieder übermächtig, und erneut schwanden ihr die Sinne.

Als Neraida zum zweiten Mal erwachte, schien die Welt nur noch aus einem quadratischen kleine Fenster zu bestehen, durch das ihr ein Lichtstrahl direkt ins Gesicht fiel. Außer dem Fenster gab es nur noch dunkle Schemen. Irgendwo hinter sich im Schatten hörte sie zwei Männer, die in der Sprache der Eroberer miteinander tuschelten. Dann war das Geräusch einer zuschlagenden Tür zu hören, und es herrschte Stille. Eine Gestalt in einem langen schwarzen Gewand trat an ihre Seite. Vielleicht ein Priester des Rabengottes? Oder nur ein Novize? Der Mann war noch sehr jung. Er machte sich an ihren Beinen zu schaffen.

Allmählich konnte die Salzgängerin ihre Umgebung besser erkennen. Sie schien auf einem großen Tisch zu liegen. An der gegenüberliegenden Wand, dicht neben dem Fenster, erhob sich ein Regal, in dem sich allerlei kleine Tongefäße drängten. Die Decke über ihr war vor langer Zeit einmal weiß getüncht worden, doch jetzt war das Weiß durchsetzt von Stockflecken und feinen Rissen. Neraida versuchte, den Kopf zu Seite zu drehen, um auch die Wand zu ihrer Rechten mustern zu können, doch schon die leichteste Bewegung weckte einen pochenden Schmerz in ihrer Schulter, so daß sie keinen weiteren Versuch unternahm und still liegenblieb.

Wo auch immer die Al'Anfaner sie hingebracht haben mochten, es bestand für sie keine Hoffnung auf Flucht. Wenn sie nicht einmal den Kopf ohne Schmerzen bewegen konnte, dann war es erst recht unmöglich, sich aufzurichten. Der junge Mann hatte ihren Versuch, sich umzusehen, mit spöttischem Lächeln beobachtet. Mit schlanken Fingern machte er sich an ihrem Bein zu schaffen, wo er mit einem kleinen Messer breite Streifen blutgetränkten Stoffs aus ihrer Hose schnitt. Neraida verfluchte in Gedanken ihr Schicksal. Warum war nicht auch sie gestorben, so wie Said, Ali oder Malik? Alle ihre Wunden begannen jetzt zu schmerzen, so als sei das Pochen, das sie in der Schulter spürte, ein Signal gewesen, auch alle die anderen Quälgeister zu wecken, die sich in ihrem geschundenen Körper eingenistet hatten. Am schlimmsten von allem war der Schmerz im rechten Bein. Irgend etwas schnürte ihren Oberschenkel zusammen, so als hätte sich die kraftvolle Kralle eines Drachen um ihr Fleisch geschlossen. Leise stöhnend schloß sie die Augen in der stillen Hoffnung, so den Schmerz vielleicht besser ertragen zu können.

Eine Ewigkeit schien zu vergehen, bis sie wieder das Geräusch der Tür hinter sich hörte. Ein leichtes Beben durchlief sie, als ob etwas in ihr eine Bedrohung erahnte, die sie mit ihren Sinnen noch nicht wahrnehmen konnte. Voll banger Erwartung schlug sie die Augen auf. Der Mann im schwarzen Gewand, der sich um ihr Bein gekümmert hatte, deutete eine kurze Verbeugung an und trat ein Stück vom Tisch zurück. Leise näherten sich Schritte.

Ein von Pockennarben entstelltes Männergesicht tauchte über ihr auf. »Ich bin ebenso erfreut wie überrascht, unter allen diesen kriegerischen Wüstenräubern eine junge Frau zu entdecken.« Der Fremde lächelte breit. Abgesehen von einem leichten südlichen Akzent beherrschte er das Tulamidya in Vollendung.

Neraida wollte ihm eine passende Antwort geben, doch das Narbengesicht hob abwehrend die Hände. »Nein, nein, meine Liebe, vergeudet Eure Kräfte nicht. Ich denke, ich werde Euch gleich etwas Erleichterung verschaffen können. Dann werden wir miteinander reden.«

Er klatschte in die Hände und gab einen kurzen Befehl in seiner Muttersprache. Fast augenblicklich erschienen zwei Knaben, die sich weiter hinten bei der Tür aufgehalten haben mußten. Der eine schaffte einen Lehnstuhl heran. Der andere trug ein brokatbezogenes Kissen, auf dem eine handgroße silberne Flasche lag.

»Gleich wird es Euch besser gehen!« Das Narbengesicht nahm das Fläschchen von dem Kissen, öffnete mit affektierter Geste seinen Verschluß und beugte sich über Neraida.

»Habt keine Angst! Das ist ein Heiltrunk. Er wird Euch neue Kraft schenken.« Er setzte ihr die Flasche an die Lippen und ließ sie einen winzigen Schluck kosten. Der Trunk schmeckte nach Minze. Gierig schluckte die Salzgängerin, und warme Wellen durchliefen sie. Ja, sie hatte fast das Gefühl, sich jetzt aus eigener Kraft erheben zu können, als der Fremde das Fläschchen von ihren Lippen nahm.

»Danke«, murmelte sie leise. Nach allem, was sie über die Al'Anfaner gehört hatte, hätte sie in ihrer Lage mit Folterknechten, aber niemals mit einem Heiler gerechnet.

Der Mann legte das Fläschchen mit dem lebensspendenden Trunk auf das Kissen zurück und lächelte sie erneut an. »Bedankt Euch nicht, meine Liebe. Nur weil wir auf verschiedenen Seiten stehen, bedeutet das doch nicht, daß wir uns wie Barbaren benehmen müssen.« Er ließ sich auf dem Stuhl neben ihr nieder und musterte sie eine Weile schweigend. Neraida konnte sich noch immer nicht erklären, wen sie da vor sich hatte. Ganz offensichtlich gehörte er nicht zu den Offizieren der alanfanischen Armee, und er schien auch kein Götzenpriester zu sein. Doch offensichtlich war er ein bedeutender Mann, sonst hätte sich der Schwarzgewandete nicht vor ihm verbeugt, als er den Raum betreten hatte.

Seine Kleidung verriet Reichtum. Er trug ein weites weißes Seidenhemd mit prächtig gebauschten Ärmeln. Befremdlicherweise war auf der rechten Schulter ein großer schwarzer Lederflicken in das Hemd eingenäht, der einen eigenartigen Kontrast zu der kostbaren Seide bildete.

Um die Hüften hatte der Mann eine goldbestickte rote Schärpe geschlungen. Welche Beinkleider er trug, konnte Neraida nicht erkennen, ohne den Kopf zu drehen. Doch in Anbetracht ihres letzten Versuches, sich zu bewegen, zog sie es vor, lieber stillzuliegen. Einen Teil seines Gesichtes verbarg der Fremde hinter einem sorgfältig gestutzten schwarzen Bart. Allein Nase und Stirn, die er so nicht zu verdecken vermochte, boten einen abschreckenden Anblick. Tiefe rote Narben hatten sich in sein Fleisch gefressen und machten es dem Betrachter schwer, ihn anzuschauen, ohne sofort den Blick mit Schaudern wieder abzuwenden. Neraida dachte an die roten Narben, die ihr eigenes Gesicht verunzierten. Nur zu gut konnte sie sich vorstellen, wie der Fremde unter dieser Entstellung leiden mußte, über die ihn sein Reichtum wohl kaum hinwegzutrösten vermochte.

»Ihr habt großes Glück, meine Liebe. Boron scheint die Pforten seines dunklen Reichs vor Euch verschlossen zu halten, so als wäret Ihr ihm nicht willkommen. Bei Euren Freunden war er weniger wählerisch.«

»Was … was wollt Ihr damit sagen?« Auch wenn Neraida sich jetzt besser fühlte, so fiel ihr das Sprechen doch schwer, und der Schmerz in ihrer Schulter mahnte sie, mit ihren Kräften hauszuhalten.

»Es tut mir leid, Euch mitteilen zu müssen, daß Eure Kameraden weniger Glück hatten. Vielleicht sollte ich aber auch unsere Söldner tadeln, die in ihrem Übereifer mehr getan haben, als der Patriarch wünschte. Jedenfalls seid Ihr die letzte unter den Rebellen, die jetzt noch lebt, und auch Ihr verdankt dieses Glück allein dem baumlangen Kerl, der sich über Euch geworfen hat, um mit seinem Körper die Pfeile aufzufangen, die Euch zugedacht waren.«

»Nazir …?«

»Ein guter Freund?« In der Stimme des Fremden schien echte Anteilnahme zu liegen. »Wie bedauerlich. Nur den wenigsten ist es vergönnt, eine solche Freundschaft zu erleben. Wer opfert schon freiwillig für einen anderen sein Leben? Und doch … bei Euren Verletzungen hätte selbst diese edle Tat nicht ausgereicht, Euch vor dem Reich der Schatten zu bewahren, wenn Ihr nicht einer jungen Offizierin der Dukatengarde aufgefallen wärt. Allein der Tatsache, daß sich schnell ein Heilkundiger Eurer Wunden annahm, verdankt Ihr, schon an der Schwelle zum Totenreich stehend, noch einmal zu uns Sterblichen zurückgekehrt zu sein.«

Neraida beunruhigte das unentwegte Gerede über den finsteren Rabengötzen. Zugleich fiel es ihr schwer zu glauben, daß alle ihre Gefährten tot waren. Vielleicht belog der Fremde sie, und es gab noch andere Räume wie diesen, in denen man sich um Verletzte kümmerte.

»Was wollt Ihr von mir? Ihr habt doch nicht mein Land überfallen, um nun friedlich mit mir zu plaudern.«

Der Fremde grinste. »Ich sehe, Ihr zeichnet Euch durch eine erfreuliche Offenheit aus. Nun hoffe ich nur, daß nicht auch Ihr an der bemerkenswerten Dickköpfigkeit leidet, die ich leider schon so oft bei Eurem Volk angetroffen habe. Versucht, unser Gespräch doch einfach als eine Art Geschäft zu betrachten. Wir haben Euer Leben gerettet, Ihr seid in den Händen fachkundiger Heiler, und ich bin sicher, Ihr werdet schon sehr bald von Euren Wunden genesen sein. Sagt Euch nicht allein Euer Pflichtgefühl, daß Ihr mir dafür etwas schuldig seid?«

»Ich habe niemanden um Gnade gebeten!«

Der Narbengesichtige runzelte die Stirn. »Sollte ich mich in Euch getäuscht haben, meine Verehrteste? Seid auch Ihr nicht besser als diese halsstarrigen Narren, die heute mittag für eine verlorene Sache gestorben sind? Was ich von Euch als Gegenleistung für unsere Dienste erwarte, ist wirklich nicht viel! Nennt mir ein paar Namen von Rebellen oder eines ihrer Verstecke, und ich verspreche Euch, sobald Ihr von Euren Wunden genesen seid, werdet Ihr wieder frei sein.«

»Sehe ich aus wie eine Verräterin? Foltert mich nur, und wenn ich dabei sterben sollte, habt Ihr mir damit einen Dienst erwiesen, Bastard.« Neraida bäumte sich vor Wut auf und wollte dem Al'Anfaner ins Gesicht spucken, doch noch bevor sie dazu kam, ließ der sengende Schmerz in ihrer Schulter sie mit einem Aufstöhnen wieder zurücksinken.

Der prächtig gekleidete Fremde schüttelte mitleidig lächelnd den Kopf. »Was denkt Ihr nur von mir? Sehe ich denn aus wie ein Folterknecht? Ihr müßt mir glauben, daß ich nicht die geringste Neigung dazu habe, Euch zu verletzen. Es wäre auch sinnlos. Selbst unter den Händen eines erfahrenen Folterers könntet Ihr mit Euren Wunden plötzlich und unerwartet dahinsterben, ohne daß wir erfahren hätten, was wir wissen wollen. Das sind Methoden, wie man sie unter Barbaren vielleicht anwenden mag, doch seid gewiß, ich verachte unnötige Grausamkeiten. Glaubt deshalb aber nicht, Ihr könntet mir irgend etwas vorenthalten, was ich von Euch wissen möchte. Es gibt weitaus geeignetere Methoden, jemanden zum Reden zu bringen als die Folter.« Das Gesicht des Fremden spiegelte nun eine dämonische Boshaftigkeit. Er erhob sich von seinem

Stuhl, beugte sich über sie und sah ihr fest in die Augen. »Wollt Ihr meine Fragen beantworten? Bedenkt, wenn Ihr mir jetzt freiwillig helft, wird es auch mir später um so leichter fallen, Euch meine Unterstützung zu gewähren.«

»Niemals…« Neraida keuchte heiser. Noch immer pochte ein wilder Schmerz in ihrer Schulter, und sie hoffte, bei der Behandlung, die der Fremde ihr zugedacht hatte, den Tod zu finden.

Doch statt nach Folterwerkzeugen zu rufen oder sie zu schlagen, starrte er nur unentwegt in ihre Augen und murmelte etwas Unverständliches. Worte, von denen ein eigenartiger Zwang ausging. Die Salzgängerin spürte ein leichtes Ziehen im Kopf, dann wurde ihr schwindlig. Im selben Moment, in dem der Narbengesichtige zu sprechen aufhörte, schloß sie die Augen. Sie war sicher, daß er sie mit irgendeinem Zauber belegt hatte. Ja, noch bevor sie die Augen geschlossen hatte, war ihr der Al'Anfaner plötzlich auf eine unerklärliche Weise vertraut vorgekommen, so als sei er ein lange vermißter, guter Freund. Sie mußte dieses Gefühl niederkämpfen! Sie durfte ihm nicht verfallen.

»Bitte, seht mich doch an, meine Liebe.« Die Stimme des Fremden klang freundlich. Neraida gehorchte. Sie durfte jetzt nicht seinen Argwohn wecken. Doch als sie ihn anblickte, standen ihr Tränen in den Augen von den unerträglichen Schmerzen, die ihr die verletzte Schulter bereitete.

»Verzeiht, meine Beste, wenn ich unbedachterweise ein wenig streng mit Euch war. Erlaubt, daß ich Eure Tränen trockne.« Mit höfisch-eleganter Bewegung zog der Fremde ein Seidentüchlein aus dem Ärmel und tupfte ihr die Tränen von den Wangen.

»Welch schreckliche Umstände sind das nur, unter denen ich Euch hier wiedertreffen muß, meine Gute.« Auch wenn seine Worte so gewählt waren, als spräche er mit einer vertrauten alten Freundin, so triefte seine

Stimme doch vor Hohn, und der Schwarzgewandete, der noch immer zu Neraidas Füßen stand, hatte Mühe, ein spöttisches Lachen zu unterdrücken.

»Es tut gut, Euch zu sehen.« Neraida zwang sich zu einem Lächeln. Welches Spiel das Narbengesicht auch immer mit ihr trieb, sie wollte darauf eingehen.

»Sagt, gibt es noch viele Wüstenreiter hier in der Nähe?«

Er wollte sie also aushorchen! Vielleicht hatte er versucht, sie mit irgendeinem Bann zu belegen, der sie dazu zwang, die Wahrheit zu sagen. Doch schien der Spruch bei ihr nicht zu wirken! Vielleicht hatte Rastullah ihr eine Gnade erwiesen und sie vor der Schmach bewahrt, ihre Freunde zu verraten. Doch wenn der Fremde nicht merken sollte, daß sein Zauber keine Macht über sie hatte, mußte sie schnell antworten!

»Scheich Jassafer Yhlal Al-Ghos'Mherwed war bis gestern nacht mit seinen Reitern in der Stadt. Als wir erfuhren, daß das Heer des Patriarchen nahte, haben er und die Seinen die Flucht ergriffen. Wie nahe sie Madrash jetzt noch sind, kann ich allerdings nicht sagen.« Mit dieser Antwort hatte sie ihrem Gefühl nach noch keinen Verrat begangen. Schließlich hatte der Gesandte des Patriarchen am Morgen behauptet, daß einige Bauern die Al'Anfaner vor den Rebellen in der Stadt gewarnt hatten. Also wußte der Narbengesichtige mit größter Wahrscheinlichkeit schon, was in der letzten Nacht geschehen war. Vielleicht überprüfte der heimtückische Magier mit dieser Frage sogar nur, ob sie ihm wahrheitsgemäß antwortete.

Der Zauberer nickte zufrieden. »Wie kommt es, daß Kasimiten und Beni Novad einträchtig Seite an Seite kämpfen? Man erzählt sich doch, daß fast alle Stämme der großen Wüste untereinander in Fehde liegen.«

»Ein Mawdli aus Keft hatte den Scheichs Ali und Said befohlen, gemeinsam zu streiten.«

Der Fremde drehte gedankenversunken am spitzen

Ende seines Bartes. Er schwieg so lange, daß Neraida schon befürchtete, unbewußt einen Fehler begangen zu haben. Endlich erhob er sich und warf dem Schwarzgewandeten einen vieldeutigen Blick zu. »Glaubt auch Ihr, meine Liebe, daß die Mawdliyat in Keft die Macht hätten, die Stämme der Wüste zu einen?«

»Niemals! Die erhabenen Mawdliyat sind die wichtigsten Deuter der Lehren Rastullahs, doch sie sind nur Weise und keine Krieger. Sie würden niemals ein Heer befehligen.« Die Salzgängerin erschrak, wie schnell und ohne Nachdenken sie diese Antwort gegeben hatte. War es nur ihr Ungestüm gewesen, das sie dazu verleitet hatte, oder wirkte der Zauber des Fremden am Ende womöglich doch, und sie war nur zu dumm, den Bannspruch in seiner ganzen Heimtücke zu durchschauen. Vielleicht würden die Al'Anfaner ihr ein wenig Ruhe gönnen, wenn sie vortäuschte, vor Schmerzen kaum noch sprechen zu können Sie stöhnte leise.

»Wißt ihr, wie viele Rebellengruppen es gibt, die der Euren ähnlich sind?«

»Nein.« Wieder stöhnte sie. »Bitte, mein Freund, laßt mich ein wenig zur Ruhe kommen... Meine Schulter schmerzt bei jedem Wort, das ich spreche.«

»Gleich, meine Gute. Doch erst nennt mir das Versteck von einem Trupp Wüstenräuber oder zumindest den Namen irgendeines Kaufherrn oder Stadtfürsten, der Euch unterstützt hat!«

Neraida war verzweifelt. Was sollte sie nur tun? Würde er Ihr glauben, daß sie niemanden kannte? Und auch wenn sie keine Namen wußte, so hatte sie von den Kriegern Scheich Alis doch zumindest einige versteckte Oasen und verborgene Schluchten genannt bekommen, in denen sich kleine Gruppen von Wüstenreitern trafen, um gemeinsam den Kampf gegen die Unterdrücker zu planen. Wenn der Zauberer sie jetzt durchschaute und sie ein zweites Mal mit seinem Bannspruch belegte, würde sie vielleicht alles verraten.

»Einen Namen, meine Liebe! Ich weiß, Ihr habt Schmerzen, und ich werde Euch auch schonen, doch nennt mir zumindest einen Namen!«

»Melikae, die Sharisad von Unau, hat uns geholfen, als wir vom Chichanebi aus die Versorgungskarawanen des Patriarchen überfielen. Sie hat uns Gold und Pferde überlassen. Melikae ist sehr reich, denn ihr Vater, der in der Schlacht am Szinto sein Leben verlor, war einer der mächtigsten Handelsherren der Stadt. Wie fast alle Tänzerinnen versteht sie sich auf die Kunst, die Herzen der Männer zu blenden. So hat sie sich zum Schein den Eroberern unterworfen und ihnen sogar ihren prächtigen Palast überlassen, wo sie die Heerführer des Patriarchen zu freimütigen Festen empfängt. Doch dies alles ist nur Trug, denn in Wahrheit sinnt sie jede Stunde auf das Verderben des Patriarchen.« Neraida stieß einen langen Seufzer aus und schloß die Augen. Still bat sie Rastullah, daß der Al'Anfaner ihren Lügen vertrauen mochte. Wenn die Götzenanbeter glaubten, daß diese Hure sie verraten hatte, würde man sie vielleicht schon bald richten, obwohl sie in Wirklichkeit nicht zu den Ungebeugten, sondern zu den Eroberern hielt, wie jeder entlang des Chichanebi wußte.

»Ihr behauptet, die Sharisad von Unau treibe ein doppeltes Spiel?« Die Stimme des Magiers klang nachdenklich. »Dies läßt einige Vorfälle in einem ganz neuen Licht erscheinen. Ich danke Euch für Eure Hilfe, meine Freundin. Ihr habt Euch Ruhe verdient. Schlaft jetzt, denn morgen werdet Ihr Eure ganze Kraft brauchen, um mir zu helfen, weitere Verräter zu entlarven.«

Die Salzgängerin hörte, wie die Tür hinter ihr geöffnet wurde und sich Schritte entfernten. Es schien, als sei sie nun endlich allein. Doch für wie lange? Und welchen Namen sollte sie beim nächsten Mal nennen? Ja, hätte sie beim kommenden Verhör überhaupt eine Wahl? Diesmal war der Zauber des Magiers wohl mißglückt, doch wie wahrscheinlich war es, daß sich dies wiederholen würde? Immer wieder gingen Neraida diese Fragen durch den Kopf, und sie dachte an die dunklen Träume um Verrat, die sie während jener Nächte gequält hatten, als sie mit Fendal und den anderen im Tal der Sieben Säulen verbracht hatte.

Lange war sich die Salzgängerin sicher gewesen, daß allein Melikae die Verräterin war und daß es ihr Schicksal sei, das einst durch die Untreue der Sharisad besiegelt werden würde. Doch jetzt zeigte sich alles in einem anderen Licht! Sie selbst würde die Verräterin sein!

Neraida seufzte. So wie die Dinge standen, gab es nur noch einen ehrbaren Weg, den sie beschreiten konnte. Sie blickte an sich hinab, in der Hoffnung, daß die Al'Anfaner vielleicht den kleinen Dolch übersehen hätten, den sie unter ihrem breiten Ledergürtel verborgen hatte. Doch die Götzenanbeter waren gründlich gewesen. Man hatte ihr sämtliche Waffen abgenommen. Daher wußten sie auch genau, daß es kein Risiko war, sie allein in dieser Kammer zurückzulassen. Neraida fühlte sich so schwach, daß sie kaum einen Arm heben konnte. Es wäre ihr unmöglich aufzustehen, um nach einer Fluchtmöglichkeit zu suchen oder sich selbst den Tod zu geben. Verzweifelt blickte Neraida durch das Fenster, in der Hoffnung, daß Rastullah ihr ein Himmelszeichen gäbe, ihr seinen Willen zu offenbaren. Doch es zeigten sich weder sonderbar geformte Wolken, noch zogen Vögel vorbei, oder irgendein anderes Zeichen war zu sehen. Die Sonne mußte schon tief stehen, denn der Himmel erglühte in tiefem Rot, in der Farbe der Schmerzen und des Blutes ...

Neraida stöhnte leise. Es schien, als solle der Schmerz ihr Wächter sein, bis der Fremde am nächsten Morgen zurückkehrte. Draußen hörte sie ausgelassenes Lärmen, so als ob die Söldner Al'Anfas schon jetzt begonnen hätten, ihren Sieg zu feiern. Wieder blickte die Salzgängerin an sich hinab. Ihre Kleidung war zerrissen und blutbefleckt. Jemand hatte den rechten Ärmel ihres

Kaftans abgerissen und die Pfeilwunde verbunden. Auch ihre Hose war zerschnitten, und rund um ihren Schenkel lief ein tief einschneidendes Lederband, das von einer dicken Messingklammer zusammengehalten wurde. Das Bein unterhalb der Klammer war so taub und gefühllos, als gehörte es nicht mehr zu ihrem Leib.

Während ihr Blick noch auf der Klammer ruhte, war ihr, als flüstere eine vertraute leise Stimme in ihr Ohr, und sie begriff, welches Zeichen ihr Rastullah mit dem blutroten Abendhimmel gegeben hatte. Sie würde niemanden verraten!

Mit zittriger, schwacher Hand tastete sie nach ihrem Gürtel, und nach kurzem Suchen fand sie das Tuch, das Said ihr geschenkt hatte. Sie biß die Zähne zusammen und versuchte an Fendal zu denken, als sie den Arm wieder hob, um sich das türkisfarbene Tuch auf die Stirn zu legen.

Man sagte, Türkise seien Stücke, die aus dem Himmel gebrochen und zur Erde gefallen waren. Hinter dem Himmel aber, den das Stirnband symbolisierte, lag Rastullahs ewiger Garten. Sie würde das Tuch nicht hinter dem Kopf verknoten können, dazu hätte sie beide Hände gebraucht, und den rechten Arm zu bewegen, war ihr unmöglich. Der Schmerz würde sie ohnmächtig werden lassen, und vielleicht würde sie nicht mehr erwachen, bevor die Al'Anfaner am Morgen zurückkehrten.

Mit fahriger Geste wischte sie sich das Haar aus dem Gesicht. Auch versuchte sie, sich den Schmutz und das Blut von den Wangen zu reiben. Dann legte sie die linke Hand auf die Brust, um neue Kräfte zu sammeln. Leise betete sie zu dem Einen und bat um Vergebung für ihre Sünden und Verfehlungen. Sie hatte immer versucht, nach seinen Geboten zu leben, und doch hatte sie trotz bester Absichten so oft gefrevelt. Zu groß war die Aufgabe gewesen, vor die sie der Gott gestellt hatte!

Am Himmel war das letzte Abendrot verglommen,

als die Salzgängerin mit unsicherer Hand nach der Aderpresse an ihrem Schenkel tastete. Sie hatte die Hoffnung auf die Gnade des Gottes nicht aufgegeben. Ihre Finger glitten über die kalte bronzene Klammer, die das Lederband zusammenhielt.

Es schien eine Ewigkeit zu dauern, bis sie den Verschluß endlich geöffnet hatte und die Lederriemen lose zur Seite glitten. Warmes Blut benetzte ihre Finger, und seltsamerweise fühlte sie nicht einmal Schmerzen. Nur schien es plötzlich kälter zu werden in dem kleinen Zimmer. Eisige Schauer überliefen sie. Sollte sie für ihre Freveltaten in die tiefsten Grotten der Niederhöllen geschleudert werden, dorthin, wo es so kalt war, daß der Frost selbst die Seelen der Verdammten zu peinigen vermochte? Mit bebenden Lippen begann sie ein letztes Gebet. Die schmutzige Decke des kleinen Zimmers schien ihr langsam entgegenzusinken. Obwohl sie lag, war ihr schwindlig. So schloß sie die Augen, und während sie das Gefühl hatte, durch eine tiefe Grotte auf ein flackerndes Licht zuzustürzen, murmelte sie leise:

»Rastullah ist groß,
sein Atem ist der Himmel,
sein Wille ist alles Leben,
sein Zorn kennt keine Grenzen,
doch größer als alles ist die Gnade,
die er allein dem wahren Gläubigen schenkt …«

Wieder einmal kam die große Karawane ins Stocken. Ärgerlich zog Melikae den Vorhang ihrer Sänfte beiseite und blickte die Straße hinauf. Über eine Meile lang erstreckte sich die Versorgungskarawane, die auf dem Weg zur Hauptstreitmacht der alanfanischen Armee war. Fast fünfhundert Lastkamele hatten die Götzenanbeter aufgeboten, um von Soldatenstiefeln bis hin zu zerlegten Belagerungsgeräten alle nur erdenklichen Güter zu transportieren. Frische Truppen, die die

Armee bei der angeblich kurz bevorstehenden Belagerung von Mherwed verstärken sollten, eskortierten den Zug. Neben Söldnern und einigen verräterischen Kaufleuten, die mit den Eroberern gemeinsame Sache machten, begleiteten auch Handwerker und Glücksritter aus beinahe allen Ländern des Südens den Troß. Da gab es Barbiere und Zahnausreißer, Schuhmacher und Sklavenhändler, Wunderheiler, Wahrsager und Waffenschmiede. Alle hofften, im Feldlager, das vor der Kalifenstadt Mherwed aufgeschlagen würde, ihr Glück zu machen.

Unmittelbar vor Melikaes Sänfte versperrten zwei große Kastenwagen den Blick auf die Straße. Ihre hohen Seitenwände waren mit unsittlichen Bildern bemalt, die gewagte Szenen einer Orgie in irgendeinem südlichen Palast zeigten. Die Wagen gehörten zu einem selemitischen Bordell, dessen Inhaberin Haus und Hof verpfändet hatte, um sich ein prachtvolles Zelt zuzulegen und künftig den Heerscharen des Patriarchen zu folgen.

Hasdrubal, einer von Melikaes Leibwächtern, trat hinter den Wagen der Huren und Lustknaben hervor und winkte ihr zu. »Es kommen ein paar Karren aus der Stadt dort hinten auf dem Hügel. Offenbar hat es dort gestern eine Schlacht gegeben. Jetzt werden die Toten weggeschafft, um sie zwei Meilen weiter südlich in eine tiefe Felsspalte zu werfen. Es scheint so, als mache der Anblick oder der Geruch der Leichen die Kamele unruhig. Jedenfalls werden die Tiere von der Straße geschafft, darum hat die Karawane angehalten.«

Melikae nickte, verärgert über die Verzögerung, und gab den Sklaven ein Zeichen, ihre Sänfte ein Stück weiter zum Straßenrand zu bringen. Sie war nicht darauf aus, herauszufinden, ob es nur der Anblick oder vielleicht doch eher der Geruch der Leichen war, der die Kamele unruhig machte. Auch die großen Wagen vor ihr waren in Bewegung gekommen, und die Kutscher mühten sich, die Gefährte zur Seite zu bringen, ohne dabei der Böschung zum Straßengraben zu nahe zu kommen.

Dann endlich waren die Karren zu erkennen, auf denen die Toten fortgeschafft wurden. Kleine offene Wagen, jeweils von Eseln oder Maultieren gezogen, die man ganz offensichtlich bei den Bauern von Madrash beschlagnahmt hatte. Eskortiert wurden die Wagen von ungefähr zwanzig schwarzgewandeten Kriegern, die Melikae an Rüstung und Waffen als Söldner vom Bund des Kor erkannte. Glücksritter der übelsten Sorte, die angeblich nicht einmal davor zurückschreckten, verwundete Kameraden zu töten, um ihren eigenen Beuteanteil zu vergrößern.

Es war erstickend heiß auf der Straße, und der Staub, den die Kamele und die schweren Karren aufgewirbelt hatten, stand wie dünner gelber Rauch über der Karawane. Melikae wedelte ungeduldig mit ihrem Fächer aus Pfauenfedern. Auch wenn sie sich so kaum Kühlung zu verschaffen vermochte, war es besser, als völlig reglos in der Hitze zu verharren. Sie haßte es, untätig in dieser Sänfte zu liegen. Sie hatte die Prachtsänfte mit den Sklaven nur deshalb gekauft, weil sie während der vielen Gottesnamen, die sie im besetzten Unau verbrachte, gelernt hatte, daß fast alle Al'Anfaner Respekt vor Sänften hatten. Nicht ein einziges Mal war sie auf ihrer Reise von Wachen angehalten und nach dem Woher und Wohin ihrer Reise befragt worden. Es schien zu den ungeschriebenen Gesetzen in der Stadt des Raben zu gehören, daß es besser war, sich nicht in die Geschäfte der Granden und der reichen Kaufherren einzumischen, jener Mächtigen also, die es bevorzugten, in Sänften zu reisen. Vielleicht, so dachte Melikae, würde es ihr auf diese Weise gelingen, bis zum inneren Bereich des Heerlagers vorzudringen. Zumindest aber würde sich der Kommandant der Leibwache des Patriarchen mit Geduld ihr Anliegen anhören, wenn sie verlangte, zu dem Obersten der Götzenpriester vorgelassen zu werden.

Der Gedanke daran, wie sie vor Tar Honak tanzen und ihm schließlich das Schwert ihres Vaters in die Brust stoßen würde, erfüllte sie mit kalter Genugtuung. Der Patriarch würde dafür büßen, was er ihr und dem Land angetan hatte!

Sie blickte zu den Toten auf den Wagen. Diese starren Knäuel ausgelöschter Hoffnungen und Träume. Ihre verrenkten, blutverschmierten Glieder wiegten sich im Takt der Eselschritte, und es war, als winkten sie den Lebenden in stummem Gruß.

Melikaes Blick blieb an einem der blassen Gesichter hängen, und vor Schreck fiel ihr der Pfauenfächer aus der Hand. Neraida lag dort unter den Toten! Auch wenn die langen weißen Locken eines anderen Erschlagenen zur Hälfte das Gesicht der Sklavin verdeckten, so hatte Melikae sie doch ohne Zweifel wiedererkannt. Die roten Narben, das Kennzeichen der Salzgänger, machten sie unverwechselbar. Melikaes erster Gedanke war, aus der Sänfte zu springen und den Wagen anzuhalten. Doch so würde sie sich als Freundin der Rebellen verraten, und ihr Plan, Tar Honak zu töten, würde undurchführbar werden. Doch sie mußte etwas tun! Sie konnte doch nicht stumm mitansehen, wie man den Körper Neraidas, die ihr so viele Jahre lang treu gedient hatte, mit allen anderen Toten eine Klippe hinabwarf!

»Euer Fächer, Herrin!« Hasdrubal war neben der Sänfte niedergekniet und hatte den Pfauenfächer aufgehoben. »Ist Euch nicht wohl? Wollt Ihr nicht lieber die Vorhänge zuziehen und Euch den grausigen Anblick ersparen?«

Die Sharisad schüttelte stumm den Kopf. Der große blonde Söldner hatte sie auf eine Idee gebracht. »Ich habe eine Aufgabe für dich, Hasdrubal.«

»Stets zu Euren Diensten, schöne Herrin.« Ein ironischer Unterton schwang in seiner Stimme. Melikae mochte den Mann nicht sehr. Er stammte aus Al'Anfa, auch wenn sein zu Zöpfen geflochtenes blondes Haar und sein dichter Bart an einen Thorwaler erinnerten. Jede seiner Gesten verriet, daß er außer sich und dem Gold seiner Herren nichts auf dieser Welt schätzte. Doch unter den wenigen verfügbaren Söldnern, die sich nicht den Heerscharen des Patriarchen angeschlossen hatten, war er eine der stattlichsten Gestalten gewesen, und das hatte Melikae bewogen, ihn in ihre Dienste zu nehmen.

»Auf dem vorletzten der Karren liegt die Leiche einer Frau, die mir in meinem Leben einmal sehr viel bedeutet hat. Ich möchte, daß du sie den Söldnern abkaufst. Sie soll nicht mit den anderen die Klippen hinabgeworfen werden.«

»Was?« Hasdrubal blickte sie verständnislos an. »Du willst mit Silber für eine Tote zahlen?«

»Für mich ist sie nicht irgendeine Tote!« Melikae kramte in der kleinen Truhe, die sie zwischen den Kissen in ihrer Sänfte verborgen hielt, holte einen Beutel voller Münzen hervor und warf ihn dem Söldner zu.

»Das müßte reichen, um die Wachen zu bestechen.«

Hasdrubal wog den bestickten samtenen Beutel in der Hand und nickte. Ein eigenartiger Glanz lag in seinen Augen.

»Glaub nicht, du könntest mich betrügen! Ich kann es mir leisten, jederzeit das Zehnfache von dem, was du in diesem Beutel findest, auf deinen Kopf auszusetzen, und in deinem Fall würde es mir durchaus genügen, wenn man mir nur den Kopf brächte.«

Der Söldner lächelte sie breit an. »Was denkt Ihr nur von mir, Herrin? Niemals würde ich eine Frau von Eurer Schönheit und Großmut betrügen!«

Melikae überging seine plumpe Vertraulichkeit und gab ihm ein Zeichen, sich zu ihr herabzubeugen. »Bring die Leiche nach Einbruch der Finsternis in mein Zelt und achte darauf, daß man dich dabei nicht beobachtet. Jetzt sieh zu, daß du mir aus den Augen kommst. Sei froh, daß ein solcher Mangel an Söldnern herrscht. Noch vor einem halben Jahr hätte mein Vater jeden auspeitschen lassen, der es trotz niederer Geburt gewagt hätte, mit loser Zunge in aller Öffentlichkeit über meine Schönheit zu reden, als hätte er das Lager mit mir geteilt.«

Hasdrubal verbeugte sich und murmelte so leise, daß nur sie ihn hören konnte: »Sind es denn nur schändliche Lügen, die man in den Basaren von Unau über Euch hören kann? Glaubt man den Geschichten der Marktfrauen, dann habt Ihr nicht nur mit Tar Honaks halbem Generalstab das Lager geteilt, sondern Euch sogar Sklaven hingegeben.«

»Aus meinen Augen, du Abschaum!«

Hasdrubal trat zwei Schritt zurück. Noch immer spielte ein überhebliches Lächeln um seine Lippen. »Wir sehen uns nach Einbruch der Dunkelheit, Herrin.« Seine Stimme klang jetzt so laut, daß alle Umstehenden, ihn deutlich hören konnten. »Dann erwarte ich den Lohn für meine Dienste!«

Melikae sah, wie die Kurtisanen aus Selem verstohlen zu ihrer Sänfte blickten und die Köpfe zusammensteckten, um miteinander zu tuscheln. Die Sharisad wußte nur zu gut um die Gerüchte, die sich um sie rankten. Auch ihre Leibsklavin hatte ihr bereits berichtet, daß man sich überall erzählte, alle die Hauptleute und Obristen, die in ihrem Palast ein- und ausgegangen waren, hätten weit mehr als nur ihren Tanz genossen.

Die Sharisad zog den Vorhang ihrer Sänfte zu und lächelte. Ihre Ehre war schon verloren gewesen, noch bevor die Götzendiener Unau erobert hatten. Jetzt käme ihr der schlechte Ruf wahrscheinlich sogar zustatten, und vielleicht würde Tar Honak sie sogar von sich aus in sein Zelt rufen lassen, wenn die Heiden, in weniger als zwei Gottesnamen die Orgien zu Ehren der brünstigen Abgöttin Rahja feierten.

Hasdrubal war es tatsächlich gelungen, den Söldnern die Leiche der Sklavin abzukaufen. Kurz vor Mitternacht hatte er die Tote, in einen Teppich gehüllt, in das Zelt der Sharisad gebracht. Melikae entlohnte ihn mit zehn silbernen Piastern, obwohl sie sicher war, daß er nur einen Bruchteil der Münzen, die sie ihm am Mittag überlassen hatte, hatte aufwenden müssen, um die Söldner zu bestechen. Ohne weitere Fragen zu stellen, nahm er das Geld und verschwand aus dem Zelt. Wahrscheinlich würde er das Silber noch in dieser Nacht für teuren Wein und selemitische Freuden vergeuden.

Vorsichtig befreite Melikae die Tote aus dem zerschlissenen Teppich und kniete in stummem Entsetzen vor ihrem zerschundenen Körper nieder. Was mochte das Schicksal ihr nur angetan haben? Wie war sie hierher nach Madrash gekommen? Und alle ihre Wunden! Wie mochte sie als Frau und obendrein noch als Sklavin in einen Kriegszug der Kasimiten geraten sein? Melikae dachte an die Tage ihrer gemeinsamen Flucht, an den Stolz und den Mut, die die Sklavin damals bewiesen hatte. Es kam der Sharisad vor, als wären seitdem Jahre vergangen, und doch waren es nur wenige Gottesnamen gewesen, in denen sich ihrer aller Leben so gründlich verändert hatte. Mit einem Messer trennte sie die Nähte der zerfetzten Kleidung auf und wusch dann Schmutz und Blut von Neraidas Haut. Als sie damit fertig war, holte sie den silbergefaßten Kamm aus Mammuton, den ihr Vater ihr einst geschenkt hatte, und kämmte das strähnige schwarze Haar der Toten.

Zwei Stunden oder mehr mochten vergangen sein, bis die Sharisad ihre traurige Arbeit vollendet hatte. Sie hatte ein langes Gebet gesprochen und Rastullah angefleht, die aufsässige und stolze Sklavin trotz ihrer Fehler in seine Gärten aufzunehmen. Auch wenn Neraida jetzt tot ist, dachte Melikae bitter, so hat das Leben der Salzgängerin doch seine Erfüllung gefunden. Sie hatte geliebt und hatte durch die Intrigen Abu Dschennas ihren Liebsten wieder verloren. Wie sehr ihr Schicksal sich doch glich! Zärtlich strich die Sharisad der Toten eine Haarsträhne aus dem Gesicht. Beide waren sie Verdammte. War sie denn blind gewesen, als sie Neraida verstoßen hatte? War es der Krieg, der sie so hartherzig und grausam werden ließ? Lange starrte Melikae in das narbige Gesicht der Toten. Dann beugte sie sich vor und küßte zärtlich ihre Lippen.

»Verzeih mir, Freundin. Ich habe gefehlt, und als letzten Beweis meiner Zuneigung kann ich dir wenigstens im Tod die Ehre zukommen zu lassen, die ich dir im Leben verweigert habe.«

Die Sharisad erhob sich und ging mit müdem Schritt zum Eingang des Zeltes, wo, in Decken gehüllt, ihre Leibsklavin wartete. Das junge Mädchen war eingeschlafen. Melikae rüttelte es wach und trug ihm auf, den Alten zu holen, der in irgendeinem der kleinen Lehmhäuser von Madrash auf ihre Nachricht wartete.

Der Alte kratzte sich nachdenklich hinter dem Ohr und brummelte leise: »Das wird nicht leicht. Wollt Ihr sie nicht doch lieber in einem hohlen Stamm mit Euch nehmen? Ich würde den Sarg dann mit einer Hülle aus nassem Leder versehen und das Ganze natürlich doppelt vernähen, damit es nicht reißt, wenn es trocknet. So könnt Ihr sie viele Tage mit Euch führen, ohne daß die Ausdünstungen des Todes Eure Nase beleidigen würden.«

»Und ihr Körper?«

Der alte Mann räusperte sich. »Der würde natürlich zerfallen, aber …«

»Das kommt nicht in Frage. Ich will nur das Beste für sie.«

Wieder kratzte sich der Alte hinter dem Ohr. »Ich habe nicht gesagt, daß der andere Weg nicht gangbar sei, doch mag es ein paar Tage dauern, bis ich an das

Salz komme. Es hängt alles davon ab, ob die Al'Anfaner schon alle Wege zur Kalifenstadt gesperrt haben. Ich wüßte nicht, woher ich sonst das feine gelbe Totensalz bekommen sollte. Man könnte es allerdings auch mit ganz normalem Gerbsalz versuchen und ...«

Melikae legte den Kopf schief und blickte den kahlköpfigen Greis durchdringend an. »Was macht den Unterschied aus?«

Der Alte räusperte sich verlegen. »Nun ja ... Also mit dem Gerbsalz ist das so ... Es kann geschehen, daß sich die Haut der Toten verfärbt. Außerdem wird sie wahrscheinlich ungleichmäßig austrocknen, und ihre Haut kann schrumpeln oder an einigen Stellen reißen. Das weiß man nie vorher.«

Die Sharisad schüttelte den Kopf. »Das will ich nicht. Geht nach Mherwed, Alter, und holt, was immer Ihr braucht, um den Körper meiner Freundin für die Ewigkeit zu erhalten. Und macht Euch um das Geld keine Sorgen. Ich sehe doch wohl nicht wie eine arme Frau aus, oder?«

»Nein, Herrin! Nichts läge mir ferner, als solch infame Behauptungen aufzustellen, ich dachte nur ...«

»Macht Euch keine weiteren Gedanken. Sorgt nur dafür, daß ihre Leiche gut die nächsten Tage übersteht, und dann reist so schnell Ihr könnt nach Mherwed, denn ich fürchte, es wird nicht mehr viel Zeit bleiben.«

Der Alte nickte stumm. Dann kniete er neben der Leiche nieder und zog eine Seidenschnur aus der großen Leinentasche, die ihm über der Schulter hing. Mit flinken Fingern zog er das kostbare Band um den Kopf der Toten, so daß ihr Kiefer nicht mehr herunterklappen konnte. Dann holte er eine kleine Bronzeflasche mit einem seltsam verbogenen dünnen Hals aus den Tiefen der Tasche und drehte sich zu Melikae um.

»Vielleicht ist es besser, wenn Ihr jetzt geht, Herrin. Nicht alle Dienste, die ich an den Toten verrichte, sind für die Lebenden angenehm anzuschauen.«

Die Sharisad schluckte und zögerte einige Augenblicke lang. Schon jetzt lag ein unangenehm süßlicher Geruch in dem Zelt. Und wer wußte, mit welch scheußlichen alchimistischen Tinkturen der Alte noch zu hantieren hatte? Sie hatte abstoßende Dinge darüber gehört, was zu tun war, wenn man das Äußere der Verstorbenen erhalten wollte. Schließlich faßte sie sich ein Herz. Sie war es Neraida schuldig! Sie durfte die Salzgängerin nicht allein in den Händen eines Fremden lassen.

»Ich werde hierbleiben.«

Einen Atemzug lang blickte der alte Medicus sie verwundert an. Dann zuckte er mit den Schultern und wandte sich seiner Arbeit zu.

Melikae stand am Rand des Chichanebi und blickte nach Westen. Zehn Tage waren seit dem Treffen mit dem Medicus vergangen. Irgendwie war es dem Alten gelungen, bis nach Mherwed zu kommen und auch auf dem Rückweg ungehindert die Reihen der Al'Anfaner zu passieren. Er hatte das feine gelbe Totensalz sogar für einen ausnehmend günstigen Preis bekommen, weil die halbe Stadt auf der Flucht vor dem herannahenden Heer der Eroberer war und jeder versuchte, soviel wie möglich von seinem Hab und Gut zu Geld zu machen. Ein Tischler aus Madrash hatte inzwischen nach den Angaben des Medicus einen besonderen Sarkophag entworfen, in dem die tote Salzgängerin transportiert werden sollte. Zahlreiche kunstvoll geschnittene Öffnungen durchzogen den Deckel des Sarkophags, denn der kahlköpfige Gelehrte hatte behauptet, nur wenn Licht, Luft und Hitze freien Zugang zu dem Leichnam im Salz fänden, sei eine gleichmäßig gute Konservierung gewährleistet.

Die Sklaven aus Melikaes Gefolge hatten kaum begreifen können, warum sie in Madrash die große Karawane verließ, um nach wenigen Tagen Rast mit der unheimlichen Last des Sarkophags wieder in Richtung

Unau zurückzureisen. Doch sie waren nur Sklaven, und so hatte es letzten Endes keiner gewagt, ihre Befehle in Frage zu stellen. Anders stand es mit den drei Söldnern, die sie angeworben hatte. Als Melikae Muammar ai Birscha, dem Führer der großen Karawane, offenbart hatte, daß sie in Madrash zurückbleiben wollte und daran dachte, allein auf der großen Handelsstraße bis zum Chichanebi zu ziehen, hatte ihr Muammar dringend davon abgeraten, die Söldner auf diese Reise mitzunehmen. Seiner Meinung nach war sie in der Wüste sicherer ohne diese Halsabschneider, wie er sie nannte. Melikae lächelte stumm in sich hinein. Dann drehte sie sich um und blickte zum Kamm der großen Düne hinüber, auf der Hasdrubal stand und aufmerksam über sie wachte. Nein, sie brauchte sich keine Sorgen zu machen. Er und seine Söldnergefährten würden sie mit ihrem Leben verteidigen.

Belustigt erinnerte sie sich an das Gesicht des blonden Kriegers, als sie ihm mitgeteilt hatte, daß sie ihren Schmuck und ihr Gold Muammar, dem Karawanenführer, anvertraut habe. Sie kannte den hageren großen Mann mit den ausdrucksvollen dunklen Augen, schon seit sie ein Kind war. Oft hatte er im Dienst ihres Vaters Karawanen bis in die entlegensten Oasen der Khom oder auch bis ins ferne Fasar geführt. Ihr Vater hatte Muammar stets als aufrichtig und ehrlich eingeschätzt. Wenn der Karawanenführer jetzt in die Dienste der Eroberer getreten war, mochte das daran liegen, daß er sein ganzes Vermögen in Ländereien bei Selem gesteckt hatte, jener Hafenstadt, die gleich zu Anfang des Krieges in die Hände der Götzenanbeter gefallen war. Vielleicht fürchtete Muammar auch weniger um seine Reichtümer als um seine Familie, die in Selem zurückbleiben mußte, wenn er mit einer großen Karawane aufbrach. Schon oft hatte Melikae davon gehört, daß die Eroberer nicht davor zurückschreckten, selbst die Familien der Edlen und Reichen aus dem Land der Ersten Sonne in die Sklaverei zu verschleppen. Ob sich ihr eigener Vater wohl ähnlich verhalten hätte, wenn er in der Schlacht am Szinto nicht gefallen wäre? Womöglich hätte auch er seine Ehre für seinen Besitz gegeben. Vielleicht war es besser, daß er dieses ganze Elend nicht mehr hatte erleben müssen. Es genügte, wenn sie allein dem Namen der Familie Schande machte. Doch nicht mehr lange, und ich werde den Makel von dem guten Namen meiner Sippe tilgen, dachte Melikae grimmig. Daß sie Neraida die letzte Ehre erwies, würde das Leben des Patriarchen um einige Tage verlängern, doch retten würde es ihn nicht!

Die Sharisad blickte noch einmal zu Hasdrubal hinüber, der mit verschränkten Armen auf der Düne stand und aufmerksam nach möglichen Feinden Ausschau hielt. Melikae hatte ihm ganz offen gezeigt, wie wenig Geld sie auf dieser Reise mit sich führte. So gab es keinen Anreiz für die Söldner, sie auszurauben. Zwar waren die Sklaven und die Sänfte ein Vermögen wert, doch kein Al'Anfaner war so verrückt zu versuchen, auf irgendeinem Markt gestohlene Sklaven anzubieten. Ein Verbrechen gegen den Besitz eines Begüterten und Privilegierten wog in den Augen der Götzenanbeter schwerer als ein Mord, und entsprechend drastisch waren die Strafen. Nicht einmal ihre Sänfte könnten sie verkaufen, denn ihr prächtiges Reisegefährt war so auffällig und kostbar, daß jeder mögliche Käufer im Umkreis von Hunderten von Meilen es kennen und nach dem Verbleib der ursprünglichen Besitzerin fragen würde. So blieb den Söldnern nichts anderes übrig, als sehr gut auf ihr Leben achtzugeben, denn jetzt hatte sie nicht einmal genug Gold bei sich, um auch nur einen von ihnen angemessen zu entlohnen.

Die Sonne war fast gänzlich gesunken, als Melikae ein flackerndes Licht weit draußen auf dem Salzsee entdeckte. Sie hatten also doch von ihr gehört!

Nach all den Stunden des Wartens neben Neraidas Sarkophag waren Zweifel in der Sharisad aufgekommen, ob sie den richtigen Weg gewählt hatte, um zu jenen Salzgängern Kontakt aufzunehmen, die sich nicht der Knute der Eroberer unterworfen hatten. Früh am Morgen hatte sie mit ihrem Gefolge ein kleines Zeltlager am Rande des Chichanebi erreicht. Zunächst waren sie vom Hairan der Sippe mißtrauisch empfangen worden, und Melikae konnte ihm nicht einmal verübeln, daß er sie mit ihrem fremdländischen Gefolge und den alanfanischen Söldnern im Geleit für eine Spionin gehalten hatte. Erst als sie von Neraida, die der Hairan als Gefährtin Scheich Saids kannte, gesprochen hatte, war sein Mißtrauen geschwunden. Als sie aber berichtete, daß die Salzgängerin tot sei und sie selbst den weiten Weg von Madrash bis zum Chichanebi gemacht habe, um Neraidas sterbliche Überreste dorthin zurückzubringen, wo sie einst geboren war, hatte sich der Hairan den Bart gerauft und war unter lautem Wehklagen aus dem Zelt gestürzt. Melikae war überrascht gewesen, welchen Ruf ihre Sklavin in den wenigen Gottesnamen seit ihrer Flucht aus Unau erworben hatte.

Als der erste Schmerz des Hairans verflogen war, hatte er darauf bestanden, daß Melikae den Sarkophag öffnete, damit er und die Seinen von Neraid al Barrad, wie sie die Salzgängerin nannten, Abschied nehmen konnten. Während der heißen Mittagsstunden hatte der Hairan die Sharisad allein zu sich ins Zelt genommen und ihr von den Heldentaten Neraidas erzählt. Von dem Kampf gegen ihren eigenen Vater, den Überfällen, die sie mit den Kasimiten durchgeführt hatte, und dem Treffen am Brunnen von El Amra. Melikae wußte nicht, ob der Mann ahnte, wer sie war. Immerhin schien er es ihr hoch anzurechnen, daß sie die Tote zum Chichanebi zurückgebracht hatte.

Schließlich hatten seine Erzählungen ein Ende gefunden, als ein junger Mann ins Zelt getreten war und einfach nur sagte: »Die Ungebeugten wissen Bescheid.«

Die Ungebeugten, so nannte man jene wenigen Salzgänger, die darauf verzichteten, Geschäfte mit den Eroberern zu machen. Sie waren eine verzweifelte Schar, denn auf dem Chichanebi konnte nur jener überleben, der sein Salz an vorbeiziehende Karawanen oder die reichen Händler von Unau verkaufte. Außer Salz hatte der ausgetrocknete See nichts zu bieten, und selbst die Schlangen und Skorpione schienen ihn zu meiden.

Wären da nicht einige wenige Nomadensippen gewesen, die die Ungebeugten mit Wasser und Lebensmitteln versorgten – obwohl die Al'Anfaner jeden mit dem Tod bedrohten, der den Aufrührern half –, hätten die rebellischen Salzgänger sich nicht einmal zwei Gottesnamen lang auf dem lebensfeindlichen See halten können.

Kurz vor Einbruch der Dämmerung hatten die Krieger des Hairans Melikae und den Sarkophag zu einer einsamen Stelle am Rande des Sees gebracht, die etwa eine Meile vom Lager entfernt lag. Nur einer ihrer Söldner hatte sie als Ehrenwache begleiten dürfen. Es schien, als fürchteten die Nomaden noch immer, daß sie einen Hinterhalt planen könnte.

Melikae hatte Hasdrubal für diesen Dienst ausgewählt. Sie hatte ihn zwar noch nie kämpfen gesehen, doch allein die Tatsache, daß die anderen Söldner in ihrem Gefolge den blonden Krieger sofort als Wortführer anerkannt hatten, wies auf seinen außergewöhnlichen Ruf hin. Außerdem war er der gierigste von allen. Er würde sie nicht im Stich lassen, wenn sie in Gefahr geraten sollte! Jedenfalls nicht, solange er noch Gold von ihr zu erwarten hatte …

Das flackernde Licht, das von der Ebene her näher kam, entpuppte sich als eine kleine Gruppe fackeltragender Männer. Sie verharrten etwa zehn Schritt vor Melikae und ihrem Begleiter. Es waren düstere, abgerissene Gestalten. Das unstete Licht und die roten Narben auf Wangen und Stirn ließen sie unheimlich, ja, fast dämonisch erscheinen.

Die Männer musterten Melikae schweigend, und es schien eine Ewigkeit zu vergehen, bis schließlich einer von ihnen die Sharisad ansprach.

»Wer bist du, die du vom Tode Neraid al Barrads kündest und die du einen Krieger der Ungläubigen an deiner Seite duldest?«

Konnte sie es wagen, ihren wahren Namen zu nennen? Oder war es gefährlicher, die Salzgänger zu belügen? Melikae zögerte. Doch wie sollte sie jemals als ehrbar gelten, wenn sie es nicht wagte, zu ihren Taten zu stehen?

»Vor euch steht Melikae, die Tochter Abu Feisals, des Prächtigen, doch kennt man mich besser als die Sharisad von Unau.«

»Du bist in der Tat zu einigem Ruhm gelangt, Sharisad, doch sind es keine Ehrennamen, die man dir gibt. Du scheinst nicht viel gemein zu haben mit der Frau, die einst in deinen Diensten stand.«

Melikae ballte die Hände zu Fäusten. Sie würde diese Demütigungen nicht mehr lange ertragen müssen. Schon bald würde jeder im Land der Ersten Sonne wissen, wie sie wirklich gegenüber den Götzenanbetern empfand! Doch noch mußte sie ihr Geheimnis wahren.

»Von der Gunst, mit der Rastullah deine Dienerin so reichlich bedacht hat, scheint nichts auf dich gefallen zu sein. So hat der Gott ihr noch vor ihrem Tod den letzten Makel genommen, indem er sich in Gestalt des Mawdli Nebahath offenbarte und durch seinen Mund sprach, um aus der Sklavin Neraida den Krieger Neraid al Barrad zu machen. Weil aber so das Weib zum Mann wurde, ist der Frevel wieder getilgt, den Neraidas Vater beging, als er seiner Tochter die Narben der Salzgänger ins Gesicht schneiden ließ, denn nur ein Mann kann Salzgänger sein. In dieser wunderbaren Wendung offenbart sich dem Gläubigen der tiefe Sinn, der in allem steckt, was unter Rastullahs Sonne geschieht, denn nichts kann ohne die Duldung des Einen Gottes vollbracht werden, auch wenn sich der göttliche Plan, der hinter allem steht, oft dem Verstand des Sterblichen entzieht. Nur weil ich dieses weiß, kann ich deine Anwesenheit ertragen, Sharisad, denn auch hinter deinen Taten steht der göttliche Wille, und hätte es dich nicht gegeben, so wäre wohl auch Neraid al Barrad nicht zu dem geworden, was er war, als er starb. Dein Leben, Melikae, zeigt jedem, der es kennt, daß edle Geburt und Reichtum allein kein tapferes Herz zu zeugen vermögen, wohingegen der Fromme auch aus dem niedersten Stand zum strahlenden Vorbild aller Gläubigen werden kann.«

Melikae seufzte leise. Auch wenn die Worte des Salzgängers aus seiner Sicht wahr sein mochten, so schmerzten sie doch.

»Was soll mit Neraid geschehen?«

Der Salzgänger musterte sie mit abfälligem Blick. Wahrscheinlich glaubte er, daß seine Worte bei ihr ebenso vergeudet waren wie Wasser, das man auf dem Chichanebi verschüttete, wo niemals eine Pflanze gedieh …

»Wir werden sie mitnehmen und unweit des Platzes, an dem sie geboren wurde, dem Chichanebi übergeben. Das ist die Art, in der Salzgänger ihr Ende finden sollten. Ein Leben lang haben sie vom Chichanebi genommen, um zu überleben. Zum Schluß geben sie als Dank ihren Leib, wenn der See ihn sich nicht schon selbst geholt hat. Wer aber nahe dem Herzen des Chichanebi ruht, dessen Körper wird niemals verfallen. Und wenn dereinst Rastullah das Ende aller Zeiten bestimmt, dann werden sich die Salzgänger aller Zeitalter vom Grunde des Sees erheben, um den Willen des Gottes zu vollstrecken.«

Melikae war verwundert und erschrocken darüber,

welche eigenartigen Vorstellungen über das Wesen Rastullahs dieser Salzgänger hatte. Gleichzeitig erkannte sie, daß sich auch hinter ihren Taten tatsächlich eine göttliche Fügung zu verbergen schien: Indem sie den Leichnam Neraidas hatte konservieren lassen, um ihn durch die Wüste bis zum Chichanebi bringen zu können, hatte sie damit unwissentlich dem Brauch der Salzgänger Genüge getan.

»Wir brauchen dein hölzernes Gefäß nicht, und auch das kostbare gelbe Salz magst du behalten. Den Chichanebi verlangt allein nach dem, was er hervorgebracht hat.« Der Wortführer der Salzgänger war neben den Sarkophag getreten und winkte seinen Gefährten.

Stumm sah Melikae zu, wie sie den Leichnam der Salzgängerin aus dem Sarg hoben. Ihr Gesicht war hager geworden, und straff spannte sich die Haut über die Knochen. Noch immer zeigte ihr Antlitz den Ausdruck rebellischen Trotzes, jenes Wesenszuges, der wie kein anderer Melikaes Erinnerung an Neraida bestimmen würde. Vier der Salzgänger hatten den Leichnam auf ihre Schultern gehoben und machten sich, von Fackelträgern geleitet, auf den Rückweg. Ein heulender Wind bauschte ihre Gewänder auf und ließ Funken aus den Flammen ihrer Fackeln stieben, so als wäre ein Dschinn der Luft herbeigeeilt, um auf seine Art der Toten die letzte Ehre zu erweisen.

»Auch wenn ich all das, was ich über dich und deine Taten bislang gehört habe, nur verdammen kann, Melikae, so werde ich dennoch fortan für dich beten, denn mit dem letzten Dienst, den du Neraid erwiesen hast, hast du zugleich auch bewiesen, daß du dir einen Rest von Ehrgefühl erhalten hast. Möge Rastullah sich auch deiner eines Tages in seiner ganzen Gnade annehmen.«

Der Salzgänger verbeugte sich kurz vor ihr. Dann folgte er mit langen Schritten seinen Gefährten, die ihm mittlerweile schon ein gutes Stück vorausgeeilt waren. Stumm blickte Melikae den Fackelträgern nach, bis sie in der weiten Ebene des Chichanebi verschwunden waren.

»War das deine ganze Mühen wert?«

Die Sharisad drehte sich um. Hinter ihr stand Hasdrubal, dessen bärtiges Gesicht im kargen Licht der Sterne noch unnahbarer und kälter als sonst wirkte. Was könnte dieser Ungläubige jemals von den Wegen Rastullahs und dem Willen des einzigen Gottes auch nur erahnen? Vielleicht könnten Männer wie er das Land der Ersten Sonne für eine Zeitlang erobern, doch wie sollten jene auf Dauer herrschen, die in ihrer Gier nach Gold zu verblendet waren, das Wesen des einzigen Gottes zu erkennen, das sich dem Gläubigen in jedem Stein am Wegesrand offenbarte?

Rastullahs Atem vermochte an einem einzigen Mittag das Gesicht der Wüste sosehr zu verändern, daß selbst kundige Karawanenführer den Weg zum nächsten Brunnen nicht mehr fanden. Was bedeutete ihm da ein Heer von Söldnern, das einen Raben als Gott verehrte? Diese Männer gehörten nicht hierher! Sie waren weniger als Sand in Rastullahs Hand, und die Stürme der Zeit würden sie hinwegfegen, ohne daß auch nur die geringste Spur von ihnen bliebe. Doch noch in neunundneunzig Jahrneunundneunzigen würden die Salzgänger die Geschichte Neraidas kennen, obwohl sie nicht einen Tag in ihrem Leben eine Herrscherin gewesen war. Und sie würden auch wissen, daß ihr toter Körper unvergänglich bis ans Ende aller Zeiten am Grund des Chichanebi ruhte und wartete… Wie aber sollte sie Hasdrubal einen Schatz beschreiben, der sich nicht in Goldstücken messen ließ? Schweigend ging sie an dem Söldner vorbei, um in das Zeltlager der Wüstensöhne zurückzukehren und ihnen zu berichten, daß Neraida nun endlich ihren Frieden gefunden hatte.

»Für diese Lügen reiße ich dir deine Zunge heraus!« Omar hatte den dicken Kaufmann bei der Kehle gepackt und tastete mit der anderen Hand nach seinem Dolch.

»Zu Hilfe! Laßt mich doch frei! Was habe ich Euch denn getan…?« Der Kaufmann röchelte verzweifelt, und sein Kopf glühte rot wie die Abendsonne.

»Laß ihn los, du verdammter Narr!« Gwenselah packte Omar an den Schultern, um ihn zurückzuzerren. Doch der junge Krieger dachte nicht daran, seinen Griff zu lockern.

»Du sollst Gelegenheit haben, einen ehrenvollen Tod zu sterben, Schurke. Ich erwarte dich vor den Toren der Karawanserei.«

Der Kaufmann wollte offensichtlich etwas entgegnen, doch nur ein leises Keuchen kam über seine Lippen.

»Verdammt, Omar, was hat er dir denn getan? Siehst du nicht, wie die Wachen unter den Palmen schon zu uns herüberschauen? Er ist den Ärger nicht wert, den du uns einbringst, wenn du ihn tötest.«

Der junge Krieger lockerte endlich seinen Griff. Gwenselah hatte recht, und doch konnten die Worte des Kaufmanns nicht ungesühnt bleiben. Er hatte Melikae eine Buhle der Götzendiener genannt. Seine Verleumdungen waren ein Makel auf dem Namen der vollkommensten aller Frauen, die je unter Rastullahs weitem Himmelszelt gelebt hatten. Nur Blut konnte den Namen der Sharisad wieder reinwaschen.

»Laß ihn endlich in Frieden, du Narr!« zischte der Beni Geraut Schie und zerrte Omar vom Kaufmann weg. »Mein Freund hat leider zuviel von dem köstlichen Dattelwein getrunken, mit dem man hier den Reisenden aufwartet!« rief der Verschleierte zu den Wachen hinüber. »Ich werde in Zukunft besser auf ihn aufpassen!«

Der Kaufmann lehnte japsend an einer Mauer und strich sich über die dunklen Würgemale am Hals.

»Wiege dich nicht vor meinem Zorn in Sicherheit!

Meine Klinge wird dein Herz finden, bevor die Sonne den Horizont küßt«, wetterte Omar, während ihn Gwenselah in den dunklen Eingang eines Stalls zerrte.

»Willst du unbedingt Ärger mit den Selemiten da drüben bekommen, du verfluchter Narr? Haben wir den langen Weg durch das Shadif nur deshalb gemacht, um uns jetzt hier mit den Waffenknechten Al'Anfas anzulegen? Ich dachte, auch dir sei daran gelegen, ohne großes Aufsehen bis nach Unau zu gelangen.«

Langsam verrauchte Omars Zorn, und er begriff, was er getan hatte. »Der Pfeffersack hat Melikae beleidigt. Was tätest denn du, wenn ein Fremder die Frau, die du liebst, eine Hure nennen würde?«

»Ich würde ihn nach seinem Namen und seiner Heimatstadt fragen und ihn eines Tages überraschend besuchen, um mit ihm in aller Ruhe ein abschließendes Gespräch über Lügen und ihre Folgen zu führen. Ich setzte jedenfalls nicht die Rettung meiner Liebsten aufs Spiel, nur weil ich meine Gefühle nicht zügeln kann.«

Omar blickte verlegen zur Decke des Stalls. Natürlich hatte Gwenselah recht, und trotzdem ... Der Verschleierte hustete leise. Omar musterte ihn verstohlen. In den letzten Tagen hatte sich Gwenselahs Zustand verschlechtert. Der Marsch durch das Shadif, das schlechte Wasser und der Hunger hatten offensichtlich mehr an seinen Kräften gezehrt, als er sich eingestehen wollte. Sein Freund brauchte Ruhe! Sie sollten sich irgendwo einen abgelegenen Brunnen oder eine versteckte Oase suchen, um für ein paar Tage zu rasten.

»Was starrst du mich so an?« Gwenselah hatte den Anfall überwunden und blickte Omar herausfordernd an. »Glaubst du, ich brauche Mitleid? Ich bin hier, weil ich es so will, und wenn du weiterhin Wert auf meine Begleitung legst, dann schau mich nicht noch einmal so an, als ob du in ein offenes Grab blickst. Hörst du? Ich lebe noch!«

»Kommst du jetzt?« Der Verschleierte war vor das

Tor getreten und winkte ihm zu. »Wir sollten uns nach dem Besitzer dieses Stalls umschauen, auch wenn ich im Augenblick noch ernsthaft daran zweifele, ob auch nur eine der Schindmähren dort drinnen in der Lage ist, meinen Kadaver bis nach Unau zu tragen.« Der Beni Geraut Schie lachte, doch sein Lachen klang so aufgesetzt, daß es Omars Sorgen nicht zu zerstreuen vermochte.

Fast zwei Stunden feilschten sie mit dem Pferdehändler, bis sie sich auf einen Preis für drei Reittiere, Decken, Sättel und Zaumzeug einigten. Dabei wurde es der kleine Mann nicht müde, immer wieder zu betonen, daß sie ihn ruinierten und in ihrem Geiz nicht einmal soviel zahlten, wie er selbst für Pferde und Ausrüstung gegeben hatte. Ja, er verstieg sich sogar zu der Behauptung, daß er und seine ganze Familie die nächsten drei Gottesnamen hungern müßten, so schlecht sei das Geschäft, das sie abgeschlossen hatten. Doch als Gwenselah dann seine Geldkatze öffnete und ihm statt irgendwelcher Münzen drei taubeneigroße schillernde Opale in die Hand drückte, lag plötzlich ein Glanz in den Augen des Mannes, als hätte er einen Augenblick lang die Pracht von Rastullahs ewigen Gärten erblicken dürfen. Ja, er bestand sogar darauf, Omar und Gwenselah in sein Haus mitnehmen zu dürfen und mit ihnen einen Becher Dattelwein zu trinken, bis sein Stallknecht die Hengste aufgezäumt hatte. Das ›Haus‹ entpuppte sich als weißgetünchte kleine Lehmhütte, die unmittelbar an den Pferdestall angrenzte. Von hungernden Frauen und Kindern war nichts zu sehen. In einer Ecke stand ein grobgezimmertes Bett, auf dem eine zerwühlte alte Pferdedecke lag, und mitten im Raum scharten sich einige niedrige Schemel um einen wackeligen Tisch. Der Händler hieß sie Platz nehmen und kramte dann unter dem Bett drei Tonbecher und einen bauchigen Krug hervor, über den ein schmuddeliges Tuch gespannt war, wohl zu dem Zweck, damit die fetten Fliegen aus dem Stall nebenan keine Gelegenheit fanden, ihr Leben in Dattelwein zu ertränken.

»Wohin reist ihr?« Der Pferdehändler hatte ein zufriedenes Grinsen im Gesicht, als er seinen Gästen einschenkte.

»Nach Selem«, log Gwenselah. »Wir haben dort einige Familienangelegenheiten zu klären.«

»Familienangelegenheiten?« Der kleine Mann nickte vielsagend. »Da seid ihr nicht die ersten.«

Einige Augenblicke lang schwiegen die drei und hingen ihren Gedanken nach. Omar kämpfte einen inneren Kampf, ob er den Mann nach Melikae fragen sollte oder nicht. Sicher würde sich herausstellen, daß der dicke Kaufmann am Morgen nichts als Lügen erzählt hatte! Schließlich beschloß er, weniger zielgerichtet vorzugehen.

»Gibt es Neuigkeiten aus Unau?«

Der Händler goß sich noch einmal nach und kratzte sich dann grübelnd am Kinn. »Neuigkeiten? Das hängt davon ab, wann ihr zuletzt etwas über Unau gehört habt. Daß Tar Honak wieder abgezogen ist und jetzt gen Mherwed marschiert, wißt ihr doch sicher schon?«

Omar nickte. Ihre Kenntnisse über das, was in den letzten zehn Gottesnamen geschehen war, waren zwar sehr lückenhaft, doch soviel war selbst ihnen bekannt. Der Pferdehändler spähte zu Tür und Fenster, dann beugte er sich über den Tisch vor und flüsterte in verschwörerischem Tonfall: »Wenn ihr mich fragt, hat der Götzenpriester einen Fehler gemacht, als er an Keft vorbei auf die Kalifenstadt marschierte. Die Mawdliyat werden ein Heer sammeln und ihm in den Rücken fallen. Ich bin sicher: Noch bevor die Regenzeit beginnt, wird auch der letzte Heide aus dem Kalifat vertrieben sein. Die Wüstenreiter werden sie hinwegfegen, so wie der Sturmwind, der den Sand der Wüste bis weit aufs Meer hinaus treibt.« Der Händler schaute bedeutungsvoll in die Runde und nahm einen tiefen Schluck aus seinem Becher.

»Als ich vor vielen Gottesnamen in Unau war«, sagte Omar beiläufig, »erzählte man überall von einer wunderschönen Sharisad. Weißt du, was aus ihr geworden ist? Haben die Eroberer sie in die Sklaverei verschleppt?«

Der schmächtige Händler lachte. »Du sprichst wohl von Melikae, der Tochter Abu Feisals, des Prächtigen, der am Szinto sein Leben ließ.«

Omar nickte, begierig endlich Neues über das Schicksal seiner Liebsten zu erfahren. Die besorgten Blicke Gwenselahs übersah er. Der Krieger mußte doch wohl verstehen, wie groß seine Sehnsucht war, endlich Nachricht von ihr zu erhalten!

»Melikae hatte alles, um die stolzeste und begehrteste Tochter Unaus zu werden. Ihr Vater hatte schon eine prächtige Hochzeit vorbereitet, als die Sharisad aus unbegreiflichen Gründen mit einigen Sklaven in die Wüste floh. Abu Feisal war außer sich vor Zorn und schickte den Flüchtenden fast hundert Reiter hinterher. Nach langer Jagd wurde Melikae jenseits des Manekh Chanebi von ihren Verfolgern gestellt, und so wie ihr Vater es befohlen hatte, wurden alle Männer, die mit ihr geritten waren, vor den Augen der Sharisad hingerichtet, auf daß niemals ein Sklave behaupten könnte, er habe die Tochter seines Herren besessen. Doch sollte Abu Feisal Melikae nie wiedersehen: Noch bevor seine Männer sie nach Unau zurückgebracht hatten, kam es zur vernichtenden Schlacht am Szinto, in der Abu starb. So war Melikae nun die Herrin im Palast ihres Vaters, und es scheint, als habe die Buhlschaft mit den Sklaven ihr die Sinne verwirrt. Als Unau schließlich von den Al'Anfanern erobert wurde, war sie die einzige, die die Pforten ihres Palastes freiwillig den Götzendienern öffnete. Tar Honak selbst soll sie eines Nachts besucht haben, um mit ihr einen finsteren Plan zum Verderben des Kalifen zu spinnen. Doch nicht nur dem Patriarchen, sondern auch den Anführern seines Heers gibt sie sich willfährig hin, und in ihrem Palast herrscht ein Kommen und Gehen, wie man es in den übelsten Hurenhäusern Khunchoms nicht schlimmer beobachten kann.«

Die Worte hatten Omar betäubt, ganz so, als hätte die Faust eines Riesen ihn getroffen. Er hatte fast wörtlich dieselbe Geschichte erzählt wie am Morgen der Kaufmann. Sollte vielleicht wahr sein, was diese beiden Bastarde über Melikae behaupteten? Welchen Nutzen hätten sie davon, einem Fremden solch schändliche Lügen zu erzählen? Doch was war nur über Melikae gekommen? Er dachte an ihre erste Liebesnacht im Tal der Sieben Säulen. Ihre zarten Küsse und ihren Schwur, niemals einen anderen zu lieben. Was hatte Abu Dschenna ihr nur angetan, daß sie zur Hure geworden war? Nichts von dem Gehörten paßte zu der Frau, die er einmal geliebt hatte.

Das Gespräch der beiden anderen, die jetzt wieder über den Krieg redeten, drang wie aus weiter Ferne an Omars Ohr, und es schien ihm, als hätte ein böser Geist alle Kraft aus seinen Gliedern geraubt.

»Was willst du jetzt tun?« Gwenselah hatte sich erschöpft neben dem Feuer des kleinen Lagers niedergelegt, das sie nahe der Karawanserei von Bir-es-Soltan aufgeschlagen hatten. Seine Hustenkrämpfe wurden immer schlimmer. Er hatte den Schleier zurückgeschlagen, um ein wenig Tee zu trinken. Das Gesicht des Kriegers war leichenblaß, und ein Tropfen geronnenen Blutes hing ihm im Mundwinkel. Gwenselahs Hand zitterte, als er den Tonbecher mit dem Tee anhob. Ärgerlich nahm er die zweite Hand zur Hilfe, um den Becher zu halten.

»Nun, was denkst du?« Der Beni Geraut Schie starrte Omar über den Rand des Tongefäßes hinweg an. In seinen Augen lag ein fiebriger Glanz.

»Ich kann das nicht glauben, was man sich über Melikae erzählt.«

»Wenn es aber doch die Wahrheit ist ...«

Omar schluckte. Immer wieder redete er sich ein, daß der Kaufmann und der Pferdehändler gelogen hatten. Doch im Grunde wußte er, daß er sich damit etwas vormachte. Er mußte selbst nach Unau reisen und den Palast aufsuchen. Nur die Sharisad konnte ihm sagen, was es mit den Gerüchten auf sich hatte. Und wenn es tatsächlich stimmen sollte ... Er mochte diesen Gedanken nicht zu Ende denken. Wenn sie ihre Liebe verraten hatte, würde er sie töten und sich dann selber in sein Schwert stürzen. Ja, so sollte es sein!

Gwenselah schien es aufgegeben zu haben, mit Omar noch weiter über die Sharisad zu sprechen. Eine Weile blickte er den jungen Novadi schweigend über die Flammen des Feuers hinweg an. Schließlich nahm er seine Decke und rollte sich darin ein, um zu schlafen. Er mußte jetzt nur noch ein wenig warten, überlegte Omar. In spätestens einer Stunde könnte er sich unbemerkt davonstehlen. Gwenselah würde ihn verstehen. Jedenfalls hoffte er das.

Omar kauerte hinter einem Busch und beobachtete das Fenster zu Melikaes Schlafgemach. Wie oft hatte er in vergangenen Tagen voller Sehnsucht dort hinaufgeschaut. Die anderen Sklaven hatten über ihn gelacht, als sie erahnten, wie tollkühn er träumte, wenn er zum Fenster der Sharisad blickte.

Nichts hatte sich im Palasthof verändert seit jener Nacht, da Omar mit Melikae, Neraida und Fendal von hier geflohen war. Nur die mit roter Seide ausgeschlagene prächtige Sänfte, die vor den Ställen stand, aus denen der Novadi und seine Gefährten die Shadif damals gestohlen hatten, war ihm fremd. Vielleicht hatte Melikae einen alanfanischen Gast, dem die Prunksänfte gehörte? Aufmerksam musterte Omar den Garten.

Wenn die Gerüchte stimmten, die er gehört hatte, mußte er auf die Leibwächter jener Offiziere gefaßt sein, die angeblich so zahlreich in diesem Palast verkehrten. Doch alles blieb ruhig. Die Götzenanbeter schienen sich in Unau vollkommen sicher zu fühlen. Omar hatte das schwierigste Hindernis bereits überwunden: Er hatte die Steilklippe erklommen, auf der die Oberstadt lag. Danach überwand er die Festungsmauer mit Hilfe eines Wurfankers, und es schien, als halte Rastullah seine schützende Hand über ihn, denn nicht eine einzige Wache hatte sich auf dem breiten Wehrgang sehen lassen. Prüfend wog Omar den Wurfanker in der Hand. Gwenselah hatte ihn am Nachmittag aus zwei verwachsenen Wurzelhölzern gefertigt. Gwenselah ist schon ein seltsamer Mann, dachte Omar. Obwohl sein Freund so krank war, daß er sich kaum auf den Beinen halten konnte, galt jeder seiner Gedanken der Rettung Melikaes. Der junge Krieger war bedrückt, wenn er an seinen Lehrer dachte: Er hatte ihn in der Not einfach zurückgelassen. Omar schüttelte den Kopf, um die unwillkommenen Schuldgefühle zu vertreiben. Er durfte sich jetzt nicht mit Gewissensbissen aufhalten. Wenn alles gutging, wäre er bis zur Mittagsstunde wieder im Lager. Gwenselah würde schon nichts geschehen, und wenn Melikae erst einmal gerettet war, konnten sie sich zu zweit um den kranken Fechtmeister kümmern. Vielleicht würde es ihnen mit vereinten Kräften sogar gelingen, die bösen Dämonen zu vertreiben, die von Gwenselahs Leib Besitz ergriffen hatten und ihm langsam das Leben aus den Gliedern sogen.

Während Omar all dies durch den Kopf ging, musterte er weiterhin den unübersichtlichen Garten. Es kam ihm so vor, als hocke er schon eine Ewigkeit in seinem Versteck. Nicht das kleinste Anzeichen für Wachtposten hatte er bemerkt. Ringsumher war alles so ruhig, daß es schon fast beängstigend war. Nicht einmal ein Schnauben aus den Pferdeställen störte die Stille.

Du darfst nicht mehr länger zögern, scholt sich Omar in Gedanken. Daß es still war, hatte gewiß nichts zu bedeuten. Wer sollte jetzt, zwei Stunden vor Morgengrauen, schon wach sein? Selbst die Vögel im Garten mußten irgendwann ruhen. Es war die beste Zeit, um ungesehen in den Palast zu gelangen!

Geduckt, jeden Busch auf seinem Weg als Deckung nutzend, rannte Omar los und hielt erst an, als er unter dem Fenster der Sharisad stand. Dort verharrte er und lauschte. Sollte Melikae tatsächlich zur Buhle der Götzenanbeter geworden sein, so mochten ein lustvolles Stöhnen oder ein Wort in der Sprache der Eroberer ihren Verrat jetzt entlarven. Doch alles blieb ruhig. Erleichtert atmete Omar auf. Sie hatte ihn bestimmt nicht betrogen! Melikae würde ihre Liebesschwüre niemals brechen.

Wie sehr sehnte er sich nach den Freuden der wenigen Nächte, die sie bislang geteilt hatten. Bald würde er sie wieder in seinen Armen halten! Hastig wickelte er das lange Seil ab, das er sich um die Hüften geschlungen hatte, damit es ihn beim Laufen nicht behinderte, dann blickte er prüfend zur kleinen Balustrade vor dem Fenster der Geliebten hinauf. Melikaes Balkon war aus schimmerndem Marmor gefertigt und mußte jedem, der auf ihn hinaustrat, um den prächtigen Palastgarten zu bewundern, das Gefühl geben, zu schweben und so wie Rastullah zufrieden auf seine Schöpfung hinabzublicken.

Ein letztes Mal musterte Omar mißtrauisch den Garten, dann schleuderte er den Wurfanker. Gleich beim ersten Versuch verfing er sich hinter der Balustrade. Omar lächelte zufrieden. Er fühlte sich wie einer jener Helden aus den Geschichten der Märchenerzähler auf den Basaren, die durch List die Wächter im Palast eines tyrannischen Sultans überwunden hatten, um schließlich den Turm, in dem ihre gefangene Geliebte schmachtete, zu erstürmen und die Unglückliche zu befreien. Mühelos erklomm Omar den Balkon. Ihm war, als verzehnfache die Sehnsucht nach der Geliebten seine Kräfte. Und doch erklang in seinem Innern eine gestrenge Stimme, die ihn zur Vorsicht mahnte. So glitt er leise über die Brüstung und schlich mit angehaltenem Atem in das Gemach der Sharisad.

Die ausladende Bettstatt der Tänzerin stand nur wenige Schritt vor dem Fenster, so daß das blasse Licht der Sterne auf das Lager fiel. Melikae hatte ihr Gesicht tief in den Kissen vergraben. Wie Wasser aus einem schwarzen Quell floß ihr Haar über das kostbare weiße Seidenlaken, unter dem sich gleich den sanften Hügeln des Shadif die Schultern und Hüften der Liebsten abzeichneten. Bald würden Omars Finger wieder über ihre zarte Haut gleiten, um nach verborgenen Tälern zu tasten, auf der Suche nach jenem unvergessenen Glück, das ihm, auch wenn es nur wenige Tage gewährt hatte, in all den vergangen Gottesnamen die Kraft zum Überleben gegeben hatte.

Gedankenverloren ließ Omar die Blicke durch das weite Gemach schweifen, dessen Üppigkeit er mit seiner Geliebten niemals teilen würde. Auch wenn sie diesmal kein zorniger Vater aus dem Palast vertreiben würde, so wollte Omar dennoch nicht an einem Ort verweilen, an dem Götzenanbeter das Zepter führten. Lieber würde Omar arm, aber frei durch die Wüste streifen, und er war sich sicher, daß auch Melikae nicht anders dachte.

Schon wollte sich der Novadi zum Lager der Sharisad hinabbeugen, um sie mit einem Kuß zu wecken, als sein Blick auf ein Tischchen fiel, das halb von einem spinnwebfeinen Vorhang verborgen wurde und dicht neben dem Bett stand.

Jemand hatte einen Helm mit wallendem schwarzen Federbusch dort abgestellt. Ein Helm, wie ihn die Offiziere Tar Honaks trugen! Es stimmte also, was der Kaufmann und der Pferdehändler behauptet hatten! Omar stand wie versteinert. Seine Lippen bebten, und sein Herz schmerzte, als ob ein blutgieriger Drache ihm die Krallen in die Brust geschlagen hätte. Melikae hatte ihn verraten! Wie hatte sie ihn so betrügen können? Waren alle ihre liebenden Worte und ihre heißen Küsse nicht mehr als trügerisches Spiel gewesen? Omar mußte an den Tag denken, an dem Gwenselah ihn im Wüstensand fand, und daran, daß Melikae, so wie der Beni Geraut Schie berichtet hatte, schnell mit Abu Dschenna einig wurde, ihren gefesselten Geliebten zu verlassen. Schon damals hätte Omar wissen müssen, daß sie ihm nicht treu gewesen war! Stumm verfluchte er jetzt seinen unerschütterlichen Glauben an die Sharisad. Doch schwerer noch als der Verrat an ihm selbst wog das, was sie Rastullah und allen Rechtgläubigen angetan hatte. Auf seinem Weg durch die Oberstadt hatte er gesehen, was mit den Palästen und Gärten der anderen Mächtigen geschehen war. Schwarz ragten die geborstenen Mauern gegen den Nachthimmel. Nur Melikaes Haus war unbeschadet geblieben. Ihr Beispiel zeigte, daß jeder, der sich unterwarf, auf die Gnade der Eroberer hoffen durfte. Wie viele mochten in den letzten Gottesnamen ihrem Vorbild gefolgt sein, um ihre Habe und ihr Leben zu retten? Vielleicht hatte die Sharisad in ihrer Raffgier und Untreue sogar Rastullah abgeschworen und huldigte jetzt wie die Al'Anfaner dem Rabengötzen Boron?

Kalte Wut verdrängte die Trauer, die Omar noch vor einem Atemzug gefangengehalten hatte. Er würde die Verräterin strafen! Und dann würde er nach jenem suchen, der seinen Helm an ihrem Lager vergessen hatte. Wenn er die beiden richtete, so wäre es nicht Eifersucht, sondern der Zorn des Gottes, der Omars Schwert führte. Melikaes Schicksal sollte allen jenen eine Mahnung sein, die ihr Volk an die Eroberer verraten hatten! Omars Hand lag schon am Griff des Tuzakmessers, als er noch einmal zögerte. Die Schlafende wirkte so unschuldig, als wäre sie nicht einmal eines unheiligen Gedankens fähig. Und doch war ihr vollkommener Körper nichts als die trügerische Larve eines ruchlosen Geistes. Omar streckte die Hand nach Melikaes Schulter aus, um sie zu wecken. Als ehrbarer Krieger könnte er die Sharisad nicht einfach im Schlaf töten, auch wenn sie als treulose Geliebte jedes Recht auf Gnade verwirkt hatte. Doch was war, wenn sie erwachte? Hätte er dann noch die Kraft, die Strafe zu vollstrecken? Oder würde ein Blick in ihre Augen genügen, ihn alle Ehre einfach vergessen zu lassen und mit ihr ein Leben in Sünde weitab aller Gebote Rastullahs zu führen? Ja, wäre er trotz alledem vielleicht sogar glücklich mit ihr? Nein, es war zu gefährlich, die Schlafende zu wecken – sie würde ihn verderben und ihn lehren, wie man sich auf tausenderlei Weise an Rastullah versündigte! Mit leisem Scharren glitt Omars Waffe aus der Scheide. Er durfte nicht länger darüber nachdenken, was zu tun war. Er mußte das Urteil vollstrecken. Dafür, daß er Melikae im Schlaf meuchelte, würde er sich anschließend selbst richten. Ohne die Sharisad hätte sein Leben ohnehin keinen Wert mehr!

Seine Hand zitterte. Das Schwert erschien ihm schwer wie ein Fels. Stumm murmelte er ein Gebet, in dem er Rastullah um Gnade für seine Geliebte bat. Dann hob er die Waffe, bereit, die Bluttat auszuführen.

Doch gerade so, als ob die Schlafende über die feinen Sinne der Sandviper verfügte, richtete sie sich von ihrem Lager auf, bevor er das Schwert zum Schlag niedersausen ließ. Die Seide, die wie eine zweite Haut den Frauenkörper umhüllt hatte, glitt von den geschmeidigen blassen Gliedern und einen Atemzug lang glaubte Omar, in dem Schatten, den ihr Haupt mit dem wallenden, schwarzen Haar warf, den Kopf einer riesigen

Kobra zu erkennen. Es war nicht die Sharisad! Eine Fremde lag in Melikaes Bett!

Ihre Haut war viel heller als die der Geliebten, und in dem unbekannten Gesicht spiegelten sich eine Kälte und Grausamkeit, die alle Schönheit als trügerische Maske entlarvten. Wieder mußte Omar an eine Schlange denken. Eine tückische Viper, deren Gift selbst den mächtigsten Krieger zu fällen vermochte. Der Novadi wich einen Schritt zurück. Wer war diese Frau? Mit eindringlichen Blicken musterte sie ihn. Sie schien keine Angst zu haben, obwohl er mit blanker Klinge vor ihrem Lager stand.

»Wer schickt dich?« Die Stimme der Fremden klang gelassen. Sie sprach das Tulamidya so fehlerlos, als sei es ihre Muttersprache, und doch erschien Omar die Art, wie sie die Worte betonte, auf eine unerklärliche Art falsch, ja, bedrohlich.

Zu Omars Überraschung zitierte die Unbekannte eine von Gwenselahs Lehren: »Wenn du dein Schwert einmal gezogen hast, solltest du nicht mehr überlegen, ob du es überhaupt benutzen willst.« Die Fremde lächelte kühl. Ihre Hand glitt unter eines der Kissen, und im nächsten Augenblick hielt sie einen gekrümmten Dolch in der Hand.

»Laß die Waffe fallen, Weib!« Wer auch immer sie sein mochte, Omar war nicht gekommen, *sie* zu töten. Wenn sie den Dolch niederlegte und sich ruhig verhielt, könnte er sich vielleicht immer noch unbemerkt von den Wachen zurückziehen, überlegte Omar. »Mach keine Dummheiten, ich trachte dir nicht nach dem Leben.«

»Du bist also wegen der Sharisad hier?« Die Fremde machte keine Anstalten, sich von ihrer Waffe zu trennen.

Omar schüttelte den Kopf. Das Weib mußte wirr im Geist sein, wenn es auch nur einen Augenblick lang glaubte, es könne mit einem Dolch gegen einen

Schwertkämpfer bestehen. Omar senkte die Klinge und trat wieder näher ans Bett.

»Sei ganz ruhig und leg endlich die Waffe weg, dann werde ich dir nichts tun.«

»Du hast recht. Mein Leben liegt in deiner Hand.« Die Schwarzhaarige senkte das Haupt und schlug das Seidenlaken nun vollends beiseite. Sie war feingliedrig und zierlich gebaut. Über ihren rechten Schenkel zog sich eine lange Narbe, wohl eine alte Schwertwunde. »Bitte schone mich! Bedenke, daß ich nicht jene bin, die zu töten du gekommen bist!«

Die Frau war jetzt näher an die Kante des breiten Bettes gerutscht. Noch immer hielt sie das Haupt gesenkt. Plötzlich machte sie einen Satz vorwärts und versuchte, Omar den Dolch in den Bauch zu stoßen. Der Novadi sprang zur Seite und riß zugleich sein Schwert hoch. Mit schrillem Klirren schlugen die Waffen aufeinander. Doch noch bevor der Novadi dazu kam, der Unbekannten mit einem zweiten Schlag die Waffe aus der Hand zu prellen, rollte sich die Fremde quer über das Bett, riß den Helm von dem Tischchen und warf ihn nach Omar. Fluchend duckte sich der Krieger, und mit lautem Getöse krachte der schwere Helm gegen die marmorne Balustrade. Spätestens jetzt wäre jeder Wächter im Palast aufgeschreckt worden. Die Fremde hatte inzwischen eine der Türen erreicht, die aus dem großen Schlafgemach führten. »Wir sehen uns wieder, Schurke!« zischte sie und verschwand.

Omar fluchte leise. Er hatte sich übertölpeln lassen wie ein blutiger Anfänger. Kurz überlegte er, ob er der Fremden folgen sollte. Irgendwo im Palast erklangen Rufe, und er glaubte auch, Schritte im Gang vor dem Schlafgemach zu hören. Dann wurde ihm klar: Weiter im Hause Abu Feisals zu bleiben, hieße, seinen ersten Fehler mit einem zweiten, noch schlimmeren zu überbieten. Er eilte auf den Balkon und ließ sich am Seil hinabgleiten. Am Boden angekommen, ergriff er den

Strick und löste mit einer Art Peitschenschlag, gefolgt von einem Ruck, den Wurfanker, raffte das Seil zusammen und rannte auf eine Gruppe von sauber gestutzten Büschen zu. Hinter ihm im Haus waren Lichter entzündet worden, und es dauerte sicher nicht mehr lange, bis die ersten Krieger mit Fackeln im Garten erscheinen würden. Atemlos rannte der Novadi weiter. Irgendwo bei den Ställen erklang lautes Hundegebell. Omar fluchte. Hunde hatte es hier früher nicht gegeben. Abu Feisal hatte die Kläffer gehaßt. Nicht einmal zur Jagd auf fliehende Sklaven hatte er sie eingesetzt. Vielleicht war er allerdings auch nur zu sehr Kaufmann gewesen, als daß er sein Eigentum den Kiefern von irgendwelchen Bluthunden aussetzen wollte. Inzwischen hatte Omar einen kleinen Palmenhain erreicht. Er hielt inne und überlegte, in welche Richtung er sich am besten davonmachen könnte. Wenn er erst einmal die hohe Mauer erreicht hätte, die den Palastgarten umgab, würden ihm zumindest die Hunde nicht mehr folgen können. Er entschloß sich, nach Süden zu laufen. Dort grenzte der Garten an den Festungswall der Oberstadt. Sollte er es bis dorthin schaffen, könnte er auf kürzestem Wege aus der Stadt fliehen.

Immer lauter erklang das Bellen der Hunde hinter ihm, als Omar endlich die hohe Stadtmauer erblickte. Keuchend hatte er in einem Gebüsch haltgemacht, das vielleicht zehn Schritt von der Mauer entfernt sein mochte. Ganz offensichtlich fürchteten sich die Al'Anfaner ebensosehr vor Angriffen aus dem Innern wie vor Feinden, die außerhalb von Unau lauern mochten. Jedenfalls hatten sie alle Büsche und Bäume des Parks roden lassen, die dichter als zehn Schritt an die Festungsmauer heranreichten. Ein Stück nach links erhob sich ein kleiner Turm. Bis dorthin mußte Omar über das offene Gelände entlang der Mauer eine Strecke von etwa hundert Schritt zurücklegen. Im Innern des Bauwerks führte hoffentlich eine Treppe zum Wehrgang auf den Mauern. Die Fenster und Schießscharten des Turms waren dunkel. Offensichtlich waren dort keine Wachen untergebracht. Also dort hinauf! Omar hatte kaum zwei Atemzüge gebraucht, um seine Entscheidung zu treffen. Noch immer keuchend, sprang er aus der Deckung und rannte auf den Turm zu. Immer lauter wurde das Kläffen der Hunde. Irgendwo erklangen Rufe in der Sprache der Eroberer, und dann war Hufschlag zu hören. Gehetzt blickte der Novadi im Laufen über die Schulter zurück. Säbelschwingend kam ein Reiter über die Rodung herangeritten.

Omar fluchte und versuchte noch schneller zu laufen. Wieder warf er einen Blick zurück. Jetzt brach auch noch eine Hundemeute aus den Büschen hervor. Wenn er stehenbliebe, um es mit dem Reiter aufzunehmen, hätten ihn in kürzester Zeit auch die Hunde eingeholt. Liefe er weiter, böte er dem Reiter seinen ungeschützten Rücken. Die Lage war hoffnungslos!

Omars Hals brannte bei jedem Atemzug. Er biß die Zähne zusammen. Er mußte es schaffen! Es waren nur noch ein paar Schritt bis zum Turm. Wie ein dumpfer Trommelwirbel dröhnte der Hufschlag des Pferdes in seinen Ohren. Bald mußte der Reiter ihn eingeholt haben!

Wieder blickte er über die Schulter, als sich irgend etwas um seinen linken Fuß schlang und er zu Boden gerissen wurde. Eine Wurzel! Er hatte sich in einer Wurzelschlinge verfangen. Jetzt war es um ihn geschehen! Der Reiter war heran. Er riß sein Pferd am Zügel und beugte sich aus dem Sattel, um Omar den Todesstoß zu versetzen. Der Novadi griff verzweifelt nach dem Tuzakmesser auf seinem Rücken. Im gleichen Augenblick löste sich von der Krone der Stadtmauer ein schwarzer Schatten und stürzte auf den Angreifer herab. Der Aufprall riß Roß und Reiter zu Boden. Die schattenhafte Gestalt rollte sich ab und war fast augenblicklich wieder auf den Beinen. Gwenselah!

»Deck mir den Rücken, Omar!« keuchte der Krieger und wandte sich der heranstürmenden Hundemeute zu. Mit einem Schwerthieb durchtrennte der Novadi die Wurzelschlinge, die noch immer seinen linken Fuß gefangenhielt, und sprang auf. Auch das gestürzte Pferd war inzwischen wieder auf die Beine gekommen und stürmte mit schrillem Wiehern davon. Der Reiter aber lag noch immer reglos am Boden. Als Omar seinen Gefährten erreichte, hatte Gwenselah bereits zwei der bulligen Bluthunde niedergestreckt. Die anderen hatten sich, die Zähne gebleckt, aus der Reichweite der tödlichen Klinge des Verschleierten zurückgezogen.

»Laß uns ... rückwärts zum ... Turm gehen.« Ein Hustenkrampf schüttelte Gwenselah, und er taumelte kurz, doch dann hatte er sich wieder in der Gewalt.

»Tut gut, dich zu sehen«, murmelte Omar leise.

»Das kann ich von dir nicht behaupten, du Narr.« Der Beni Geraut Schie warf dem Novadi einen funkelnden Blick zu. »Warum hast du unser Lager verlassen?«

»Ich ...« Wie auf ein unhörbares Kommando stürzten die Hunde wieder vor, und Omar kam nicht mehr dazu, seinen Satz zu beenden. Doch er war froh, dem Gefährten nicht Rede und Antwort stehen zu müssen. Mit einem schnellen Hieb traf er eine der angreifenden Bestien, während er gleichzeitig einem zweiten einen Tritt versetzte, aber dann brachen die Niederhöllen über sie herein. Omar hatte das Gefühl, daß die Welt nur noch aus geifernden Hundeschnauzen und blitzenden Reißzähnen bestand. Eine der Bestien hatte sich in seinem linken Arm verbissen. Selbst als die anderen Hunde sich zurückzogen, wollte der knurrende Köter nicht loslassen. Wild schreiend schlug Omar auf den Hund ein, doch selbst im Tod löste das Tier seine Kiefer nicht. Gwenselah mußte sie mit Gewalt auseinanderstemmen, um den Novadi zu befreien. Omars Arm schmerzte dämonisch, und als er die Linke zur Faust ballen wollte, hatte er Mühe, die Finger zu bewegen.

»Gleich geht der Tanz erst richtig los.« Gwenselah wies mit dem Schwert auf eine Palmengruppe am Rand der Rodung, wo sich ein kleiner Trupp Bewaffneter gesammelt hatte. »Lauf hinauf zum Wehrgang!«

»Aber du bist doch ...«

»Tu nur ein einziges Mal, was ich dir sage, verflucht! Ich werde schon mit den Hunden zurechtkommen. Ich sehe doch, wie es um deinen Arm bestellt ist. Du mußt als erster über die Mauern. Rechts vom Turm findest du ein Seil. Bind es um eine der Zinnen ... Jetzt mach, daß du fortkommst!«

Omar gehorchte, ohne weiter nachzudenken. Bis zum Turm waren es nur noch wenige Schritte. Keuchend hetzte er die gewundene Stiege zum Wehrgang hinauf. Im Durchgang, der auf die Mauer führte, verharrte er und spähte nach rechts und links. Das Glück schien auf seiner Seite zu sein. Nirgends war ein Wachposten zu sehen. Ohne Schwierigkeiten fand Omar das Seil an der Stelle, die Gwenselah ihm benannt hatte. Sein Gefährte hatte sich einen zweiten Wurfanker aus zwei miteinander verknoteten Holzstäben angefertigt. Prüfend warf Omar einen Blick über die Zinnen. Mehr als zehn Schritt ging es senkrecht in die Tiefe. Anders als an jener Stelle, wo der Novadi in die Oberstadt eingedrungen war, erschien hier die Steilklippe wie eine natürliche Verlängerung der Mauer. Glatt, ohne Risse oder Vorsprünge erhob sie sich über den im ersten Morgenlicht grauschimmernden Wüstensand. Der Novadi musterte den Wurfanker. Wenn er nur ein kleines Stück verrutschte, war alles vorbei. Mauer und Klippe boten nicht den geringsten Halt. Er blickte zum Turm. Der Beni Geraut Schie hatte inzwischen den Durchgang zur Mauer erreicht. Dort verharrte er und sicherte die Treppe gegen die kläffende Hundemeute.

Hastig löste Omar das Seil vom Holzanker und

knüpfte in fieberhafter Eile eine Schlinge. Ein Pfeil schlug knapp neben ihm gegen die Mauer, doch er wagte es nicht, sich nach dem Schützen umzublicken. Blut rann an Omars linkem Arm hinab und machte das grobe Hanfseil schlüpfrig. Eine Ewigkeit schien zu vergehen, bis er endlich die Schlinge geknüpft hatte und über eine der schlanken Zinnen des Wehrgangs gleiten ließ.

»Ich wäre dir sehr verbunden, wenn du in Betracht ziehen könntest, noch vor deinem morgendlichen Gebet die Mauer hinabzusteigen. Ansonsten würdest du meine Toleranz gegenüber deinem Glauben womöglich auf eine zu harte Probe stellen.« Gwenselahs Stimme klang so unbeschwert und überheblich, daß Omar bestürzt aufblickte. Der Beni Geraut Schie hatte denselben Tonfall wie in jener Nacht angeschlagen, als die Khoramsbestien sie beinahe in Stücke gerissen hatten.

Der Verschleierte lehnte noch immer im Eingang des Turms. Seine Linke preßte er gegen den Schenkel, aus dem ein Pfeilschaft ragte. In der Rechten hielt er sein Tuzakmesser, bereit, bis zuletzt jedem Feind die Stirn zu bieten.

»Ich bin bereit. Komm herüber!« Omar winkte ihm zu, doch sein Freund schüttelte trotzig den Kopf.

»Solange du nicht von der Mauer verschwunden bist, rühre ich mich nicht von der Stelle. Mit deinem verletzten Arm wirst du eine Ewigkeit brauchen, bis du unten bist. So lange möchte ich nicht als Zielscheibe vor den Zinnen stehen. Also mach schon, daß du wegkommst!«

Ohne länger zu zögern, kletterte Omar zwischen den Zinnen hindurch. Beim Anblick des Abgrunds schwindelte ihm. Noch einmal prüfte er mit einem Ruck den sicheren Sitz des Seiles. Dann schwang er sich hinab. Ein reißender Schmerz pulste durch seinen linken Arm, und er hatte kaum die Kraft, seine Finger um das Tau zu klammern. Immer wieder schrammte er gegen den rauhen Fels, bis sein ganzer Leib ein einziges Bündel aus Schmerzen zu sein schien. Blut war ihm aus der Wunde am Arm ins Gesicht getropft und blendete ihn, so daß er nicht sah, wie weit es noch bis zum Fuß der Klippe war. Die Handflächen brannten ihm vom groben Seil. Schließlich hatte er alles Gefühl im linken Arm verloren, der kraftlos herabfiel. Das war das Ende. Omar sandte ein Stoßgebet zum Himmel und ließ das Seil los. Statt auf hartem Stein zerschmettert zu werden, wie er erwartet hatte, landete Omar federnd im Flugsand, der hinter einem Felsbrocken angeweht worden war. Ein wenig benommen blinzelte er zur Mauerkrone hinauf. Er konnte nicht sehr tief gestürzt sein. Zwischen den Zinnen zeigte sich das Gesicht Gwenselahs. Der Beni Geraut Schie winkte ihm zu, dann glitt er über die Mauerkrone. Sein verwundetes Bein hing schlaff herab, aber dennoch seilte sich der Verschleierte schneller ab, als der flinkzüngigste Gläubige die beiden ersten Gebote Rastullahs hätte aufsagen können.

»Alles in Ordnung?«

Der Schleier seines Freundes war verrutscht. Gwenselah zwang sich zu einem Grinsen. »Ich fürchte, ich werde dich um einen Gefallen bitten müssen, mein frommer Freund. Ich glaube, ich bin nicht mehr ganz in der Verfassung, den Pfeilen der Sklavenschinder davonzulaufen. Deshalb möchte ich dich bitten, mein Pferd zu holen. Ich habe es hinter der Düne dort hinten an einem dürren Strauch angebunden. Du kannst es nicht verfehlen.«

Besorgt blickte Omar auf Gwenselahs blutgetränktes Beinkleid.

Der Beni Geraut Schie lachte gequält. »Ist nur eine Schramme. Jetzt lauf und schlag Haken wie ein Hase, der den Atem des Fuchses im Nacken spürt. Wenn du in gerader Linie von der Mauer wegläufst, machst du es den Bogenschützen zu leicht. Viel Glück!«

Omar blickte zweifelnd nach oben. Schon hatten die

ersten Al'Anfaner Posten auf der Mauer bezogen. Doch schienen sie nicht mit Bogen oder Armbrüsten bewaffnet zu sein.

»Rastullah!« Den Schlachtruf der Wüstenkrieger auf den Lippen, stürmte der Novadi los. Kurz vor ihm bohrte sich ein Wurfspeer in den Sand, und Omar schlug einen Haken. Dann hörte er hinter sich irgend etwas in den Sand klatschen. Er rannte wie von Dämonen gehetzt.

Der Hengst des Beni Geraut Schie stand an einen Busch festgebunden. Lustlos kaute das Tier auf halbvertrockneten Blättern herum.

Mit seinen zitternden tauben Händen schien es Omar eine Ewigkeit zu dauern, bis er endlich die Zügel gelöst hatte. Grelle Lichtpunkte tanzten ihm vor den Augen, und ihm war schwindelig. Stöhnend zog er sich auf den Sattel und gab dem Hengst die Sporen. Auf dem Kamm der Düne verharrte der Novadi und musterte die Festungswälle Unaus. Hier und dort zeigten sich einzelne Krieger. Auch vor dem Stadttor im Westen sammelten sich Söldner, doch war weit und breit kein Reiter zu sehen. Somit bestand also noch Hoffnung, den Götzenanbetern zu entkommen. Mit gellenden Rufen trieb er den Hengst die Düne hinunter und jagte geradewegs auf die Stadtmauer zu.

Gwenselah kauerte noch immer in Deckung hinter dem Felsblock am Fuß der Klippe. Einige schlecht gezielte Pfeile schlugen rund um Omar ein. Herausfordernd winkte der Novadi den Bogenschützen auf der Mauer zu. Es waren noch höchstens fünfzig Schritt bis zu Gwenselah. Der Beni Geraut Schie hatte sich aufgerichtet und taumelte Omar halb geduckt entgegen. Wieder blickte der Novadi zur Stadtmauer hinauf. Eine Gestalt mit wehendem schwarzen Haar hatte eine der Zinnen erstiegen. Es war jene Kriegerin, die er mit Melikae verwechselt hatte. Sie trug jetzt ein kurzes weißes

Gewand und hielt einen fast mannsgroßen Bogen in der Hand. Langsam, fast so, als vollziehe sie ein Ritual, zog sie einen Pfeil aus ihrem Köcher, spannte die Sehne des Bogens und zielte auf ihn. Omar duckte sich in die Mähne des Hengstes. Wer war dieses verfluchte Weib? Wieder blickte er ängstlich zu den Zinnen hinauf. Die Kriegerin hatte nicht geschossen. Sie zielte noch immer auf ihn. Keuchend erreichte Gwenselah das Pferd. Omar streckte ihm die Hand entgegen und zog ihn hinter sich in den Sattel.

»Ich denke, wir sollten dieser ungastlichen Stadt den Rücken kehren.« Omar nickte und riß den Hengst grob an den Zügeln herum. Als hätte ihn eine lautlose Stimme gerufen, blickte er noch einmal zur Festungsmauer hinauf und sah, wie die Schwarzhaarige den Pfeil von der Sehne schnellen ließ.

»Nein!« Gellend klang Gwenselahs Stimme in Omars Ohren. Der Beni Geraut Schie packte ihn an der Schulter und riß ihn zur Seite. Omar hörte das Sirren des Pfeils, so dicht flog er an ihm vorbei. Das Geschoß hatte den Ärmel seines Kaftans durchbohrt und war einige Schritt dahinter in den Sand geschlagen. Nur um eine Handbreit hatte es sein Herz verfehlt.

»Wer ist das?« flüsterte Gwenselah leise.

Omar schüttelte den Kopf. »Ich weiß es nicht.« Dann schlug er dem Pferd die Fersen in die Weichen.

Es hatte bis zum späten Nachmittag gedauert, bis die Gefährten ihr Lager nahe der Karawanserei Bir-es-Soltan erreichten. Schon unterwegs hatten sie kurz Halt gemacht, so daß Gwenselah sich notdürftig um ihre Wunden kümmern konnte.

Den Händen des Beni Geraut Schie schienen magische Kräfte innezuwohnen. Obwohl er nur ein wenig Wasser aus einem Ziegenbalg und ein paar Streifen zerrissenes Leinen zu Verfügung gehabt hatte, um die Wunden zu waschen und zu verbinden, vermochte er auf wundersame Weise die Schmerzen zu lindern. Ja, einmal hatte Omar sogar den Eindruck gehabt, daß sich eine seiner Wunden förmlich von selbst schloß, während Gwenselah sie leise murmelnd mit einem feuchten Stoffetzen abtupfte. Ob es doch stimmte, was man sich über die Beni Geraut Schie erzählte? Vielleicht floß wirklich das Blut von Dschinnen in ihren Adern.

Doch nicht einmal Gwenselah war es gelungen, Omar die Schmerzen im linken Arm zu nehmen. Der Krieger behauptete, einer der beiden großen Knochen, die das untere Glied des Armes bildeten, sei gebrochen. Er hatte Omar angewiesen, den Arm in einer Schlinge zu tragen und möglichst wenig zu bewegen, bis sie das Lager erreichten. Den ganzen Ritt über war der Beni Geraut Schie schweigsam und in sich gekehrt gewesen. Zweimal hatten ihn schwere Hustenkrämpfe geschüttelt. Erst als sie das Lager erreichten, schien sich seine Stimmung ein wenig zu bessern. Während Omar sich mit seinem gesunden Arm abmühte, den erschöpften Hengst abzusatteln, suchte Gwenselah zwischen den dürren Ästen herum, die nahe dem erloschenen Lagerfeuer lagen.

Als der Novadi endlich fertig war, hatte sein Freund schon ein kleines Feuer entfacht und einen kleinen kupfernen Kessel neben die Flammen gerückt. Erschöpft ließ sich der Novadi in den Sand sinken und starrte in die Glut.

Gwenselah drehte einen Stock zwischen den Fingern, und für eine ganze Weile herrschte Schweigen zwischen ihnen. Omar war dankbar, daß der Beni Geraut Schie nicht weiter nachfragte, warum er ohne ihn nach Unau geritten war. Er hatte seine Lektion gelernt. Womöglich hatte sein Freund sich sogar nur schlafend gestellt, ging es dem Novadi durch den Kopf. Vielleicht hatte Gwenselah gewollt, daß er wieder einmal einen Fehler machte, aus dem er lernen konnte. Verstohlen blickte er über die Flammen zu Gwenselah hinüber.

Der Verschleierte nickte ihm zu, ganz so, als habe er nur auf irgendeine Geste von ihm gewartet.

»Sieh dir das an.« Der Beni Geraut Schie warf ihm das Stöckchen zu, das er die ganze Zeit über gemustert hatte.

Jetzt, beim näheren Hinsehen, erkannte Omar, worum es sich handelte. Es war der abgebrochene Schaft eines Pfeils. Doch es handelte sich nicht um irgendein Geschoß. Der Pfeilmacher hatte schwarzes Holz verwendet, wie man es nur in den Dschungeln des Südens fand, und obendrein hatte der Handwerker sich die Mühe gemacht, den Schaft mit einer Schnitzerei zu verzieren. Auf dem kurzen Stück, das vom abgebrochenen Schaft erhalten geblieben war, war deutlich der Kopf einer Schlange zu erkennen. Es sah so aus, als hätte sich ihr Leib in Spiralen um das Holz gewunden, doch aus dem fingerlangen Stück des Pfeils, das Omar nun in Händen hielt konnte man das nicht mehr mit Sicherheit schließen. Verwundert blickte der Novadi seinen Freund an. Wie hatte Gwenselah sich das Geschoß ganz allein aus dem Schenkel geholt? Und was war mit der Pfeilspitze geschehen?

»Ein Geschenk von der Schwarzhaarigen, die du auf den Zinnen gesehen hast. Wirklich ungewöhnlich… Weißt du, was es mit solchen Pfeilen auf sich hat?«

Der Novadi schüttelte den Kopf.

»Manchmal markieren Jäger ihre Geschosse, um dann, wenn sie in einer Gruppe ihrem Wild nachgestellt haben, mit Sicherheit sagen zu können, wer es letzten Endes mit seinem Pfeil erlegt hat. Doch diese Arbeit hier ist zu aufwendig. Man sagt, daß auch Meuchler manchmal markierte Geschosse verwenden. Das ist dann so, als hätten sie einen Zettel mit ihrem Namen beim jeweiligen Opfer zurückgelassen. Ich möchte wissen, wer diese Bogenschützin war, die du da im Palast deiner Geliebten aufgestöbert hast. Ein Treffen mit jemandem wie ihr zu überleben, ist schon etwas Besonderes.«

Eine Zeitlang starrten beide schweigend ins Feuer. Auch Omar hätte nur zu gern gewußt, wer Melikaes Platz eingenommen hatte und was das alles bedeutete. Finster brütete er vor sich hin und malte sich in Gedanken aus, daß die Sharisad womöglich Opfer eines finsteren Komplotts geworden war und keine der Geschichten stimmte, die man sich über sie erzählte.

Schließlich war es wieder Gwenselah, der das Schweigen brach. Er hatte einen schweren Ast in die Flammen geworfen und blickte Omar jetzt auf unheimliche, eindringliche Art an. »Ich möchte dich heute bitten, etwas zu lernen, was dir keinen unmittelbaren Nutzen bringen wird. Genaugenommen lernst du es sogar nur für mich.« Die Stimme des Wüstenkriegers klang so gepreßt, als müßte er bei jedem seiner Worte gegen einen neuerlichen Hustenkrampf ankämpfen.

Er hatte den Dolch zur Seite gelegt und strich mit der Linken über den Sand neben dem Feuer, um eine spanngroße Fläche zu ebnen. Dann nahm er einen der Äste, von denen er die Rinde abgeschält hatte, und zeichnete ein verschlungenes Zeichen in den Sand. Als er damit fertig war, winkte er Omar, auf seine Seite des Feuers zu kommen.

»Du mußt lernen, dieses magische Symbol nachzuzeichnen, und wenn es seine Zauberkraft nicht verlieren soll, darf dir dabei nicht der geringste Fehler unterlaufen.«

Gwenselah drückte ihm den Stock in die Hand. »Versuche es!«

Die Linien erschienen Omar so verworren wie die Spuren, die von einem Nest frisch geschlüpfter Nattern wegführten. Alles, was mit Magie zu tun hatte, war ihm unheimlich. Mit Schaudern dachte er an Abu Dschenna, der von sich behauptet hatte, er könne sich in einen Vogel verwandeln. So etwas konnte Rastullahs Gefallen nicht finden! Wer sich eine andere Gestalt wählte als jene, die der Gott ihm zugedacht hatte, versündigte sich. Wahrscheinlich reichte es schon, sich mit jenen Kräften zu beschäftigen, die solch frevlerisches Tun ermöglichten, um Rastullahs Mißfallen zu erregen.

Nachdenklich blickte Omar auf den Stock, den sein Freund ihm entgegenhielt. Gwenselah hatte ihm heute schon zum zweiten Mal das Leben gerettet. Wie kleinmütig müßte er seinem Freund erscheinen, wenn er sich ihm jetzt verweigerte. Zögernd griff er nach dem Hölzchen und blickte dann wieder auf das geheimnisvolle Zeichen im Sand. Die Linien liefen so wirr und unübersichtlich durcheinander, daß er weder einen Anfang noch ein Ende erkannte. Wie sollte er die Kunst erlernen, ein magisches Zaubersymbol zu zeichnen, da er nicht einmal lesen und schreiben konnte? Lange blickte er angestrengt auf das Zeichen, unfähig, auch nur den kleinsten Strich zu führen.

Schließlich nahm Gwenselah ein zweites Stöckchen, wischte den Sand wieder glatt und zeichnete nur einen einzigen gewundenen Strich in den Sand. »Ich glaube, ich habe zuviel von dir verlangt. Verzeih mir, mein Freund! Ich werde dich Stück um Stück die Linien lehren, die als Ganzes die Macht haben, ein unsichtbares Band zu den Pforten des Meeres zu knüpfen.«

Der Beni Geraut Schie ergriff nun Omars Hand und führte sie, um mit ihm gemeinsam den Anfang der magischen Linie in den Sand zu ziehen.

Als Omar es dann wieder allein versuchen sollte, verkrampfte sich zunächst die Hand, so daß die Linie, die er zog, krumm und zittrig wurde. Doch er versuchte es immer wieder, bis Gwenselah endlich zufrieden nickte. »Du fragst gar nicht nach dem Sinn, der hinter meiner Unterweisung steht. Was ist mit dir, Omar? So kenne ich dich gar nicht.«

Der Novadi schüttelte unwillig den Kopf. Er war froh, mit diesem gotteslästerlichen Treiben endlich aufhören zu können, denn über eines war er sich mittlerweile im klaren. Auch wenn Gwenselah sein Freund war, so war seine Seele doch genauso verloren wie die aller jener Al'Anfaner, die anstelle des einzigen Gottes ihren Rabengötzen anbeteten. Ja, Omar fürchtete, daß es mit Gwenselah noch schlimmer stand. In all den Gottesnamen, die sie zusammenwaren, hatte er den Verschleierten nicht ein einziges Mal beten oder eine andere rituelle Handlung vollziehen sehen. Es schien, als übertreffe Gwenselah in seiner Verstocktheit selbst die Götzenanbeter aus dem Süden, die immerhin begriffen hatten, daß es ein göttliches Wesen gab, auch wenn sie ihre Frömmigkeit in törichtem Irrglauben auslebten. Omar hatte den Eindruck, daß der Beni Geraut Schie an gar keinen Gott glaubte, und wieder einmal brütete er darüber nach, ob dies nicht ein untrügliches Zeichen dafür sei, daß sein Freund in Wirklichkeit ein seelenloser Dschinn war.

»Dieser Tag hat mich gelehrt, wie dicht ich den Pforten des Meeres schon bin, auch wenn ich bislang die Hoffnung hatte, daß es mir wenigstens noch vergönnt wäre, mit dir zusammen deine geliebte Melikae zu retten. Manchmal beneide ich dich darum, daß du etwas hast, das dich sosehr ans Leben bindet und jedem deiner Schritte einen Sinn gibt. Wenn ich sterben sollte, Omar, ganz gleich, ob ich nun von der Hand eines Feindes falle oder ob mich dieser verfluchte Bluthusten tötet, der Stück um Stück mein Inneres aufzufressen scheint, dann bitte ich dich, das, was von mir bleiben wird, in ein Boot zu betten. Du mußt das Zauberzeichen, das ich dich lehre, auf seinen Rumpf malen. Alles, was du dazu brauchst, wirst du an meinem Gürtel finden. Nur wenn du das Zauberzeichen mit dieser Tinktur malst, kann es seine ganze Kraft entfalten. Das Boot wird dann weder kentern noch an namenlosen Klippen zerschellen. Weder Stürme noch die Kreaturen aus den dunklen Tiefen des Ozeans werden es aufhalten, bis es schließlich zu den Pforten des Meeres findet und hinab in das Reich unter den Wellen gezogen wird, wo mein Licht neu erblühen wird.«

Omar war ganz schwindelig von dem gottlosen Weltbild, das Gwenselah vor ihm ausbreitete. Er würde für den Beni Geraut Schie beten. Auch wenn das seine Seele nicht mehr retten konnte – sofern er überhaupt eine besaß –, so mochte Rastullahs Urteil über ihn vielleicht gnädiger ausfallen, wenn jemand Fürbitte für den Verlorenen leistete. Vielleicht würde das Gebet ihn wenigstens davor bewahren, bis in die tiefsten Abgründe der Verdammnis geschleudert zu werden.

»Was machst du für ein ernstes Gesicht, mein Freund? Noch lebe ich… Oder ahnst du vielleicht schon, wozu ich die Stöcke geschält habe?«

Omar blickte seinen Freund verwundert an. Alle Traurigkeit war jetzt aus Gwenselahs Stimme gewichen, und es schien, als hätte er jeden Gedanken an den Tod wieder weit von sich geschoben.

»Nun, wie dem auch sei, Omar. Ich habe nun die unschöne Pflicht, deinen Arm zu richten und dann zu schienen. Ich fürchte, es wird recht schmerzhaft werden, doch du würdest zum Krüppel werden, wenn ich mich nicht um deinen gebrochenen Arm kümmerte.«

Mit Todesverachtung streifte der Novadi den Ärmel seines zerrissenen Kaftans zurück. Er würde Gwenselah keine Schwäche zeigen! Zumindest hoffte er inständig, Rastullah möge ihm die Kraft geben, dem Schmerz zu widerstehen.

»Und du willst mir nicht sagen, was dies alles zu bedeuten hat?«

»Ich kann es nicht.« Melikae hielt entschlossen dem Blick des Karawanenführers stand. »Ich hoffe, du wirst mein Geschenk deshalb nicht zurückweisen.«

Muammar ai Birscha hob eine der Urkunden auf, die auf dem mit kostbaren Intarsien geschmückten zierlichen Tisch lagen. Es war die Besitzurkunde für Shima, die selemitische Zofe, die Melikae erst vor wenigen Gottesnamen auf dem Sklavenmarkt von Unau gekauft hatte. Unter dem Siegel, mit dem irgendein alanfanischer Sklavenhändler den Kauf bestätigt hatte, waren nachträglich einige Zeilen hinzugefügt worden, die Muammar zum neuen Herrn von Shima erklärten. Bestätigt wurde die Abtretung durch einen Abdruck des allgemein bekannten Rollsiegels von Feisal, Melikaes Vater. Nach seinem Tod hatte die Sharisad das Recht erworben, fortan sein Siegel zu führen. Niemand im Land der Ersten Sonne bestritte die Gültigkeit eines solchen Dokuments. Melikae versuchte, in den Zügen des hageren Mannes zu lesen, doch Muammar zeigte nicht die geringste Regung, während er die Urkunde studierte.

»Du willst mir also alle deine Sklaven schenken, Sharisad. Wie komme ich zu dieser ungewöhnlichen Ehre?« Der Karawanenführer legte das Dokument auf den Tisch zurück. »Wie willst du ohne sie leben?«

»Laß das meine Sorge sein. Bei der Freundschaft, die dich einst mit meinem Vater verband, bitte ich dich, nicht weiter in mich zu dringen. Wirst du die Urkunden an dich nehmen?«

Muammar runzelte die Stirn. Einige Augenblicke lang schien er mit sich zu ringen. Dann nickte er. »Unter einer Bedingung werde ich dieses merkwürdige Geschäft mit dir besiegeln. Du weißt doch wohl, welcher Tag morgen ist. Es ist der erste Festtag zu Ehren der großen Buhle Rhaja. Kein Knabe und kein Weib werden vor den wollüstigen Ausschweifungen der Söldner und Schwertmaiden sicher sein. Also entlasse nicht auch deine Krieger. Du wirst sie brauchen, wenn du dir den aufdringlichen Pöbel vom Leib halten willst.«

»Mir wird nichts geschehen, Muammar. Eine Woche lang habe ich auf meinem Rückweg vom Chichanebi in der Oase Tarfui Einkehr gehalten und in einem einsamen Palmenhain gefastet und gebetet. Ich weiß nun um mein Schicksal, alter Freund. Rastullah wird mir die Gnade gewähren, alle Schande zu tilgen, die an meinem Namen haftet. Schon jetzt bin ich dem Gott näher als den Menschen, Muammar, und keine sündige Hand wird mich berühren. Ich werde sein wie eine Perle, die zwischen Erbsen liegt, und keiner wird mehr üble Reden über die Sharisad von Unau führen, wenn sich offenbart, was …«

Melikae hielt inne. Sie hatte schon zuviel gesagt. Muammar in ihre Pläne einzuweihen, das hieße im günstigsten Fall, sein Leben zu gefährden, im ungünstigsten Fall aber würde er sie an die Al'Anfaner verraten, so wie er sein Volk verraten hatte, als er in die Dienste der Götzenanbeter getreten war.

Der Karawanenführer blickte sie traurig an. Dann griff er nach den Pergamenten auf dem Tisch und rollte sie zu einem Bündel, sorgfältig darauf bedacht, keines der Siegel zu beschädigen.

»Du wirst sie also mitnehmen in dein Haus nach Selem?«

»Willst nicht auch du mich begleiten? Ich weiß, ich bin ein alter Mann, doch um den Preis meiner Jugend habe ich gelernt, was das Herz einer Frau zu erfreuen vermag. Werde mein Weib, und ich schenke dir einen Ort, an dem du in Frieden leben kannst und wo deine Kinder um dich sein werden, wenn dereinst deine Stunde gekommen ist. Hör nicht auf das, was du in Tarfui vernommen zu haben glaubst. Einem Weib vermag Rastullahs Wort die Seele zu verbrennen, und wer weiß, vielleicht war es auch eine ganz andere Macht, die ihre Stimme in dir erhoben hat. Selbst weise Mawdliyat sollen schon durch die heimtückischen Einflüsterungen von Dschinnen und Dämonen getäuscht worden sein.«

Melikae war überrascht von dem Angebot des Karawanenführers, und Groll regte sich in ihr. Muammar mußte doch wissen, daß sie kurz vor der Heirat mit einem greisen Kaufmann aus dem Haus ihres Vaters geflohen war. Wie konnte er glauben, sie werde ihn erhören, da sie ihm doch gerade erst eröffnet hatte, daß ihr Herz und ihr Leben Rastullah gehörten. Wollte er sie verhöhnen? Doch wenn sie ihn erzürnte, würde er sie womöglich verraten. So schenkte sie Muammar ein Lächeln und schaute zu Boden, so als hätten seine Worte sie verlegen gemacht.

»Dein Ansinnen ehrt dich, Muammar ai Birscha, und würde nicht das Wort Rastullahs mein Leben bestimmen, so wäre ich stolz, dein Angebot anzunehmen. So jedoch muß ich es zurückweisen, denn jetzt noch von meinem Weg zu weichen, hieße, die ewige Verdammnis herauszufordern.«

»Deine Worte hüllen mein Herz in Trauer, doch wünsche ich dir, daß das Glück dir so treu wie dein Schatten sei und niemals von deiner Seite weichen möge. So lebe denn wohl, Melikae, die du das Schicksal der Rose gewählt hast, die stets dann geschnitten wird, wenn sie ihren ganzen Liebreiz entfaltet hat.« Der hagere Karawanenführer verneigte sich und ließ die Sharisad allein im Zelt zurück.

Schon am Morgen des ersten Tages unter dem Rahjamond schienen brünstige Dämonen von den Seelen der Götzenanbeter Besitz ergriffen zu haben. Zwar hatte Melikae schon vieles über das Fest der Freuden gehört, das man in Al'Anfa selbst angeblich vier Gottesnamen lang feierte, doch das, was sich in dem Heerlager abspielte, ließ diese Erzählungen verblassen wie Schatten, wenn Wolken vor die Sonne ziehen. Überall waren Trommelschlag und schrille Musik zu hören. Kaum einer im Feldlager schien noch Waffen und Rüstungen zu tragen. Männer wie Frauen hatten sich in schamloser Weise fast aller ihrer Kleider entledigt und tanzten auf eine Art, als hätten sie sich in brünstige Tiere verwandelt. Viele hatten ihre Gesichter mit so grellen Farben bemalt, daß sie kaum noch wie Menschen erschienen. Einige trugen Masken aus Stoff oder gefärbtem

Leder, die Tier- und Dämonenfratzen darstellten. Allerorten brannten Feuer, auf denen man an langen Spießen Lämmer und Ziegen briet, so daß die Luft schwer vom Bratenduft war. Schon zur Mittagsstunde waren die ersten im Rausch niedergesunken, und manch blutdürstiger Söldner lag hilflos im Staub zwischen den langen Zeltreihen des Feldlagers. Selbst die Offiziere und Edlen, die das Heer begleiteten, gebärdeten sich auf die gleiche tierhafte Weise wie das gemeine Fußvolk, das aus den Gossen der verrufensten Städte des Südens stammte.

Melikae war froh, ihre Söldner noch nicht entlassen zu haben, doch von den dreien, die ihr Gold genommen hatten, sah sie nur den blonden Hasdrubal. Er hatte sich mit einem Schlauch voller Wein nahe dem Zelteingang niedergelassen und feuerte das gottlose Treiben mit lästerlichen Rufen an. Bereitwillig half er der Sharisad bei ihrer Suche nach dem Quartiermeister der Armee und schützte sie vor den lüsternen Kriegern, die das Gedränge in den Zeltstraßen nutzten, die Tänzerin auf unkeusche Art zu berühren und ihr Liebesbekundungen zuzuflüstern, die Melikae die Schamesröte in die Wangen trieben. Wohl eine Stunde oder länger suchten sie den Quartiermeister, und schließlich war Hasdrubal es, der den korpulenten Offizier inmitten eines Pulks nackter Krieger fand. Der Mann trug ein Kostüm aus schwarzem Leder, auf das Pfauenfedern aufgenäht waren, und hatte einen Helm ähnlich einem Adlerkopf aufgesetzt. Obwohl er zunächst verärgert reagierte, daß man ihn bei seiner privaten kleinen Orgie störte, zeigte er sich um so umgänglicher, als er Melikae erkannte. Ohne Umschweife gestattete er ihr, zur Nacht auf dem Fest des Patriarchen zu tanzen. Da sie in den Reihen der Söldner als Überläuferin bekannt war, die gar manches kurzweilige Fest in Unau gegeben hatte, hegte der Quartiermeister nicht den geringsten Argwohn gegen sie und wies sie an, sich in der zweiten

Stunde nach der Dämmerung bereitzuhalten, um zur Freude Tar Honaks und seiner Gäste zu tanzen.

Zufrieden mit dem Erreichten, wies die Sharisad Hasdrubal an, sie zurück in ihr Zelt zu begleiten und danach seine beiden Gefährten zu suchen, denn Melikae wünschte, daß die drei Söldner sie in frisch polierter Rüstung und mit schimmernden Waffen zum Fest geleiten sollten.

Ein letztes Mal musterte Melikae kritisch ihr Werk in dem silbernen Spiegel, den sie auf die große Reisetruhe gestellt hatte, vor der sie niedergekniet war, um sich zu schminken. Vollkommen war der Schwung jener schwarzen Linien, die sie mit Schieferpaste unter die Augen zog, glühendrot schimmerte die Mennige, die sie mit einem Pinsel auf Lippen und Wangen aufgetragen hatte. Versteckte Kämme hielten ihr Haar hochgetürmt, so daß es sich wie ein schwarzer Helm über ihr Haupt erhob. Zwischen den Haaren verborgen trug sie eine kinderfaustgroße Fettkugel, die langsam durch die Körperwärme schmelzend den sinnenverwirrenden Geruch seltener Orchideenblüten freigeben würde. Der zauberische Duft würde Melikaes Herz gegen jede Angst festigen, die sie vielleicht im letzten Augenblick, kurz vor dem tödlichen Schwertstreich, überfallen mochte. Ihre Brüste verbarg sie unter zwei metallenen Halbkugeln, die von einem Geflecht aus dünnen Goldketten gehalten wurden. Ihr Rock reichte nicht einmal bis zu den Knien und war nach Art der Krieger mit metallbeschlagenen Lederstreifen geschmückt. Statt der seidenen Schuhe, die sie sonst gern zum Tanzen anzog, hatte sie heute hoch über die Schenkel geschnürte Sandalen angelegt und trug bronzene Beinschienen.

Um ihren rechten Oberarm wand sich ein kostbarer Reif in Gestalt einer Schlange. Links trug sie sieben Armreifen, dünn wie Haarsträhnen, die schon bei der leichtesten Bewegung leise klingelnd aneinanderschlugen. Ihr rechter Handrücken war bedeckt von einem Kettengeflecht, das sich bis über das Handgelenk hinaufzog. Daran hingen zwei Dutzend silberne Glöckchen, kleiner als die Eier der Nachtigall, die mit ihrem hellen Geläut den Tanz begleiten sollten.

Melikae war nicht vollends zufrieden mit ihrer Aufmachung. In Unau hätte sie sich eigens ein Kostüm für den Tanz in dieser Nacht fertigen lassen. Doch hier im Heerlager mußte sie nehmen, was sich in ihrem Gepäck fand. In ihrer kriegerischen Aufmachung wollte sie einen heidnischen Helden aus alter Zeit darstellen, von dem ihr einst ihre Fasarer Amme erzählt hatte. Geron ward er geheißen, und sieben Taten waren es, die seinen Namen auf immer unsterblich gemacht hatten. Sie hatte diese Geschichte auserkoren, um die Götzenanbeter blind für ihr wirkliches Ansinnen zu machen.

Der Blick der Sharisad ruhte nun auf dem prachtvollen Khunchomer, den sie unter den Waffen ihres toten Vaters ausgewählt hatte. Wohl eine Stunde hatte sie die Klinge geschärft und poliert, so daß sie nun glänzte wie Sternensilber. Dieses Schwert sollte noch in dieser Nacht Geschichte schreiben!

Gedankenverloren erhob sich Melikae und gürtete sich mit einer breiten Schärpe aus blutroter Seide. Dann schob sie das Schwert in seine perlengeschmückte Scheide und griff nach dem bodenlangen schwarzen Kapuzenmantel, den sie für den Weg durch das Heerlager anlegen würde, denn selbst wenn sie als ehrlos galt, so konnte sie es doch nicht dulden, daß trunkener Pöbel sich mit lüsternen Blicken an ihrer Nacktheit weidete.

Dergestalt verhüllt, trat sie aus dem Zelt, wo Hasdrubal und seine beiden Gefährten bereits auf sie warteten. Der blonde Söldner musterte sie mit neugierigen Blicken, doch hielt er seine Zunge im Zaum und stellte keine aufdringlichen Fragen.

»Bringt mich zur Karawanserei. Wenn ihr es versteht,

wie die Wachen einer Sultani aufzutreten, werde ich mein Wort dafür einlegen, daß ihr dem Fest des Patriarchen von Ferne beiwohnen dürft und so wie die anderen Leibdiener und Ehrenwachen einen Krug voller Wein bekommt, um Rahja zu huldigen.«

Die beiden Gefährten Hasdrubals grinsten zufrieden, nur der blonde Söldner blickte starr auf ihren Kapuzenmantel. Eine unbedachte Bewegung hatte die Falten des Mantels ein wenig verrutschen lassen, so daß einen Atemzug lang der Knauf ihres Khunchomers zu sehen gewesen war.

»Ich werde den Patriarchen mit einem Schwerttanz erfreuen«, erklärte Melikae eilig, um einer Frage Hasdrubals zuvorzukommen.

»Das scheint mir nicht sehr rahjagefällig.«

Melikae setzte ein kokettes Lächeln auf. »Niemand, der mich jemals tanzen gesehen hat, würde so etwas behaupten. Freilich weiß ich nicht, ob einer, der sich billigen Huren auf schmutzigen Laken hingibt, die feineren Genüsse, die eure sinnliche Göttin zu bereiten vermag, noch zu schätzen weiß.«

Hasdrubal funkelte sie böse an. Einen Moment lang schien er ihr eine gehässige Antwort geben zu wollen, doch dann wandte er sich ab.

Rot schimmerten die Mauern der kleinen Stadt Beysal, vor deren Toren das Heer sein Lager aufgeschlagen hatte. Überall brannten große Feuer, und noch immer herrschten ein unbeschreibliches Getöse und Geschrei. Dumpfer Trommelschlag, gemischt mit dem schrillen Wimmern von Flöten, drang durch die Nacht. Hier prahlte einer lauthals mit seinen Heldentaten bei der Eroberung von Unau, dort ertönte wollüstiges Stöhnen aus einem der bunten Zelte der Troßhuren. Eine erstickende Hitze lag über den weiten Feldern vor der Stadt. Der kühle Wind, der sonst von den Bergen im Westen heranwehte, war in dieser Nacht ausgeblieben. Angewidert von den barbarischen Bräuchen der Fremden, dachte Melikae allein an den bevorstehenden Tanz. Ohne auf den Weg zu achten, folgte sie ihren Söldnern.

In den Gassen von Beysal ging es ein wenig ruhiger zu. Jene Einwohner, die von den Al'Anfanern noch nicht in die Sklaverei verschleppt worden waren, hatten sich in ihren Häusern verschanzt, die Lichter gelöscht und beteten zu Rastullah. Einmal mußte Melikae mitansehen, wie trunkene Krieger eine Tür einschlugen und kreischende Weiber und Kinder auf die Straßen zerrten. Ein Trupp Gewappneter, der offensichtlich zum Wachdienst eingeteilt war, sah tatenlos zu. Ja, einige der Krieger feuerten die Plünderer sogar noch an.

Endlich erreichte die Sharisad die ummauerte Karawanserei, die, ähnlich wie in Madrash, inmitten der Stadt beim Marktplatz gelegen war. Krieger mit großen Schilden und Helmen, geformt wie Rabenköpfe, bewachten das Tor, und im unsteten Licht, das aus dem Hof der Karawanserei fiel, erschienen sie Melikae wie leibhaftige Dämonen, die aus finsteren Sphären herbeigeeilt waren, dem Fest der Götzengöttin beizuwohnen.

Aus dem Schatten des Tors löste sich ein dicker großer Mann und eilte auf sie zu. »Endlich kommst du, meine Liebe. Ich habe schon sehnsüchtig auf dich gewartet.«

So als wären sie ein Liebespaar, schlang der Quartiermeister den Arm um Melikaes Hüfte und zog sie dicht an seine Seite. »Ich fürchte, das Fest hat dem Patriarchen bislang nicht sonderlich gefallen. Es fällt ihm schwer, sich den Freuden der Rahja hinzugeben. Zu sehr ist das düstere Wesen Borons zu seiner Natur geworden. Ich hoffe, dein Tanz wird ihn ein wenig aufmuntern. Solange er mit versteinerter Miene dem Fest beiwohnt, wagt auch sonst niemand, zu lachen und fröhlich zu sein.«

Der Quartiermeister gab den Wachen ein Zeichen,

die Sharisad und ihre Leibwächter durchzulassen, und führte Melikae geradewegs auf den großen Innenhof der Karawanserei.

Beim Tor brannten große Feuer, über denen ein Ochse und etliche Lämmer gebraten wurden. Im Schatten einer der Mauern entdeckte Melikae den prächtigen Sänftenwagen des Patriarchen. Weiter hinten im Hof hatte man nach Art der Wüstenscheichs Lager aus Kissen und Teppichen aufgetürmt, auf denen sich der Generalstab und die Gäste Tar Honaks niedergelassen hatten. Zwischen den Ruhelagern standen niedrige Tischchen aus dunklem Holz, die mit Intarsien aus Mammuton und Koralle verziert waren. Jedem der Gäste standen nackte Sklaven mit bunten Federfächern zur Seite.

Schon von weitem meinte Melikae eine seltsame Anspannung zu spüren, die über der Gesellschaft lag. Dunkel und bedrohlich erhob sich das Lager Tar Honaks inmitten des weiten Halbkreises. Schwarze Samtüberwürfe waren über sein Lager drapiert, und schwarz war auch das Gewand, das der Patriarch trug. Ja, selbst die Sklaven, die ihn umgaben, um ihm Kühlung zuzufächern, hatten eine nachtschwarze Haut. Hinter den Gästen und entlang der Mauern des Hofes waren bronzene Feuerbecken aufgestellt, die die Szenerie in ein unheimliches rotes Licht tauchten. Neben den Becken standen Sklaven, die darüber wachten, daß die Feuer nicht erloschen, und gelegentlich kostbares Räucherwerk in die Glut warfen, dessen würziger, fast berauschender Duft sich über den ganzen Hof ausgebreitet hatte. Der Quartiermeister nickte Melikae zu und bedeutete ihr zu warten. Dann eilte er voraus, verbeugte sich vor dem Hohenpriester des Boron und verkündete mit ebenso salbungsvoller wie unterwürfiger Stimme: »Eure Hochwürdigste Erhabenheit, Triumphator vom Szinto und Schrecken aller Ungläubigen! Es ist mir eine Freude, Euch und Euren Gästen nun Melikae, die Tochter des Abu Feisal, auch bekannt als die Sharisad von Unau, ankündigen zu dürfen. Ihr Tanz ist von solcher Vollkommenheit, daß man sagt, kein Männerherz könne sie jemals vergessen. Selbst am Hof des Kalifen gibt es keine Sharisad, die sich mit ihr messen kann. Als unsere ruhmreichen Soldaten die Mauern von Unau erstürmten, war sie die erste, die uns als Befreierin von der Tyrannei des Sultans empfing und die Pforten ihres Palastes und ihres Herzens weit öffnete, um uns willkommen zu heißen. Heute nun ist sie nach Beysal geeilt, um Rahja zu huldigen und auch uns Sterbliche zu erfreuen, während die Unsterbliche im göttlichen Alveran dieses demutsvolle Heidenkind vielleicht mit einem gnädigen Lächeln bedenken mag.«

Unter Verbeugungen trat der Quartiermeister aus dem Halbrund zurück und wies mit ausgestrecktem Arm auf Melikae.

Die Sharisad schluckte. Ihr Mund war plötzlich trocken, und ihr wurde bewußt, wie allein sie hier inmitten der Götzenanbeter war. Dieser Hof war der letzte Ort, den sie in ihrem Leben sähe. Doch wenigstens wollte sie das Leben in wildem Rausch verlassen. Der Tanz würde ihr Herz zum Rasen bringen, und sie würde ihre Hände in das Blut des Tyrannen tauchen, bevor sie starb!

Stolz hob sie das Haupt und trat vor den Patriarchen. »Eure Hochwürdigste Erhabenheit, mein Herz ist erfüllt von inbrüstigem Stolz, heute als Tänzerin vor Euch zu stehen. Um Euch ein wenig Kurzweil zu schenken, möchte ich nun tanzend vom Leben des ruhmreichen Geron erzählen, der auszog, die Menschen vor dem Zorn der wütenden Ungeheuer zu bewahren.« Tar Honak runzelte nachdenklich die Stirn und schenkte ihr dann ein so eigentümliches Lächeln, daß Melikae erschrak. Hatte er die Anspielung in ihren Worten durchschaut? Sie mußte vorsichtiger sein und ihn in Sicherheit wiegen!

»So schaut nun, was einst Geron, den man den Einhändigen nennt, zum Ruhme gereichte.« Mit großer Geste ließ Melikae den weiten Kapuzenmantel von den Schultern gleiten und genoß einen Atemzug lang die bewundernden und gierigen Blicke der Offiziere. Dann zog sie den Khunchomer aus seiner prächtigen Scheide und wich tänzelnd einige Schritte zurück.

Aus dem Nichts erklang das leise Klagen einer Kabasflöte, und Melikae sammelte alle Kraft, um das Bild einer gewaltigen Schlange in ihrem Geist zu beschwören. Sie würde dem Tyrannen den Tanz der Bilder tanzen, einen Zauber, den sie in den einsamen Nächten in Tarfui geübt hatte.

Ein gellender Schrei ertönte. Einer der Sklaven hatte vor Schreck seinen Fächer fallen lassen und versuchte, in blinder Panik zum Tor zu laufen. Wachen mit gezogenen Schwertern flankierten plötzlich den Patriarchen, und manche der Gäste hatten bangen Herzens nach ihren Dolchen gegriffen, denn inmitten des Hofes erhob sich die Gestalt einer riesigen Schlange, groß genug, mit einem einzigen Bissen einen ausgewachsenen Ochsen zu verschlingen.

»Ruhig, meine Freunde!« Allein Tar Honak schien das geisterhafte Bild der Schlange keine Furcht einzujagen. »Was ihr seht, ist nur eine trügerische Illusion. Es scheint, mein Quartiermeister hat es wirklich verstanden, eine große Tänzerin zu finden. Nun setzt euch nieder und laßt uns das Schauspiel genießen.«

Melikae hatte ungerührt vom Aufruhr unter den Gästen weitergetanzt. Mit kleinen Schritten umrundete sie den Leib der Schlange, griff zum Schein mit flinken Finten die geschuppte Bestie an und wich mit tollkühnen Sprüngen dem wild schlagenden Schwanz aus. Nur wer das Schauspiel sehr genau und mit kaltem Herzen beobachtete, entdeckte, daß die Schlange nicht mehr als ein Trugbild war, denn ihre wuchtigen Schwanzhiebe vermochten nicht das kleinste Sandkörnchen aufzuwirbeln.

Zur Klage der Kabasflöte hatten sich inzwischen der dumpfe Klang von Trommeln und das helle Zirpen einer Zitar gesellt. Immer schneller wirbelte Melikae um den sich windenden Schlangenleib, bis schließlich das Haupt des Ungeheuers herabschoß, um sie mit einem einzigen Bissen zu verschlingen. Doch die Sharisad sprang zur Seite und trennte dem Ungeheuer mit einem gewaltigen Hieb den Kopf vom Rumpf, worauf augenblicklich das geisterhafte Abbild der Riesenschlange verschwand. Mit wild schlagendem Herzen verharrte Melikae in der Pose der Siegerin, und ihre Stimme hallte laut über den Hof, auf dem ob des atemberaubenden Schauspiels nicht einmal das leiseste Flüstern zu hören war. »Ein Streich genügte Geron, das Leben der Großen Schlange von Sikram zu beenden!« Lautes Klatschen und Beifallsgeschrei erhoben sich ringsumher. Melikae verbeugte sich. Schwer wog das Schwert in ihrer Hand, und heißer Schweiß rann ihr über die Glieder. Ihr Gesicht war ernst und entrückt, denn um von der zweiten der sieben Taten des Geron zu künden, mußte sie das Bild des chimärischen Ogers im Geist erstehen lassen, von dem sie einst als Kind ein Mosaik in einem verfallenen Palast gesehen hatte …

Erst beim siebten Schwertstreich zerbarst das Herz des Ewigen Drachen von Phecadien, und Melikae, die vor dem imaginären Feueratem des Ungeheuers zu Boden gesunken war, erhob sich aus dem Staub. Wild pulste das Blut in ihren Adern, und obwohl sie ihren Tanz beendet hatte, klang noch immer die melancholische Musik, die Teil ihres Zaubers gewesen war, in ihren Ohren. Die Offiziere und die anderen Gäste hatten sich von ihren Plätzen erhoben, um ihr zuzujubeln, und manche von ihnen warfen ihr Münzen und Armreife vor die Füße. Der betäubende Duft der Orchideenblüten hüllte die Tänzerin ein wie ein unsichtbarer Schleier, und geschmolzenes Fett mischte sich in den

Schweiß auf ihrer Stirn. Teile der kunstvoll hochgesteckten Frisur hatten sich gelöst, und eine breite Strähne hing der Sharisad vor den Augen. Die Feuer, der Hof und die Gäste erschienen ihr seltsam entrückt, so als seien auch sie ein Teil ihres Zaubers. Ja, vielleicht würden auch sie mit dem Ende der Musik erlöschen.

Allein den Hohenpriester Tar Honak nahm Melikae noch wahr. Es schien, als umwallten ihn dunkle Schatten, aus denen die verschlagenen Augen jener Dämonen spähten, denen er sich unterworfen hatte. Mit demütig gesenktem Haupt trat Melikae auf das Lager des Patriarchen zu, und ihre Schritte waren ihr so leicht, als hätte sie sich schon jetzt vom Staub der Erde getrennt.

»Bravo, meine Liebe!« Tarv Honak hatte seinen goldenen Pokal erhoben, so als wolle er auf ihr Wohl trinken. »Dein Schauspiel war wirklich außerordentlich, und mich dünkt, daß selbst die größten Illusionisten sich schwertäten, die Magie, die deinem Tanze innewohnt, zu übertreffen.« Zwei Schritte trennten sie jetzt noch von dem verhaßten Tyrannen. Er trug nur ein dünnes Seidengewand. Nichts würde ihn jetzt noch vor dem Tod bewahren. Rot brach sich das Licht der Feuerschalen auf dem blitzenden Säbel in Melikaes Hand. Dann sprang sie vor, behende wie eine Raubkatze. Die gebogene Klinge des Khunchomers traf die Brust des Patriarchen so hart, als hätte sie mit ihrem Schwerthieb einen Fels spalten wollen. Die Wucht des Hiebs warf Tar Honak in seine Kissen zurück. Der goldene Becher entglitt seiner Hand, und rot wie Blut spritzte Wein gegen die Schenkel der Sharisad.

Triumphierend riß sie die Waffe hoch. »Seht her, was ich getan habe! Ich bin kein Held wie Geron, und doch hat es nur eines einziges Streiches bedurft, um das gräßlichste Ungeheuer unserer Tage zu töten.« Als hätte Rastullah die Zeit angehalten, so verharrten Gäste, Sklaven und Wachen einen Lidschlag lang reglos. Dann erhob sich ein unbeschreiblicher Tumult. Krieger stürzten vor und rissen Melikae zu Boden. Ohne Widerstand zu leisten, ließ sie sich den Khunchomer entwinden und erwartete den tödlichen Hieb eines der Soldaten. Doch plötzlich wurde es ein zweites Mal still auf dem Hof der Karawanserei. Dann hallte ein schriller Schrei von den Mauern. »Seht, Boron hat ein Wunder gewirkt. Der Patriarch lebt!«

Ungläubig wand Melikae sich im harten Griff der Wachen. Das konnte nicht sein! Kein Sterblicher konnte einen solchen Schwerthieb überleben! Auf einen schroffen Befehl hin wurde sie aus dem Staub hochgerissen, so daß sie auf das samtene Lager des Tyrannen blicken konnte, und ihr stockte der Atem. Ja, einen Augenblick lang schien ihr Herz stillstehen zu wollen. Tar Honak hatte sich aus den Kissen erhoben. Ein breiter Schnitt zerteilte das Seidengewand über seiner Brust.

»Seht her und schaut das Wunder, das Boron an mir gewirkt hat.« Mit einem Ruck zerriß der Tyrann sein Gewand und ließ es von den Schultern gleiten. Unheimlich und furchteinflößend schimmerte sein bleiches Fleisch im roten Licht der Flammen. Nicht die kleinste Schramme zeigte sich auf seiner Brust, dort, wo die Klinge ihn getroffen haben mußte. »Seht das Wunder, und berichtet allen, die euch begegnen werden, davon. Kein Sterblicher kann Tar Honak töten! Keines Menschen Hand und keine Waffe können mich berühren! Denn es ist Borons Wille, daß ich herrschen soll im Land der Ersten Sonne. Mag Geron, der Sohn der Götter, auch ein mächtiger Krieger gewesen sein, so hat ihn am Ende doch der Tod besiegt. Mich aber hat der Herr des Todes gegen alle Waffen dieser Welt gestählt. So urteilt! Wer wird größer und ruhmreicher sein?«

Melikae erzitterte und sie verzweifelte an ihrem Glauben. Sollte es noch andere Götter neben Rastullah geben? Wie anders war zu erklären, was geschehen war? Ja, mochte es vielleicht sogar sein, daß diese Götter mächtiger waren als der Eine? Mit hartem Griff packte einer der Leibwächter Melikae im Genick. »Sollen wir sie gleich hier richten, Eure Hochwürdigste Erhabenheit?«

»Nein!« Tar Honak schüttelte den Kopf, und ein bösartiges Lächeln umspielte seine Lippen. »Legt sie in Ketten und schafft sie in mein Quartier. Ich werde sie noch in dieser Nacht verhören. Wenn ich mit ihr fertig bin, soll sie mit der nächsten Karawane als Sklavin nach Al'Anfa geschafft werden. Ich schenke sie dem Volk, und ihren letzten Tanz mag sie vor den Löwen in der Arena tanzen. Schafft sie mir aus den Augen!«

Verzweifelt zerrte Melikae an den schweren eisernen Ketten, bis ihr die Handfesseln tief ins Fleisch schnitten. Doch vergebens! Jeder Fluchtversuch war sinnlos. Ein Schmied hatte ihr einen breiten Sklavenring um den Hals angepaßt, von dem Ketten zu den Hand- und Fußgelenken führten. Er hatte die eisernen Fesseln so knapp bemessen, daß sie sich nicht mehr aufrichten konnte, sondern gezwungen war, am Boden zu kauern. Ängstlich sah sie sich in dem dunklen Raum um, in den man sie geschafft hatte. Eine kleine Öllampe mit unstet flackernder Flamme war der einzige Lichtquell. An einige der Wände hatte man schwere samtene Vorhänge drapiert. Vermutlich war hier einmal der große Gastraum der Karawanserei gewesen. Jedenfalls hätten auf dem Boden leicht zwei oder drei Dutzend Strohsäcke Platz gefunden. Doch wozu auch immer der Raum einmal gedient hatte, jetzt hatte man ihn auf die Bedürfnisse Tar Honaks abgestimmt. Bei der Tür gab es einen langen Tisch, auf dem Karten und Papiere lagen. Um ihn herum drängten sich einige Stühle aus Tuch und dunklem Holz. Den Boden hatte man mit dicken Teppichen ausgelegt, und an der Rückwand des langgestreckten Zimmers stand das große mit schwarzen

Vorhängen versehene Himmelbett, das die Sharisad schon im Unauer Gelaß des Patriarchen gesehen hatte. Auch hier hingen zahlreiche erbeutete Fahnen von der Decke.

Melikae lauschte. Seit einer Weile schon wurde das Lärmen vom Hof immer leiser. Es schien, als zerstreute sich die Festgesellschaft, die ihrem Tanz beigewohnt hatte. Nicht mehr lange, und der Patriarch würde kommen. Doch wenn er glaubte, sie sei eine Verräterin, hatte er sich geirrt. Und wenn er sie halb tot prügelte, ihre Lippen würden versiegelt bleiben!

Als der Schmied gegangen war, hatte sie versucht, sich selbst mit den Ketten zu erwürgen, aber dazu fehlte ihr die Kraft. Vielleicht vermochte sie den Patriarchen so zu reizen, daß er sie erschlug?

Sie war die Tochter eines der bedeutendsten Handelsherren in der Khom. Niemals ließe sie sich in Ketten durch die Straßen Al'Anfas zerren. Vorher fände sie einen Weg, zu Rastullah einzugehen. Ein Geräusch an der Tür schreckte sie aus ihren Gedanken auf. Tar Honak erschien. Er war allein gekommen. Noch immer trug er die lange Seidenrobe, die ihm in Fetzen bis zu den Hüften herabhing. Offensichtlich hatte er es genossen, jedem der Gäste zu zeigen, daß seine schmale Brust unverletzt geblieben war. Alles an diesem Mann erschien Melikae abstoßend. Seine totenblasse Haut, der schmale schwarze Schnauzbart, der sein hochmütiges Lächeln betonte, und sein hagerer, ausgemergelter Körper, all das ließ ihn wie geschaffen erscheinen, der erste Diener des Todes zu sein. Ja, er sah sogar so aus, als habe er die düsteren Hallen der Götzenkreatur, der er sich unterworfen hatte, schon einmal betreten und sei aus diesen Katakomben wieder ausgespien worden.

Ohne Scham streifte der Hohepriester die zerfetzte Robe ab, ging nackt quer durch den Raum, nahm einen Mantel aus schwarzem Fell vom Bett und legte ihn sich um die Schultern. Dann wandte er sich Melikae zu. Die

Sharisad versteifte sich. Sie wußte, was sie nun zu erwarten hatte. So würde also auch ihr nicht erspart bleiben, was Tausenden von Frauen und Mädchen widerfahren war, als die Ungläubigen die Städte und Oasen der Khom erobert hatten.

»Glaubt nicht, daß Ihr Freude an dem haben werdet, was Ihr nun zu tun gedenkt!« Soweit die Ketten es ihr erlaubten, hatte Melikae sich erhoben. Voller Verachtung blickte sie dem Priester entgegen. Doch als hätte sie einen schlechten Scherz gemacht, fand Tar Honak nur ein mitleidiges Lächeln für ihre Worte.

»Ich fürchte, ich muß dich enttäuschen. Mir steht durchaus nicht der Sinn danach, mir mit Gewalt zu holen, was Bessere als du mir mit Freuden schenken würden. Alles, was ich von dir wollte, habe ich schon längst bekommen. Allerdings muß ich zugeben, daß ich nicht damit gerechnet hätte, daß du meine Pläne mit einer solchen Torheit durchkreuzen könntest, wie du sie eben begangen hast. Ich hatte dich für klüger gehalten!«

Melikae schnaubte verächtlich. »Glaubt Ihr wirklich, ich hätte mich Euch und den Euren jemals unterworfen? Wenn es mir auch nicht gelungen sein mag, Euer Blut zu vergießen, so gelang es mir doch wenigstens, alle jene in den Tod zu schicken, die sich unter meinem Dach als Freunde willkommen wähnten!«

Das Lächeln wich nicht von Tar Honaks Lippen, ja, es erschien Melikae sogar so, als hätten ihre Worte ihn belustigt. »Glaubst du, du könntest mich lehren, Ränke zu schmieden, kleines Mädchen? In einem Alter, da du noch mit Puppen spieltest, habe ich bereits meine erste tödliche Intrige gesponnen. Meinst du vielleicht, ich hätte meinen Weg gehen können, wenn es schon jemandem wie dir gelänge, mich zu täuschen? Deine Einfalt hat beinahe etwas Rührendes, Sharisad. Du hättest tun sollen, worauf du dich verstehst, törichtes Ding. Nach dem Geschehen des heutigen Abends, bleibt mir keine andere Wahl, als dich töten zu lassen. Wahrscheinlich begreifst du nicht einmal, welchen Schaden du damit angerichtet hast.« Der Patriarch lachte verbittert. »Bei Boron, es ist wirklich sonderbar. Du konntest mich zwar nicht töten, denn der Segen des Gottes selbst hat mich gegen jeden Stahl gefeit, und doch hast du den größtmöglichen Schaden angerichtet, den zu verursachen das Schicksal dir erlaubt.«

Melikae starrte den Hohenpriester ungläubig an. Hatte der Schreck über ihre Tat ihm vielleicht die Sinne verwirrt? Er redete vollkommen irre. Nicht eines seiner Worte ergab einen Sinn. Tar Honak hatte sich von ihr abgewandt und schritt quer durch den Raum zum Kartentisch. Noch immer lachte er sein unheimliches leises Lachen.

»Es gefällt mir, dich in Ketten vor mir zu sehen, geduckt und vorgebeugt wie eine aufmerksame Zuhörerin. Darum will ich dir von ein paar Dingen erzählen, die ich sonst niemandem anvertraue, denn ich habe nicht oft Gelegenheit zu einem offenem Gespräch. So lausche denn meinen Worten. Du wirst sie nicht zu meinem Schaden nutzen können, denn du bist schon tot … Alles, was du vor deiner tatsächlichen Sterbestunde noch von dir geben magst, wird jeder für das Gestammel einer Verwirrten halten. So merke wohl auf und lerne die letzte Lektion deines kurzen Lebens! Auch wenn du nicht an die wahren Götter glauben magst, so scheint es mir, als habe Phex höchstselbst dein Schwert geführt, um mit nur einem Streich die Fäden meines kunstvoll gefügten Netzes zu durchtrennen.« Der Hohepriester stand jetzt vor dem Öllämpchen auf dem Tisch, und eine Aura goldenen Lichtes umgab ihn. Tief in Gedanken versunken starrte er auf die Dokumente, die vor ihm ausgebreitet lagen. Vom Hof draußen war der Ruf eines Wachpostens zu hören, und aus dem Feldlager vor der Stadt erklang noch immer leiser Trommelschlag.

Nach einigen Minuten des Schweigens drehte sich der Priester plötzlich wieder um. Sein Gesicht erschien Melikae im schwachen Licht als finsterer Schatten. »Du kennst doch Asif, den Dieb und Flötenspieler?«

Die Sharisad erschrak. Woher wußte der Patriarch von ihrem Freund? Hatte er beschlossen, sie doch noch zu verhören? Von ihr würde er nichts erfahren!

»Ich glaube, er hat ein paarmal für mich gespielt. Doch da ich für gewöhnlich nicht mit solchem Pack verkehre, weiß ich Euch nichts über ihn zu berichten. Woher kennt ein Mann wie Ihr solchen Abschaum?«

Tar Honak stand jetzt wieder dicht vor ihr. »Du irrst dich. Er hat nicht für dich, sondern mit dir gespielt. Der, den du für Abschaum hältst, ist kein Geringerer als mein fähigster Spion in den Mauern deiner Stadt. Man hat ihn zwar immer nur belächelt, doch sein Flötenspiel gefiel den hohen Herren. Schon in Friedenszeiten wurde der schäbige kleine Asif gern in die Paläste der Oberstadt geladen. Und wann immer seine Flöte schwieg, lauschte er aufmerksam den Gesprächen der Mächtigen.«

»Glaubt nicht, daß Ihr mich täuschen könnt, schlangenzüngige Mißgeburt! Jeder in Unau weiß um den Mut und die Treue von Asif.«

»Du meinst, weil er während der Belagerung wie eine Ratte durch die Feggagir gekrochen ist? Denkst du, er hätte auch nur ein Büschel Wirselkraut in die Stadt schaffen können, ohne daß ich es gebilligt hätte? Was glaubst du wohl, woher er bekam, was er euch brachte?« Tar Honak lachte laut auf. »Begreif doch das Offensichtliche, du Närrin. Asif ist mein Mann. Und was bedeuten schon die paar Heilkräuter und Lebensmittel, die er euch verschafft hat? Nicht mehr als ein Tropfen auf einen heißen Stein! Viel wichtiger war, daß ihm danach jeder vertraute. Asif war für euch ein Held. Nur deshalb haben diese Banditen, die du Freiheitskämpfer nennst, ihn in ihre Pläne eingeweiht. Und weil er für euch ein Held war, konnte er dich und auch die Rebellen in den Bergen zu meinen Werkzeugen machen. Hast du vielleicht gedacht, ich würde dich hier foltern? Glaubst du, du würdest auch nur einen einzigen Rebellen kennen, dessen Namen mir nicht schon lange vertraut ist? Was glaubst du denn, was das Geheimnis der Macht Al'Anfas ist? Etwa unser Heer? Das Heer, das uns am Szinto entgegengetreten ist, war um ein Vielfaches stärker als meine Truppen. Sogar jetzt noch gibt es in der Khom bedeutend mehr Männer unter Waffen, als ich aufbieten kann. Und trotzdem werde ich triumphieren, denn ganz gleich, was ihr auch tut, ich weiß es schon im voraus. Das ist die wahre Macht Al'Anfas! Es gibt keinen Sultanspalast und keine bedeutende Oase, in der ich nicht meine Spione hätte. Nicht einmal die Geschehnisse in diesem stinkenden Ziegenstall Keft, den ihr eine heilige Stadt nennt, bleiben mir verborgen.«

Ungläubig starrte Melikae den Patriarchen an. Das alles, diese eitle Prahlerei, konnte nur ein Lügengespinst sein! Rastullahs strafende Hand würde auf der Stelle jeden niederstrecken, der sich als Verräter in Keft einzuschleichen versuchte. Und jetzt erkannte sie auch den Fehler im Betrug des Hohenpriesters.

»Mich täuscht Ihr nicht, Schurke! Ich vermag zwar nicht zu erkennen, warum Ihr eine solch widersinnige Lügengeschichte ersinnt, doch einschüchtern könnt Ihr mich damit nicht. Welchen Sinn sollte es denn haben, wenn Ihr mir wissend Eure Offiziere schickt, damit ich sie an die Rebellen verrate?«

»Vermagst du das wirklich nicht zu durchschauen, mein Kind?« Der Hohepriester blickte spöttisch zu ihr herab. »Der Sinn liegt darin, daß ich bestimme, wen die Rebellen töten. Indem ich das kann, sind sie meine Werkzeuge. Was denkst du denn, wen ich dir geschickt habe? Nimm nur Hauptmann Olan. Öfter als einmal hat er Skrupel gezeigt, meine Befehle auszuführen.

Einen solchen Mann kann ich in meiner Armee nicht gebrauchen. Doch hätte ich ihn seines Postens enthoben, dann hätte ich mir den Zorn seiner Sippe zugezogen. Seine Familie ist zwar nicht mächtig, doch bislang hat sie mich immer unterstützt. Hätte ich sie beleidigt, so wäre sie in das Lager eines anderen Granden gewechselt. Daß Olan als Held im Kampf gegen die Rebellen gefallen ist, wird mir niemand nachtragen. So etwas geschieht nun einmal im Krieg. Vielleicht begreifst du besser, wenn du dir meine Stellung ein wenig wie die eures Kalifen vorstellst. Ich herrsche zwar, doch ist meine Macht nicht unangefochten. Es gibt eine Reihe sehr einflußreicher Familien in Al'Anfa. Man nennt sie Granden, und ihre Rolle ist mit der eurer Sultane zu vergleichen. Wenn ich Schwäche zeige, kann mich jederzeit einer der Granden als Oberbefehlshaber ersetzen. Sie lauern nur darauf, daß ich einen Fehler mache. Selbst dieser Krieg, den du wahrscheinlich nur als tyrannischen Angriff eines landhungrigen Despoten erlebst, dient in erster Linie dazu, meine Konkurrenten im Machtkampf in Al'Anfa selbst zu treffen. Nehmen wir zum Beispiel Nareb Zornbrecht, einen Mann, so reich, daß er eine Stadt wie Unau einfach kaufen könnte. Sein Vermögen hat er mit dem Sklavenhandel gemacht. Und was tue ich?« Tar Honak machte eine Kunstpause und grinste verschlagen. »Ich verschaffe ihm Sklaven! Tausende haben meine Söldner und seine Sklavenjäger gefangen, seit meine Flotte in Selem gelandet ist. Das Resultat ist, daß heute ein Sklave nicht einmal mehr halb soviel wert ist wie noch vor einem Jahr. Und die Preise fallen immer weiter. Selbst wenn der Krieg vorbei ist, wird Zornbrecht noch Jahre brauchen, um sich von seinen Verlusten zu erholen. Das ist eine Art von Krieg, die du dir wohl in deinen kühnsten Träumen noch nicht vorgestellt hast.«

Tar Honak blickte sie eine Weile an, dann ging er erneut zum Kartentisch hinüber und füllte einen Pokal mit Wein. In dem großen Raum herrschte bedrückende Stille. Melikae fühlte sich benommen. Immer deutlicher erkannte sie, auf welch hinterhältige Art der Patriarch sie die ganze Zeit über benutzt hatte. Ja, ihr ganzes Leben schien ein schlechter Scherz des Schicksals zu sein. Sie hatte immer geglaubt, ganz allein einen gerechten Krieg gegen die Eroberer zu führen. Auch wenn sie oft unter dem Haß derer gelitten hatte, die sie für eine Verräterin hielten, so hatte ihr die Gewißheit, das Richtige zu tun, doch stets die Kraft zum Weitermachen gegeben. Und was war jetzt? Jetzt zeigte sich, daß sie tatsächlich eine Verräterin war! Was immer sie getan hatte, es war zum Nutzen dieser Bestie in Menschengestalt gewesen.

»Weißt du eigentlich, welch Morde du für mich vorbereitet hast?« höhnte der Hohepriester. »Ahnst du auch nur, welche Männer das waren, die durch dein Haus gingen? Verwandte der Granden, denen zuzutrauen war, daß sie eines Tages selbst eine wichtige Rolle im Kampf um die Macht spielen würden. Aber auch Männer, die insgeheim als Spione für meine Feinde gearbeitet haben. Du warst mit Gold nicht aufzuwiegen, Sharisad. Und all dies ist nun dahin!«

»Doch nicht erst jetzt. Es sind doch schon fast drei Gottesnamen vergangen, seit ich Unau verlassen habe. Wenigstens in dieser Zeit habe ich nicht unwissend deinem Willen gehorcht.«

»Du hast Unau verlassen?« Wieder lachte er sein bösartiges Lachen. »Nein, meine Liebe. Du hast Unau gar nicht verlassen. Jedenfalls nicht für lange. Du warst keine drei Tages aus der Stadt, als eine meiner Agentinnen in deiner Maske zurückkehrte. Niemand hat den Betrug bemerkt! Schließlich ist Krieg. Tausend Gerüchte sind im Umlauf. Wer wird da schon mißtrauisch, wenn er hört, man habe dich am Salzsee gesehen, obwohl du angeblich zur gleichen Zeit in Unau warst? Was nicht stimmen kann, weil man es selbst besser weiß, tut man als das Gerede eines Schwätzers ab. Schließlich machen noch viel verrücktere Geschichten die Runde. Was aber meine Agentin angeht, so vermag sie dich vollkommen zu ersetzen. Zugegeben, sie wird niemals deine Qualitäten im Tanz erreichen, doch dafür versteht sie sich um so besser auf die hohe Kunst der Intrige. Genau wie Asif gehört auch sie zur Hand Borons. Niemand sonst beherrscht das Geschäft des Tötens so vollkommen wie sie. Meist glaubt selbst der bedauernswerte Dahinscheidende bis zum Schluß, er sei Opfer eines tragischen Unfalls.«

Tar Honak machte eine Pause und leerte seinen Becher mit einem einzigen gierigen Zug. Dann warf er den Pokal in eine Ecke. Das selbstgefällige Lächeln war von seinen Lippen gewichen. »All das hast du heute abend zerstört. Die Kunde von deinem jämmerlichen Mordversuch wird sich wie auf den Flügeln des Windes schon bald bis in die entlegensten Oasen verbreitet haben. Das heißt, ich muß meine Agentin zurückziehen, denn jetzt weiß jeder, wo du steckst. Zu viele Zeugen haben dich tanzen gesehen. Zu laut hat mein Quartiermeister deinen Namen hinausposaunt. Das feine Intrigengeflecht ist zerrissen. Und wie ich sehe, hattest du nicht einmal die geringste Ahnung von deiner Tat. Hättest du wenigstens meine Pläne durchschaut und gezielt gestört, ich könnte so etwas wie Achtung für dich empfinden. Doch du weißt nichts! Dein Handeln wird einzig vom Haß deines Herzens bestimmt. Deinen Kopf haben dir die Götter wohl nur gegeben, damit du schön anzuschauen bist. Doch das wird nicht mehr lange so sein! In Ketten wirst du durch die Straßen von Al'Anfa getrieben werden, stolze Sharisad. Bettler werden dich anspucken, und von morgen an wirst du jede Nacht ängstlich lauschen, wer sich dem Sklavenpferch naht, um dich seiner Lust zu unterwerfen. Noch bevor du Al'Anfa erreichst, wird von deinem Stolz nichts mehr übrig sein, und deinen Kadaver, die leere Hülle dessen, was du einmal warst, werde ich in der Arena vernichten lassen. Das letzte, was du in deinem Leben hören wirst, Sharisad, wird das Grölen des Pöbels sein. Doch der Jubel wird nicht dir, sondern den Löwen gelten, die dir das Fleisch von den Knochen reißen. Wache!«

Augenblicklich öffnete sich die Tür, und zwei Krieger mit Rabenhelmen traten ein.

»Schafft mir dieses törichte Weib vom Leib. Sperrt sie in den Sklavenpferch. Sie soll schon morgen mit der großen Karawane nach Selem geschafft werden.«

»Rastullahs Faust wird dich zerschmettern.« Melikae spuckte dem Tyrannen vor die Füße. »Niemals wirst du den Thron des Kalifen besteigen, und dort, wo ich heute gescheitert bin, werden bald Tausende stehen, um dich zu vernichten, Tar Honak!«

»Sollen wir sie zum Schweigen bringen, Eure Ehrwürdigste Erhabenheit?« fragte einer der Krieger ergeben.

Der Patriarch schüttelte nur müde den Kopf. »Schafft sie mir aus den Augen! Und dann laßt einen Meldereiter schicken. Ich muß noch in dieser Nacht eine dringende Depesche nach Unau schicken.«

Stöhnend betupfte die Sharisad ihre Füße mit einem feuchten Stoffetzen. Während des langen Tagesmarsches war Sand in ihre hochgeschnürten Sandalen eingedrungen und hatte ihr die Füße wundgescheuert. Auch die schweren Eisenringe an den Fußgelenken hatten ihr tief ins Fleisch geschnitten.

Kurz nach Sonnenaufgang war die Karawane aufgebrochen. Die Lasttiere waren diesmal schwer mit der Beute des Feldzugs beladen. Teppiche und Gewürze, Stoffe und Bronzearbeiten, Amphoren mit dem Öl von Oliven und kostbaren Weinen – alles, was den Plünderern in die Hände gefallen war und irgendeinen Wert hatte, wurde gen Süden nach Selem geschafft. Doch das kostbarste Gut der Karawane waren die Sklaven. Melikae konnte nicht überblicken, wie viele Leidensgefährten mit ihr in endloser Reihe durch den Wüstensand marschierten, doch es mußten Hunderte sein. Eine ganze Reiterabteilung war der Karawane als Eskorte gestellt worden. Außerdem gab es etliche peitschenschwingende Aufseher. Männer und Frauen, die es genossen, andere zu quälen. Schon der geringste Anlaß genügte ihnen, mit wilden Schlägen auf einen der Sklaven einzudreschen. Vor allem jene, die zu langsam waren und den Marsch verzögerten, bekamen die Wut der Aufseher zu spüren. Jeweils zwanzig bis dreißig Sklaven waren über eine lange Kette, die ihre Halseisen verband, aneinander gefesselt. Wenn auch nur einer in dieser Reihe strauchelte, mußten alle anhalten und mitansehen, was die Wächter jenem Unglücklichen antaten.

Doch so schrecklich der Tag auch gewesen war, noch mehr Angst hatte Melikae vor der Nacht, die ihr bevorstand. Als sie bei Sonnenuntergang am Ufer des Mhalik ein Lager aufschlugen, erhielt jeder ein wenig dünne Hirsesuppe, ein Stück Fladenbrot und eine Ration Wasser. Doch noch bevor die Sharisad aufgegessen hatte, sah sie, wie die ersten Aufseher kamen und einige Sklavinnen von ihren Fesseln befreiten, um mit ihnen in der Dunkelheit zu verschwinden. Angstvoll duckte sie sich. Auch hatte sie ihr Gesicht und ihre Glieder mit Schmutz bedeckt, um für die Ungläubigen nicht anziehend zu wirken.

Eine Weile schien es so, als erspare ihr Rastullah zumindest in der ersten Nacht die Demütigung durch die Ungläubigen. Doch dann wurde eine Kriegerin, die mit einer Fackel die Reihen der erschöpft niedergekauerten Sklaven abschritt, auf sie aufmerksam.

»Heda! Bist du nicht die Hure, die versucht hat, dem Patriarchen das Lebenslicht auszublasen?«

Melikae senkte den Kopf. »Ihr müßt Euch täuschen, Herrin.« Nie hätte sie sich träumen lassen, eine solche Strauchdiebin Herrin zu nennen.

Die Frau packte sie bei den Haaren und zwang sie, ihr ins Gesicht zu sehen. »Wenn du nicht diese Sharisad bist, will ich den Namenlosen zur Buhlschaft laden. Laß doch mal sehen, was an dir so dran ist.«

Melikae trug noch immer das Kostüm, in dem sie in der Nacht zuvor vor den Patriarchen getreten war. Mit gierigen Blicken musterte die Aufseherin sie. Dann zeigte sie auf die feingeschmiedeten Halbkugeln, die Melikaes Brüste bedeckten. »Das da will ich haben, zieh es aus!«

»Aber, Ihr könnt mich doch nicht ...«

»Was kann ich nicht?« Die Frau hatte drohend die Peitsche erhoben. »Soll ich die hier auf deinem Rücken tanzen lassen? Du wirst schon noch sehen, was ich alles kann. Das Blech wirst du dort, wo ich dich jetzt hinbringe, sowieso nicht mehr benötigen. Ein paar meiner Kameraden sind nämlich ganz wild darauf herauszufinden, ob eine Nacht mit einer Offiziershure wirklich etwas Besonderes ist, Liebchen. Und ich rate dir, sei nett zu ihnen, denn du bist hier wirklich in verdammt schlechte Gesellschaft geraten.«

»Laß sie in Ruhe!« Hinter der Aufseherin war ein langer hagerer Mann aufgetaucht. »Ich werde sie für diese Nacht in mein Zelt holen.«

»Du kommst zu spät, Bastard.« Die Kriegerin drehte sich um und leuchtete dem Mann mit der Fackel ins Gesicht. Es war Muammar, der Karawanenführer. »Hörst du, räudiger Kameltreiber, ich war als erste hier, und ich werde mit dieser Schlampe machen, was mir gefällt.«

»Du willst also mit mir streiten?« Die Hand des alten Karawanenführers lag jetzt auf dem Griff seines Dolches.

Die Kriegerin blickte ihn an, als wäre er von Sinnen. »Willst du, daß ich dir deine Haut in Fetzen vom Leibe ziehe? Pack dich, Alter, du bist kein Gegner für mich.«

»Wenn du sie mit dir nehmen willst, wirst du zuerst

mit mir kämpfen müssen. Natürlich ist auch mir klar, daß du mich mit einem einzigen Schlag niederstrecken könntest, Weib, doch was ist, wenn ich dabei in meinen Dolch falle und mich verletze? Kennst du mich denn nicht? Ich bin der räudige Kameltreiber, der diese Karawane führt und der euch in der Wüste sicher von Brunnen zu Brunnen geleitet. Was willst du deinen Offizieren erzählen, wenn mir etwas zustößt? Und bei Rastullah, ich habe das ganz sichere Gefühl, daß mir etwas widerfahren wird, wenn wir aneinandergeraten.«

»Glaubst du, du bist der einzige, der eine Karawane führen kann? Wir brauchen doch nur dem Weg zu folgen, den wir von Unau gekommen sind.«

»Und was ist, wenn ein Sandsturm aufkommt? Du warst doch schon einmal in der Khom. Weißt du nicht, daß eine Düne wie die andere aussieht? Wenn du natürlich glaubst, jeder beliebige *Kameltreiber* könne die Karawane führen, dann sollten wir uns jetzt schlagen.« Muammar zog seinen Dolch.

Die Kriegerin trat einen Schritt zurück. »Na schön, Alter, du sollst deinen Willen haben, obwohl ich bezweifele, daß du mit einem Weib noch viel anzufangen weißt.«

»Befrei sie von ihren Fesseln, oder glaubst du, ich will sie wie ein brünstiger Stier gleich hier bespringen?«

Murrend tat die Kriegerin wie geheißen. Melikaes Kette fiel zu Boden.

»Schon als ich dich zum ersten Mal gesehen habe, war ich ganz verrückt nach dir, kleine Sharisad.« Der Karawanenführer packte sie grob am Arm und zerrte sie hoch. Dann warf er der Kriegerin ein triumphierendes Lächeln zu. »Vielleicht solltest du mir deine Peitsche leihen, falls mein Pferdchen hier irgendwelche Schwierigkeiten macht.«

»Mach dich davon, Alter!« zischte sie böse. »Und

möge Rahja dir vor Freude das Herz zerspringen lassen, wenn du dich an der kleinen Furie versuchst!«

»Verhalte dich ruhig, ich will dir nichts zuleide tun«, flüsterte Muammar der Sharisad ins Ohr. Gleichzeitig beantwortete er den Fluch der Söldnerin mit einer passenden Geste. Selbst als sie Muammars Zelt erreicht hatten, wagte es der Alte nur mit gesenkter Stimme zu sprechen. »Tar Honak hat eindeutige Befehle gegeben, wie du zu behandeln bist, Melikae. Sprich also mit niemanden darüber, daß ich dir nichts angetan habe. Nicht einmal mit den Sklaven, manchmal sind Spitzel unter ihnen.«

Muammar bot ihr an, sich auf seinem Lager niederzulassen, und kramte derweil in einer Satteltasche, die beim Eingang lag. Schließlich hielt er ein Tiegelchen hoch und lächelte zufrieden. »Ich wußte doch, daß ich es noch habe. Diese Salbe heilt Haut, die von der stechenden Sonne verbrannt wurde. Bestreich deine Schultern damit. Inzwischen werde ich schauen, ob ich nicht irgend etwas habe, das sich besser zum verbinden eignet als die Fetzen, die du benutzt hast.«

Melikae hielt den Kopf gesenkt. Es war ihr peinlich, als Sklavin vor einem Mann zu stehen, der einmal ihrem Vater zu Diensten gewesen war und dem sie nie sonderlich viel Aufmerksamkeit gezollt hatte.

»Muammar, ich möchte deine Güte nicht ausnutzen, doch hast du vielleicht ein Tuch, womit ich meine Blöße bedecken kann?«

Der Alte blickte auf, schaute sie gedankenverloren an und schüttelte den Kopf. »Verzeih mir, wie konnte ich nur… Es geht mir soviel durch den Kopf. Warte, ich bin gleich zurück.«

Als der Karawanenführer das Zelt verlassen hatte, blickte Melikae sich zweifelnd um. Konnte der alte Mann ihr Sicherheit bieten, oder wäre es besser, die Gelegenheit zu nutzen und ihrem Leben ein Ende zu setzen? Vielleicht fände sie irgendwo eine Waffe. Die Sharisad erhob sich von dem Lager aus Decken und tastete im dunklen Zelt umher.

Schließlich fand sie ein Öllämpchen. Wenn sie es zerschlügen, wären die Scherben vielleicht scharf genug, um damit die Adern zu öffnen. Zögernd hielt sie inne.

Was mochte mit Muammar geschehen, wenn man sie tot in seinem Zelt fand? Sicher, ihr selbst hatte das Leben nichts mehr zu geben, doch durfte sie den einzigen Menschen gefährden, von dem sie noch Gutes zu erwarten hatte?

Ein Geräusch am Eingang ließ sie herumfahren. Der Karawanenführer war zurückgekehrt. Ein Kaftan oder ein langes Hemd hing ihm über dem Arm.

»Was tust du da?«

Melikae räusperte sich verlegen.

»Wolltest du Licht machen?«

»Ja.« Sie konnte ihm bei der Lüge nicht in die Augen sehen.

»Laß das lieber bleiben! Wenn wir Licht machen, kann man von außen unsere Schatten im Zelt sehen. Nimm das hier und bedeck dich.«

Gehorsam griff die Sharisad nach dem Kaftan und streifte ihn über. Muammar hatte sich ein wenig zur Seite gedreht.

»Es gibt eine Schwierigkeit …« Der Alte rang nach Worten.

»Was denn?« Melikae fühlte sich in seiner Gegenwart unwohl, auch wenn sie sich selbst für dieses Gefühl verdammte.

»Ich werde behaupten müssen, daß du mir zu Willen warst. Sonst kann ich dir nicht helfen. Nur wenn ich dich als meine Gespielin beanspruche, kann ich dich jede Nacht in mein Zelt holen. Vielleicht kann ich auch erreichen, daß man dich tagsüber in einer anderen Kolonne marschieren läßt. Ich kenne einige der Sklavenaufseher. Sie sind bestechlich. Wenn es gelingt, dich in deren Obhut zu bringen, können wir sicher sein, daß dich niemand peitschen wird und …«

»Ich danke dir, Muammar. Du wagst soviel für mich.« Sie griff zärtlich nach der Hand des Alten, obwohl die Berührung seiner spröden, runzeligen Haut ihr zuwider war. »Wirst du mir helfen, ihnen zu entkommen?« Sie hauchte die Worte, so als flüstere sie mit ihrem Liebsten.

Muammar zog sich von ihr zurück. Er stieß einen tiefen Seufzer aus und schüttelte den Kopf. »Ich bin kein Held, Melikae. Ich mag nicht mitansehen, wie die Al'Anfaner dich behandeln, als wärest du eine Hure. Ich werde dich vor ihnen schützen, soweit dies in meiner Macht steht, doch zur Flucht kann ich dir nicht verhelfen. Du mußt das verstehen. Sie wüßten sofort, daß ich es war, und …« Er schluchzte. »Schimpf mich einen Feigling, doch ich kann das nicht tun. Ich habe zu oft gesehen, was sie Verrätern antun, Melikae. Ich bin ein alter Mann und muß auch an meine Familie und meine Kinder denken. Sie sind in Selem kaum mehr als Geiseln. Wenn ich mich gegen die Eroberer auflehne, wird man auch sie auf die Sklavenschiffe verschleppen. Ich kann dir einfach nicht helfen …«

Verständnislos starrte sie den Karawanenführer an. Dann stand sie auf und trat zum Eingang.

»Bitte, vergib mir meine Schwäche! Ich kann nicht anders. Gestatte mir doch zumindest, das Wenige zu tun, was mir möglich ist.«

Melikae schlug die Zeltplane am Eingang zurück und blickte auf das nächtliche Lager. Dutzende von Wachfeuern brannten zwischen den langen Reihen der Sklaven, die sich in den Sand gekauert hatten, um für ein paar Stunden im Schlaf Vergessen zu finden. Irgendwo in der Finsternis erklang das ängstliche Wimmern einer Frau. Wenn sie jetzt ginge, gäbe auch sie sich schutzlos der Gewalt der Eroberer preis. Und wenn sie blieb? War sie dann besser als Muammar?

Hieße es nicht, jeden Stolz aufzugeben für das jämmerliche bißchen Sicherheit, das Muammar ihr zu gewähren bereit war? War sie besser als er?

»Bitte, bleib hier!« Der Alte war an ihre Seite getreten. »Laß mich nicht hier zurück, als sei ich nur ein räudiger Hund. Glaub mir, wenn es nur um mich ginge, ich würde dir noch heute nacht zur Flucht verhelfen, aber ...«

»Männer wie du machen die Al'Anfaner stark.« Ihre Stimme klang nicht halb so verächtlich, wie Melikae es eigentlich beabsichtigt hatte. Niemals würde sie so handeln wie er, doch stand es ihr zu, ihn deswegen zu verurteilen? Hieße das nicht, sich das Recht Rastullahs anzumaßen? Sollte doch der Gott dereinst über die Taten Muammars richten!

»Ich kenne auch einige der Kapitäne, die die großen Thalukken kommandieren, auf denen die Sklaven nach Al'Anfa gebracht werden. Vielleicht kann ich Sorge dafür tragen, daß dir auch auf der Überfahrt nichts geschieht. Ich ...«

»Was verlangst du eigentlich für deine Dienste, Muammar? Soll ich vor Rastullah für dein Seelenheil bitten, wenn mich die Löwen zerfleischt haben und ich vor den höchsten aller Richter treten werde?«

»Du sprichst mit dem Stolz der Jugend, Melikae. Für dich ist es leicht, eine Heldin zu sein. Schon heute sind alle üblen Gerüchte über dich vergessen, und jeder spricht nur noch darüber, daß du dein Leben gegeben hast, um den Tyrannen zu töten. Doch ein Held zu sein, ist das Privileg der Jugend. Ich kenne keinen Helden, der zu Hause eine Schar Kinder hatte und ein Dutzend hungriger Mäuler stopfen mußte. Ich kann nur das tun, was mir zu tun bestimmt ist. Wäre ich ein Held, dann wäre es mir erspart geblieben, alt zu werden. Ein jedes Jahr verschlingt einen Teil deines Mutes, Melikae, bis zum Schluß nichts mehr geblieben ist als die erbärmliche Angst um das jämmerliche Leben.« Muammar drehte sich um und kehrte ins Zelt zurück.

Melikae blickte zu den Sternen hinauf, doch der Himmel gab ihr kein Zeichen, was zu tun sei. Vielleicht sollte sie doch an ihrem Leben festhalten? Wenn man sie wirklich für eine Heldin hielt, würden die Stämme der Wüste vielleicht versuchen, sie zu befreien. Zweihundert tapfere Reiter würden sicherlich genügen, um die Karawanenwachen zu ihrem dunklen Gott zu schicken. Sie durfte die Hoffnung nicht aufgeben!

Mit Unbehagen blickte Omar auf die Schiffe, die im brackigen Hafenwasser vor sich hin dümpelten. Sie kamen ihm plump und unangemessen groß vor. Noch immer war er dafür, über Land nach Al'Anfa zu reisen, auch wenn es mehr als doppelt so lange dauern würde. Doch ein Schiff…? Wozu hatte Rastullah seinen Kindern Pferde und Kamele geschenkt? Schiffe hatten nichts Göttliches an sich. Wie alles, was Menschen ersonnen und der Schöpfung hinzugefügt hatten, waren sie unvollkommen. Ja, wahrscheinlich erregten sie sogar den Zorn Rastullahs.

Omar wischte sich über die schweißnasse Stirn. Es war drückend schwül am Hafen, und ein fauliger Geruch von Fisch, Tang und Dingen, denen Rastullah keinen Namen gegeben hatte, lag in der Luft. Wenn man sich umblickte, war kaum zu glauben, daß im heruntergekommenen Hafen von Selem die wichtigsten Nachschublinien der Ungläubigen zusammenliefen. Alles wirkte trüb und trostlos. Mehr als die Hälfte der großen Ladekräne erschien Omar morsch und unbrauchbar. Kaum eines der Lagerhäuser hatte ein intaktes Dach. Etliche der Gebäude und sogar ein Teil der steinernen Uferbefestigung waren im Schlamm eingesunken. Wahrscheinlich würde so einmal die ganze Stadt enden, versunken im Schlamm. Mit fahriger Handbewegung verscheuchte Omar einen kleinen Schwarm schillernder Fliegen, die ihm um das Gesicht tanzten. Weiter draußen in der Bucht lagen zahlreiche kleine Inseln, die in dem trüben Dunst, der seit dem schweren Regenfall des Nachmittags über dem Wasser hing, nur undeutlich zu erkennen waren.

Mit klirrenden Ketten zog ein Trupp Sklaven vorbei. Die Männer und Frauen starrten zu Boden. Die peitschenschwingenden Aufseher hatten ihnen demnach schon die erste Lektion beigebracht. Außer wenn sie unmittelbar angesprochen wurden, hatten Sklaven niemandem ins Gesicht zu schauen. Noch einige Monde, und es wäre ihnen zur zweiten Natur geworden, nur noch auf den Schmutz zu ihren Füßen zu starren, und selbst wenn sie allein waren, würden sie nicht mehr den Kopf heben, um zum weiten Horizont zu blicken. Omar dachte daran, daß auch er die Angewohnheit des Vorsichhinstarrens noch lange nicht abgelegt hatte. Auch wenn er schon viele Gottesnamen lang ein freier Mann war, so würde jeder Kundige noch immer an solchen Kleinigkeiten den ehemaligen Sklaven in ihm erkennen.

Mit gemischten Gefühlen blickte er den Aufsehern hinterher. War Gwenselahs Plan gar zu tollkühn? Schon hier lauerten tausend Gefahren. Wie würde es erst in Al'Anfa sein?

Unruhig erhob Omar sich von der länglichen Kiste, auf der er gekauert hatte. In ihr waren alle Habseligkeiten verstaut, die Gwenselah ihm nach und nach geschenkt hatte. Kleider, Schuhe, das stählerne Rasiermesser, eine bunte Kamelhaardecke und noch ein Dutzend anderer Kleinigkeiten. Auch der Beni Geraut Schie hatte sein karges Gepäck in der Kiste untergebracht. Ganz unten, im kunstvoll getarnten doppelten Boden, lagen ihre beiden Schwerter. Die langen schlanken Tuzakmesser müßten sie verborgen halten, wenn ihr tolldreister Plan gelingen sollte. Die Waffen waren zu kostbar, um gewöhnlichen Reisenden zu gehören, und an Männer, die solche Waffen trugen, würde man sich an Bord noch lange erinnern.

Die Sklavenkolonne hatte jetzt vor dem Schiff haltgemacht, vor dem auch Gwenselah stand, um mit dem Kapitän einen Preis für die Überfahrt auszuhandeln. Wahrscheinlich sollten die Sklaven dazu eingesetzt werden, die Ladung zu löschen. Oder waren *sie* vielleicht die Ladung? Mit Schaudern dachte Omar an die Gerüchte, die er über die Sklavenschiffe der Götzenanbeter gehört hatte. Daß ihr übler Gestank eine halbe Meile über die See reichte und daß die Gefangenen schlechter als Vieh behandelt wurden. Tagelang ließ man sie an schmale Kojen gekettet liegen. Um kein Risiko einzugehen, wagten es die meisten Kapitäne nicht, sie während der Passage nach Al'Anfa auf Deck zu lassen. So vegetierten sie die ganze Überfahrt lang in irgendwelchen lichtlosen Verschlägen im Schiffsbauch.

Erleichtert beobachtete Omar, wie die ersten Sklaven mit Säcken auf den Schultern das Schiff verließen. Also waren sie doch nur gekommen, um die Ladung zu löschen. Er hätte es nicht ertragen können, auf einem solchen Schiff des Elends in See zu stechen. Entweder wäre er wahnsinnig geworden, oder er wäre irgendwann in die Quartiere der Elenden gestürmt, um ihre Ketten zu zerschlagen. Betrübt dachte er an Melikae und daran, wie wohl ihre Reise nach Al'Anfa verlaufen sein mochte. Zehn Tage waren vergangen, seit sie von Melikaes Mordanschlag auf Tar Honak gehört hatten. Doch schon damals war die Nachricht einige Tage alt gewesen. Die Sharisad war also schon lange vor ihnen hier im Hafen von Selem eingetroffen und schmachtete inzwischen wahrscheinlich längst in den unterirdischen Kerkern der Arena Al'Anfas. Das war auch der Grund, warum Omar schließlich einer Schiffspassage zugestimmt hatte. Ihnen blieb nicht mehr viel Zeit, wenn sie Melikae noch retten wollten. Auch wenn die Gerüchte über ihre Verurteilung so unterschiedlich waren, daß kaum zwei der Geschichten übereinstimmten, die man in den Oasen und Karawansereien zu hören bekam, so waren sich in einem Punkt doch alle Erzähler einig: Melikae sollte in der Arena sterben!

Omar blickte zu Gwenselah hinüber, der noch immer am Kai stand und mit dem Kapitän feilschte. Ohne seinen Freund wäre er nicht einmal bis hierher gekommen, dessen war sich der Novadi völlig sicher. Als er gehört hatte, daß man Melikae nach Al'Anfa schaffte, war er in tiefes Brüten versunken. Doch statt darüber nachzudenken, wie man die Sharisad befreien könnte, hatte er sich nur immer wieder mit Selbstvorwürfen gepeinigt. Wie hatte er auch nur einen Atemzug lang an Melikae zweifeln können! Nie war sie eine Verräterin gewesen. Doch hatte es erst ihrer Tat in Beysal bedurft, um seine Zweifel zu zerstreuen. Wie kleinmütig seine Liebe zu ihr doch gewesen war!

Und dann Al'Anfa. Der bloße Gedanke an die Stadt hatte ihn geradezu gelähmt. Sie war der Hort allen Übels. Heimat der plündernden Söldnerscharen, die in das Kalifat eingefallen waren, und schwärende Brutstätte schauerlichster Götzenkulte. Ein Ort, an dem Rastullah so fern war wie nirgends sonst.

Es war Gwenselahs Idee gewesen, daß sie sich als der Gesandte einer reichen Händlersippe und dessen Leibdiener ausgaben. Er hatte die neuen Gewänder besorgt, die sie nun trugen, und auch die schwere Kiste mit dem doppelten Boden anfertigen lassen. Irgendwo in dieser elenden Stadt hatte er sogar falsche Papiere und Siegel aufgetrieben, die sie als Kaufleute der Oase Achan auswiesen, die so fern im Westen der Khom lag, daß ihr Scheich sich bislang noch nicht in den großen Krieg eingemischt hatte. Einfacher war es gewesen, einem goldgierigen Hauptmann der Besatzer echte Passierscheine abzukaufen, die ihnen die Einreise ins sündige Al'Anfa erlaubten. Angeblich wollten sie dorthin, um eine Verwandte zu suchen, die während der Wirren des Krieges in Sklaverei geraten und verschleppt worden war. Eine Geschichte, die der Hauptmann sofort geglaubt hatte.

Offensichtlich waren schon viele vor ihnen aus ähnlichen Gründen in den Süden gereist. Mehr als zweitausend Untertanen des Kalifen waren in den letzten zehn Gottesnamen verschleppt worden, wenn man den Worten des Offiziers glauben durfte. Eine Zahl, die so ungeheuerlich war, daß Omar sie sich nicht einmal vorzustellen vermochte. Wie konnte Rastullah seinem Volk nur solches Leid auferlegen? Wollte er es etwa vollständig vernichten?

Gwenselah winkte Omar vom Kai aus zu. Die Verhandlungen mit dem Kapitän schienen zu einem zufriedenstellenden Ergebnis geführt zu haben. Also war es nun an der Zeit, sich auf dieses hölzerne Ungetüm zu wagen. Mit einem Seufzer kniete Omar nieder, hob die schwere Reisekiste auf und stemmte sie sich auf die rechte Schulter. Noch immer schmerzte sein Schildarm ein wenig, wenn er ihn belastete, doch Gwenselah behauptete, daß er schon in wenigen Tagen den Verband und die hölzernen Schienen werde ablegen können.

Acht Tage hatte die Reise auf der schwerfälligen Zedrakke gedauert. Das Schiff hatte tief im Wasser gelegen und fast die ganze Reise über gegen ungünstige Winde anzukämpfen gehabt, so daß der Anblick des verfluchten Al'Anfa Omar zunächst einmal froh stimmte. Endlich wieder festen Boden unter die Füße zu bekommen, war eine Gnade! Die ganze Zeit über hatte sich der Novadi auf dem stampfenden und schlingernden Schiff unwohl gefühlt. Die dunklen Fluten hatten ihm angst gemacht. Mit Schrecken hatte er immer wieder daran denken müssen, welch lichtscheue, rastullahverfluchte Kreaturen am Meeresboden lauern mochten. Die Seeleute hatten grausige Geschichten von vielarmigen Ungeheuern zu erzählen gewußt, die ganze Schiffe in die dunklen Fluten hinabzuziehen vermochten. Einmal während der Reise hatte Omar selbst am Horizont Fische, groß wie Berge, entlangziehen sehen, die – wie um jene zu verspottenen, die es wagten, sich fernab des ihnen zugedachten festen Landes zu bewegen – palmhohe Wasserfontänen in den Himmel gespien hatten.

Alles hier im Süden erschien Omar groß und bedrängend wie der gewaltige Koloß, der über der Einfahrt zum Hafen von Al'Anfa aufragte. Auch wenn der Gigant bislang nur bis zu den Hüften vollendet war, so reichte allein das schon aus, um in jedem Besucher einen niemals erlöschenden Eindruck von der Macht der Rabendiener zu hinterlassen. So riesig war die Statue, daß ihre Beine Türmen glichen und selbst das größte Schiff mit vollen Segeln leicht zwischen ihnen hindurchfahren konnte. Was mochten das für Menschen sein, die solche Wunder vollbrachten? Gab es überhaupt nur die geringste Aussicht, im Kampf gegen sie bestehen zu können? Und war es nicht blanker Wahnsinn, zu zweit eine solche Stadt herauszufordern? Doch selbst die Herren Al'Anfas schienen nicht ohne Angst zu leben. Fünf kleine Festungen erhoben sich auf den kargen Basaltinseln, die der Bucht und dem Hafen vorgelagert waren. Drohend waren von dort schwere Rotzen auf die enge Durchfahrt zum Hafen gerichtet. Und als sei dies nicht genug, hatte man einen ganzen Wald mächtiger Baumstämme in den Schlick der Hafenbucht gerammt, deren eisenbeschlagene Enden sich drohend aus dem Wasser erhoben. Sie erschienen Omar wie die Reißzähne eines Ungeheuers, auf dessen Schlund sie geradewegs zusteuerten.

Auf den Zinnen der größten der fünf Festungen war eine Gestalt erschienen, die ihnen mit bunten Flaggen Zeichen gab. Ihr Schiff änderte nun den Kurs und hielt auf einen langen Steg am Fuß des Forts zu. Eine Matrosin eilte zum Bug des Schiffes und erwiderte die Flaggensignale, während sich der Kapitän an seine Passagiere wandte, die Omar zum größeren Teil nicht weniger beunruhigt schienen, als er selber es war. Wie er waren auch diese Männer aus den verschiedensten

Städten der Khom gekommen, um in der Stadt des Rabengötzen nach verlorenen Verwandten und Freunden zu suchen.

»Sie werden uns nicht durchsuchen. Ich hoffe, ihr wißt, daß ihr das allein meinem guten Ruf zu verdanken habt! Gewöhnlich sind die Hafenbeamten in Kriegszeiten besonders mißtrauisch. Wir werden jetzt am Kai festmachen und warten, bis die Flut den höchsten Stand erreicht hat. Dann werden uns einige Bugsierschinakeln in den Hafen schleppen.« Mit zufriedenem Lächeln drehte der Kapitän an seinen Schnurbartspitzen.

Welch ein Mann er wohl ist, um in Al'Anfa einen guten Ruf zu genießen? dachte Omar beunruhigt. Bei allem, was er über die sündige Stadt gehört hatte, hätte es ihn nicht gewundert, wenn der Kapitän gelegentlich einige seiner Passagiere als Sklaven verkaufte. Drei Stunden hatten sie warten müssen, bis die Flut so weit gestiegen war, daß das große Schiff gefahrlos in den Hafen hätte einlaufen können. Doch bevor sie an der Reihe waren, verließen erst drei schlanke schwarze Galeeren die Stadt. Jeweils vier kleine Boote schleppten sie gegen die Kraft der heranstürmenden Flut aus dem gefährlichen Fahrwasser bis dicht unter die große Festungsinsel. Dann erklang im Innern der Kriegsschiffe der dumpfe Klang der Sklavenpauke, die den angeketteten Ruderern den Takt vorgab. Große Augen aus gelbem Glas waren am Bug der Schiffe in die Bordwand eingefügt, so daß die Galeeren, wenn sie ihre Masten flachgelegt hatten, von weitem wie todbringende Ungeheuer aussehen mußten, die auf Dutzenden dünner Beine über das Wasser liefen. Gelangweilt blickten einige der Soldaten zu der Zedrakke herüber. Andere, Nachdenklichere musterten den Rumpf der mächtigen Trireme, die eine Stunde später als ihre Zedrakke am Kai der Festungsinsel angelegt hatte. Deutlich sah man dem großen Kriegsschiff die Spuren eines Gefechts an. Große gezackte Löcher klafften in der Reling und in der

Abdeckung des Ruderdecks, das backbords wie steuerbords ein gutes Stück über die Bordwand hinausragte. Die großen schwarzen Segel mit ihren goldenen Raben waren von etlichen Flicken übersät und hatten ein Gutteil ihrer Pracht verloren.

»Es scheint so, als seien die Gerüchte über den Seekrieg mit dem Bornland wahr«, flüsterte Gwenselah Omar zu. »Das ist ein Happen, an dem sich der Rabe verschlucken wird.«

Doch der Novadi schüttelte stumm den Kopf. Noch immer war er von der Pracht Al'Anfas wie erschlagen. Wer sollte über eine solche Stadt schon triumphieren können? Wie sollte so etwas einem Volk von Händlern gelingen, das mehr als tausend Meilen von der schmalen Küste des Kalifats entfernt lebte?

Nachdem die Bugsierschinakeln zunächst die beschädigte Trireme in den Hafen gezogen hatten, war nun endlich die Reihe an der Zedrakke. Die Seeleute in den kleinen Booten wirkten erschöpft. In den letzten Stunden hatte sich nicht der leiseste Windhauch über der weiten Bucht geregt, so daß sie gezwungen waren, ihre Boote mit Rudern anzutreiben, um die schweren Schiffe in den Hafen zu bringen. Mit lautstarken Verwünschungen auf den Lippen warfen sie ihre Taue an Bord, um endlich auch die Zedrakke ins Schlepp zu nehmen. Dann stieg ein Lotse an Bord, der nach einem kurzen Gespräch mit dem Kapitän Posten auf dem Vorderdeck bezog und von dort aus die Männer in den Booten kommandierte.

Die Fahrt in den Hafen führte an einer langgestreckten Insel vorbei, auf der sich eine hohe Mauer aus grob behauenen Basaltblöcken wenige Schritt jenseits der flachen Uferklippen erhob. Die Mauer schien die ganze Insel zu umgürten. Im Süden und auch an der Westseite waren Kaianlagen und ein paar Bootsschuppen zu sehen.

Gwenselah erklärte, daß dies der Ort sei, zu dem alle Sklaven geschafft wurden, die die Al'Anfaner in ihren Kriegen und Überfällen erbeuteten. Hier warteten die Unglücklichen manchmal viele Gottesnamen lang, bis sie zu einer der Versteigerungen auf das Festland gebracht wurden.

Irgendwo auf dieser Insel mußte auch Melikae gewesen sein. Selbst die Sklaven, die für die Arena bestimmt waren, wurden zunächst einmal auf dieses schreckliche Eiland gebracht.

In der Hitze flimmerte die Luft über den Basaltfelsen. Einmal glaubte Omar, das scharfe Knallen einer Peitsche zu hören. Seine Hände umklammerten die Reling. Er war machtlos! Was immer die Eroberer Melikae angetan haben mochten, die Sklaveninsel hatte sie schon längst verlassen.

»Sieh zu der Stadt hinüber und quäl dich nicht!« Gwenselah legte Omar eine Hand auf die Schulter. »Melikae ist nicht mehr dort. Peinige dich nicht mit unnützen Gedanken, Omar.«

Wie ein bunter Teppich, den man vor eine kahle Mauer gehängt hatte, so erschien Omar die Stadt, die manche ›Perle des Südens‹ nannten. Hunderte von weißen Häusern zogen sich hinter dem Hafenviertel die steilen Felshänge hinauf. Deutlich konnte man drei Terrassen unterscheiden, die die verschiedenen Stadtviertel am Berghang voneinander trennten. Hier und dort erhoben hohe Palmen ihre Kronen über das Gewimmel der Häuser. Und über allem thronte ein schwarzer Berg mit abgeflachter Kuppe. Ja, er wirkte wie enthauptet, so als hätte Rastullah sein unbezwingbares Schwert gegen ihn gerichtet, um ihn für einen Frevel zu strafen. Dicht neben der Stadt lag ein zweiter kristallen blitzender Berg, dessen Gipfel von üppig wuchernden Bäumen bedeckt war, zwischen denen hier und dort die glasierten Schindeln ausladender Palastdächer glänzten. Dort aber, wo die Steilwand des Berges in die Bucht hinausragte, hatte man die Gestalt eines Raben aus einem Felsen gehauen, der wohl vierzig Schritt oder mehr in die Höhe ragen mochte. Dicht unter dem Gipfel lag ein schwarzer Tempel, auf dessen Dach winzige Gestalten zu erkennen waren, die mit leuchtenden, glänzenden Gegenständen hantierten, ja, es schien, als seien sie damit beschäftigt, das ganze Dach mit goldenen Blechen zu beschlagen. Ohne Zweifel war dies die Residenz der Boronpriesterschaft, jener schändlichen Götzenanbeter, die der prächtigen Stadt ihren Willen aufzwangen und die mit Tar Honak an der Spitze den Überfall auf das Kalifat ersonnen hatten. Trotz aller Verachtung, die Omar für die schwarzgewandeten Priester hegte, ließen die riesige Rabenstatue und der prächtige Tempel ihn doch voller Ehrfurcht verharren. Mit welchen Dämonenfürsten mochten sich die Götzenanbeter wohl verbunden haben, um eine derart übermenschliche Pracht zu entfalten? Und warum duldete Rastullah solch lästerliche Prahlerei? Erst als die Zedrakke zwischen den Beinen des Hafenkolosses hindurchglitt, konnte Omar den Blick von der Rabenklippe abwenden. Einige hundert Schritt weit wurde ihr Schiff durch eine schmale Wasserstraße gezogen, an deren Ufern sich vereinzelte Schuppen und Lagerhäuser erhoben, bevor sie den weiten Frachthafen erreichten.

Ihr Schiff hatte kaum angelegt, als schon Scharen von Händlern und Lastträgern auf dem Kai erschienen, begierig, ihre Waren und ihre Dienste anzubieten. Einen Moment lang hoffte Omar, daß Gwenselah vielleicht einen der breitschultrigen Träger anheuern werde, um ihm die Last der schweren Reisekiste abzunehmen, doch vergebens. Sich mit Knüffen und Flüchen einen Weg durch die Menge bahnend, eilte der Beni Geraut Schie mit weiten Schritten voraus und steuerte auf ein hohes Gebäude mit reich verzierten gewölbten Toren und verspielten Zwiebelfenstern zu. Im Schatten des Eingangstors hatten zwei Geldwechsler ihre Tische aufgebaut, auf denen sich neben Waage und Spaltkeil pralle Lederbeutel stapelten. Es waren feiste Männer, in reiche Gewänder gekleidet, jeder von ihnen umringt von einer ganzen Gruppe von Sklaven und Leibwächtern.

Auch hier mußten sich Omar und Gwenselah wieder in Geduld fassen. Ein weiteres Mal wurde ihnen gezeigt, wie gering man in der ›Perle des Südens‹ die Fremden schätzte. Obwohl nur wenig Andrang vor den Ständen der Geldwechsler herrschte, dauerte es mehr als zwei Stunden, bis sie endlich an der Reihe waren. Mehrfach wurden ihnen einheimische Geschäftsleute vorgezogen, die sich nicht unter den Wartenden einreihen mußten, sondern sofort und mit größter Zuvorkommenheit bedient wurden. Als schließlich die Reihe an ihnen war, schloß der rothaarige Geldwechsler seinen Stand, um sich mit einem grellgeschminkten Knaben in eine schattige Nische unter dem Torbogen zurückzuziehen. Schon bald war von dort lustvolles Stöhnen zu vernehmen, und Omar wandte sich voller Scham ab.

»Was ist das für eine Stadt, Gwenselah? Haßt man hier alle Fremden? Kennt man weder Sitte noch Scham? Laß uns zu einem anderen Geldwechsler gehen, wo man uns besser behandelt.«

Der Beni Geraut Schie lächelte zynisch. »Du wirst keinen Ort finden, an dem man dich besser behandelt. Die Al'Anfaner sind noch nie besonders freundlich zu Fremden gewesen. Wir haben für sie nicht einmal den Status von Gästen. Unseren Gewändern sieht man an, daß wir aus dem Kalifat kommen. Ein Land, gegen das die Stadt des Raben Krieg führt, und so wie es aussieht, wird sie ihn auch gewinnen. Für Al'Anfaner sind wir deshalb ein Volk von Sklaven, bestenfalls Bittsteller. Der einzige Grund, daß man uns hier überhaupt duldet, ist die Tatsache, daß wir Gold haben.«

»Haben wir?«

Gwenselah lächelte vieldeutig. »Noch nicht. Warte.« Der Beni Geraut Schie hatte sich sehr verändert. Ohne die dunkle Tracht, seinen Schleier und sein Tuzakmesser war er ein anderer Mann. Sein schmales faltenloses Gesicht erschien fast knabenhaft, wären da nicht die Augen gewesen, aus denen die Erfahrung vieler Jahre blickte. Oft wirkte sein Gesicht wie eine Maske, und da er nur selten über das redete, was in ihm vorging, hatte Omar gelernt, in Gwenselahs Augen zu lesen. Sie waren grau wie der Himmel in den Unauer Bergen während der Regenzeit. Oft lag eine weltentrückte Melancholie in ihnen, und manchmal hatte Omar das unangenehme Gefühl, daß in Gwenselahs Augen eine Trauer und eine Weisheit waren, wie sie ein Mensch in *einem* Leben nicht zu erlangen vermochte. Das waren Augenblicke, da Omar wieder darüber brütete, wieviel von den Geschichten, die man sich über das Volk der Beni Geraut Schie erzählte, wohl wahr sein mochte. Waren sie tatsächlich unsterblich? Wie konnte er so etwas glauben? Sah er nicht, wie Gwenselah mit jedem Gottesnamen, den sie zusammen verbrachten, hinfälliger wurde? Manchmal, wenn ihn die Hustenanfälle plagten, war er so schwach, daß Omar ihn stützen mußte.

»Was kann ich für euch tun, Fremde?«

Der Geldwechsler war mit dem Lustknaben fertig und hatte sich wieder hinter seinem breiten Wechseltisch aufgebaut.

»Tausch mir das gegen Dublonen!« Gwenselah stand dem feisten Mann, was Anmaßung betraf, in nichts nach. Mit lässiger Geste hatte er einen mehr als faustgroßen Samtbeutel auf den Tisch geworfen. Mürrisch grunzend öffnete der Dicke die Börse, und plötzlich war alle Überheblichkeit aus seinem Gesicht verbannt. Sein Blick war starr geworden, so als hätte er eine jener dämonischen Buhlen vor sich, der kein Mann aus

Fleisch und Blut zu widerstehen vermag. Doch seine Unbeherrschtheit währte kaum länger als einen Atemzug. Dann legte er den Beutel auf den Tisch, rümpfte verächtlich die Nase und fragte herablassend: »Was zeigst du mir wertlose Kiesel? Soll ich dich durch einen meiner Leibwächter die Straße hinunterprügeln lassen? Al'Anfa ist kein Ort für dich, Fremder. Mach, daß du auf das Schiff zurückkommst, das dich hierhergebracht hat, und danke Boron, wenn ich dir nicht die Tempelgarden auf den Hals hetze.«

Zwei Söldner hatten sich neben dem Geldwechsler in Pose gestellt, doch Gwenselah ließ sich nicht aus der Ruhe bringen.

»Da du mir kein Angebot machst, fordere ich tausend Dublonen für den Inhalt des Beutels. Versuch nicht, mit mir zu feilschen! Das ist mein einziges Angebot.«

Der Geldwechsler am Nachbarstand verrenkte sich den Hals und blickte neugierig zu ihnen herüber.

»Fremde wie du, die glauben, sie hätten hier etwas zu sagen, ersäufen wir wie neugeborene Kätzchen im Hafenbecken.« Der fette Geldwechsler gab seinen Leibwächtern einen Wink, doch noch bevor die beiden den Tisch umrunden konnten, hatte Gwenselah ein Pergament aus seinem Gewand gezogen und hielt es dem unverschämten Heiden unter die Nase..

»Lies das, bevor du dich unglücklich machst, Fettsack!«

Mit mißtrauischem Blick entfaltete der Geldwechsler das Pergament, und seine Hände begannen zu zittern, während er die Zeilen überflog. Mit einer Verbeugung reichte er Gwenselah das Dokument zurück. »Entschuldigt, wenn ich in Euch nicht den erkannt habe, der Ihr seid. Ich hoffe, Ihr werdet mir dieses kleine Mißverständnis nachsehen. Ich habe hier mit so viel Auswurf zu tun, daß meine Manieren gelitten haben, und da ich nicht ...«

»Genug! Bis wann kannst du mir mein Gold verschaffen?«

»Nun, Ihr versteht sicher, daß ich eine solche Summe nicht bei mir trage. Ich …« Dicke Schweißperlen rollten von der Stirn des Geldwechslers und verwischten seine Schminke. »Ich kann Euch hundert Dublonen schon jetzt überlassen. Das restliche Geld werden meine Leibwächter in Eure Unterkunft bringen lassen.«

»Es geht dich nichts an, wo ich wohnen werde.«

»Selbstverständlich, Edelster aller Reisenden, ich dachte nur …« Keuchend rang der Geldwechsler nach Luft.

»Ich werde morgen kommen, um mein Gold zu holen, und versuch nicht, mich auch nur um eine einzige Dublone zu betrügen.«

»Niemals würde ich es wagen, Gütigster aller Gütigen. Erlaubt, daß ich Euch einen meiner Sklaven zur Seite stelle. Er wird dafür sorgen, daß Ihr in der Hafenmeisterei mit der Euch gebührenden Ehrfurcht behandelt werdet und schneller Eure Pässe erhaltet, als ein Bluthund einen Sklaven tötet.«

Omar hatte die ganze Szene mit ungläubigem Staunen verfolgt. Was in Rastullahs Namen mochte auf diesem Pergament stehen, daß es Gwenselah eine solche Macht verlieh?

Der Beni Geraut Schie nahm die Beutel mit Gold, die der Geldwechsler eilig bereitgelegt hatte, warf dem dicken Mann noch einen vernichtenden Blick zu und wandte sich ab, um durch das Tor ins Innere der Hafenmeisterei zu treten.

Erst als sie in ihrer Herberge untergekommen waren, fand Omar Gelegenheit, seinen Freund auf das geheimnisvolle Pergament anzusprechen, das hier in Al'Anfa offensichtlich Tür und Tor zu öffnen vermochte.

»Vor einigen Jahren hat mich die Suche nach Selflanatil in den Süden geführt«, erklärte der Beni Geraut

Schie. »Damals habe ich etliche Monde lang in Al'Anfa gelebt. Aus dieser Zeit stammt das Pergament. Ich habe mir in jenen Tagen für viel Gold den Schutz eines der mächtigen Granden der Stadt gekauft. Nareb Emano Zornbrecht läßt in dem Schutzbrief durchblicken, daß jeder, der Hand an mich legt, ihn damit verärgern würde, und kein Al'Anfaner, der seine Sinne beisammen hat, würde sich mit den Zornbrechts anlegen.«

»Könnten wir dieses Schreiben nicht auch dazu verwenden, Melikae zu befreien? Wenn die Zornbrechts so mächtig sind, fürchten die Wächter in der Arena sie doch gewiß.«

Gwenselah lächelte Omar mitleidig an. »So leicht ist das leider nicht. Nach allem, was wir wissen, wurde Melikae auf unmittelbaren Befehl Tar Honaks in die Kerker der Arena gebracht. Der Patriarch aber ist der mächtigste unter den Herrschern dieser Stadt. Nicht einmal die Zornbrechts würden es wagen, offen gegen ihn vorzugehen. Ein solcher Befreiungsversuch würde nur zu unserer vorzeitigen Entlarvung führen.«

»Aber was sollen wir dann tun?« Omar war völlig ratlos.

»Laß den Mut nicht sinken, mein verliebter Narr. Vertrau mir! Wir werden einen Weg finden, dich und Melikae heil hier herauszubringen. Und wenn es das letzte ist, was ich in meinem Leben noch tun werde.«

Schon früh am nächsten Morgen verließen sie ihre Herberge wieder, und Gwenselah begann mit den Vorbereitungen für seinen geheimnisvollen Plan zur Befreiung Melikaes. Zunächst holte er das restliche Gold vom feisten Geldwechsler ab. Dann führte der Beni Geraut Schie Omar zu einem Schneider, um sie beide nach Art des Landes einkleiden zu lassen. Gwenselah wollte fortan als reicher Plantagenbesitzer aus dem Perlenmeer auftreten. Omar aber sollte seinen Leibwächter mimen. Sein Freund lebte bei den Einkäufen regelrecht auf. Vielleicht erinnerte ihn das alles an die Zeit, als er auf der Suche nach Selflanatil die fernsten Länder besucht und dabei ständig Namen und Aussehen geändert hatte, um keine Spuren zu hinterlassen.

In seinem Übermut schreckte der Beni Geraut Schie nicht einmal davor zurück, sich schminken zu lassen. Auch seine Kleider waren nichts als törichter Tand im Vergleich zur stolzen Tracht des Wüstenkriegers. Er hatte sich hohe Schaftstiefel aus glänzendem schwarzen Leder besorgt. Dazu trug er eine enganliegende schwarze Hose und eine goldbestickte breite Schärpe. Sein Obergewand war ein ärmelloser langer Mantel, gefärbt mit dem Blut der Purpurschnecke, zu dem er ein weitgeschnittenes Hemd mit ausladendem Rüschenbesatz kaufte. Zur Krönung trug er noch ein purpurnes Kopftuch und einen Schlapphut mit breiter Krempe und armlangen Pfauenfedern. Omar war froh, daß Gwenselah ihm nicht bei der Auswahl seiner eigenen Ausrüstung hineinredete. So kleidete er sich, wie es sich für einen stolzen Novadi geziemte, wählte aufgebauschte Hosen und kurze Stiefel, ein schlichtes Obergewand und ein rotes Tuch, das ihm als Hattah dienen sollte. Nachdem sie so ihr Äußeres verändert hatten, mietete Gwenselah ihnen in einer Herberge mit Namen ›Madamal‹ zwei Zimmer. Von ihrer neuen Bleibe aus konnten sie auf die Wassergärten blicken – jene kleinen Inseln, die dem Rabenfelsen vorgelagert waren und auf denen die Reichen der Stadt gern allerlei unkeusche Kurzweil suchten. Doch seine Unrast ließ Gwenselah nicht lange in der Herberge verweilen. Bei ihrem zweiten Ausflug führte er Omar über steile Treppen hinauf in eines der Stadtviertel auf den hohen Basaltklippen. Hier zeigte sich die Schattenseite des prachtvollen Al'Anfa. In verwinkelten Gassen voller Schmutz und Unrat folgten den Gefährten Scharen ausgemergelter Kinder, die sie mit schrillen Stimmen um Kupferstücke anbettelten. Krüppel mit schwärenden Wunden hockten in den dunklen Eingängen der heruntergekommenen Häuser und klagten darüber, wie schlecht ihre einstigen Herren ihnen ihren Mut vergolten hatten, als sie noch als stolze Söldner zum Ruhme Borons fochten. Von dem lästerlichen Treiben zu Ehren der großen Hure Rahja merkte man hier fast nichts. Selten hörte man das rhythmische Klatschen von Fleisch oder andere Liebeslaute aus offenen Fenstern und dunklen Winkeln, und nur ein einziges Mal kreuzten einige maskierte Männer und Frauen, umringt von fast zehn Leibwächtern, den Weg der Gefährten. Wie anders hatten da doch die übrigen Stadtteile ausgesehen!

Dort, wo die etwas breiteren Gassen aufeinandertrafen, standen abgerissene Gestalten, die über der Glut von Kohlebecken das Fleisch von Ratten und Schlangen garten und diese ekligen Speisen anpriesen, als wären es die edelsten Früchte aus Rastullahs Gärten. Weiber und Lustsklaven entblößten sich ohne jedes Schamgefühl und boten den Vorübereilenden ihre ausgemergelten Körper an. Über allem lag ein unbeschreiblicher Gestank von Exkrementen und ranzigem Olivenöl, in dem süßlich duftende Früchte gebraten wurden.

Schon im Morgengrauen hatte sich eine unerträgliche Schwüle auf die Stadt gesenkt, so daß einem bereits bei der leichtesten Anstrengung der Schweiß in Strömen den Körper hinablief. Eine bedrückende Spannung lag in der Luft und entlud sich schließlich kurz vor der Mittagsstunde in einem Wolkenbruch. Gwenselah und Omar suchten Zuflucht unter einem weiten Torbogen, und fassungslos staunend beobachtete der Novadi, welch ungeheuerliche Wassermassen Rastullah auf die verfluchte Stadt hinabschleuderte, ganz so, als wolle der Gott allen Schmutz und alle Sünden aus ihren Straßen waschen. So dicht fiel der Regen, daß es Omar schien, als hätte sich ein schimmernder Vorhang vor das Tor gelegt. Bald schon verwandelten sich die steilen Gassen in gurgelnde

Sturzbäche, und das knöchelhohe Wasser weichte zum Ärger Omars die neuen Stiefel auf.

Ebenso plötzlich, wie der Wolkenbruch gekommen war, hörte das Unwetter auch wieder auf. Doch die angenehme Kühle, die den Regen begleitet hatte, hielt nicht lange an. Bald schon versiegten die schmutzigen Rinnsale, und die Hitze des Sommertags verwandelte die Stadt in ein riesiges Dampfbad. Omar fragte sich gerade, was Gwenselah in diesem erbärmlichen Viertel verloren haben mochte, als sein Gefährte ihn zu einem kleinen Hof brachte, in dessen Mitte ein riesiger Haufen verfaulender Früchte lag. Gwenselah klopfte an eine niedrige blaugestrichene Tür und verharrte lauschend.

»Sei willkommen, wenn dein Name nicht Golgari ist«, erklang eine hohe Fistelstimme, und wie von Geisterhand öffnete sich die Tür. Der schwere Duft von Tabak und Rauschkräutern schlug den beiden Gefährten entgegen, als sie eintraten. Omar begannen die Augen zu tränen, und er hatte das Gefühl, er müsse in der engen Kammer ersticken. Blinzelnd blickte er sich um. Überall in dem kleinen Raum türmten sich Berge von Gerümpel. Es gab abgewetzte Felle, Öllämpchen, bei denen die Henkel abgebrochen waren, und verbeulte kupferne Speiseplatten. In einem halb verrotteten Kistchen lag Schmuck, den die Jahrzehnte hatten grün anlaufen lassen. Seidengewänder mit verdächtigen dunklen Flecken hingen von der Decke. In einer Ecke kauerte ein mumifiziertes Äffchen, an dem offensichtlich schon die Ratten genagt hatten. Das Abscheulichste aber, was Omar unter all diesen Absonderlichkeiten entdecken konnte, war ein faustgroßer verschrumpelter Menschenkopf, dem man Augen und Mund mit groben Lederriemen vernäht hatte. Inmitten der Kuriositäten lag ein hagerer kleiner Mann auf einem Stapel fadenscheiniger Teppiche und sog bedächtig an einer langen Pfeife, von der ein kränklich gelber Rauch aufstieg.

»Möge dem Totenvogel dein Heim verborgen bleiben«, grüßte Gwenselah den Alten und kniete vor ihm nieder.

Der Mann nickte bedächtig. »Hast du auf deinen Reisen einen Trank gefunden, dem Atem Satinavs zu trotzen, Lagono, mein Freund? Dein Gesicht erscheint mir immer noch so unverwelkt wie vor zwanzig Jahren.«

»Es ist das brennende Feuer der Neugier, das mir die Jugend erhält, Fran Dabas. Wunder und Tränke sind nicht meine Sache.«

Der Alte stieß ein schrilles Kichern aus. »Süß wie der Honig des weißen Lotos klingen deine Lügen, Lagono. Wäre die Gier ein Jugendelexier, so würde niemand in dieser Stadt jemals altern. Doch nun sag mir, was dich zu mir führt.«

»Ich suche zwei Boote, klein und wendig genug, um zwischen den Schiffssperren an der Hafeneinfahrt hindurchschlüpfen zu können. Außerdem sollen sie von nur einem Mann zu segeln sein. Kannst du so etwas für mich besorgen?«

Der Alte schwieg und blies Wölkchen gelben Rauchs über die Lippen. Schließlich murmelte er: »Du willst doch nicht etwa den Schmugglern Konkurrenz machen? Noch vor dem nächsten Neumond triebe dein aufgedunsener Balg im Hafenbecken, wenn du eine solche Torheit begehst.«

»Es ist ein Jagdausflug, der mich in den Süden geführt hat. In der Stadt verweile ich nur auf der Durchreise …«

»Und wenn du dein Wild gestellt hast, brauchst du dringend Boote? Es scheint, daß du großen Fischen nachstellst, Lagono.« Der Alte lächelte breit und zeigte verfaulte Zähne. »Ich denke, ich kann dir verschaffen, was du suchst. Bis wann brauchst du die Boote?«

»Nun, da ich schon in der Stadt weile, möchte ich mir gern ein Spektakel in der Arena ansehen. Spiele wie in

Al'Anfa werden sonst nirgends geboten. Es reicht, wenn ich die Boote drei Tage vorher bekomme.«

Der Alte grunzte ärgerlich. »Weißt du wirklich nicht, wann die nächsten Spiele stattfinden? Du läßt mir kaum Zeit für dieses Geschäft. In nur fünf Tagen werden die Feierlichkeiten anläßlich der Siege des Patriarchen beginnen.«

»Bei meiner Ehre, Fran, ich bin erst seit gestern nacht in der Stadt. Ich wußte nicht, daß so wenig Zeit bleibt.«

Der Alte kicherte, als hätte Gwenselah einen gelungenen Witz gemacht. »Die Zeit wird reichen, doch reicht auch dein Gold?«

Der Beni Geraut Schie zog drei kleine Samtbeutel aus seinem Gürtel und legte sie vor Fran Dabas auf den Teppich.

Mit gichtigen Fingern nestelte der Alte an den Lederriemen der Geldkatzen und schüttete die Goldmünzen vor sich auf den Teppich. Dann schichtete er sie zu kleinen Stapeln und prüfte hin und wieder eine der Dublonen mit einem Biß.

»Das wird nicht reichen«, knurrte er schließlich ungehalten.

»Den Rest bekommst du, wenn ich mit den Booten zufrieden bin. Und besorg mir gleich eine Wache dazu, die aufpaßt, daß sich bei Ebbe nicht wie von Zauberhand die Bootsleinen lösen und mein Eigentum irgendwo in der weiten Bucht verschwindet.«

Der Alte grinste schief und blies eine besonders große Rauchwolke über die Lippen. Dann murmelte er zweideutig: »Du weißt doch, daß sich noch nie einer meiner Geschäftsfreunde beschwert hat.«

Omar schluckte. Wie konnte Gwenselah diesem Halsabschneider trauen? Wahrscheinlich würde der Schurke ihnen noch in dieser Nacht gedungene Meuchler schicken, um sich ihr restliches Gold zu holen. Ein Stück Pergament, auf dem der Name eines einflußreichen Mannes stand, ließe jemanden wie ihn gewiß vor keiner Übeltat zurückschrecken. Doch Gwenselah blieb – zumindest äußerlich – völlig gelassen. Ob er sich der Gefahr nicht bewußt war?

»Wie stehen denn die Wetten zu den Spielen?«

Fran Dabas schnitt eine Grimasse. »Erinnere mich nicht daran! Tar Honak mag zwar ein Vermögen in die Arenakämpfe gesteckt haben, aber das Programm des ersten Kampftages taugt nicht zum Wetten. Die Spiele werden eröffnet mit einer Schlacht, an der angeblich über hundert Kämpfer teilnehmen sollen. Es wird die Erstürmung der Stadtmauern Unaus nachgestellt. Übrigens sind die Sklaven, die die Mauer verteidigen sollen, tatsächlich ausschließlich Kriegsgefangene aus Unau. Nach dem Gefecht wird ein einzelner Gladiator gegen einen tollwütigen Ongalobullen antreten. Das ist ein Kampf, der spannend zu werden verspricht. Leider halten die Veranstalter bislang den Namen des Gladiators geheim, der gegen den Bullen antreten soll. Deshalb sind die Leute mit ihren Wetten sehr zurückhaltend. Schickt man irgendeinen grünen Jungen in die Arena, wird der Bulle auf jeden Fall siegen. Wurde aber ein erfahrener Gladiator ausgewählt, der vielleicht auch schon einige Tierkämpfe hinter sich hat, so wird er die Bestie abgestochen haben, bevor sie dreimal mit den Hufen gescharrt hat.« Der Alte schüttelte den Kopf. »Diese unsicheren Paarungen sind für jeden, der darauf angewiesen ist, sich beim Wetten ein paar Kupferstücke zu verdienen, wirklich ein Ärgernis. Man munkelt schon, daß … Aber was schwatz ich dir den Kopf voll mit irgendwelchen Geschichten? Nach dem Bullenkampf, so gegen die Mittagsstunde, gibt es eine kleine Besonderheit. Tar Honak hat angeblich eine Novadiprinzessin gefangengenommen und in die Kerker unter der Arena schaffen lassen. Wenn auch nur die Hälfte der Gerüchte stimmt, die in der Stadt über diese Ungläubige im Umlauf sind, dann ist sie nicht nur von ausgesuchter Schönheit, sondern obendrein auch noch eine talentierte Schwertkämpferin und Meuchelmörderin. Sie soll gegen drei Löwen gleichzeitig antreten. Obwohl das kein normaler Sterblicher überleben dürfte, stehen die Wetten erstaunlich günstig für sie. Nun ja, wir werden sehen, wer dabei letztlich das Geschäft macht.«

Omar war so erregt, daß er dem Alten beinahe ins Wort gefallen wäre. Von Löwen sollte Melikae zerfleischt werden! Und was sollte das Gerede darüber, daß sie eine gute Schwertkämpferin sei? Nicht ein Wort davon konnte stimmen! Mit Schrecken dachte der Novadi an den Löwen, dem er einst gegenübergestanden hatte. Schon *eine* Bestie dieser Art war eine tödliche Gefahr. Und drei … Das wäre kein Kampf, sondern Mord. Omars Hand krampfte sich um den Griff des Tuzakmessers, das er wie Gwenselah zur Kostümierung passend in die breite Bauchbinde geschoben hatte.

»Ich setze eine Dublone auf die Novadiprinzessin.« Gwenselah holte seinen Geldbeutel hervor und warf Fran Dabas eine Münze zu. »Wer es wagt, die Hand gegen Tar Honak zu erheben, dem mangelt es zumindest nicht an Mut.«

Fran Dabas nahm die Münze auf und drehte sie nachdenklich zwischen den Fingern. »Mut allein wird nicht reichen, um in der Arena zu bestehen. Weißt du etwas über sie, oder ist es der reine Übermut, der dich zu der Wette treibt?«

»Ich sagte doch schon, ich bewundere ihren Mut. Und wenn es ihr Schicksal sein sollte, in der Arena zu sterben, dann soll sie zumindest eine gute Wettquote gehabt haben.«

»Du bist ein Narr, Lagono. Aber vielleicht hast du recht. Womöglich sollte ich einen Teil meines Geldes auf die Ungläubige setzen. Schließlich kenne ich dich nicht als romantischen Jüngling, sondern als einen gewöhnlich äußerst kundigen Lebemann.«

»Du schmeichelst mir, mein Freund.« Gwenselah

erhob sich und deutete eine knappe Verbeugung an. »Doch bevor ich mir von dir auch meine letzten Geheimnisse entlocken lasse, gestatte, daß ich mich zurückziehe.«

»Es war mir wie immer eine Freude, mit dir Geschäfte zu machen. Wo kann ich dich finden, sobald ich die Boote habe?«

Der Beni Geraut Schie machte eine abwehrende Geste. »Ich finde *dich.*«

»Wie du wünschst. Möge Boron noch lange fern deiner Schwelle weilen.«

»Möge er deine erst gar nicht finden.« Gwenselah gab Omar einen Wink, und der Novadi folgte ihm auf den Hof. Sie waren noch keine zehn Schritt von dem verräucherten Laden Fran Dabas' entfernt, als Omar seinen Groll und seine Sorge nicht länger zurückhalten konnte. »Wie kannst du mit einem Schurken wie ihm Geschäfte machen? Ich bin sicher, er wird uns nicht nur betrügen – er wird uns ermorden lassen.«

»Das wird er nicht tun«, antwortete der Beni Geraut Schie knapp.

»Und was macht dich da so sicher?« bohrte Omar weiter.

Gwenselah war stehengeblieben, lehnte sich gegen eine schmutzige Hauswand und stöhnte.

»Was ist mit dir?«

»Nichts!« keuchte der Beni Geraut Schie leise. »Es wird schon …« Ein Hustenkrampf schnitt ihm das Wort ab. Der Fechtmeister hatte die Hände zu Fäusten geballt und die Linke gegen die Lippen gepreßt. Schon bald perlten Blutstropfen von seinem Handrücken. Der Anfall war heftiger als alle, die Omar bislang miterlebt hatte. Es schien, als wolle der Husten nicht mehr enden. Schließlich sank Gwenselah kraftlos auf die Knie.

Hilfesuchend blickte Omar sich um. Hohlwangige Bettler und bleiche Kinder schienen sich gleich bösen

Geistern aus dem Schlamm der Gasse erhoben zu haben. Stumm blickten sie ihn mit großen leeren Augen an. Irgendwo sah Omar ein Messer blitzen. Er begriff, daß er hier keine Hilfe bekäme. Alle warteten darauf, daß Gwenselah starb. Wie gierige Aasgeier lauerten die Bettler auf ihre Beute. Der Beni Geraut Schie hatte aufgehört zu husten. Verzweifelt zog Omar sein Schwert und drehte sich langsam, bevor er nach seinem Freund sah. Noch zögerte der Pöbel.

»Komm, Gwenselah! Wir müssen von hier verschwinden.«

Der Fechtmeister antwortete nicht. Omar kniete neben ihm nieder und rüttelte an seiner Schulter. Gleichzeitig ließ er die Bettler nicht aus den Augen. Von einem der angrenzenden Dächer warf jemand einen Stein, der ihn nur knapp verfehlte.

»Gwenselah!« Der Beni Geraut Schie war ohnmächtig, oder sollte er etwa ...? Omar griff nach dem Hals seines Freundes. Ganz schwach fühlte er das Pulsieren der Ader.

»Macht, daß ihr fortkommt!« schrie er in blinder Wut, doch die Bettler blieben ungerührt. Omar fluchte. Diese Hyänen würden ihm höchstens helfen, in die dunklen Hallen des Götzen Boron zu gelangen. Stöhnend zog er Gwenselah hoch und griff ihm unter die Arme. »Komm wieder zu dir, bei allen Geiern der Khom! Ich brauche dich!« Doch sein Freund hörte ihn nicht. Der Novadi sandte ein stummes Gebet zum Himmel. Dann machte er sich auf den Weg, gefolgt von einer ständig wachsenden Schar von Bettlern.

Später konnte sich Omar nur noch lückenhaft daran erinnern, wie er es geschafft hatte, bis zum ›Madamal‹ durchzukommen. Der Weg durch die Gassen des Bettlerviertels erschien ihm wie ein gräßlicher ferner Alptraum. Von der Wirtin Traviane erfuhr er, daß man das Stadtviertel, das er mit Gwenselah besucht hatte, den Schlund nannte und daß kein Bürger, der seine Sinne beisammen hatte, sich dort blicken ließ. Selbst die Stadtwachen wagten sich nur in Gruppen von mindestens sechs Mann dorthin.

Um sich den Rücken frei zu halten, war Omar immer dicht an den Hauswänden entlanggegangen. Irgendwann hatten die Kinder angefangen, ihn mit Schlamm und Steinen zu bewerfen. Dann waren die Kräftigeren auf ihn losgestürmt. Immer wieder war seine Klinge vorgezuckt und hatte Lücken in den enger und enger werdenden Kreis aus lehmverschmierten Gesichtern geschlagen. Gellende Schreie hallten ihm in den Ohren, wenn er daran zurückdachte. Und dann, als er schon jegliche Hoffnung hatte fahren lassen, war eine Gruppe schwarzgewandeter Soldaten aufgetaucht, hatte die Bettler vertrieben und sie beide irgendwie bis zur Herberge am Hafen geschafft. Einen ganzen Beutel von Gwenselahs Gold hatte er ihnen geschenkt, doch als er allein war, verfluchte er sein Schicksal.

Ausgerechnet jene Soldaten, die ausgezogen waren, seine Heimat zu unterjochen, hatten ihm nun das Leben gerettet. Er stand in ihrer Schuld! Wie sollte er sie künftig noch bekämpfen? Ganz genau hatte er sich das Gesicht jedes einzelnen seiner Retter eingeprägt, und nachdem er Gwenselah auf sein Zimmer gebracht hatte und überzeugt war, daß er für seinen Freund nichts mehr tun konnte, versenkte er sich stundenlang in demütige Gebete an Rastullah und bat den Gott, daß ihm diese Männer niemals im Kampf gegenüberstehen würden.

Es dauerte bis zum nächsten Morgen, daß Gwenselah wieder ausreichend zu Kräften gekommen war, um sich von seinem Lager erheben zu können. So als wäre nichts gewesen, ging er über den Vorfall im Schlund hinweg. Alle Fragen Omars beantwortete er mit beharrlichem Schweigen. Ohne ein Wort der Erklärung verkündete er nach dem üppigen Frühstück, das die Wirtin ihnen bereitet hatte, es sei nun an der Zeit, der Arena einen Besuch abzustatten. Halb hoffte Omar, sein Freund habe einen verrückten Plan, Melikae zu befreien, halb fürchtete er, daß Gwenselah den Verstand verloren hatte. Doch es sollte alles ganz anders kommen, als der Novadi erwartet hatte.

Die Arena lag nur wenige hundert Schritt von der Herberge der Gefährten entfernt am Fuß einer Steilklippe. Eine Mauer schirmte den riesigen Bau vor ungebetenen Besuchern ab. Ohne ein Wort der Erklärung umrundete Gwenselah die Mauer und führte Omar zu einem prächtigen Tor, dessen Schlußstein einen Löwenkopf zeigte. Zwei Kriegerinnen mit silbernen Löwen auf den Waffenröcken bewachten den Eingang. Gwenselah deutete einen militärischen Gruß an und fragte mit ausgesuchter Höflichkeit: »Ist der Fechtmeister der Gladiatoren zu sprechen?«

»Was ist dein Begehr?«

»Wir wollen in der Arena kämpfen.«

Omar zuckte zusammen. Sein Freund hatte also tatsächlich den Verstand verloren! Nicht genug, daß Melikae in den Kerkern der Arena gefangen lag, nun wollte er auch ihnen das gleiche Schicksal bereiten. Die Kriegerinnen waren merkwürdigerweise über dieses seltsame Anliegen keineswegs verwundert. »Korisande wird dich zum Fechtmeister bringen. Er übt gerade mit den Kämpfern für die nächsten Festspiele.«

Eine Kriegerin winkte ihnen, ihr zu folgen. Sie brachte sie durch das Tor auf einen weiten Platz, wo sich majestätisch die schwarze Arena erhob. Ihre von zahlreichen Torbögen durchbrochene Außenfassade war aus Basalt und schimmerndem Obsidian errichtet, und in Dutzenden von Nischen hatte man kunstvolle Statuen aus Bronze oder rotem Marmor aufgestellt, die ruhmreiche Gladiatoren in der Stunde ihres Triumphes zeigten. Der Weg ins Innere der Arena führte durch einen dunklen Tunnel unter den Publikumsrängen hindurch auf den sandbestreuten Kampfplatz. Etliche Männer und Frauen übten hier mit Stöcken und stumpfen Waffen für den Tag, an dem sie in dem steinernen Rund ihr Blut vergießen sollten.

»Dort hinten, der Glatzkopf mit dem Helm unter dem Arm, das ist Kobos der Fechtmeister. Wartet, bis er mit seinen Unterweisungen fertig ist. Er kann es nicht leiden, wenn man ihn stört.« Ohne sich weiter um sie zu kümmern, drehte sich die Kriegerin um und kehrte durch den Arenatunnel auf ihren Wachtposten zurück.

Neugierig musterte Omar die Kampfpaare. Unter den Fechtern fiel ihm ein bärtiger Mann auf. Er erinnerte ihn an einen Kupferschmied, den er vom Basar in Unau kannte. Omar mußte an die Worte des Fran Dabas denken, daß angeblich alle Novadis, die in der nachgestellten Schlacht um Unau kämpfen sollten, tatsächlich auch aus der Sultansstadt am Chichanebi stammten. Welch grausames Schicksal war es doch, die Kämpfe um Unau zu überleben, nur um hier in der Arena zur Belustigung des Pöbels dahingeschlachtet zu werden!

»He, ihr zwei! Was treibt ihr in meiner Arena?« Der bullige Fechtlehrer hatte seine Lektion beendet und kam nun mit großen Schritten auf die Gefährten zugeeilt. »Wenn ihr glaubt, ihr könnt meine Blutsäufer bei ihren Übungsstunden beobachten, um dann mit eurem Wissen die Wettstände aufzusuchen, habt ihr euch geirrt. Schnüffler wie euch lade ich gern zu einem Tänzchen mit meiner Rute ein.« Mit finsterem Blick ließ Kobos einen dicken Bambusstock auf die offene Handfläche seiner Linken klatschen.

»Wir sind hier, um an der Schlacht um Unau teilzunehmen«, entgegnete Gwenselah ruhig. »Wir würden uns die Ehre auch ein wenig kosten lassen.«

Schlagartig änderte sich der Gesichtsausdruck des

Fechtlehrers. Sein Zorn war verraucht, und er brachte so etwas wie ein zufriedenes Grinsen zustande.

»Ihr seid beide Freie, nehme ich an.«

»Ich bin Plantagenbesitzer. Leider erlauben es mir meine Geschäfte nicht, am ruhmreichen Krieg unseres Patriarchen teilzunehmen. Da einige Leute aber glauben, ich sei bei der Armee, möchte ich zumindest hier in der Arena die Schlacht um Unau nachholen, damit mich keiner der Lüge bezichtigen kann, wenn ich später einmal erzähle, daß ich beim Sturm auf die Stadt in der ersten Reihe gekämpft habe.«

Kobos quittierte Gwenselahs Geschichte mit einem schallenden Lachen. »Du siehst mir nicht aus wie ein Mann, der sich darüber grämen würde, wenn man ihn einen Lügner nennt. Ich glaube eher, du bist wegen irgendeiner fragwürdigen Wette hier oder weil du deine Liebsten mit Ruhmestaten in der Arena beeindrucken willst, wenn du schon keine Gelegenheit findest, ins Feld zu ziehen. Doch das soll mir gleich sein! Wenn ihr zwei keine allzu schlechte Figur im Kampf macht, seid ihr mir willkommen. Je mehr Krieger an der Schlacht in der Arena teilnehmen, desto besser. Auf welcher Seite wollt ihr fechten?«

Gwenselah zog ein Gesicht, als hätte man ihn mit Kameldung beworfen. »Wie kannst du da noch fragen? Wo sonst sollte ein ehrbarer Mann kämpfen als auf seiten des Patriarchen?«

Kobos nickte. »So sei es. Doch nun beweist mir, was ihr beide zu bieten habt. Ihr müßt entschuldigen, aber wenn ihr eine gewisse Norm unterschreitet, kann ich euch nicht in die Arena lassen, ohne meinem Ruf zu schaden.«

»Wen willst du fordern?«

»Ich denke, ich werde keine Schwierigkeiten haben, es mit euch beiden zugleich aufzunehmen. Holt euch drüben beim Waffenständer ein paar Bambusstöcke und kommt zurück.«

»Hoffentlich werden wir deinen Ansprüchen genügen.« Mit einem Lächeln verbeugte sich Gwenselah und schlenderte zu den Waffenständern.

Während der Beni Geraut Schie in aller Ruhe die Bambusstäbe prüfte, konnte sich Omar nicht länger zurückhalten. »Was tust du nur? Glaubst du, ich könnte gegen meine Brüder kämpfen? Ich kann doch meine Landsleute nicht zum Vergnügen des Pöbels abschlachten. Laß uns gehen! Auf diesem Weg will ich Melikae nicht zurückgewinnen!«

»Was scheren dich die anderen? Hast du vergessen, daß du in Unau Sklave warst? Glaubst du, einer von denen hätte auch nur einen Finger gerührt, wenn Abu Feisal befohlen hätte, dich auf dem Marktplatz hinzurichten?«

»Beim Barte Rastullahs, was ist nur in dich gefahren? Ist es wirklich mein Freund, der da spricht?« Omar konnte es nicht fassen, solche Worte aus dem Mund Gwenselahs zu hören. War es der unheilvolle Einfluß dieser Stadt, der ihn sosehr verändert hatte?

»Jene, gegen die du kämpfen wirst, sind ohnehin dem Tod geweiht. Wenn du willst, schone sie und sieh zu, daß du sie nur mit der flachen Seite deiner Waffe triffst, so daß deine Schläge sie ohnmächtig werden lassen, sie aber nicht töten. Aber glaubst du wirklich, du tätest ihnen damit einen Gefallen? Wenn sie die Schlacht um Unau überleben, wird man sie immer wieder in den Kampf schicken, bis sie eines Tages doch noch den Tod in der Arena finden. Begreifst du nicht, daß in den Kerkern dieser Stadt der Tod die einzige Hoffnung ist?«

»Was weißt du von Sklaverei und Hoffnung? Ich jedenfalls werde niemanden töten.«

Gwenselah zuckte die Achseln. »Wenn es dich beruhigt: Auch ich werde mir Mühe geben, keinen von jenen, die früher auf dich gespuckt hätten, in die Gärten deines Rastullah zu schicken.«

Einige Augenblicke herrschte angespanntes Schweigen zwischen beiden. Omar war verzweifelt. Melikae war wahrscheinlich nicht einmal hundert Schritt entfernt von dem Platz, an dem er jetzt stand, in irgendeinem finsteren Kerker eingesperrt. Ohne Gwenselah wäre er niemals so weit gekommen. Doch wie konnte er an den lästerlichen Blutspielen zu Ehren des Götzen Boron teilnehmen? So zu handeln, hieße Rastullah zu schmähen, und einem Paar, das durch Frevel zusammengeführt war, würde Rastullah niemals Glück gewähren.

»Begreifst du, warum ich das alles tue?« brach Gwenselah das Schweigen. »Als Gladiatoren haben wir freien Zugang zur Arena. Nur so können wir herausfinden, wo Melikae gefangengehalten wird, und vielleicht gelingt es uns, sie noch vor den Kämpfen zu befreien. Niemand wird Verdacht schöpfen, wenn wir mit den anderen Gladiatoren plaudern oder sie in ihre Quartiere begleiten, um mit ihnen zu zechen. Ja, selbst wenn wir die Kriegsgefangenen besichtigen wollen, gegen die wir im Kampf antreten müssen, ist das noch nichts Ungewöhnliches. Doch mach dir keine allzu großen Hoffnungen! Erst in dem Durcheinander während der Kampfspiele wird die Aufmerksamkeit der Wachen vielleicht nachlassen. Sollte unser Streich schon vorher gelingen, hätten wir unglaubliches Glück gehabt.«

Omar blieb stumm, doch in seinem Herzen hatte er seine Entscheidung getroffen: Er würde mit dem Beni Geraut Schie in die Arena ziehen. Gwenselah hatte recht. Wenn sie Melikae retten wollten, war dies vermutlich der einzige Weg, der ihnen blieb. Jedenfalls würde er nicht untätig darauf warten, daß Rastullah vielleicht ein Wunder geschehen ließ. Der Gott hatte sich ihrer Liebe niemals als geneigt erwiesen. Wie wenige Tage des Glücks waren ihnen doch beschieden gewesen, bevor Abu Dschenna sie auseinandergerissen hatte! Und wie hatte Rastullah es dulden können, daß die Ungläubigen Melikae in die Sklaverei verschleppten, um sie hier dem Rabengötzen zu opfern? Nein, Omars Entschluß stand fest! Selbst wenn er einen Frevel begehen müßte, um wieder mit Melikae vereint zu sein, er würde nicht zögern. Auch wenn das hieße, daß er die ewige Verdammnis zu erwarten hatte.

»Was ist mit euch beiden los? Hat der Mut euch verlassen?« höhnte Kobos, der sich lässig auf seinen Bambusstab stützte und zu ihnen herüberblickte.

»Zeig ihm nicht zuviel von dem, was du bei mir gelernt hast! Wenn er findet, daß wir zu gut sind, wird er uns nicht an dem Massenkampf teilnehmen lassen, sondern uns zu den Einzelduellen der besseren Gladiatoren überreden wollen. Dann aber sind wir erst nach Melikae an der Reihe und haben keine Gelegenheit mehr, sie zu befreien, denn Gladiatoren, die ihren Kampf noch nicht bestanden haben, lassen die Wachen nicht aus den Augen. Schließlich könnten sie ja im letzten Moment vor ihrer blutigen Pflicht davonlaufen.«

»Kann es losgehen? Ich hab ja schon Mäuse mit mehr Kampfesmut gesehen!«

»Gehen wir?«

Omar griff wahllos nach einem der Kampfstöcke. »Für Melikae«, murmelte er leise und schloß die Hand dabei fest um das Bambusrohr.

Die nächsten Tage vergingen wie im Flug, und fast wollte Omar glauben, daß das Schicksal ihnen doch seine Gunst zeigte. Kobos hatte ihnen einige tüchtige Schläge verpaßt und sie dann in die Schar der Kämpfer aufgenommen, die am Sturm auf das nachgebaute Unau teilnehmen sollten. Auch Fran Dabas hatte sich überraschenderweise als zuverlässig erwiesen. Jedenfalls waren Omar bislang keine Anzeichen dafür aufgefallen, daß ihnen irgendwelche Meuchler folgten, und als sie sich nach der vereinbarten Frist zum zweiten

Mal mit dem Schurken trafen, hatte der alte Hehler tatsächlich zwei kleine Boote besorgt.

Nur bei Omars wichtigstem Anliegen, war ihnen kein Glück beschieden: Zwar hatten sie in Erfahrung bringen können, in welchem der Verliese tief unter der Arena Melikae gefangengehalten wurde, doch bewachte man sie so gut, als wäre sie eine Königin. Sosehr die Gefährten sich auch bemüht hatten, es war ihnen weder gelungen, die Sharisad zu Gesicht zu bekommen, noch ließ sich einer ihrer Wächter bestechen, ihr heimlich eine Nachricht zu überbringen. An den letzten zwei Tagen vor ihrem Kampf in der Arena unterwies Gwenselah Omar im Umgang mit den Booten. Dem Novadi war zwar der Gedanke unheimlich, sich in einer so winzigen Nußschale dem Meer anzuvertrauen, doch schließlich ließ er sich überzeugen, daß dies der einzige Weg sei, bei dem zumindest eine geringe Aussicht bestand, den Sklavenjägern und Söldnern zu entkommen. Wie jedesmal, wenn Omar ein Boot betreten hatte, so fühlte er sich auch jetzt erst wieder wohl, als er festen Boden unter den Füßen hatte. Gwenselah winkte ihm, diesmal das Boot allein den Strand hinaufzuziehen. Mit jedem Tag wirkte der Beni Geraut Schie hinfälliger, und obwohl er nicht mit greller Schminke sparte, schien er Omar von Stunde zu Stunde blasser zu werden. Gwenselah hätte sich schonen sollen, statt jeden Morgen in der Arena zu fechten und die Nachmittage auf dem Wasser zu verbringen. Niemand konnte auf dem Wasser gesund werden!

»Komm zu mir, Omar!« Gwenselah hatte sich im Schatten einer steilen Düne niedergelassen. Seine Stimme klang schwach und zittrig. Wenn er mit Omar allein war, machte er sich nicht mehr die Mühe, seinen Zustand zu überspielen. »Setz dich und zeig mir noch einmal, wie gut du mein Zauberzeichen erlernt hast.«

Der Novadi las einen Stock auf und glättete den Sand. Immer, wenn er dieses unselige Zeichen malen sollte, ergriff ihn ein Schaudern. Sich mit Zauberkräften zu beschäftigen, war eine Kunst, für der er nicht geboren war. Obwohl er nun schon seit mehr als zwei Gottesnamen von Gwenselah unterrichtet wurde, machte er immer noch kleine Fehler, wenn er das magische Schutzsymbol zeichnete. Auch diesmal erging es ihm nicht besser, und Gwenselah schüttelte nachdenklich den Kopf.

»Mir scheint, dir ist es einfach nicht gegeben, allein kraft deiner Erinnerung Lyrankh zu vollenden. Du bemerkst es nicht einmal, wenn du Fehler machst. Was wirst du tun, wenn ich morgen abend nicht an deiner Seite bin, um dich zu berichtigen?«

»Laß es uns noch einmal üben, Meister. Ich bin sicher, ich werde es noch lernen.« Obwohl Omar sich bemühte, aufrichtig zu klingen, wußte er im Grunde seines Herzens, daß sein Freund recht hatte. Es war aussichtslos. Doch warum war sich Gwenselah so sicher, daß er sterben würde? Warum glaubte er so fest daran, daß er den morgigen Tag nicht überleben werde?

»Sicher wird alles gutgehen, und bald schon sitzen wir zusammen und lachen über deine Todesahnungen.«

Statt ihm zu antworten, blickte Gwenselah ihn nur stumm an. Selbst seine grauen Augen, die sonst immer ein Spiegel seiner lebendigen Seele gewesen waren, wirkten nun leer und tot.

»Bestimmt wird es dir bald wieder besser gehen! Früher gab es immer wieder Zeiten, da du über deine Krankheit triumphieren konntest. Du wirst schon sehen, wenn sich Melikae und ich gemeinsam um dich kümmern, dann werden wir deinen Husten besiegen.«

Gwenselah lächelte und schüttelte müde den Kopf. »Es ehrt dich, daß du versuchst, mir Mut zu machen, doch es ist aussichtslos. An den Tagen, an denen es mir besser ging, habe ich alle meine Kräfte aufgeboten, um der Krankheit die Stirn zu bieten. Seit wir Selem verließen, habe ich das Kämpfen aufgegeben. Alle Kraft, die ich noch zu sammeln vermag, werden wir morgen brauchen, um lebend aus der Stadt zu kommen.«

»Was habe ich gewonnen, wenn ich mein Glück mit dem Leben meines besten Freundes erkaufen muß? Bei Rastullah, wenn es irgendeinen Weg gibt, deine Leiden zu lindern, so tu es!«

»Und was habe ich gewonnen, wenn ich jene Kräfte für mich allein beanspruche, die morgen zumindest dir und Melikae das Leben retten können? Ihr Menschen macht alle den Fehler, dem Tod zu großen Wert beizumessen. Es gibt keine ewige Verdammnis und auch keine immergrünen Gärten. Der Tod ist nichts weiter als die Geburt in ein neues, anderes Leben. Ich habe keine Angst davor. Wenn du etwas für mich tun willst, dann lerne das Lyrankh fehlerfrei zu zeichnen, denn wenn du diese Linien morgen mit zauberkräftiger Tinte auf den Bug meines Bootes malst und einen Fehler machst, dann können Dinge geschehen, die wir beide uns nicht einmal vorzustellen vermögen. Ich werde es dir heute nacht auf ein Pergament malen.« Gwenselah lachte leise. »Dann wird morgen ein Stück Tierhaut an meine Stelle treten, um dich zu belehren.«

»Sprich nicht so! Du redest deinen Tod herbei, wenn du so etwas sagst.«

»Und trotzdem müssen wir über das Unvermeidliche sprechen. Es mag sein, daß dich gewisse Umstände, die mit meinem Tod einhergehen, ängstigen werden. Trotzdem muß ich dich bitten, zumindest einen Teil von dem zu retten, was du finden wirst, wenn ich gestorben bin, sonst ...« Er seufzte. »Es gibt keine Verdammnis, vor der ich mich fürchte. Doch wenn jener Teil von mir, der wiedergeboren würde, diese Welt nicht verlassen kann, weil du das Ritual mit dem Totenboot nicht richtig vollzogen hast, dann erfüllt sich ein schrecklicher Fluch an mir. Ich würde nicht leben und wäre auch nicht wirklich tot. Es... Ich weiß nicht, wie ich es in für einen Menschen verständliche Worte fassen könnte. In meinem Volk gibt es viele Geschichten über Unglückliche, die den Weg zu den Pforten im Meer nicht gefunden haben, und wenn ich vor etwas Angst habe, dann davor, so zu werden wie Nantiangel und Lailath oder alle die anderen, die ihr Leben auf der Suche nach Selflanatil gegeben und darüber ihren Weg verloren haben. Sie mußten Jahrhunderte warten, bis sie erlöst wurden. Für mich gäbe es nicht einmal diese Hoffnung. Begreifst du, wie wichtig du deshalb für mich bist, Omar? Ich gebe mein Leben gern, wenn dafür das Glück in das deine zurückkehrt. Und noch etwas. Wenn ich sterbe, so nimm mein Schwert! Ich wüßte niemanden, der würdiger wäre, es zu führen. Denn auch wenn du vielleicht noch an dir zweifeln magst, so habe ich doch schon lange alle jene Eigenschaften an dir erkannt, die einen guten Krieger ausmachen. Und wer weiß, wenn du eines Tages auch in der schwersten aller Tugenden bestehst, wirst du vielleicht sogar einen Weg finden, mir mein Schwert zurückzugeben.«

Omar fühlte einen Kloß im Hals. Er wollte seinem Freund widersprechen, wollte ihm klarmachen, daß seine bösen Ahnungen nur dunkle Wahngespinste seien, doch die Stimme versagte ihm den Dienst, und ohne daß noch ein weiteres Wort gesprochen wurde, sahen die beiden der Sonne zu, die im Westen hinter den Hügeln versank. Im roten Licht des schwindenden Tages erschienen dem Novadi die weißen Häuser der sündigen Stadt wie in Blut getaucht.

Als sie in ihre Herberge zurückgekehrt waren, wollte Omar keine Ruhe finden. Noch Stunden, nachdem er sich von Gwenselah zur Nacht verabschiedet hatte, saß er aufrecht in seinem Bett und starrte auf die Wände des Zimmers. Immer und immer wieder dachte er an den kommenden Tag. Dann wieder ermahnte er sich stumm, daß er zur Ruhe kommen müsse, um den bevorstehenden Anstrengungen gewachsen zu sein. Vergebens! Schließlich stand er auf und trat zum Fenster, um auf das silbernschimmernde Meer zu blicken. Selbst jetzt erkannte er den dunklen Rabenfelsen noch deutlich, jenes unheimliche Wahrzeichen der Stadt. Ja, Omar hatte das Gefühl, daß der Rabengötze ihn verhöhnte, diese widernatürliche Kreatur, die nur gegen den Willen Rastullahs existieren konnte und die es doch vermocht hatte, sich eine so mächtige Stadt wie Al'Anfa zu unterwerfen. Einen Moment lang vermeinte er über das leise Rauschen der Wellen hinweg ein krächzendes Lachen zu hören, und mit Schaudern erkannte Omar, daß sie beide mit ihrem tollkühnen Plan nicht die Stadt, sondern den Götzen selbst herausgefordert hatten. Deshalb also rechnete Gwenselah so fest mit seinem Tod. Selbst wenn sie triumphieren sollten, würde sich der Rabengott niemals ein Leben entreißen lassen, ohne zur Vergeltung ein anderes einzufordern.

Eine dunkle Gestalt trat vor das Haus und eilte die Straße parallel zu den Hafenbefestigungen entlang. Omar sah ihr gedankenverloren nach, doch erst als der Schatten vor der Mauer verharrte und sich offensichtlich von Schmerz gepeinigt gegen den kalten Stein lehnte, erkannte der Novadi, wer da die Herberge verlassen hatte. Es war Gwenselah! Was in Rastullahs Namen tat er? Welchen Weg hatte er zu gehen, bei dem er seinen Freund nicht an der Seite wissen wollte?

Obwohl vor ihren Augen eine wilde Schlacht tobte, spürte Melikae in sich eine unerschütterliche Ruhe und Zuversicht. Auf der Sklaveninsel und im Kerker der Arena hatte man versucht, sie zu zerbrechen und ihr die letzte Würde zu nehmen. Doch statt dessen hatte sie in sich eine Kraft gefunden, die selbst die grausamsten Folterer und Sklavenschinder nicht zu berühren vermochten. Zuletzt hatte sie sogar die verborgene Angst in jenen erkannt, die kamen, um sie zu erniedrigen, und die ihr doch nichts mehr anzutun vermochten. In den Stunden, die sie allein in ihrem finsteren Kerker verbracht hatte und in denen ihr baldiger Tod ihre einzige Gewißheit gewesen war, hatte sie ihren Frieden mit Rastullah gemacht. Bald schon würde der Eine sie zu sich nehmen, und sie wäre endlich wieder mit Omar vereint. Aus dem Trost, den ihr dieser Gedanke gab, war auch die Gewißheit erwachsen, daß der gerechte Gott jede Erniedrigung, die sie hatte erdulden müssen, tausendfach vergelten würde.

Voller Verachtung für den blutigen Kult derer, die in diesem Kerker regierten, blickte sie auf das grausame Treiben in der Arena. Nicht Boron, sondern einem anderen Götzen, Kor genannt, geboren aus Blut und Finsternis, war dieser Ort der Folter und des Todes geweiht, so hatte sie von den Wärtern erfahren. Doch auch er könnte nicht vor dem Zorn des Einen bestehen, wenn der Tag der Vergeltung für alle Bluttaten in der Arena kam. Und ihr, so dachte Melikae, war es – genauso wie allen Novadis, die hier ihr Ende finden sollten – gegeben, das sündige Al'Anfa daran zu erinnern, daß die Stunde, da alle Demütigungen heimgezahlt würden, nicht mehr fern war.

Mit kaltem Lächeln blickte sie auf das Stück Stadtmauer, das man in der Arena errichtet hatte. Es war aus dicken Balken gezimmert und dann weiß gekalkt worden, so daß es von weitem wohl echt aussehen mochte. Auch ein Tor und einen kleinen Turm hatte man auf diese Weise nachgebildet. Jene Unglücklichen aber, die nun zum zweiten Mal um Unau kämpfen sollten, hatte man in phantastische Kostüme gesteckt. Bunt wie Pfauen sahen sie aus mit ihren riesigen Turbanen, den Pluderhosen und weitgeschittenen Kaftanen. Und doch kämpften sie mit einem Mut und einer stummen Verbissenheit, die diese alberne Kostümierung vergessen machte. Auch wenn sie keine Pfeile oder Speere hatten, um ihren Gegnern schon auf dem Weg zu den Mauern die ersten Verluste beizubringen, hatten die schwarzgewandeten Eroberer bei ihrem Angriff doch einen überraschend hohen Blutzoll zu entrichten.

Zunächst war Melikae überrascht gewesen, daß die Angreifer sogar in der Unterzahl waren. Schließlich wäre für die alanfanischen Zuschauer nichts peinlicher gewesen als zu beobachten, wie die Schlacht um Unau verloren wurde. Eine Zeitlang hatte es ganz so ausgesehen, als könnten sich die Verteidiger halten. Etliche der Leitern, die gegen die Mauern gelehnt wurden, konnten niedergestürzt werden, und immer wieder durchtrennten die tapferen Unauer die Seile der Wurfanker, die gegen ihre Zinnen geschleudert wurden. Doch dann brachten die Schwarzgewandeten einen kleinen Belagerungsturm an die Mauer und schafften es, das Tor mit einem Rammbock zu zertrümmern. Von da an zeigte sich, wie ungleich der Kampf wirklich war. Auch wenn die Novadis weiterhin wacker fochten, so vermochten sie gegen die ausgebildeten und geübten Kämpfer, die man ihnen entgegengestellt hatte, nicht zu bestehen.

Einer der ersten, die durch das Tor stürmten, war ein schlanker Krieger, der den federgeschmückten Helm eines Hauptmanns trug. Gleich drei Unauer stellten sich ihm entgegen. Anscheinend ohne Mühe parierte er ihre Hiebe und streckte einen nach dem anderen nieder. Seine Seite deckte ein Bannerträger, der Melikae von weitem an Omar erinnerte. Er hatte seine Größe und Statur, doch vor allem war es sein Gesicht ... Die Sharisad schüttelte den Kopf. Welch törichter Gedanke! Omar war tot!

Angewidert von dem Blutbad in der Arena wandte sie sich ab und erhob ihre Stimme zum Gebet, um den Einen zu preisen und Ihn um Gnade für alle ihre tapferen Brüder zu bitten, die ihr Leben in der Arena gegeben hatten.

Omar war erleichtert, als er unter dem Beifall der Massen die Arena endlich wieder verlassen konnte. Noch nie hatte er so viele Menschen auf einmal gesehen, und die Vorstellung, allein zu ihrem Vergnügen sein Leben gewagt zu haben, war ihm zuwider. Doch wenigstens hatte er den Eid, den er sich selbst geschworen hatte, nicht gebrochen! Obwohl er in der Arena manches Mal hart bedrängt worden war, hatte er keinen der Novadis getötet.

Wachen eskortierten die Gladiatoren zu einem großen Saal, wo ein mächtiger Tisch mit Weinkrügen auf sie wartete. Dort kümmerten sich zwei Heiler um jene, die im Kampf Verletzungen davongetragen hatten. Etliche der Gladiatoren hatten für das Vergnügen des Pöbels mit üblen Wunden zahlen müssen.

Doch all das kümmerte Omar nicht. Endlich, nach einem halben Jahr der Trennung, war die Stunde des Wiedersehens gekommen. Mit zitternden Fingern öffnete er die Schnallen des schwarzen Lederpanzers, den er im Kampf getragen hatte, als Gwenselah neben ihn trat und leise flüsterte: »Behalte die Verkleidung an. In schwarzer Uniform werden wir nicht sosehr auffallen, wenn wir versuchen, in die tiefergelegenen Gewölbe vorzudringen. Nimm dein Kleiderbündel unter den Arm. Melikae wird etwas zum Überziehen brauchen, wenn sie nicht jedermann als Gefangene auffallen soll. Zuerst werden wir uns aber noch ein wenig zu den anderen Gladiatoren setzen und über den Kampf reden. Wenn wir allzuschnell von hier verschwinden, machen wir uns verdächtig.«

»Aber können wir es uns denn leisten, wertvolle Zeit zu vertun?«

Der Beni Geraut Schie lächelte. »Wir haben mehr als genug Zeit. Jetzt werden zunächst einmal die Toten und die Attrappen der Mauern aus der Arena geschafft. Dann findet noch der Kampf mit dem Bullen statt, und erst danach soll Melikae den Löwen vorgeworfen werden. Uns bleibt also auf jeden Fall mehr als eine Stunde.«

Omar war nicht wohl bei der Sache, doch hatte Gwenselahs Rat sich bislang nicht immer als richtig erwiesen? Mit gemischten Gefühlen ließ er sich nieder, doch konnte er nicht teilhaben an der lärmenden Fröhlichkeit der Gladiatoren.

Eine Ewigkeit schien vergangen zu sein, bis sich Gwenselah endlich erhob und mit lautem Lachen und großsprecherischen Worten von den anderen Kriegern Abschied nahm. Daß sie noch immer die schwarzen Rüstungen der Söldner des Blutgottes trugen, schien keinem der Fechter aufzufallen.

Wie Gwenselah es vorhergesagt hatte, herrschte überall in den Gängen unter der Arena aufgeregte Betriebsamkeit. Dicht hinter dem Gewölbe, in dem die Gefährten mit den Siegern gezecht hatten, folgte eine zweite Kammer, in die die Schwerverletzten und die Sterbenden geschafft worden waren. Männer und Frauen in langen schwarzen Gewändern kümmerten sich um die kostbaren Gladiatoren, die meisten Sklaven jedoch überließ man einfach ihrem Schicksal. Es roch nach Schweiß und Blut. Um den Atem des Todes zu verdrängen, waren zwei Kohlepfannen aufgestellt worden, in denen man Weihrauch und wohlduftende Kräuter verbrannte. Gwenselah hatte die Führung übernommen, und Omar war ihm dankbar dafür. Obwohl sie schon mehrfach bis zu den tiefsten Kerkern hinabgestiegen waren, konnte sich der Novadi den rechten Weg durch die labyrinthischen Gänge nicht merken. Alle Abzweigungen erschienen ihm gleich, und auch die Treppen, die bis tief in den Fels unter der Arena reichten, waren einander so ähnlich, daß es schon eines außergewöhnlichen Orientierungssinns bedurfte, um sich nicht zu verirren. Auch machte Omar der beißende Gestank der Pechfackeln zu schaffen, die in regelmäßigen Abständen in eisernen Haltern an den Wänden hingen, und die niedrigen, gewölbten Decken schienen ihn zu erdrücken.

Einmal, als sie einen der Hauptgänge entlangeilten, hörten sie von ferne das Gebrüll der Löwen. Wahrscheinlich hatte man sie tagelang hungern lassen, um ihre Kampfeslust zu steigern. Immer tiefer stiegen sie in die unheimlichen Katakomben hinab, bis sie schließlich auf einen breiten Korridor gelangten, von dem wohl ein Dutzend Türen in angrenzende Kerkerzellen führte. Das rote Licht der Fackeln spiegelte sich unheimlich auf den Wänden aus poliertem Obisidian. Zwei Wächter waren im Korridor aufgestellt, die Gwenselah militärisch grüßten, als er eintrat. Offensichtlich hatten sie in dem unsteten Licht die Verkleidung für eine echte Uniform gehalten. Omars Finger glitten zum Griff seines Tuzakmessers. Lange würden die zwei sich sicher nicht täuschen lassen!

»Wir sollen die Meuchlerin verhören. Führt uns in ihre Zelle!« Gwenselah hatte sich breitbeinig mitten in dem Korridor aufgebaut und ahmte das herausfordernde Verhalten eines Söldneroffiziers nach.

»Tut uns leid, Hauptmann, aber Ihr kommt zu spät«, antwortete einer der beiden Wachsoldaten. »Ich nehme an, die Meuchlerin steht jetzt schon in der Arena.«

Omar war, als schwänden ihm die Sinne. Melikae in der Arena? Wie war das möglich? Es war doch …

»Das kann nicht sein!« entgegnete Gwenselah scharf. »Laut Programm kommt sie erst nach dem Kampf mit dem Stier an die Reihe. Also sagt mir sogleich, wo diese Novadi-Hure steckt, oder ich ziehe euch für eure unpassenden Späße zur Rechenschaft.«

»Aber ich sage es Euch doch! Man hat sie schon vor Stunden nach oben geschafft. Sie sollte von einer Zelle aus die Schlacht um Unau beobachten, und gleich danach ist ihr Auftritt vorgesehen. Wißt Ihr denn nicht, daß man den Bullen in dieser Nacht in seinem Stall vergiftet hat? Sicher stecken da wieder irgendwelche hinterhältigen Wettbetrügereien dahinter. Es war ein prächtiges Tier, ein richtiger …«

Omar hörte den Wachen nicht weiter zu. Er mußte hinauf zur Arena. Vielleicht war es noch nicht zu spät? Hätte er nur nicht auf Gwenselah gehört! Wären sie nach ihrem Kampf sofort zu den Kerkern gegangen, hätten sie noch genug Zeit gehabt, um Melikae aus ihrer neuen Zelle zu befreien, doch jetzt …

Wie von Dämonen getrieben, rannte Omar durch die Korridore und Gänge der Katakomben. Sein einziger Gedanke galt Melikae. Er mußte es noch schaffen! Hinter sich hörte er Schritte. Ob Gwenselah ihm folgte? Hätte er doch nur seinem Gefühl vertraut! Sicher wäre es nach dem Kampf noch nicht zu spät gewesen, Melikae zu retten!

Atemlos stürmte er eine schmale Stiege hinauf und blickte sich verwirrt um. Diesen Teil der unterirdischen Anlagen hatte er bislang noch nicht betreten. Ein beißender Geruch hing in der Luft. Vor ihm erstreckte sich ein langer Gang, an dem Zellen mit eisernen Gittern lagen. Ohne auf die Kerker zu achten, rannte er weiter. Es mußte doch einen Weg geben! Überall auf dem Gang lag Stroh. Plötzlich erklang ein bedrohliches Knurren neben ihm. Blitzschnell zog Omar sein Schwert und drehte sich halb geduckt zur Seite, bereit, es mit jedem Gegner aufzunehmen. Das Knurren schwoll zu einem markerschütternden Brüllen an. Unmittelbar neben ihm stand ein riesiger Tiger und starrte ihn mit böse funkelnden grünen Augen an. Nur die fingerdicken Stäbe des Kerkers trennten die Bestie von ihm. Er war in den unterirdischen Tiergehegen gelandet! Mit leisem Fluchen ließ er sein Tuzakmesser zurück in die Scheide gleiten. Wieder hatte er Zeit verloren!

»So warte doch, Omar!« Gwenselah war die Treppe

heraufgekommen. »Unternimm jetzt nichts Unüberlegtes!«

Nichts Unüberlegtes! Omar schnaubte verächtlich und rannte weiter. Hätte er nur gleich so gehandelt, wie er empfand! Wozu hatten Gwenselahs Überlegungen geführt? Sie würden Melikae das Leben kosten! Ein Korridor zweigte links vom Hauptgang ab und mündete auf eine Rampe, die mit leichter Schräge nach oben führte. Hier war er richtig! Weiter vorn hörte er das Knallen von Peitschen. Vielleicht käme er doch noch zur rechten Zeit... Auch das Licht änderte sich. Der unstete Schein der Fackeln wich hellerem Tageslicht. Von jenseits der Rampe war ein Rumpeln und Knirschen zu hören. Hier war er richtig! Mit langen Schritten stürmte Omar die Schräge hinauf. Dahinter lag ein kurzer Gang, der vor einem schweren eisernen Fallgatter endete. Männer mit Peitschen trieben drei Löwen durch das Gitter.

»Nein!« Omar zog sein Schwert und stürzte mit schrillem Schrei auf die Wärter zu. Hinter dem Gitter erkannte er das weite Rund der Arena, und dort, mitten auf dem Sandplatz, stand Melikae.

»Nein!«

Ein bärtiger Tierpfleger hatte sich umgedreht und starrte den Novadi überrascht an. Das Gebrüll eines Löwen brach sich an den Wänden des stickigen Gangs. Ein Peitschenknall war zu hören, dann stürzten die Bestien unter dem Fallgitter hindurch in die Arena.

»Holt sie zurück!«

»Bist du von Sinnen, Mann?« Der Bärtige stellte sich Omar in den Weg. »Hier hast du nichts verloren!«

Ohne nachzudenken, hob Omar sein Tuzakmesser und streckte den Mann mit einem einzigen Streich nieder. Im gleichen Augenblick senkte sich rasselnd das Fallgatter. Der Novadi stürzte nach vorn und umklammerte das Gitter. Er war zu spät gekommen! Nur fünf oder sechs Schritt trennten ihn von den Löwen, die witternd die Köpfe hoben. Die Menschenmenge schien sie zu verunsichern.

Inmitten der Arena stand Melikae. Sie trug einen schmutzigen, zerrissenen Kaftan. Ihr Haar hing in wirren Strähnen herab. Die Tage der Gefangenschaft hatten sie gezeichnet. Mit stolz erhobenem Haupt und blanker Klinge stand sie dort, voller Verachtung für die blutdürstigen Heiden, die gekommen waren, ihr Ende zu erleben.

»Melikae!« schrie der Novadi mit heiserer Stimme. Die Sharisad drehte sich um und blickte in seine Richtung. Doch es schien, als sehe sie ihn nicht. Er mußte zu ihr! Wenn er sie schon nicht retten konnte, dann wollte er wenigstens mit ihr zusammen sterben! Voller Wut drehte er sich zu den Tiertreibern um. Einer von ihnen hatte einen Dolch gezogen, zögerte aber vor einem Angriff.

»Los, öffnet mir das Gitter!« zischte der Novadi drohend.

»Aber ...«

Omar hob sein Schwert, und der Mann verstummte. »Öffnet das Gitter!« Widerspruchslos traten die beiden an ein hölzernes Spill, um das sich eine Kette wand, und begannen es zu drehen.

»Laß das, Omar! Es ist sinnlos, wenn du auch noch stirbst.« Gwenselah war die Rampe heraufgekommen und stand am Ende des Gangs.

»Ich habe einmal zu oft auf deinen Rat gehört!«

»Ich konnte doch nicht wissen ...«

»Dreht weiter!« Die Wächter hatten kurz innegehalten, doch als Omar drohend einen Schritt auf sie zu tat, beeilten sie sich, mit ihrer Arbeit fortzufahren. Aus der Arena erklang ein tausendfacher Schrei. Melikae hatte ihr Schwert weggeworfen! Mit bloßen Händen stand sie jetzt den drei Löwen gegenüber. Das war das Ende! Wie gelähmt starrte Omar durch die Gitterstäbe, die sich nur quälend langsam hoben, Spann um Spann.

»Es ist besser, wenn du das nicht mitansiehst.« Gwenselah war hinter den Novadi getreten. »Behalte sie so in Erinnerung, wie du sie gekannt hast, stolz und schön.«

»Ich...« Omar drehte sich um. Aus den Augenwinkeln hatte er gesehen, wie Gwenselah sein Schwert zum Schlag erhoben hatte. Der Novadi wollte seine Waffe hochreißen, doch sein Freund war schneller. Mit bösem Zischen senkte sich seine Klinge und traf Omar mit der flachen Seite an der Schläfe.

Eigentlich sollte ich Angst haben, dachte Melikae verwundert. Doch statt an Flucht zu denken, schoß es ihr durch den Kopf, daß sie noch nie vor einem so großen Publikum getanzt hatte. Langsam drehte sie sich um die eigene Achse und bestaunte die Menschenmassen auf den Rängen. Es mußten Tausende sein!

Melikae verharrte und blickte zu den Löwen hinüber. Auch die Raubkatzen schienen verwirrt. Unsicher schnupperten sie umher und scharrten mit den Pranken im Sand. Die Sharisad betrachtete die Waffe in ihrer Hand. Bevor ihre Wächter Melikae in die Arena gestoßen hatten, hatten sie ihr ein Schwert gegeben. Es war eine schlichte Waffe ohne Schmuckbesatz und mit einer geraden Klinge. Melikae lächelte. Nein, ein Schwert würde sie nicht brauchen. Rastullah allein wußte, ob sie unterging oder obsiegte, doch wie immer er entschied, eine Waffe würde dabei keine Rolle spielen. Schließlich war sie eine Tänzerin und keine Amachd'sunni. Ein letztes Mal blickte sie auf die schimmernde Klinge, dann warf sie das Schwert in weitem Bogen von sich.

Ein Aufschrei ging durch das Publikum. Viele sprangen auf, zeigten Melikae die geballten Fäuste und verfluchten die Sharisad dafür, daß sie sie um ihren Spaß betrogen habe. Andere versuchten, die Schreier zu übertönen, und verkündeten, daß dies die mutigste Tat sei, die sie jemals gesehen hätten.

Trotz des Lärms schienen sich die Löwen langsam an die fremde Umgebung zu gewöhnen. Mit unruhig zuckenden Schwänzen schlichen sie dicht unter den Publikumsrängen entlang. Der größte von ihnen stieß ein lautes Fauchen aus.

Melikae begann sich langsam hin und her zu wiegen und vollführte mit den Armen schlangenhafte Bewegungen. Sie mußte ihren Tanz behutsam beginnen. Jede ruckartige Bewegung mochte die Löwen reizen. Das leise Zirpen einer Zitar erklang aus dem Nichts. Ihre Magie begann zu wirken! Doch vermochte sie einen Zauber zu weben, der auch Tiere in ihren Bann schlüge? In ihrer Kerkerzelle hatte sie viel Zeit gehabt, über jene Dinge nachzudenken, die Sulibeth ihr beizubringen versucht hatte. Hunderte Stunden mußten es gewesen sein, die ihre geduldige alte Lehrerin auf sie eingeredet hatte, um ihr die tieferen Geheimnisse des Zaubertanzes beizubringen. Doch damals hatte Melikae noch nicht die Reife zu einer wahrhaften Sharisad gehabt. Allein den einfachsten aller Zauber, den Tanz der Liebe, hatte sie zu erlernen vermocht. Erst während ihrer Fastenzeit in der einsamen Oase und der anschließenden Gefangenschaft hatte sie Stück um Stück die Lehren Sulibeths begriffen, und so, wie sich aus vielen tausend Steinchen ein prächtiges Mosaik fügen kann, so erschloß sich Melikae die verborgene Magie jener Zaubertänze, an denen sie früher gescheitert war.

Ruhig beobachtete sie die Löwen. Die Bestien zogen langsam engere Kreise um sie, doch noch konnten sie sich nicht zum Angriff entschließen. Zur Zitar gesellte sich jetzt die melancholische Klage der Kabasflöte. Einige der Zuschauer in den vorderen Rängen waren voller Verwunderung aufgesprungen. Manch einer blickte unsicher um sich und suchte nach der Quelle der leisen, aber eindringlichen Musik. Jene aber, deren Gemüter gröberer Natur waren, schimpften lauthals über das schlechte Schauspiel, das ihnen geboten wurde, und warfen mit Steinen nach den Löwen, um sie zum Angriff zu reizen.

Melikae hatte begonnen, sich zum Klang der Flöte im Kreis zu drehen. Eindringlicher und dramatischer wurde die Melodie. Immer wieder zogen Tausende von Gesichtern an Melikae vorüber, und die schwarze Arena erschien ihr wie ein tiefer Talkessel. Ein Tal… Mit Schrecken dachte sie an den Traum, den sie im Tal der Sieben Säulen gehabt hatte. Sie war in einem runden Tal gefangen gewesen, und von überallher waren Löwen auf sie eingesprungen. Das Omen hatte sich erfüllt! War die Stunde ihres Todes gekommen?

Plötzlich klang das Zirpen der Zitar disharmonisch, und die Flöte wimmerte so traurig, daß Melikae das Gefühl hatte, eine eisige Hand greife nach ihrem Herzen. Noch immer schlichen die Löwen geduckt um die Tänzerin herum. Keine drei Schritt mehr waren sie von ihr entfernt. Die Augen der Raubkatzen hatten die Farbe von hellem Bernstein. Nicht einen Atemzug lang wandten sie den Blick von der Sharisad, und der größte unter ihnen stieß immer wieder ein leises Fauchen aus.

Hatte sie sich getäuscht, als sie glaubte, die Bestien durch ihren Tanz bezwingen zu können? Doch noch lebte sie! War nicht allein das schon ein Wunder?

Langsam gelang es ihr, ihre Tanzbewegungen ausdrucksvoller zu gestalten. Mit winzigen Schritten und wiegenden Hüftschwüngen bewegte sie sich auf den größten der Löwen zu und wich wieder zurück. Immer und immer wieder näherte sie sich der Bestie, die auf der Stelle verharrte und ihr mit bedrohlich starren Augen zusah.

Dann endlich legte sich der Löwe in den Sand. Das Knurren war verstummt, statt dessen zeigte die Raubkatze nur noch gähnend die todbringenden Fänge. Melikae wagte mehr. Sie kniete neben dem Löwen nieder, spielte mit den Händen in seiner buschigen Mähne, strich über sein samtenes Fell – und der narbenbedeckte Menschenfresser, gezeichnet von zahllosen Siegen in der Arena, begann zu schnurren wie ein Kätzchen. Ja, zuletzt rollte er sich träge zur Seite und ließ es zu, daß Melikae ihm den Fuß auf die mächtige Brust setzte.

Die Musik erstarb, so wie auch die Rufe des Pöbels schon lange verstummt waren. Totenstille herrschte im weiten Rund der schwarzen Arena. Schließlich erklang ein einzelnes Klatschen. Melikae drehte sich um und suchte unter den Tausenden nach dem einen, der ihr applaudierte. Ein Mann, so dick, daß ihn zwei Diener stützen mußten, hatte sich in seiner Loge erhoben. Er trug Kleider aus Gold und Purpur, so als wäre er ein König.

Langsam fielen andere in den Applaus ein. Jetzt erklangen auch Bravorufe, und einige reichere Bürger warfen silberne Münzen in die Arena. Stolz erhobenen Hauptes nahm Melikae die Huldigung entgegen. Vor diesem Publikum würde sie sich nicht verbeugen! Auch wenn das Klatschen wie ein Orkan in ihren Ohren toste, so wußte sie doch, daß die blutgierigen Al'Anfaner ihr keine Träne nachgeweint hätten, wäre sie von den Löwen zerfleischt worden.

Der dicke Mann hatte die Hand erhoben, und langsam verebbte der Beifall der Menge. »Boron und Kor haben unser Opfer zurückgewiesen! Noch niemals vermochte es eine Kämpferin, die Bestien der Arena durch einen Tanz zu besänftigen. Fast mag es mir wie ein Wunder erscheinen, was wir hier gesehen haben. Ich möchte meine Stimme nicht gegen den von uns allen verehrten Patriarchen erheben, der in der Ferne für den Ruhm unserer Stadt kämpft, und ich habe nicht die Macht, ein Todesurteil aufzuheben, das er ausgesprochen hat. Doch wenn wir die Götter selbst nicht beleidigen wollen, können wir dann Strafe fordern, wo sie Milde zeigten? Volk von Al'Anfa! Entscheide über Leben oder Tod!«

Auf den Rängen entstand Unruhe. Hier und da hörte Melikae zornige Stimmen, die ihren Tod forderten. Die Rede, die der so prächtig gewandete Fettwanst gehalten hatte, verwunderte sie. Wahrscheinlich wollte er sie zum Bestandteil einer Intrige gegen den Patriarchen machen. Sollte sie tatsächlich nicht hingerichtet werden, so wäre das ein offener Angriff auf Tar Honak. Wie um ihr Geschrei zu unterstreichen, machten die Götzenanbeter seltsame Gesten. Sie ballten die Rechte zur Faust und zeigten mit dem Daumen himmelwärts oder zum Boden.

Nach einem Gongschlag beruhigte sich der Lärm langsam. Wieder ergriff der Dicke das Wort. »Wie ich sehe, ist die Mehrheit der Meinung, daß wir der Meuchlerin zumindest vorläufig das Leben lassen sollten. Da ihre ungewöhnliche Art zu kämpfen mich belustigt und unterhalten hat, werde ich ihr, bis sie erneut in der Arena antritt, eines meiner kleineren Stadthäuser zur Verfügung stellen. Schließlich war sie einst eine Prinzessin, und nachdem sich ihr selbst die Götter als geneigt erwiesen haben, sehe ich keinen Grund, warum wir sie nicht fortan behandeln sollten, wie es einer Prinzessin gebührt! Doch nun mögen die Veranstalter mit den Spielen fortfahren. Nach soviel friedlicher Kurzweil sind wir nun geneigt, wieder Blut zu sehen.«

Als Omar erwachte, fand er sich in einem weichen Bett. Sein Kopf brummte, so als tobe ein Schwarm wütender Hornissen in ihm. Blinzelnd blickte er sich um und erkannte sein Zimmer in der Herberge.

»Endlich! Es scheint, als hätte ich dich härter getroffen, als ich es wollte.«

Neben seinem Bett stand Gwenselah. Mit grausamer Deutlichkeit erinnerte der Novadi sich wieder an das Geschehen. Melikae war tot! Und Gwenselah hatte ihr Leben verspielt! Warum bin nicht auch ich tot? dachte Omar verbittert. Hätte sein Freund doch nur fester zugeschlagen und ihm den Schädel gespalten! Statt dessen stand er groß und blaß neben dem Bett und lächelte, so als habe er endgültig über den Tod triumphiert. Omar konnte dieses Lächeln nicht ertragen!

»Es gibt gute Nachrichten!«

»In meinem Leben gibt es keine guten Nachrichten mehr.«

»Darauf würde ich an deiner Stelle lieber keinen Eid ablegen.« Gwenselah erzählte von der wunderbaren Errettung Melikaes und daß man sie in eine Villa im Westen der Stadt gebracht hatte.

»Dort wird es ungleich leichter sein, sie zu befreien«, schloß er seinen Bericht. »Sobald es dunkel geworden ist, werden wir aufbrechen. Und nun habe ich noch eine schlechte Nachricht für dich.«

Gwenselah drehte sich um und holte vom Tisch unter dem Fenster eine flache Schale mit einem dampfenden Kräutersud. »Du mußt jetzt sehr tapfer sein, Omar«, erklärte er grinsend. »Es gibt kaum etwas, das übler schmeckt als diese Kräuter, aber wenn du bis heute abend wieder einen klaren Kopf haben willst, mußt du alles in einem Zug austrinken.«

Omar blickte unsicher die Schale an. »So schlecht geht es mir eigentlich gar nicht.«

»Trink!« Das Lächeln war von Gwenselahs Lippen gewichen.

Widerwillig ergriff der Novadi die Schale. Ein bitterer Geruch stieg von dem dampfenden Sud auf. Unsicher führte er das Gefäß zum Mund, und kaum daß er einen Schluck zu sich genommen hatte, wurde ihm so übel, daß er glaubte, er müsse sich erbrechen. Vielleicht genügte ja auch ein Schluck von dieser widerlichen Medizin?

»Trink alles!«

Manchmal erschien es Omar so, als könne Gwenselah Gedanken lesen. Mit zitternden Händen führte er die Schale erneut an die Lippen. Lieber würde er noch einmal in der Arena stehen, als diese Brühe hinunterzuwürgen. Warum, bei allen Dämonen, mußte Medizin immer so schlecht schmecken? Als er die Schale endlich geleert hatte, war ihm schwindelig. Erschöpft ließ er sich auf sein Bett zurücksinken.

»Du wirst jetzt ein paar Stunden schlafen. Wenn du erwachst, wirst du dich so stark wie ein Wüstenlöwe fühlen. Sobald die Sonne untergegangen ist, werde ich dich wecken, mein Freund.«

Benommen blickte der Novadi Gwenselah nach, als er das Zimmer verließ. Welch ein Mensch war sein Gefährte nur? Er hatte den Beni Geraut Schie wie einen Schurken behandelt, als sein Irrtum Melikaes Leben in Gefahr gebracht hatte. Doch wie hätte Gwenselah es besser wissen sollen? Ich sollte mich bei ihm entschuldigen, überlegte Omar.

Immer schwerer wurden dem Novadi die Augenlider, doch immer noch wollte ihn die Erinnerung an die Arena nicht loslassen. Wenn Gwenselah sich irren konnte, konnte er kein Dschinn sein! Oder war er ...

Mit gemischten Gefühlen blickte Melikae auf die weite Bucht von Al'Anfa. Gewiß war sie froh darüber, nicht mehr in einem finsteren Kerker gefangen zu sein. Auch behandelte man sie mit Respekt, und ihr reicher Gönner hatte ihr sogar ein halbes Dutzend Sklaven zur Verfügung gestellt, doch frei war sie immer noch nicht.

Welch seltsames Schicksal ihr Rastullah doch zugedacht hatte! Noch heute morgen war sie sicher gewesen, keinen Sonnenuntergang mehr zu erleben, und nun stand sie auf dem Balkon einer prächtigen Villa und blickte auf das Meer, das rot im Licht der sinkenden Sonne glänzte. Sollte ihr Schicksal das der Nachtigall sein, die zur Freude ihres Herrn in einem goldenen Käfig gefangengehalten wird? An Flucht war nicht zu denken. Überall im Haus standen Wachen. Ob der Fettwanst, der für sie gesprochen hatte, vielleicht glaubte, sie werde ihm aus Dankbarkeit als Lustsklavin die Nächte versüßen? Und wenn er das tat, konnte sie mit ihm dann dasselbe Spiel treiben wie mit den Gästen, denen Tar Honak die tödliche Gunst erwiesen hatte, in ihrem Palast wohnen zu dürfen? Vielleicht war es auch besser, nicht schon jetzt darüber nachzugrübeln, was die Zukunft bringen mochte. Ihr Leben lag in Rastullahs Hand, und es war müßig zu glauben, daß sie auch nur den geringsten Einfluß darauf hatte, was geschehen würde. Statt dessen sollte sie lieber versuchen, aus dem Augenblick das Beste zu machen.

Sie wandte sich ab von dem prächtigen Panorama, das der Hafen bot, und trat in ihr Schlafgemach zurück. Jetzt würde sie sich erst einmal ein Bad gönnen. Seit etlichen Gottesnamen hatte sie dazu keine Gelegenheit mehr gefunden. Dann sollte sich eine der Sklavinnen um ihr Haar kümmern. Es war strähnig und spröde geworden und bedurfte dringend der Pflege.

Wie versprochen hatte Gwenselah Omar kurz nach Sonnenuntergang geweckt. Und als der Novadi sich schlaftrunken erhob, mußte er feststellen, daß die Medizin ebenso wirksam war, wie sie übel geschmeckt hatte. Jedenfalls waren seine Kopfschmerzen verflogen.

»Vielleicht solltest du dich schminken!« Offensichtlich war sein Freund noch immer zu Späßen aufgelegt. Auch wenn er jetzt wieder den Schleier der Beni Geraut Schie trug, hätte Omar sein Leben darauf verwettet, daß Gwenselahs Worte von jenem spöttischen Lächeln begleitet wurden, das so bezeichnend für ihn war.

»Wenn du glaubst, daß ich noch in der Nacht unserer Flucht Al'Anfaner Sitten annehme, irrst du«, entgegnete Omar ein wenig brummig und sah sich nach seinen Kleidern um.

»Wie du meinst. Ich dachte nur, ich sollte dich vielleicht darauf hinweisen, daß dein Gesicht, auch wenn es jetzt vielleicht nicht mehr schmerzt, zum Fürchten aussieht. Immerhin wirst du noch diese Nacht deine langvermißte Geliebte wiedersehen. Aber wie es scheint, gehört die Eitelkeit offensichtlich nicht zu deinen Untugenden.«

Vorsichtig tastete Omar nach seiner Schläfe. Tatsächlich schien seine ganze rechte Gesichtshälfte geschwollen zu sein. »Ist es wirklich so schlimm?«

Gwenselah zuckte mit den Schultern. »Wenn Melikae eine Vorliebe für die Farben Blau und Rot hat, wird sie sicher begeistert sein.«

Omar stutzte. Eigentlich hielt er nichts von dem Gedanken, sich eine ölige Paste ins Gesicht zu schmieren und das Ganze womöglich noch mit Puder zu bestäuben. Aber wenn er den Worten seines Freundes glaubte, mußte er ja wie ein Ungeheuer aussehen. »Kannst du mich auch…« Er suchte nach dem passenden Wort. »Kann man sich schlicht schminken? Ich möchte nicht aussehen wie ein Mehari bei den großen Rennen in Fasar.«

»Ich will dich zu nichts überreden, aber ich denke schon, daß du besser als vorher aussehen wirst, wenn ich mit dir fertig bin.«

»Dann fang schon an!« knurrte Omar mürrisch. »Was tut man nicht alles für die Liebe?«

Gwenselah brauchte nicht lange, um Omars Gesicht wieder zu einer gesünderen Farbe zu verhelfen. Danach kleidete sich der Novadi in der Tracht der Wüstenkrieger, die er nicht mehr angelegt hatte, seit sie in Selem in See gestochen waren. Doch nun gab es nichts mehr zu verbergen. Schon beim nächsten Sonnenaufgang hätten sie Al'Anfa weit hinter sich gelassen. Gwenselah hatte die Wirtin schon ausbezahlt und die Kiste mit Kleidern und Habseligkeiten, noch während Omar schlief, zu den Booten gebracht. Auf dem Weg zum Strand erschien dem Novadi sein Freund ungewöhnlich schweigsam, doch war er selbst zu sehr in

Gedanken versunken, um Gwenselahs Verhalten größere Bedeutung beizumessen. Endlich, nach all den vielen Gottesnamen, würde er Melikae wieder in die Arme schließen. Zu guter Letzt hatte Rastullah ihrer Liebe also doch gnädig zugestimmt. Im Gegensatz zu der Entführung aus der Arena würde es geradezu ein Spaziergang werden, Melikae aus irgendeiner Villa zu befreien.

Am Strand überprüften sie noch einmal die beiden kleinen Fischerboote. Gwenselah hatte dafür gesorgt, daß in Omars Boot reichlich Proviant und kleines Faß Trinkwasser vorhanden waren. Das Segeltuch und auch alles Tauwerk an Bord waren neu, und selbst die Rümpfe der beiden Schiffe waren frisch geteert. Soweit man einem Boot überhaupt trauen konnte, erschienen Omar die beiden Gefährte seetauglich. Vielleicht ließe sich Gwenselah ja dazu überreden, schon morgen abend die nächstgelegene Küste anzulaufen und den Rest des Weges auf Pferden zurückzulegen. Nach Unau würden sie nicht mehr zurückkehren. Omar hatte den Plan gefaßt, sich vielleicht bei der Oase Achan niederzulassen und dort Pferde zu züchten. Sie lag so weit im Westen der Khom, daß der Krieg sie sicher niemals erreichen würde. Doch vielleicht hatte Melikae etwas anderes vor? Ob sie wohl immer noch in das Königreich der Heiden reisen wollte, das jenseits der Goldfelsen am Meer lag? Oft hatte der Novadi an die Geschichte von den großen steinernen Häusern gedacht, in denen angeblich Tänzerinnen ihre Kunst zeigten und wo jeder mit blankem Silber bezahlen mußte, der sie sehen wollte. Sie erschien ihm wie ein Märchen, aber die Heiden taten viele seltsame Dinge.

Gwenselah war an seine Seite getreten und blickte ihn ernst an. »Ich möchte dir noch ein Geschenk machen, bevor wir lossegeln. Später komme ich vielleicht nicht mehr dazu.«

Wie vom Donner gerührt, drehte sich Omar um und blickte seinen Freund verwirrt an. »Was hast du nur? Es hat sich doch alles zum Besten gefügt!«

Ohne auf die Frage einzugehen, zog Gwenselah ein gefaltetes Pergament hinter dem Gürtel hervor und hielt es ihm hin.

»Das Lyrankh?«

Der Krieger nickte. »Wenn du es auf den Bootsrumpf gemalt hast, zerreiß das Pergament und wirf es ins Wasser. Es soll nicht in fremde Hände geraten.«

»Aber das wird doch gar nicht mehr notwendig sein.«

»Es ist eine schöne Nacht, um zu sterben. Der Himmel ist klar, und es scheint, als würden die Sterne ein wenig heller leuchten als sonst.«

Omar packte Gwenselah mit beiden Händen und schüttelte ihn. »Du wirst nicht sterben. Geht das denn nicht in deinen Kopf? Alles wird gut werden!«

»Ich habe dir schon einmal gesagt, der Tod hat keine Schrecken für mich. Letzte Nacht habe ich davon geträumt, daß ich in dieser Bucht sterben werde. Ich bin sicher, daß es ein Omen war.«

»Ach, Träume … Morgen früh werden wir über deine Träume lachen.«

»Nimm jetzt das Pergament!« Gwenselahs Hand zitterte kaum merklich.

Als Omar den Zettel eingesteckt hatte, streifte sein Freund noch einen kleinen goldenen Ring von der Hand und drehte ihn spielerisch zwischen den Fingern. »Das habe ich gestern nacht für dich besorgt. Angeblich kommt der Ring aus Rashdul. Steck ihn an, und wenn du mit deinem Boot in große Not geraten solltest, dann dreh ihn dreimal um den Finger, und du wirst Hilfe erhalten.«

»Ist er verzaubert?« Omar hatte sich damit abgefunden, daß Gwenselah über seine Todesahnungen nicht reden wollte. Mit Widerwillen beäugte er den Ring.

»Menschliche Magier würden sicher sagen, daß ein Zauber auf dem Ring liegt. Ich allerdings würde eine solche Behauptung niederträchtig nennen. Die Kraft, die in ihm ruht, ist mit einem einfachen Zauber nicht zu vergleichen.«

»Ich verstoße doch nicht gegen die Gebote Rastullahs, wenn ich ihn annehme?«

»Soweit ich eure zahllosen Gebote überblickte, ist dies nicht der Fall.« Gwenselahs Stimme klang ungeduldig. »Wenn du ihn nicht brauchst, kannst du ihn ja über Bord werfen, kurz bevor du mit Melikae an Land gehst. Er ist nur dazu da, dich vor den Gefahren des Meeres zu beschützen.«

Offenbar gefiel es dem Beni Geraut Schie, sich nur in geheimnisvollen Andeutungen zu ergehen. Also nahm Omar den Ring und stellte keine weiteren Fragen. Insgeheim aber hatte er beschlossen, das Kleinod schon fortzuwerfen, sobald sie die Bucht verlassen hatten. Er hatte ohnehin nicht vor, allzulange auf See zu bleiben.

Als sie ihre kleinen Boote keine zweihundert Schritt vor den Mauern der Hafenfestung an Land zogen, kamen Omar Zweifel, ob es wirklich günstig war, daß sie ausgerechnet heute eine sternenklare Nacht hatten. Selbst wenn die Wachen sie an Land nicht ausmachen konnten, so waren ihre Boote, die sich auf dem Wasser deutlich gegen den hellen Nachthimmel abzeichneten, leichte Ziele für die Hafenbatterien.

Omar fluchte stumm. Jetzt ließ er sich auch schon von Gwenselahs düsteren Ahnungen anstecken! Wenn sie es schafften, Melikae aus der Villa zu holen, ohne daß Alarm gegeben würde, kämen sie auch unbehelligt durch die Bucht. Zwei kleine Fischerboote sollten nicht den Argwohn der Festungswachen wecken!

Nachdem sie die Boote bis über die Flutlinie gezogen hatten, schlichen sie durch die Dünen. Kurz hinter dem Strand lag ein Streifen unbebautes Land, auf dem mannshohe Büsche und üppiger Farn wuchsen. Es mochte ungefähr so viel Zeit vergangen sein, wie ein guter Reiter braucht, um einmal um die Stadtbefestigungen von Unau zu reiten, bis sie auf eine sorgsam gepflasterte breite Straße trafen, die nach Norden führte. Rechts und links der Straße erhoben sich prächtige Villen, aus deren Fenstern goldenes Licht fiel. Manche Häuser waren von hohen Mauern umgeben. Die meisten aber verzichteten auf solchen Schutz und zeigten offen Prunk und Reichtum.

Geduckt, immer wieder in Gärten Deckung suchend, eilten Omar und Gwenselah die prächtige Straße entlang, bis sie an eine Abzweigung kamen, die in spitzem Winkel nach Nordosten verlief.

»Hier sind wir richtig«, zischte Gwenselah.

Binnen weniger Augenblicke waren sie auf die Mauerkrone geklettert und lauschten auf verdächtige Geräusche im Park des Anwesens. Nach den Erfahrungen in Unau hatte Omar gehörigen Respekt vor den Bluthunden der Sklavenhalter.

Es schien eine Ewigkeit zu vergehen, bis Gwenselah ihm endlich ein Zeichen gab, als erster von der Mauer zu springen. Federnd landete Omar in weichem Gras, rollte sich zur Seite ab und suchte hinter einem niedrigen Busch Deckung. Einen Atemzug später war Gwenselah an seiner Seite.

»Wo werden wir sie deiner Meinung nach finden?«

Der Krieger zuckte mit den Achseln. »Das wußte mein Informant nicht. Aber ich denke, die Schlafgemächer liegen irgendwo im ersten Stock. Laß uns sehen, ob wir eine günstige Stelle finden, um hinaufzuklettern.«

Vorsichtig umrundeten sie das Haus und erkundeten die Lage. Die Villa war zweigeschossig und hatte eine reichgeschmückte Fassade, an der zahlreiche Vorsprünge und Nischen guten Halt versprachen. Während die Fenster im Erdgeschoß durch geschwungene Schmuckgitter gesichert waren, versprachen die verspielten Zwiebelfenster des Obergeschosses leichten Zugang zu den Schlafgemächern.

Omar war der erste, der sich hinaufzog, während Gwenselah ihm von unten den Rücken sicherte. Vorsichtig teilte der Novadi die dünnen Seidenvorhänge, und ein breiter Streifen silbernen Mondlichts fiel in das Zimmer. Mitten im Raum stand ein mit Tüchern verhängter großer Vogelkäfig. Der Novadi fluchte innerlich. Warum hatte er ausgerechnet durch dieses Fenster einsteigen müssen? Eine unbedachte Bewegung, und die Vögel würden erwachen und mit ihrem Lärm das Haus aufwecken. Vorsichtig rutschte er vom Fenstersims in das Zimmer. An den Wänden befanden sich mit Kissen ausgelegte Sitznischen. Offensichtlich diente der kleine Raum allein zu Muße und Erbauung. In einer der Nischen schimmerten die silbernen Saiten einer Zitar. Omar drehte sich um und gab dem wartenden Gwenselah ein Zeichen, durch ein anderes Fenster in den angrenzenden Raum zu steigen. So war die Gefahr geringer, die Vögel aufzuscheuchen. Mit angehaltenem Atem schlich der Novadi an dem mehr als mannshohen Käfig vorbei und schlüpfte durch eine dunkle Türöffnung. Blinzelnd versuchte er zu erkennen, wohin es ihn verschlagen hatte. Als sich seine Augen an die Dunkelheit gewöhnt hatten, entdeckte er einen kurzen Gang, an dem drei weitere Türen lagen und der geradewegs auf eine breite Treppe mündete, die ins Erdgeschoß führte. Leise schlich Omar an der Wand entlang und schob sich in das angrenzende Zimmer. Es war totenstill im ganzen Haus. Nicht einmal ein Schnarchen störte die Ruhe.

Das Zimmer, das der Novadi betreten hatte, diente offensichtlich als Schlafgemach. Ein prächtiges Himmelbett dessen seidene Schleier sich in einem kaum spürbaren Luftzug wiegten, füllte den kleinen Raum fast aus.

Dicht neben dem Bett kauerte Gwenselah und winkte Omar aufgeregt zu, näher zu kommen. Vor ihm lag eine leblose Gestalt am Boden.

»Ist er tot?« Eigentlich war die Frage überflüssig. Der Mann lag inmitten einer riesigen Blutlache. Trotzdem hoffte Omar auf das Unmögliche. Es sollte kein Mord in diesem Haus geschehen! Immerhin gehörte es dem Mann, dem Melikae das Leben zu verdanken hatte. Aber Gwenselah war das offensichtlich gleichgültig.

Omar musterte den Toten. Es war ein stattlicher Mann in den besten Jahren. Sein Mund war weit aufgerissen, so als habe er noch schreien wollen, und seine glasigen Augen starrten zur Decke, die mit Paradiesvögeln bemalt war. Der Beni Geraut Schie packte Omar am Arm und zog ihn in eine Ecke hinter dem Bett.

»War das wirklich nötig? Hättest du ihn nicht einfach nur niederschlagen können?« murmelte der Novadi gepreßt.

»Ich war es nicht«, entgegnete der Beni Geraut Schie gereizt. »Ich habe ihn schon so gefunden. Er kann noch nicht lange tot sein. Selbst das Blut auf dem Boden ist noch ganz warm.«

Omar blickte ihn überrascht an. Sollte etwa Melikae den Mann getötet haben? Hatte sie einen Fluchtversuch unternommen?

»Wir sind nicht die einzigen, die in dieser Nacht die Sharisad suchen«, raunte Gwenselah. »Es ist genau das eingetroffen, was ich befürchtet habe. Verbündete Tar Honaks haben Meuchler gedungen, um nachzuholen, was in der Arena mißglückt ist.«

»Wir müssen uns beeilen…« Omar sprang auf und wollte zur Tür laufen, doch der Beni Geraut Schie hielt ihn mit eisernem Griff zurück.

»Bleib hier, du Narr! Hast du den Toten nicht gesehen? Das sind nicht einfach irgendwelche gedungenen Mörder, die hier durchs Haus schleichen. Sieh dir den Mann nur an! Man hat ihn mit einem einzigen Dolchstich getötet, der ihn dicht unter dem Kinn getroffen hat. Das ist nicht das Werk von hergelaufenen Strauchdieben. Weißt du, was das bedeutet? Obwohl es noch etliche qualvolle Augenblicke gedauert haben mag, bis er verblutet war, konnte er nicht mehr schreien. So tötet allein die Hand Borons!«

Omar starrte den Krieger verwirrt an. Wollte er damit sagen, der Götze selbst sei in dieses Haus gekommen? Ein eisiger Schauer lief ihm über den Rücken. »Was können wir gegen den Dämon ausrichten?«

»Das ist Menschenwerk. Die Hand Borons, so nennen sich jene Meuchler, die im Auftrag des Tempels töten. Es sind die ruchlosesten und besten Mörder, die du im ganzen Süden findest. Sie können hier überall lauern, und ihre Dolche verfehlen niemals ihr Ziel. Laß mich vorgehen und deck mir den Rücken.«

Omar wollte etwas einwenden, doch Gwenselah schlich schon auf die dunkle Türöffnung zu und spähte in den Flur.

Unten im Haus ertönte ein halberstickter Schrei. Es war eine Stimme, die der Novadi unter Tausenden erkannt hätte. Melikae! Die Schurken hatten sie gefunden! Ohne sich um den Rat seines Freundes zu kümmern, stieß er Gwenselah zur Seite und eilte über den Flur auf die Treppe zu. Auf den Stufen lagen zwei weitere Leichen. Offensichtlich Wachen, die versucht hatten, die Mörder aufzuhalten. Hastig blickte sich Omar nach Gwenselah um, doch sein Freund war in der Finsternis verschwunden. Er war jetzt auf sich allein gestellt!

Mit bedächtigen Schritten schlich er die letzten Stufen hinab. Die Treppe mündete in einen prächtig ausgestatteten Empfangsraum, in dessen Mitte ein kleiner Springbrunnen stand. Gegenüber der Treppe lag ein zweiflügeliges hohes Portal – offensichtlich der Eingang der Villa. Omar preßte sich gegen die Wand. So behielte er wenigstens den Rücken frei. Es war hier unten viel dunkler als im Obergeschoß. Blinzelnd versuchte er, die tiefen Schatten zu durchdringen. Seine Rechte wollte zum Rücken zucken, um das Tuzakmesser zu ziehen, doch die Waffe in der Hand konnte ihn vielleicht verraten. Ein einziger verirrter Lichtstrahl, der sich blinkend am blanken Stahl des Schwertes brach, konnte sein Ende bedeuten.

Behutsam schlich er weiter, als sein Fuß kurz vor einer dunklen Türöffnung etwas Weiches streifte. Erschrocken kniete er nieder. Sein einziger Gedanke galt Melikae. Doch es war nicht die Sharisad, sondern ein weiterer Leibwächter, der dort tot am Boden lag. Seine kalte Hand umklammerte noch den Griff seiner Waffe. Er war nicht einmal mehr dazu gekommen, sein Schwert zu ziehen, als die Meuchler ihn überrascht hatten. Stumm betete der Novadi zu Rastullah. Mit jedem Schritt, den er tat, wuchs in ihm die Gewißheit, daß er die Mörder allein nicht bezwingen konnte. Wo steckte nur Gwenselah? Er konnte doch unmöglich die Strapazen der vergangenen Gottesnamen auf sich genommen haben, nur um ihn jetzt feige in Stich zu lassen! Wie dem auch war, er würde nicht ohne Melikae gehen! Entschlossen trat er in eine Zimmerflucht, die zur Rückseite der Villa führte. Es war ihm gleichgültig, ob die Meuchler ihn hörten. Sollten sie ihn nur erwarten. Er war bereit!

Melikae hatte nicht schlafen können und war in der weitläufigen Villa ihres Gönners umhergestreift. Selbst in der Nacht hatte die Aufmerksamkeit der Wachen nicht nachgelassen. Ja, sie fühlte sich wie in einer belagerten Festung. Doch ihre Wächter wollten ihr nicht sagen, welchen Feind sie sosehr fürchteten.

Die Sharisad saß in der Eingangshalle und lauschte auf das Plätschern des Springbrunnens, als sie Antwort auf ihre Frage erhielt. Ein leises Geräusch riß sie aus ihren melancholischen Erinnerungen an den Springbrunnen im Park ihres Palastes und die vielen Stunden ihrer Trauer um Omar.

Die beiden Wächter, die auf der Treppe über ihr gestanden hatten, waren verschwunden. Flüchtig sah sie einen Schatten an einer Wand. Auch der Wächter im Nachbarraum schien irgend etwas gehört zu haben. Die Hand am Schwert, trat ein blonder Krieger in die Tür zur Empfangshalle, und damit begann das Grauen!

Silberner Stahl blitzte im Schatten neben der Tür auf. Zwei schwarzgekleidete Gestalten mit verhüllten Gesichtern erschienen wie aus dem Nichts. Noch bevor der Wächter einen Alarmruf über die Lippen brachte, sank er zu Boden.

In Panik versuchte Melikae, über die Treppe zu entkommen, aber sie kam nicht einmal drei Stufen weit, als die Schatten sie schon einholten. Eine kräftige Hand preßte ihr ein zusammengeknülltes Stück Stoff auf den Mund.

»Du kannst stolz auf dich sein«, wisperte eine leise Frauenstimme. »Die Priesterschaft hat dir einen ganz besonderen Tod zugedacht. Du wirst heute nacht noch den Flug vom Rabenfelsen wagen, oder hast etwa geglaubt, du könntest dem Urteil des Patriarchen entgehen?«

Melikae versuchte zu schreien, doch die vermummte Kriegerin preßte ihr den Knebel so fest auf den Mund, daß sie nicht einmal ein ersticktes Röcheln hervorbrachte. Man hatte den Tuchfetzen offensichtlich in irgendeinem Kräutersud getränkt. Jedenfalls breitete sich langsam ein bitterer Geschmack in Melikaes Mund aus, und ihr Kampfgeist erlosch, der sie in den vergangenen Gottesnamen am Leben erhalten hatte. Ohne Widerstand zu leisten, ließ sie sich von den beiden Meuchlern aus der Empfangshalle führen.

Sie hatten schon die Tür erreicht, die aus dem marmornen Bad in den kleinen Park auf der Rückseite der Villa führte, als ihre beiden Entführer plötzlich verharrten.

Mit lautlosen Gesten verständigten sie sich und kauerten im Schatten zweier Statuen nieder, die dicht vor dem Ausgang standen. Jetzt hörte auch Melikae, was die beiden aufgeschreckt hatte. Schritte hallten auf dem steinernen Fußboden. Einer ihrer Leibwächter kam, um sie zu retten. Noch einer, der für sie sterben sollte! Verzweifelt versuchte sie, sich aus dem Griff der Meuchlerin zu befreien, doch vergebens. Auch wenn die Frau schlank und zierlich wirkte, schien sie die Kraft einer Löwin zu haben. Je mehr Melikae versuchte, sich ihr zu entwinden, desto grausamer wurde der Griff, bis die Sharisad schließlich aufgab. Ihr Verfolger hatte inzwischen seine Schritte verlangsamt. Eine dunkle Gestalt erschien am Eingang zum Bad. Gleichgültig, in welcher Richtung er das Becken, das den kleinen Raum beherrschte, umrunden würde, er würde dem Tod geradewegs in die Arme laufen. Was konnte sie nur tun, ihn zu retten? Melikaes Blick blieb an einem gläsernen Fläschchen hängen, das unmittelbar vor ihr auf dem Sims der Statue stand. Wenn sie doch nur einen Augenblick lang dem Griff der Meuchlerin entkommen könnte! Noch blieb der fremde Krieger stehen. Ob er ahnte, was ihn erwartete?

Mit ganzer Kraft warf Melikae den Kopf nach vorn. Einen Lidschlag lang ließ der Griff ihrer Peinigerin nach, und auch wenn die Sharisad sich nicht befreien konnte, so streiften ihre langen Haarsträhnen doch das gläserne Fläschchen. Einen Atemzug lang tanzte es hin und her, ja, fast schien es sich wieder zu fangen, aber dann kippte es doch noch vornüber und zerbrach mit lautem Klirren auf dem marmornen Boden.

Gedankenschnell hatte der Fremde ein langes Schwert aus einer Scheide auf dem Rücken gezogen und war zurückgesprungen. Im selben Augenblick versetzte die Peinigerin Melikae einen Stoß, so daß sie mit dem Kopf gegen den Sockel der Statue schlug. Halb benommen spürte die Sharisad, wie sich dünne Riemen um ihre Handgelenke schlangen. Noch während die Kriegerin sie fesselte, sprang der zweite Meuchler aus seinem Versteck hervor, um dem Fremden zu folgen. Mit angehaltenem Atem lauschte die Tänzerin in die Finsternis. Doch außer dem Dröhnen ihres eigenen Herzschlags war nichts zu hören. Sollte auch der letzte ihrer Leibwächter einen lautlosen Tod gestorben sein?

Immer schwerer wurde ihr Kopf. Das mußte die Droge in dem Knebel sein! Eine warnende Stimme rebellierte in ihrem Innern. Irgend etwas stimmte nicht! Da war etwas Seltsames an dem Fremden, der ihnen nachgeschlichen war. Sein Schwert ...

Verzweifelt versuchte Melikae, ihre Gedanken zu ordnen. Was war mit dem Schwert? Und sein Gesicht? Auch mit seinem Gesicht war etwas gewesen! Es war so dunkel! Oder waren es nur die Schatten? Alle diese Schatten!

Die Meuchlerin an Melikaes Seite hatte sich erhoben. Verschwommen erkannte die Sharisad zwei Dolche, oder waren es mehr? Eine der Waffen sah sehr fremdartig aus, sie war wie das Blatt eines Dreizacks geformt. Wieder erschien ein Schemen auf der Schwelle zum Bad. Melikae blinzelte. Die Schatten schienen ihr vor den Augen zu zerfließen. Ihre Peinigerin kauerte noch immer hinter der Statue. Die Sharisad wand sich verzweifelt. Vielleicht konnte sie ein scharrendes Geräusch machen und so ihren Retter warnen? Doch ihre Glieder gehorchten ihr nicht. Ihre Arme und Beine waren taub!

Der Fremde kam herein. Doch statt das flache Becken inmitten des Raumes zu umrunden, stieg er in das knietiefe Wasser, ganz so, als bevorzuge er den unsicheren, rutschigen Boden für einen Kampf. Er mußte doch wissen, daß ihn noch ein zweiter Gegner erwartete! Oder war er ahnungslos? Ein silbernes Funkeln durchschnitt das Dunkel. Der Mann mit dem Schwert duckte sich zur Seite, doch das Geschoß streifte ihn am Arm und prallte mit lautem Klirren gegen den Rand des Beckens. Im selben Augenblick sprang die Meuchlerin aus ihrem Versteck. Und so schnell, wie der Pfeil von der Sehne flieht, war sie über dem Fremden. Einen Atemzug lang verschwanden beide im aufgewühlten Wasser. Wellen spritzten über den Beckenrand. Als die Kämpfenden wieder auftauchten, waren sie zu einem einzigen schwarzen Knäuel verschmolzen. Etliche bange Augenblicke dauerte ihr verbissenes stummes Ringen. Sie schienen einander ebenbürtig zu sein. Dann, wie auf ein geheimes Kommando, trennten sie sich und begannen sich zu umkreisen, als wären sie keine Menschen, sondern blutgierige Raubtiere. Immer wieder stießen sie vor, auf der Suche nach einer Lücke in der Deckung des Gegners. Doch keiner von beiden konnte den anderen überlisten. Plötzlich erstarrten die Kämpfer. Melikae blinzelte in die Finsternis. Eine dritte Gestalt war in der Tür zum Bad erschienen.

Einen Lidschlag lang standen alle drei wie versteinert. Dann sprang die Meuchlerin mit einem gewaltigen Satz aus dem Becken. Sie schlug ein Rad, tat einen weiten Sprung, erreichte die Tür zum Garten, stieß sie auf und war verschwunden.

»Sieg! Wir haben gesiegt!« Die Stimme des Fremden im Becken überschlug sich vor Begeisterung. Sie klang seltsam vertraut in Melikaes Ohren. Wer auch immer da gekommen war, sie zu befreien, er sprach Tulamidya!

»Das war zu leicht! Mir ist der andere entwischt. Ich wette meine rechte Hand darauf, daß sie versuchen werden, uns abzufangen, sobald wir das Haus verlassen«, entgegnete die Gestalt unter der Tür.

Der Mann im Becken grunzte etwas Unverständliches. Dann kam er aus dem Wasser geradewegs auf Melikae zu, und die Sharisad erkannte, daß auch das Gesicht des Fremden verhüllt war! Sollte sie etwa in die Kämpfe zweier rivalisierender Meuchlergilden geraten sein? Sie versuchte, von dem Krieger wegzukriechen, aber ihre Glieder verweigerten ihr noch immer den Dienst.

»Melikae, bist du es wirklich?« Er war neben ihr niedergekniet, und aus seinen nassen Kleidern tropfte ihr Wasser aufs Gesicht, als er ihr den Knebel aus dem Mund zog. Diese Stimme … Sie war vertraut und doch …

»Erkennst du mich denn nicht?«

»Wie soll sie dich denn erkennen, solange dein Gesicht verhüllt ist, als seist du eine Haremsschönheit!« höhnte der andere. Melikaes Retter lachte leise, faßte nach dem Schleier und zog ihn sich vom Gesicht.

Vor Schreck setzte Melikaes Herzschlag aus. Welch böser Spuk stand dort vor ihr? Bei Rastullah! Irgendein übler Magier hatte die Gestalt Omars angenommen. Ihr Geliebter war seit einem halben Jahr tot. Sie selbst hatte doch gesehen, wie Abu Dschenna ihn in der Wüste seinem Schicksal überlassen hatte!

»Was ist nur mit dir?«

Der falsche Omar hatte sie mit beiden Händen gepackt und preßte sie gegen seine Brust.

»So lange habe ich davon geträumt, dich endlich wieder in meinen Armen zu halten!«

Melikae wollte sich losreißen, wollte dem dämonischen Blendwerk entfliehen. Vergebens! Selbst ihre Zunge war gelähmt, und statt eines Entsetzensschreis entrang sich nur ein leises Röcheln ihrer Kehle.

»Was haben sie nur mit dir angestellt?«

War Omar vielleicht als ein Dschinn aus dem Paradies zurückgekehrt, um sie zu erretten. Einen Augenblick lang klammerte sich Melikae an diesen wunderbaren Gedanken. Würde er sie davontragen, um sie in ein prächtiges Wolkenschloß zu entführen? Doch nein, so etwas geschah nur im Märchen. Hatte das Leben sie in den vergangenen Gottesnamen nicht gelehrt, daß es keine rettenden Prinzen gab? Aus den Augenwinkeln sah sie, wie der zweite Krieger den Knebel aufhob und prüfend daran roch.

»Das Tuch ist mit einem Kräutersud getränkt worden. Wahrscheinlich ist sie halb betäubt und kann dich nicht erkennen. Warte bis morgen, Omar, dann wird sie wieder so sein, wie ...« Die Worte des Kriegers endeten in einem krampfartigen Husten. Zitternd griff er nach der Statue und suchte an dem glatten Marmor nach Halt.

»Kannst du noch laufen?« fragte die Truggestalt, die sich Omar nannte. Der andere nickte schwach. Sein Atem ging keuchend, so als koste es ihn alle Kraft, den Husten zu unterdrücken. »Laß uns durch ... das Hauptportal ... fliehen. Vielleicht ... erwarten sie das nicht ... und wir gewinnen einen ... Vorsprung.«

Vorsichtig schob Gwenselah den linken Flügel des Haupttores auf und zog sich wieder zurück. Vielleicht würden die Meuchler versuchen, in den Palast zu kommen?

Doch nichts rührte sich. Unruhig blickte Omar auf die dunkle Türöffnung, hinter der die Zimmerflucht mit dem Bad lag. Würden die Götzendiener vielleicht versuchen, durch den Hintereingang wieder in die Villa einzudringen? Das Warten zerrte an seinen Nerven. Sie beide hatten gesehen, daß ihre Gegner im Zweikampf nicht unbesiegbar waren. Doch wenn er und Gwenselah in einen Hinterhalt gerieten ... Omar mochte den Gedanken nicht zu Ende bringen. Gwenselah gab ihm ein Zeichen, sich nicht von der Stelle zu bewegen. Dann trat der Beni Geraut Schie mit Wucht den angelehnten Torflügel auf, tat einen Satz nach draußen und hechtete hinter einen Busch in Deckung.

Vorsichtig lugte Omar hinter dem Tor hervor. Es war nichts geschehen. Oder warteten die Götzendiener nur darauf, daß auch er die Villa verließ? Nun, er konnte nicht ewig hierbleiben. Bis zum Strand betrug die Entfernung ungefähr eine halbe Meile. Das mußte doch zu schaffen sein! Er nahm Melikae auf den Arm. Noch immer war die Sharisad völlig bewegungsunfähig und starrte ihn mit angstgeweiteten Augen an. Was hatten ihr die Schurken nur angetan? So schnell er konnte, rannte er los, vorbei an dem kleinen Gesindehaus, das vor der Villa stand, geradewegs auf das Tor zu, das das prächtige Anwesen von der Straße trennte. Jeden Augenblick rechnete er damit, den kalten Stahl eines Wurfdolchs im Rücken zu spüren, doch nichts geschah.

Gwenselah machte sich bereits an dem Tor zu schaffen. »Mir gefällt das nicht«, zischte der Krieger und warf einen Blick über die Schulter. »Es geht alles zu glatt vonstatten. Sie müssen längst bemerkt haben, daß wir durch das Hauptportal geflohen sind.«

»Vielleicht haben sie es aufgegeben – schließlich sind sie doch vor uns davongelaufen.«

Der Beni Geraut Schie warf ihm einen vernichtenden Blick zu. »Das sind nicht irgendwelche Lumpen. Sie werden niemals aufgeben! Ganz gleich, wo du dein neues Leben beginnen wirst, Omar, du solltest immer auf der Hut vor ihnen sein.«

Der Novadi schluckte. Er wäre schon zufrieden gewesen, wenn sie alle drei lebend bis zu den Booten gelangt wären. Alles weitere würde Rastullah schon fügen. Er konnte sich einfach nicht vorstellen, daß diese vermummten Meuchler es wagen würden, ihn quer durch die Khom zu verfolgen.

Gwenselah hatte das Tor zur Straße geöffnet. »Lauf los, Omar, ich werde dir den Rücken decken!« In der Stimme seines Freundes klang eine schicksalsergebene Entschlossenheit durch, die den Novadi erschreckte. Der Beni Geraut Schie schien nicht damit zu rechnen, daß sie sich noch einmal wiedersähen.

Als er das Buschland erreichte, lobte Omar lauthals die Gnade des Einen. Noch zweihundert Schritt, und sie wären bei den Booten! Keuchend ließ er sich hinter einem Dornenstrauch mit hellen Blüten nieder und wischte sich mit dem Handrücken über die Stirn. Er hatte es doch gewußt: Die Meuchler waren geflohen! Alles nahm ein gutes Ende!

»Komm weiter, ausruhen können wir uns noch in den Booten.« Gwenselah wollte offensichtlich nicht begreifen, daß er sich ein weiteres Mal geirrt hatte. Er ist doch auch nur ein Wesen aus Fleisch und Blut, dachte Omar, gleichgültig, wie geheimnisvoll und unfehlbar er sich auch gibt. Müde und glücklich nahm der Novadi Melikae auf die Arme und bahnte sich einen Weg durch die Büsche. Spröde Äste und Dornen rissen an seinen Kleidern, so als hätte die Natur sich auf seiten der Meuchler geschlagen. Gwenselah ging jetzt dicht an Omars Seite. Immer wieder verharrte der Beni Geraut Schie und starrte angespannt in die Finsternis. Jedesmal, wenn irgendwo zwischen den Büschen kleine Nachtvögel aufflogen, zuckte er zusammen. Die gelassene Ruhe und der spöttische Humor schienen den Gefährten verlassen zu haben. Er war nur noch ein Schatten seiner selbst. Daran ist der verfluchte Husten schuld, dachte der Novadi. Nicht mehr lange, und sein Freund würde endlich Ruhe finden, um sich von der Krankheit zu erholen. Es wäre doch gelacht, wenn sie beide, die Al'Anfa herausgefordert und besiegt hatten, nicht auch mit dieser Plage fertig würden.

Omar malte sich gerade aus, wie Gwenselah, Melikae und er selbst eine eigene Sippe gründen würden, als er in ein kleines Erdloch trat und fluchend in die Knie ging. Doch die Verwünschungen blieben ihm im Hals stecken: Im selben Augenblick, als er stürzte, sirrte ein Pfeil an seiner Wange vorbei und schlug knapp vor ihm in den Boden. Gwenselah gab ihm einen derben Stoß, so daß er nun vollends vornübersank, und warf sich neben ihm ins Gebüsch.

»Es scheint, als gäbe es tatsächlich so etwas wie ein

höheres Wesen, das schützend die Hand über dich hält, mein Freund.«

Wie gelähmt starrte Omar auf den Pfeil. Wäre er nicht gestrauchelt, das Geschoß hätte ihn getötet.

»Hast du gesehen, wo sie stecken?«

Gwenselah schüttelte den Kopf. »Bestimmt nicht mehr da, von wo der Pfeil abgeschossen wurde. Ich verdammter Narr hätte wissen sollen, daß sie hier auf uns warten würden. Einen besseren Platz als diesen könnte es für einen Hinterhalt kaum geben.«

»Was sollen wir tun?«

»Wir müssen weg von hier. Wenn dieser Bogenschütze erst einmal auf den Dünenkämmen steht, schießt er uns ab wie Steppenhasen. Ich glaube, ein paar Schritt weiter links kommt eine Bodensenke. Versuch, mit Melikae dort in Deckung zu gehen. Ich werde mich zu den Dünen durchschlagen und erwarte sie dort. Wenn ich dir ein Zeichen gebe, greifen wir sie zusammen an.«

Es gefiel dem Novadi nicht, sich zu verkriechen, während sein Freund das Risiko allein trug, doch noch bevor er etwas einwenden konnte, war Gwenselah zwischen den Büschen verschwunden.

Es schien Omar eine Ewigkeit vergangen zu sein, bis er mit Melikae endlich die flache Erdmulde erreichte, von der Gwenselah gesprochen hatte. Spann um Spann hatte er sich durch das Gebüsch vorwärtsgeschoben. Immer wieder hatte das dichte Gestrüpp ihn zu Umwegen gezwungen, und oft war es fast unmöglich, mit der gelähmten Sharisad voranzukommen. Obwohl ihre Glieder noch warm und anscheinend voller Leben waren, hatte das Gift sie wie eine Leiche erstarren lassen.

Die ganze Zeit über lauschte Omar angespannt in die Finsternis, doch außer dem hellen Pfeifen kleiner Vögel, deren Nester offenbar in den Büschen verborgen waren, hörte er nichts. Wie ein Verräter fühlte sich der Novadi. Gwenselah stand nun ganz allein der Gefahr gegenüber. Sein Freund wollte sich opfern, dessen war Omar sich völlig sicher. Und er saß tatenlos herum und überließ es dem Schicksal, über den Beni Geraut Schie zu richten. Verzweifelt sah er Melikae an. Gwenselah zu helfen, hieße, sie im Stich zu lassen. Sollte einer der Meuchler sie hier finden … Verzweifelt ballte Omar die Fäuste. Was sollte er nur tun? Wenn er bei Melikae bliebe, hieße das, den Mördern alle Vorteile zu überlassen. Sie würden erst Gwenselah und dann ihn, Omar, töten. Wieder blickte er auf Melikae hinab. Ihr Antlitz erschien ihm sehr blaß. Ob das Gift ihr doch gefährlich werden konnte? Wenn dem so war, könnte nur Gwenselah ihr helfen. Und dieser Narr stürzte sich in den sicheren Tod!

Omar strich Melikae sanft über die Wange.»Ich muß dich verlassen«, murmelte er leise. »Verzeih mir!« Dann erhob er sich und schlich geduckt über den Rand der Mulde hinweg.

Der Novadi hatte einen weiten Bogen geschlagen und arbeitete sich nun von der Seite her auf den Dünenkamm zu, der sie vom Meer trennte. Sie würden sie in die Zange nehmen, diese Schurken, und diesmal sollten sie ihnen nicht entkommen. Wild wie eine Kriegstrommel schlug Omars Herz. Immer wieder hatte er das blasse Gesicht Melikaes vor Augen. Dafür sollten sie büßen, diese elenden Giftmörder!

Vorsichtig bog er die Äste eines Busches auseinander und spähte zu den Dünen hinüber. Außer einigen Büscheln kniehohen Grases boten sie kaum Deckung. Ihr einziger Vorteil lag darin, daß sie einen guten Überblick über das Buschland versprachen. Doch was wäre, wenn die Meuchler auf diesen Vorzug verzichteten? Vielleicht ahnten sie ja, daß er und Gwenselah sie dort suchen würden. Sobald sie die Dünenhänge hinaufeilten, wären sie völlig ohne Deckung. Ein leichtes Ziel für jeden Bogenschützen. Er mußte Gwenselah warnen! Angespannt spähte er über das Buschland, als ein Leuchten ihn wieder zu den Dünen blicken ließ. Eine Kugel aus gleißenden Flammen war aus dem Nichts erschienen. Zwischen den Büschen erklang ein gellender Schrei. Omar entdeckte drei Schattengestalten. Zwei von ihnen versuchten, der Feuerkugel zu entkommen, doch die dritte stand aufrecht und zielte mit dem Bogen auf den Dünenkamm. Schnell wie ein Falke stieß die Kugel durch die Finsternis, und als sie in das trockene Gebüsch einschlug, verwandelte sich dieses in ein tosendes Flammenmeer. Ein glühender Windstoß schlug Omar ins Gesicht, und er war geblendet vom Licht des Feuers. Was war nur geschehen? Hatte Rastullah glühende Lohe vom Himmel geschickt, um ihre ruchlosen Feinde zu vernichten. Irgendwo inmitten des Flammenmeeres erklang ein Schrei. Melikae! Sie konnte nicht vor dem Feuer fliehen. Es war nicht ihre Stimme gewesen, sie könnte ja nicht einmal um Hilfe rufen. Wie von Dämonen gehetzt, sprang Omar auf und rannte durch die Büsche. Beißender Rauch schlug ihm ins Gesicht. Schon erhob sich eine zehn Schritt weite Feuerwand, die der Wind auf die Küste zutrieb.

Als der Novadi Melikae erreichte, waren die Flammen nur noch einen Steinwurf weit von der flachen Mulde entfernt. Der Rauch hatte der Sharisad Tränen in die Augen getrieben, die, gefärbt von ihrer Schminke, wie schwarze Perlen über die Wangen rannen.

»Verzeih mir ...!« Er hätte sie nicht zurücklassen dürfen! Er würde sie nie wieder alleinlassen! Voller Erleichterung schloß er sie in die Arme und trug sie auf die Dünen zu. »Aller Schrecken hat jetzt ein Ende. Wir werden auf das Meer fliehen, und Rastullah wird uns all die Gottesnamen, die wir voneinander getrennt waren, tausendfach vergelten. Bitte, meine Rose, stirb jetzt nicht!« Omar schluchzte. Sie war so starr, und es schien ihm, als würde ihr Atem, den er auf seinem Hals spürte, immer schwächer.

»Bitte, verlaß mich nicht! Du bist mein Leben. Erinnerst du dich, wie du mir von dem kleinen Königreich am Meer erzählt hast, wo die Menschen große steinerne Paläste für Tänzerinnen bauen? Dort werden wir hinreiten, und du wirst wieder tanzen. Ich werde dir alle deine Träume erfüllen, aber bitte, bitte, stirb nicht!«

»O … mar …«

Melikae! Sie hatte ihn wiedererkannt. Sanft wiegte er sie in den Armen. Die Angst war aus ihren Augen gewichen. »Es wird alles wieder gut, hörst du mich?«

Ihre Lippen zitterten, so als wolle sie etwas sagen. Voller Liebe erwiderte sie Omars Blick. Es schien, als bäume sie sich mit aller Kraft gegen den Tod auf. Ihre Augenlieder flatterten.

»Bitte, verlaß mich nicht!«

Verzweifelt blickte Omar zum Himmel hinauf. Melikae war ihm so nahe, und doch eilte sie ihm mit jedem Atemzug weiter davon, auf einem Weg, von dem es keine Wiederkehr gäbe.

»Nein! Rastullah, nimm sie mir nicht! Bitte, laß sie nur einen Tag noch bei mir bleiben, und ich schenke dir mein Leben.«

Doch kein Zeichen zeigte sich am weiten Himmel. Was bedeutete ein einzelnes Leben für einen Gott? Melikaes Augen waren zugefallen. Fast schien es, als schliefe sie. Omar wischte ihr die eingetrockneten schwarzen Tränen von den Wangen. Da spürte er ganz schwach ihren Atem auf seiner Hand. Noch lebte sie! Wenn der Eine ihm nicht helfen würde, so vermochte es vielleicht Gwenselah, der dem Gott stets seine Huld versagt hatte. Wo steckte er nur? Er könnte sie retten! Seine Hände hatten heilende Kräfte.

Laut schrie er den Namen seines Freundes in die

Nacht, doch er bekam keine Antwort. Verzweifelt blickte er zu den Dünen hinüber. Und dann sah er ihn! Zusammengekauert, die Hände auf den Bauch gepreßt, saß er im dürren Gras und blickte aufs Meer.

»Gwenselah!« Der Beni Geraut Schie bewegte sich nicht.

Was hatte er? Melikae auf den Armen, erklomm Omar die Düne. »Gwenselah, ich brauche dich!«

Sein Freund wandte den Kopf. Er hatte den Schleier vom Gesicht gezogen und lächelte. »Hast ... du sie ... gesehen?«

»Was ist ...« Omars Blick fiel auf Gwenselahs Hände. Dunkles Blut rann durch seine Finger. Neben ihm lag ein abgebrochener Pfeilschaft im Sand.

»Sie ... ist einfach ... stehengeblieben.« Der Krieger schüttelte den Kopf. »Einfach stehengeblieben ...« Er schaute Omar an. Aus seinem Gesicht war alle Farbe gewichen. »Sie hatte ... Mut. Ich bin ... froh, daß sie es war und nicht ...« Er runzelte die Stirn. »Was ist mit ... dir?«

Der Novadi schluckte. Tränen standen ihm in den Augen. »Melikae. Sie stirbt!«

Zitternd versuchte Gwenselah, auf die Beine zu kommen. »Das ... das darf nicht ...« Seine Kraft reichte nicht mehr. »Leg sie neben mich. Ich ... will sie sehen.«

Schweigend gehorchte Omar. Alle Gefühle in ihm schienen gestorben zu sein. Haß, Liebe, Wut, Verzweiflung. Er empfand nichts mehr von alldem. Gwenselah legte der Sharisad die blutverschmierte Hand auf die Stirn und schloß die Augen. Langsam entspannten sich seine Züge wieder, und das Omar so vertraute Lächeln spielte um die Lippen seines Freundes.

»Sie wird ... leben. Morgen ... wenn sich die Sonne ... aus dem Meer erhebt ... wird sie aus ... ihrem Schlaf erwachen. Bring sie ... in dein Boot!«

»Ist wirklich alles in Ordnung mit ihr?«

Gwenselah nickte stumm.

Erleichtert hob Omar die Geliebte auf die Arme und küßte ihre Wangen. Langsam stieg er die Düne hinab.

»Omar?«

Der Novadi drehte sich um.

»Dein Versprechen.«

»Heute ist noch nicht die Nacht, in der du es einfordern mußt.« Omar versuchte, Zuversicht zu heucheln, doch seine Stimme klang heiser und falsch. Schluchzend stolperte er auf die Boote zu und bettete Melikae auf eine warme Decke. »Es wird alles wieder gut.« Immer wieder murmelte er leise diese Worte vor sich hin, doch sooft er sie auch wiederholte, er wußte, daß es eine Lüge war.

Als Omar zu der Düne zurückkehrte, war Gwenselah verschwunden. Seine Kleider lagen zerknüllt im Sand. Auch sein Tuzakmesser hatte er zurückgelassen.

»Wo bist du?« Omar flüsterte die Worte nur. Alle geheimnisvollen Andeutungen, die sein Freund um sein Sterben gemacht hatte, schossen ihm wieder durch den Kopf.

Unsicher blickte der Novadi sich um. Weit konnte Gwenselah nicht gegangen sein. Hinter dem Buschland entdeckte er Lichtpunkte. Gestalten mit Fackeln und Laternen kamen die Straße entlang. Es würde nicht mehr lange dauern, bis sie hier waren.

»Gwenselah!«

Selbst seine Stiefel hatte der Beni Geraut Schie zurückgelassen. Im Licht der Flammen suchte Omar nach Spuren von nackten Füßen. Vergeblich!

Wieder musterte er die blutbesudelten Kleider. Feiner roter Sand, so wie man ihn im Herzen der Khom findet, lag in ihren Falten. Und dann sah er die Pfeilspitze! Zitternd hob der Novadi sie auf und blickte sich nach dem abgebrochenen Schaft um. Schließlich fand er das gefiederte Pfeilende halbversteckt unter einem der Stiefel.

Prüfend drehte Omar die beiden Stücke zwischen den Fingern. Eine sich windende Schlange war in den schwarzen Schaft geschnitzt, ganz so wie bei dem Pfeil, der Gwenselah in Unau verletzt hatte. Waren die Frau in den Büschen und die Bogenschützin auf der Stadtmauer am Ende ein und dieselbe?

Omar schüttelte den Kopf. Das konnte nicht sein! Wie hätte sie von ihnen wissen sollen? Wieder blickte er sich um und suchte nach einem Lebenszeichen von Gwenselah. Doch sein Freund schien wie vom Erdboden verschlungen. Omar starrte auf den zerbrochenen Pfeil, und die Hände zitterten ihm. Es konnte keinen Zweifel geben! Beide Stücke gehörten zu demselben Geschoß! Der Novadi keuchte. Gwenselah war nicht weggegangen! Der feine rote Sand ...

Wer oder was war Gwenselah gewesen? Ein Dschinn, geboren aus Wüstensand? Wieder mußte er an die unheimlichen Geschichten denken, die man sich über die Beni Geraut Schie erzählte. Manche behaupteten gar, sie seien Dämonen!

Mit fahrigen Fingern schlug Omar ein heiliges Zeichen und murmelte den Namen Rastullahs. Welche Kräfte waren es, mit denen er sich eingelassen hatte?

Er wollte einfach davonlaufen und war schon aufgesprungen, doch er konnte den Blick nicht von den vertrauten Kleidern losreißen.

Welch ehrloser Schurke wäre er, wenn er jetzt ginge! Ganz gleich, welch widernatürliche Kreatur sich hinter der Maske des Kriegers verborgen haben mochte, ihm war Gwenselah immer ein Freund gewesen. Ohne ihn hätte er Melikae niemals wiedergesehen! Und wenn es ihn das Seelenheil kosten sollte, er würde seinem Freund den letzten Wunsch erfüllen!

Omar kniete nieder und schnallte sein Tuzakmesser vom Rücken. Dann nahm er ein wenig von dem roten Sand und füllte ihn in die Scheide der Waffe. Als er damit fertig war, griff er nach dem Schwert des Toten und nach seinem breiten Gürtel, an dem er den Pinsel und die magische Tinte finden würde.

Wie von Zauberhand geführt, glitt der Pinsel über die rauhe Bordwand, und nur selten mußte Omar auf das Pergament blicken, das sein Freund ihm mitgegeben hatte. Endlich war das Lyrankh vollendet, und es war ihm so gut wie noch nie gelungen. Ein letztes Mal prüfte er die verschlungenen Linien des Symbols, doch konnte er keine Abweichung erkennen. Dann zerriß der Novadi das Pergament und legte den Pinsel und das kleine Tintenfaß ins Boot. Schließlich nahm er das Tuzakmesser, das Gwenselah ihm einst geschenkt hatte, und legte die Waffe zwischen die beiden Ruderbänke.

»Leb wohl mein Freund, und möge Rastullah sich deiner erbarmen, wohin auch immer dein Weg dich nun führen mag.« Omars Mund war trocken und seine Stimme nicht mehr als ein heiseres Krächzen. Es gab noch soviel, was er seinem toten Freund hätte sagen wollen. Doch hinter den Dünen ertönte das Rufen neuer Verfolger. Es würde nicht mehr lange dauern, bis sie den Strand erreichten. Mit einem Seufzer schob er das schwere Boot vom Strand. Doch kaum, daß es das Wasser berührte, geschah etwas Eigenartiges. Ein grünliches Licht stieg aus den Wellen, umspielte die Planken, schlug über die Reling ins Innere des Segelbootes und kroch schließlich bis zur Spitze des kleines Mastes hinauf, so daß das ganze Boot zuletzt in geisterhaftem Glanz erstrahlte. Ohne daß Omar das Segel gesetzt hätte, nahm das Schiff Fahrt auf und steuerte der offenen See entgegen.

Wieder fragte er sich, welch ein Wesen Gwenselah wohl gewesen sein mochte, daß er selbst über seinen Tod hinaus noch solche Kräfte besaß. Oder hatte er recht, und es gab gar keinen Tod, sondern nur die Geburt in ein anderes, neues Leben? Ja, war das, was er hier sah, schon Teil dieses neuen Lebens?

Omar blieb keine Zeit, über dieses Wunder nachzugrübeln. Schwarz, so als wären es lebendig gewordene Schatten, malten sich Gestalten von drei mit Speeren bewaffneten Kriegern vor dem flammendroten Nachthimmel ab.

Der Novadi beeilte sich, sein eigenes Boot zu Wasser zu bringen. Mit dem Ruder stakend mühte er sich, so schnell wie möglich dem flachen Uferbereich zu entkommen, wo ihn die Verfolger noch hätten einholen können. Doch seine Angst erwies sich als unbegründet. Von ihnen ging keine Gefahr aus. Laut rufend zeigten sie auf den Segler, in dem Gwenselah dem Meer entgegentrieb, und keiner der Sklavenjäger und Söldner wagte es, den Strand zu betreten. Schließlich entrollte der Novadi das kleine Segel und kreuzte vor der leichten Brise, die von den Hängen des Visar wehte, auf den Eingang der Bucht zu.

Auf den Festungstürmen der kleinen Inseln, die wie eine natürliche Barriere im Eingang zur Bucht lagen, waren Signalfeuer entzündet worden, und weit über das Wasser hallten Kommandos. Auch auf den Bastionen der Hafenbefestigungen waren Feuerkörbe entzündet worden, und selbst im Tempelhafen auf der anderen Seite der Bucht hatte man den Alarm schon vernommen. Schon stiegen weiße Gischtsäulen neben Gwenselahs Boot auf und der dumpfe Schlag mächtiger Katapultarme ertönte, die ihre tödliche Fracht in die Nacht schleuderten.

Zweimal zogen leise sirrend, so als wären sie riesige Insekten, mannslange Speere über sein Boot hinweg, die von den Bastionen des Kriegshafens abgeschossen worden waren. Die meisten Schüsse jedoch waren auf das leuchtende Totenboot gerichtet. Aber so, als sei das grüne Flackern zugleich Signal und Schutzschild, vermochte keines der Geschosse das kleine Boot zu treffen.

Schon hatten sie die langgezogene Sklaveninsel passiert, und Omar erkannte bereits die hölzernen Schiffssperren zwischen den Festungsinseln, als plötzlich der Wind erstarb. Dem Totenschiff schien dies nichts auszumachen. Wie von unsichtbarer Hand gezogen, glitt es mit unverminderter Geschwindigkeit auf die offene See zu. Doch das Boot des Novadi verlor immer mehr an Fahrt, so daß er schließlich zu den Riemen greifen mußte, um überhaupt noch von der Stelle zu kommen.

Voller Sorge blickte Omar über die Schulter zurück. Vom westlichen Kai der Sklaveninsel hatte eine Ruderbarkasse abgelegt. Wie ein vielbeiniger schwarzer Käfer eilte sie über das Wasser auf ihn zu, und schon hörte er das regelmäßige Eintauchen ihrer Ruder. Mit der Kraft der Verzweiflung stemmte sich Omar in die Riemen, doch jedesmal, wenn er zurückblickte, hatte die Barkasse ein Stück aufgeholt. Nur wenige Schritt von ihm entfernt schlug eine Salve von drei Felsbrocken ins Wasser, und kalte Gischt spritzte dem Novadi ins Gesicht. Es schien, als hätten die Geschützbedienungen es aufgegeben, noch weiter auf das Totenschiff zu schießen, und ihn als den ungleich verwundbareren Gegner erkannt.

»O Rastullah, ich weiß, wie weit ich mich vom Pfad des Gläubigen entfernt habe, doch vergib mir meine Schuld und errette mich vor den Heiden. Wenn ich dem schrecklichen Meer entkomme, werde ich gemeinsam mit Melikae nach Keft pilgern, und ich gelobe, sollte ich jemals vermögend sein, so werde ich dir ein Bethaus stiften. Kein Rechtgläubiger wird dich künftig tiefer verehren und unermüdlicher dein Wort den Götzenanbetern predigen, als ich es tun werde, wenn du mich jetzt errettest. Und wenn ich denn sterben muß, so gewähre mir zumindest die eine Bitte und laß es nicht auf dem Wasser geschehen.«

Doch so aufrichtig Omars Worte auch gemeint waren, Rastullah schien seinem Flehen verschlossen zu bleiben. Erst als die Verfolger nur noch wenig mehr als vierzig Schritt entfernt waren, erinnerte sich der Novadi an den Zauberring, den Gwenselah ihm geschenkt hatte. Ohne länger zu zögern, ließ er die Ruder fahren und drehte dreimal den Ring um den Finger. Etliche Augenblicke vergingen, ohne daß etwas geschah. Immer näher kam das Boot der Verfolger. Omar fluchte. Auf welche Art sollte dieser Ring ihm nur helfen? Ein leichter wispernder Wind war aufgekommen. Schon hörte er das Keuchen der Ruderer im Verfolgerboot, als plötzlich eine tiefe unirdische Stimme erklang. »Du hast mich gerufen, Meister? Was ist dein Befehl?«

Eine große, wirbelnd unstete Gestalt, wie aus Rauch geformt, war neben dem kleinen Segler erschienen.

»Wer ... wer bist du?« murmelte Omar mit bebenden Lippen.

»Man nennt mich unter den meinen Schekascha, was in deiner Zunge der Wellenpeitscher heißen würde. Ich bin ein Dschinn der Luft. Doch nun sag, warum du mich gerufen hast, Meister, oder willst du nur mit mir reden?« Seine Stimme klang wie das Raunen des Windes in Palmenwipfeln.

»Kannst du mein Segel mit Wind füllen und mich fort aus dieser Bucht der Verdammten bringen?«

»Nichts leichter als das, Meister. Dein Wunsch ist mir Befehl.«

Ein unheimliches Brausen und Stürmen ertönte. Das Segel, das eben noch schlaff vom Mast gehangen hatte, blähte sich knatternd, und wie auf Adlerflügeln glitt das kleine Boot durch die Bucht. Bald schon hörte Omar die erstaunten Rufe seiner Verfolger nicht mehr. Ihr Ruderschlag war aus dem Takt geraten, und die ängstlichen Seeleute riefen laut nach Boron und einem weiteren Gott, ihnen beizustehen. Schäumend spritzte eine mächtige Wasserfontäne vor dem Bug auf, und Gischt schlug in das Boot. So als habe er Omars Gedanken gelesen, ertönte die brausende Stimme des Dschinns. »Keine Sorge, Menschlein. Nichts, was durch die Luft fliegt, kann uns gefährlich werden.«

Wie ein kleiner Fisch, dem die Maschen eines zu grob geknüpften Netzes nichts anhaben können, schlüpfte der Segler durch die Hafensperren, und mit steter Brise führte der Dschinn das Boot bis weit hinaus auf die See.

Viele Stunden lang folgten sie einer Küstenlinie, die sich im Norden vor dem hellen Nachthimmel abzeichnete. Eine bleierne Müdigkeit senkte sich auf Omar herab, und schließlich fiel er in einen unruhigen Schlaf, in dem ihn aufs neue die Schreckensbilder der vergangenen Stunden heimsuchten.

Als er mit müden Gliedern erwachte, war gerade die Sonne aufgegangen. Ein leichter Südwest blähte das kleine Segel, und das Schiff machte gute Fahrt.

»Ich werde dich nun verlassen, Meister«, wisperte die Stimme des Dschinns. Sie klang nur noch schwach und so, als käme sie aus großer Ferne. »Du wirst mich kein zweites Mal rufen können. Die Macht des Ringes hat sich erschöpft, und das Band zwischen uns wird schon bald zerreißen. Ich wünsche dir Glück auf deinen Wegen. Du solltest nach ...«

Die Stimme war verklungen. Verloren blickte der Novadi auf das Meer. Nirgends war mehr Land zu sehen. Er wußte, daß irgendwo im Nordosten, jenseits des Golfs von Selem, freie Küstenstädte lagen, in denen er die Macht Al'Anfas nicht mehr zu fürchten brauchte. Doch würde das kleine Boot so lange der Kraft des Ozeans trotzen? Müde ließ er sich im Heck des Bootes nieder und klemmte sich die Ruderpinne unter den Arm. Jetzt, da er endlich wieder mit Melikae vereint war, würde keine Gefahr ihn mehr schrecken. Sie hatten das Unmögliche geschafft und waren dem tödlichen Al'Anfa entronnen. Also würden sie auch diesen letzten Abschnitt ihrer langen Reise überstehen.

Glücklich betrachtete Omar das friedliche Gesicht der Sharisad. Wie ein Kätzchen lag sie, in ihre Decke eingehüllt, am Bug, und der Schlaf schenkte ihr Vergessen.

Auch er war müde. Mit schweren Lidern blickte er nach Norden. Wie lange ihre Reise wohl noch dauern würde?

Verwundert blickte Melikae sich um. Sollten alle ihre verworrenen Träume Wahrheit gewesen sein? Der weite Ozean machte ihr angst. Sie kam sich verloren vor. Und was war mit Omar geschehen?

Vorsichtig kroch sie durch das schwankende Segelboot zum Heck und musterte den Schlafenden. Er sah ganz natürlich aus, doch wie konnte das mit rechten Dingen zugehen? Er war doch gefesselt in der Wüste zurückgeblieben! Zögernd streckte sie die Hand aus und berührte ihn sanft. Ja, es war wie in ihrem seltsamen Traum. Er war aus Fleisch und Blut! Aber wie hatte er sie gefunden? Und wieviel wußte er von ihr? Hatte er vielleicht nur gehört, daß sie eine Verräterin war?

Melikae schüttelte den Kopf. Das konnte nicht sein. Niemals wäre er dann gekommen, um sie zu befreien. Sanft strich sie ihm über das weiche Haar. Wie oft hatte sie sich nach ihm gesehnt! Tausendmal hatte sie davon geträumt, seine heißen Küsse zu spüren, seine zärtlichen Hände auf ihrer Haut zu fühlen, noch einmal vereint zu sein! Und jetzt hatte Rastullah ihn zurückgeschickt. Ja, es mußte das Wirken des Einen Gottes sein, das sich hier offenbarte. Sie hatte für ihre Sünden bezahlt, und nun waren sie wieder vereint.

Omar blinzelte. Lächelnd schlug er die Augen auf und zog sie zu sich heran. »Wie lange habe …« Melikae versiegelte seine Lippen mit einem Kuß. Jetzt war nicht die Zeit für Worte.

Die nächsten drei Tage ließen Omar fast das Ungemach der vergangenen Gottesnamen vergessen. Mit gutem Wind kamen sie rasch nach Norden voran, und der Novadi hoffte, in nur wenigen Tagen einen der großen Häfen dort zu erreichen. Selbst, daß bis zum Horizont kein Land zu sehen war, erschreckte ihn nicht. Als ein Sohn der Wüste war er es gewohnt, auch ohne alle Landmarken seinen Weg zu finden. So wie in der Khom, so führten sie auch hier die Himmelsgestirne. Da der stete Wind das Boot kaum vom Kurs abtrieb, reichte es, das Ruder festzulaschen und gelegentlich den Kurs zu überprüfen. So hatten sie viele Stunden, alles das nachzuholen, wonach sie sich sosehr gesehnt hatten. Omar mußte jedoch verwundert feststellen, daß Melikae zögernder auf seine Liebkosungen antwortete, als sie es selbst in ihrer ersten Nacht getan hatte. Ein Schatten schien über ihr zu liegen, und wenn er sie drängte, doch darüber zu reden, was ihr widerfahren war, zog sie sich zurück oder suchte Ausflüchte. Wenn sie sich ihm doch hingab, so hatte er manchmal das Gefühl, daß sie es weniger aus Lust als ihm zur Freude tat. Viel lieber lag sie in seinem Arm und träumte mit ihm gemeinsam davon, was ihnen die Zukunft noch alles bescheren mochte. Vergessen waren für sie der Krieg und seine Entbehrungen. Schließlich ließ sich Omar sogar überzeugen, daß es das beste sei, in das ferne Königreich hinter den Goldfelsen zu ziehen, wo jene Heiden lebten, die Tänzerinnen und Artisten sosehr schätzten. Vielleicht könnte er dort Pferde züchten, überlegte Omar, und wenn nicht, so würde sich gewiß eine andere Aufgabe für ihn finden.

Am Morgen des vierten Tages erwachte Omar von einem pochendem Schmerz im rechten Arm. Seit sie Al'Anfa verlassen hatten, hatte ihm die Wunde, die er am Arm davongetragen hatte, keine Sorgen bereitet. Eine Weile musterte er Melikae, und erst als er sich ganz sicher war, daß die Sharisad tief schlief, streifte er seinen Kaftan ab und untersuchte die Verletzung. Die Wunde hatte zu eitern begonnen, und ein übler Geruch ging von ihr aus. Auch zeigte sie seltsame Verfärbungen an den Rändern, die sternförmig auf seinen Oberarm ausgriffen. Sollte der Dolch, den die Meuchlerin im Bad nach ihm geschleudert hatte, vergiftet gewesen sein? Es würde zu diesen Schurken passen, wenn sie nicht allein auf die Kraft ihrer Waffen vertraut hätten. Vorsichtig säuberte Omar die Wunde mit einem Lappen, den er in das salzige Seewasser getaucht hatte. Er würde Melikae nichts von der Verletzung erzählen. Da das Gift drei Tage gebraucht hatte, um überhaupt eine Wirkung zu entfalten, war er guten Mutes, daß der Schmerz bald vergehen würde. Schließlich hatte ihn die Waffe auch nur leicht gestreift. Wegen einer solch belanglosen Schramme sollte er sich keine Sorgen machen!

Es war am fünften Tag ihrer Reise, als Melikae auffiel, daß mit Omar etwas nicht stimmte. Als die Sonne noch hoch am Himmel stand und das Segel nur einen winzigen Schatten in das kleine Boot warf, hatte die Sharisad im Scherz versucht, den Novadi aus dem Schatten zu vertreiben. Sie hatte ihm einen leichten Knuff mit dem Ellbogen gegeben und schelmisch gefragt, ob ein Prinz seiner Geliebten nicht den ganzen Schatten überließe, damit sie sich bequem ausstrecken könne.

Doch statt auf den Scherz einzugehen, hatte Omar laut aufgestöhnt und ihr einen grimmigen Blick zugeworfen. Dann hatte er sich zu der Ruderpinne zurückgezogen, und obwohl Melikae sich alle Mühe gegeben hatte, ihn wieder aufzumuntern, war er lange Zeit mürrisch geblieben.

Wenig später war er eingeschlafen. Manchmal stöhnte er leise, und Melikae beugte sich voller Sorge über ihn. Omars Stirn glänzte vor Fieberschweiß, und ein unangenehmer süßlicher Geruch ging von ihm aus.

Vorsichtig untersuchte die Tänzerin die Wunde, die die Meuchlerin Omar beigebracht hatte. Bei dem weiten Ärmel des Kaftans fiel der kleine Schnitt des Wurfdolches kaum auf. Doch als sie den Stoff auseinanderzog, fand sie unter dem Gewand einen blutigen Verband. Wahrscheinlich war die Wunde aufgebrochen, als sie ihn angestoßen hatte. Warum hatte er ihr nur verschwiegen, daß er verletzt war? Ein einfacher Schnitt durfte ihm doch nicht solche Schmerzen bereiten! Sobald er aufwachte, würde sie darauf bestehen, sich die Wunde anzusehen. Auch wenn sie ihm sonst kaum helfen konnte, mußte sie zumindest dafür sorgen, daß er in Zukunft regelmäßig den Verband wechselte.

Melikae weinte. Fast stündlich verschlechterte sich Omars Zustand. Wundbrand hatte den Arm befallen. Immer tiefer hatte sich die schwärende Wunde in das Fleisch gefressen. Omars Körper glühte im Fieber und er erwachte kaum mehr aus seinem unruhigen Schlaf. Die Sharisad wußte, daß es nicht mehr lange dauern würde, bis das Gift der Wunde sein Herz erreichte. Und dann... Sie schluchzte leise. Wenn sie ihm nur hätte helfen können! Den ganzen Tag schon betete sie, daß sich ein Segel am Horizont zeigen möge. Vielleicht würde sich auf einem großen Handelsschiff ein Wundarzt oder sogar ein Magier finden? Doch nur ein einziges Mal hatte ein großes Schiff ihren Weg gekreuzt, und es war in so großer Entfernung an ihnen vorbeigefahren, daß man ihr Rufen an Bord wohl nicht gehört hatte.

Wie viele Gefahren hatte Omar bestanden, seit er mit seinem Freund Gwenselah aufgebrochen war, sie zu suchen! Und als er sie endlich gefunden hatte, mußte eine so kleine Wunde ihn töten. War das die Gerechtigkeit Rastullahs? Warum nur bürdete der Gott ihr ein so schweres Schicksal auf? Welcher Sinn lag darin, daß Omar sie errettete, nur um wenig später zu sterben? Im Westen, so hatte er ihr immer wieder eingeschärft, würde sie Land finden. Doch seit sie am Ruder saß, um das kleine Boot zu lenken, schienen sich selbst die Elemente gegen sie verschworen zu haben. Der Wind war so weit abgeflaut, daß das Segel schlaff vom Mast hing, und als sei dies noch nicht Unglück genug, hatte eine starke Strömung das Boot ergriffen und trieb es nach Osten, immer weiter in die offene See hinaus. Wenn kein Wunder geschah, so würde sie Omar bald in den Tod folgen. Ihre Vorräte waren beinahe erschöpft, und auch das kleine Wasserfaß war fast leer.

Schließlich konnte Omar nicht mehr zwischen seinen Fieberträumen und der Wirklichkeit unterscheiden. Manchmal sah er, wie Melikae sich über ihn beugte. Tapfer versuchte sie, ihre Tränen vor ihm zu verbergen, doch immer, wenn sie sich unbeobachtet fühlte, hörte er, wie sie leise weinte. Einmal meinte er auch, Gwenselah neben sich zu sehen. Der Beni Geraut Schie hielt ihm die Hand und redete von irgendeinem Kräutersud, den er trinken solle. Ein anderes Mal sah er den großen Löwen, den er einst in der Khom erlegt hatte, um das Boot schleichen, und obwohl er zu Tode erschöpft war, wagte es Omar nicht, die Augen zu schließen, denn er wußte, sobald er einschliefe, fiele die Bestie über ihn her.

Es war das Meer, das mir Unglück gebracht hat, dachte er in Augenblicken, da das Fieber seine Sinne nicht umnebelte. Er hatte ihm von Anfang an mißtraut. Zwar hätte er eher damit gerechnet, zu ertrinken oder von riesigen Ungeheuern in die Tiefe gerissen zu werden, doch der Ozean hatte einen noch viel heimtückischeren Weg gefunden, ihn zu vernichten. An Land wäre es sicher ein leichtes gewesen, rechtzeitig einen Heiler zu finden, doch in dieser Einöde war jede Hoffnung auf Rettung Selbstbetrug. Er würde sterben! Nichts vermochte daran noch etwas zu ändern. Einmal glaubte Omar, einen kleinen Palast auf einer hohen dunklen Klippe zu sehen. Doch es mußte ein Trugbild sein! Das prächtige Gebäude stand im Osten, dort wo sie kein Land zu erwarten hatten. Plötzlich erhob sich ein mächtiger Schatten zwischen den Palastmauern. Er griff danach! Es war…

Das Wunder war doch noch geschehen! Vor Aufregung zitternd vertäute Melikae das kleine Boot an einem der eisernen Ringe, die in die Mauer der Anlegestelle eingelassen waren. Hinter dem Kai führte eine steile Treppe die Klippen hinauf. Sie legte den Kopf in den Nacken. Der Palast lag so hoch, daß er im Himmel zu schweben schien, wenn man vom Kai aus zu ihm aufblickte.

Müde machte sich die Sharisad daran, die Treppe hinaufzusteigen. Bald schon lagen das Boot und die schäumende Gischt tief unter ihr. Möwen mit schwarzen Köpfen kreischten ihr ein Willkommen entgegen. Als sie schon fast den halben Weg überwunden hatte, erschien weiter oben auf der Treppe eine weißgewandete Gestalt. Mit fliegenden Schritten eilte sie die Stufen herab und blickte dabei immer wieder zurück zum Palast. Langes schwarzes Haar wehte ihr um die Schultern, und schwarz war auch die Haut: eine Moha. Erst als sie die Sharisad schon fast erreicht hatte, erkannte Melikae das Sklavenhalsband, das um ihren Hals lag. Es war mit Perlen geschmückt, eine kostbare, reich verzierte Arbeit. Doch es konnte kein Zweifel bestehen, es war nur ein Sklavenhalsband. Die Frau warf sich ihr zu Füßen.

»Bitte, Herrin, nehmt mich mit! Flieht von dieser verfluchten Insssel, von der Obaran den Blick abgewandt hat. Hier herrsscht ein bössser Geisssterrufer, der der nachtssschwarzzzen Königin sein Tapam gessschenkt hat.« Obwohl die fremde Frau des Tulamidja mächtig war, verstümmelte sie die Worte mit seltsamen Zischlauten, so daß Melikae sie zunächst nicht verstand. Sie hatte lediglich begriffen, daß in dem Palast offensichtlich ein mächtiger Magier lebte. Immer wieder flehte die Sklavin sie an, die Treppe nicht hinaufzusteigen. Doch zum Boot zurückzugehen, hieße, Omar zu töten! Vielleicht konnte der Magier ihn heilen.

Immer dringender wurden die Bitten der Sklavin, doch Melikae wies sie zurück. Schließlich fügte sich die Moha und geleitete die Sharisad hinauf in den Palast.

Jetzt, da sie vor ihr herging, sah Melikae hin und wieder ihre Füße unter dem Saum des langen weißen Kleides hervorschimmern. Sie waren seltsam verformt. Ein merkwürdiges Netzwerk von Falten zerfurchte sie, und sie schimmerten wie die Schuppen einer Schlange, die gerade ihre alte Haut abgeworfen hat.

Die Sklavin hatte Melikae in einen Raum mit hoher Kuppeldecke geleitet und war dann verschwunden. Verwundert betrachtete die Tänzerin die verschwenderische Pracht, in der der geheimnisvolle Geisterrufer lebte. Selbst die Paläste der Handelsherren von Unau waren nicht üppiger ausgestattet als dieses Haus, das fernab aller Städte inmitten der Einöde des endlosen Ozeans lag. Kostbare Teppiche in dem Gold und dem Blau, das man im fernen Fasar so kunstvoll zu verwenden verstand, ließen den Besucher wie auf Daunen wandeln. Überall sah man kunstvolle Schmiedearbeiten, kupferne Feuerbecken, goldene Ampeln und Dinge, die Melikae nicht zu benennen vermochte. Viele der Wände waren mit fremdartigen Bildern geschmückt. So glaubte Melikae, unter den seltsamen Ungeheuern, die auf den Mauern des Kuppelsaals prangten, den chimärischen Oger zu erkennen. So schrecklich und verschieden diese Kreaturen auch waren, eins hatten sie alle gemeinsam: Jede von ihnen schien neben den tierischen auch verzerrte menschliche Züge zu tragen.

Je länger Melikae in dem Kuppelsaal wartete, desto unheimlicher wurde ihr zumute. Ja, es schien ihr, als begännen die Farben der Bilder plötzlich zu leuchten und als wollten die grotesken Kreaturen über sie herfallen, um sie in ihren widernatürlichen Reigen zu zerren. Sie mußte an die merkwürdigen Füße der Sklavin denken. Wo in Rastullahs Namen ...?

»So sehen wir uns also wieder.« Eine wohlklingende und beunruhigend vertraute Stimme riß Melikae aus ihren dunklen Gedanken. Ein Mann mit scharlachrotem Turban und verschleiertem Antlitz hatte den kleinen Saal betreten. Als sei er der Kalif, trug er ein langes Obergewand aus goldenem Brokat, bestickt mit Tausenden von Perlen. Darunter schimmerten eine rote Seidenhose und zierliche Pantoffeln, die mit so kostbaren Steinen geschmückt waren, daß sie allein soviel wie ein paar Shadif wert sein mochten.

»Erkennst du mich?«

Die Tänzerin nickte stumm. Wie hätte sie jemals die Gestalt und die Stimme des Mannes vergessen können, mit dem ihr Unglück begonnen hatte! Kein anderer als Abu Dschenna stand vor ihr!

»Nun, stolze Sharisad, was führt dich in mein bescheidenes Haus? Wie ich sehe, hast du diesmal niemanden mitgebracht, vor dem du mich verleumden könntest. Oder willst du nun selbst das ungerechte Urteil Jikhbar ibn Tamrikats vollstrecken?«

Was sollte sie diesem Mann noch sagen? Worum ihn bitten? Selbst Tar Honak hatte weniger Grund, sie zu hassen. Genausogut hätte sie einen Stein um Gnade bitten können.

»Du kommst wegen Omar, nicht wahr?«

Erschrocken blickte die Sharisad zu dem Magier auf. Woher wußte er das?

»Wenn ich es wollte, könnte ich ihm sein Leben

schenken«, höhnte der Magier. »Doch alles hat seinen Preis. Wenn ich ihn von der Schwelle des Todes zurückhole, dann ist das eine Tat, die man nicht mit Gold bezahlen kann.« Die Augen des Schwarzmagiers funkelten böse.

Als Omar erwachte, lag er allein in dem kleinen Boot. Melikae war verschwunden! Unbekannte hatten während seiner langen Bewußtlosigkeit das Wasserfaß wieder gefüllt und ihm frische Vorräte ins Boot gelegt. In der Hand hielt er ein Pergament, aber er konnte nicht lesen! Trotzdem öffnete er es und fand außer der Botschaft, die er nicht verstand, eine rote Rosenblüte. Verschwommen erinnerte er sich an den Traum von dem Palast auf der Klippe und auch an den drohenden Schatten, der den Mauern entwachsen war. Irgendwo in Richtung Sonnenaufgang hatte das Eiland gelegen. Ohne zu zögern, wendete er das kleine Boot und segelte in die offene See hinaus. Er mußte die Insel wiederfinden!

Einen Gottesnamen lang hatte er vergebens nach der verwunschenen Insel gesucht, die ihm Melikae geraubt hatte. Seine Vorräte waren erschöpft, und erneut hatte er den sicheren Tod vor Augen, als er von den Matrosen eines großen Segelschiffs aufgenommen wurde. Es kam aus einem Heidenland im hohen Norden, dessen Handelsherren viele Kontore in Kannemünde an der Mündung des Chaneb unterhielten. Von dort brauchte eine Karawane nur noch drei Tage, um nach Unau zu gelangen.

Von den Seeleuten erfuhr der Novadi, daß auch sie im Krieg mit Al'Anfa lagen, und obwohl es ein Schiff der Heiden war, fanden sich an Bord auch manche Rechtgläubige, die ins ferne Bornland gereist waren, um dort um Waffen und andere Güter für den Kampf gegen Tar Honak zu bitten. Einen dieser Reisenden schloß Omar bald in sein Vertrauen, und ihm zeigte er das Pergament. So erfuhr der Novadi, einen Tag bevor ihr Schiff Kannemünde erreichte, auf welche Art Melikae Abschied von ihm genommen hatte.

Mein teurer Freund, wann immer Du erfährst, was ich Dir mit diesen Zeilen zu sagen habe, weiß ich Dich in Sicherheit, und das ist mir in dieser schweren Stunde der einzige Trost. Solange ich Dein glückliches Gesicht vor Augen hatte, habe ich nicht die Kraft gefunden, Dir zu sagen, was mich im Innersten quälte. Vielleicht hast auch Du manchmal bemerkt, daß ich nicht mehr die bin, die Du einmal kanntest. Vielleicht hat Deine Liebe Dich aber auch blind dafür gemacht, was mit mir geschehen ist.

Die Zeit im Kerker hat in mir das Gefühl, das wir einmal teilten, sterben lassen. So wie der heiße Wind der Wüste die Blüte der Rose verdorren läßt, so ist meine Liebe zu Dir dahingewelkt. Würde ich Dich zum Mann wählen, ich könnte Dich nicht mehr glücklich machen.

Versuch nicht, mich zu finden, denn selbst wenn es Dir gelingen sollte, würde ich Dir wieder entfliehen. Dich zu sehen, heißt, alles das vor Augen zu haben, was mir verlorenging. Meine Hoffnung ist das Vergessen. Nimm mir nicht auch dieses Glück!

Melikae

Wohl zehnmal oder noch öfter ließ sich der Novadi den Brief vorlesen, bis sich jedes der Worte unauslöschlich in seine Erinnerung eingebrannt hatte. Warum hatte sie kein Vertrauen in ihn gehabt? Er war sich sicher, daß seine Liebe für sie beide gereicht hätte. Er hätte ihr all das wiedergegeben, was sie verloren glaubte. Es war ein Wunder, das ihn in seinem Glauben an die Kraft seiner Liebe bestärkte. Obwohl so viele Tage vergangen waren, seit er den unglückseligen Brief an seiner Seite gefunden hatte, war die kleine Rosenblüte, die er in der Pergamentrolle gefunden hatte, nicht verwelkt. Omar war sich sicher, daß es die Kraft seiner Liebe war, die die Blüte vor dem Verwelken bewahrte. Doch wie sollte er Melikae helfen, wenn sie ihn nicht mehr in ihrer Nähe duldete?

Wie glücklich war er da selbst als Sklave noch gewesen, als sie, obwohl unerreichbar für ihn, doch stets in seiner Nähe gewesen war.

Als Omar das Schiff der Kauffahrer verließ, war jene Kraft in ihm verloschen, die die Menschen selbst die ärgsten Gefahren überstehen läßt: die Hoffnung. Sein Leben erschien ihm sinnlos, und er glaubte zu begreifen, wie sich sein Freund Gwenselah gefühlt haben mußte, als einfache Sterbliche das vollbracht hatten, was ihm sein Leben lang nicht vergönnt gewesen war. So wie für ihn, so hatte auch für Omar der Tod alle Schrecken verloren, ja, der ewige Schlaf erschien ihm sogar wie ein Versprechen auf Trost, der ihn seinen Schmerz vergessen machte.

Nicht Melikae, die er so wenig halten könnte, wie man einen Windhauch halten kann, sondern den Tod wollte er suchen. Und die verhaßten Rabenbanner, die über den Städten im Land der Ersten Sonne wehten, erschienen ihm wie ein Versprechen auf Erlösung.

Erschöpft ließ Mahmud sich gegen die weißgetünchte Ziegelmauer sinken. Obwohl die Stunde des morgendlichen Gebetes nicht mehr fern sein konnte, war keiner seiner Zuhörer von seiner Seite gewichen. Mit leisen Stimmen flüsterten sie einander zu, daß dies doch noch nicht das Ende des Märchens von Omar und Melikae sein könne. Auch der lockige kleine Omar, der während der vielen Stunden der Erzählung ganz still an Mahmuds Seite gesessen hatte, war unruhig. »Ist Omar wirklich gestorben? Hat er Melikae nicht in sein Zelt geführt, um Hairan einer großen Sippe zu werden?«

Mahmud lächelte den Kleinen an. »Ein guter Märchenerzähler verrät seine Geheimnisse nie vor ihrer

Zeit. Einen Trost habe ich aber für dich. Morgen werde ich noch ein drittes Mal kommen und erst wenn der Mond hoch über dem Basar steht, wird die Geschichte wirklich vollendet sein.«

»Aber wie ...«

Mahmud schüttelte den Kopf. »Meine Stimme ist erschöpft, mein kleiner Freund. In dieser Nacht wirst du keine Antwort mehr auf deine Fragen erhalten.«

Ein wenig zerknirscht zog Omar sich zurück. Schon kurz darauf sah Mahmud, wie sein kleiner Freund sich friedlich gähnend von seiner Amme nach Hause führen ließ. Almandina hatte es ihm abgenommen, unter den Zuhörern umherzugehen und ihre Gaben einzusammeln. Als sie wiederkehrte, machte sie ein zufriedenes Gesicht. »Du bist ein reicher Mann, Mahmud. Noch nie habe ich erlebt, daß man eine Geschichte so großzügig belohnt hat. Und morgen wollen sie alle wiederkommen.«

Ihre Worte versetzten dem Märchenerzähler einen Stich. Reich? Nein, reich fühlte er sich wirklich nicht. Das Geld war für ihn fast bedeutungslos. Almandina an seiner Seite zu wissen, war ein ungleich größerer Reichtum. An ihr würde er vielleicht späte Sühne üben können.

Seine Müdigkeit schien plötzlich wie verflogen. Mit neuer Kraft griff er nach seinem Stock. »Komm mit mir, Almandina! Bevor der Morgen dämmert, möchte ich dir noch etwas zeigen.« Er stutzte und schüttelte unzufrieden den Kopf. »Zeigen ist wohl das falsche Wort. Komm einfach mit mir, oder bist du zu erschöpft?«

Er führte die schmächtige Bettlerin quer durch die Altstadt, bis sie schließlich die Gasse der Gewürzhändler erreichten. Die Häuser hier hatten alle zwei oder mehr Stockwerke. Dort, wo der schmutzige Putz von den Wänden geplatzt war, sah man grobes Mauerwerk, und es schien Mahmud, als zeigten die alten Häuser ihr wahres Gesicht mit Stolz. Der Putz war wie die Sippen, die hier im Lauf der Jahrhunderte gewohnt hatten. Er verging und zerfiel zu Staub. Nur die Mauern selbst schienen für die Ewigkeit geschaffen zu sein.

Leise flatterten die zerschlissenen Sonnensegel über der Gasse. Längst hatten die Händler ihre Säcke mit den kostbaren Gewürzen in die Häuser geschafft, doch noch immer lag ein tausendfacher verwirrender Duft in der Luft.

»Stell dich mir zur Seite, meine Freundin, und schließ die Augen! Ich möchte dich lehren, was eine wirklich gute Geschichte ausmacht.«

Die Bettlerin blickte ihn verwundert an. Dann gehorchte sie.

Auch Mahmud hatte jetzt die müden Lider geschlossen, um trunken an dem Duft der Kräuter zu werden. Es war, als habe jeder Stein und jedes Sandkorn in dieser Straße den Duft all der Gewürze und Kräuter, die hier seit Jahrhunderten verkauft wurden, in sich aufgenommen. Auch wenn die Stände längst leergeräumt waren, der Duft blieb.

Zuerst roch er Kümmel, Kardamon und Koreander. Vorwitzig schienen sie sich vor die anderen Gerüche der Gasse drängen zu wollen, und dem Unaufmerksamen wäre vielleicht auch verborgen geblieben, was sich hinter ihnen noch alles verbarg. Doch Mahmud war ja nicht hier, um in Eile noch ein paar Gewürze für das abendliche Mahl zu kaufen. Er ließ sich Zeit, und langsam offenbarten sich ihm auch die verborgeneren Zauber.

Zuerst roch er den Duft des wilden Thymians, den man von den Hängen des nahen Raschtulswalls in die Stadt brachte. Ihm folgte das köstliche Aroma geriebener Nelken und dann der süße und verführerische Duft von Benbukkel.

Zufrieden öffnete er die Augen und blickte auf Almandina. »Hast du es gerochen? Mit dem Duft dieser leeren Gasse, aus der schon längst alle Waren fortgeräumt sind, ist es wie mit einer guten Geschichte. Selbst wenn die Bewohner dieser Stadt schon morgen ihre Heimat verlassen sollten, um nie mehr zurückzukehren, wird diese Gasse auch in hundert Jahren noch nach Kräutern duften. Und so ist es auch mit einer Geschichte, die dein Herz berührt hat. Irgend etwas wird immer in dir zurückbleiben. Sie ist ein Geschenk für dein Leben.«

Almandina nickte ernst, und plötzlich hatte Mahmud das Gefühl, daß sie seine Worte als eine Last empfinden könnte. Sanft strich er ihr durch das strähnige Haar.

»Laßt uns nun schlafen gehen! Der Tag war lang, und morgen liegt noch eine große Geschichte vor uns.«

Anhang

Erklärung aventurischer Begriffe

Rastullah = nach dem Glauben der Novadis der Weltenschöpfer und einzige Gott; erschien vor ca. 250 Jahren in Keft und verkündete 99 Gebote, hat neun Frauen, die z.T. als Schutzpatroninnen gelten.

Hellah = erste Frau Rastullahs, einst eine mächtige Sultanin in den Ländern des Westens.

Orhima = zweite Frau Rastullahs, einst eine Wesirin; gilt als Beraterin Rastullahs und ist Sinnbild der Gerechtigkeit.

Shimja = dritte Frau Rastullahs, Schutzpatronin der Erfinder und Entdecker.

Rhondara = vierte Frau Rastullahs, Schutzpatronin der Krieger; ihr Sinnbild ist die Löwin.

Heschinja = fünfte Frau Rastullahs, Schutzpatronin der Weisen und Magier; ihr Sinnbild ist die Schlange.

Dschella = sechste Frau Rastullahs, einst eine Tänzerin; Schutzpatronin der Sharisad.

Marhibo = siebte Frau Rastullahs, auch die Schweigsame genannt; sie hält die Erinnerung an die Toten und das Vergangene wach.

Khabla = achte Frau Rastullahs, Schutzpatronin der Jungen und Schönen, Verkörperung der Lust.

Amm el-Thona = neunte Frau Rastullahs, einst eine Sultanin im kalten Norden, schön und grausam; wird oft mit der Sonnenscheibe gleichgesetzt.

Aal = Scherzname für ein torsionsbetriebenes Geschütz, das schritt- bis mannslange Speere oder Harpunen verschießt.
Abu Dhelrumun ibn Chamallah = Kalif in Mherwed zu Beginn des Kriegs in der Khom, berüchtigt durch den zu niedrigen Goldanteil der Denare, die unter seiner Regierungszeit geschlagen wurden.
Achan = Oase in der westlichen Khom, gehört zum Stammesgebiet der Beni Terkui.
Agha = Offizier in der Armee des Kalifen.
Al'Anfa = mächtiger Stadtstaat im tiefen Süden des Kontinents.
Al-Raschid nurayan schah Tulachim = philosophisches Werk, gilt den Kasimiten als heilig.
Bastrabun ibn Rashtul = legendärer Sultan, der vor fast drei Jahrtausenden die Echsenvölker aus der Region des heutigen Kalifats vertrieb.
Benbukkel = zimtähnliches Gewürz aus der Rinde des gleichnamigen Baums, den man vor allem auf den Waldinseln findet.
Beni Novad = nomadischer Stammesverband im Zentrum der Khom; beherrschen die Oasen Keft und Tarfui; namensgebend für den Sammelbegriff Novadi.
Beni Schebt = Stammesverband im Süden der Khom; beherrschen die Oasen Shebah, Birscha und Manesh.
Beysal = in dieser kleinen Stadt feiert das al'anfanische Heer das Fest der Freuden. Zu Beginn der Belagerung von Mherwed findet sich hier das Stabsquartier Tar Honaks.
Bireme = kleine Kriegsgaleere mit zwei übereinanderliegenden Ruderreihen.
Birscha = Oase im Süden der Khom, gehört zum Stammesgebiet der Beni Schebt.
Borbarad mächtigster Schwarzmagier der aventurischen Geschichte, starb vor ca. 500 Jahren.
Bosparans Fall = Fixpunkt aventurischer Zeitrechnung (993 vor Hal); mit der Zerstörung Bosparans war der Untergang des Alten Kaiserreichs besiegelt.
Chaneb = Fluß, der dem Cichanebi-Salzsee entspringt und bei Kannemünde ins Perlenmeer mündet.
Cichanebi = großer Salzsee nördlich von Unau.
Dabla = kleine tulamidische Trommel.
Denar = Silbermünze im Kalifat.

Dere = der Planet, auf dem der Kontinent Aventurien liegt.

Dschadra = kurze Reiterlanze, die häufig von tulamidischen Kriegern verwendet wird.

Dublone = schwere Goldmünze aus Al'Anfa, auch Doppelstück genannt; entspricht von Gewicht und Wert zwei mittelreichischen Dukaten.

Fasar = mit etwa 23 000 Einwohnern aller Völker und Rassen ist die tulamidische Stadt im Hochland Mhanadistans die viertgrößte Siedlung Aventuriens; Fasar gilt als älteste Stadt von Menschenhand.

Feggagir = unterirdische Kanäle, die Unau von den Bergen im Osten her mit Wasser versorgen; im Volksglauben sind die Kanäle verflucht, die noch aus der kaiserlichen Besatzungszeit stammen.

Gelbherzen = Spottname für die Soldaten des Kalifen von Unau.

Golgari = der rabengestaltige Götterbote des Totengottes; er trägt die Seelen der Verstorbenen über das Nirgendmeer in das Reich seines Herrn.

Gottesnamen = bei den Rastullah-Gläubigen übliche Bezeichnung für einen der vierzig Neun-Tages-Abschnitte.

Granden = Bezeichnung für die zehn mächtigsten Familien Al'Anfas.

Hairan = Anführer einer Nomadensippe.

Die Hand Borons = niemals deklarierte, aber allgemein gefürchtete Geheimpolizei Al'Anfas; als Meuchler und Agenten gehören sie zu den wichtigsten Werkzeugen bei der Machtausübung des Patriarchen.

Hattah = großes Kopftuch, das von den Männern fast aller Novadisippen getragen wird.

Hattahi = Mehrzahl zu Hattah.

Kabasflöte = in der Khom weitverbreitete Flöte, meist aus Schilfrohr geschnitten.

Kasimiten = stets verschleierte fanatische Kämpfer und ›Missionare‹ im Dienste Rastullahs.

Keft = Oasenstadt im Zentrum der Khom, Heimat der Beni Novad; 760 nach Bosparans Fall (bzw. 233 vor Hal) offenbarte sich hier Rastullah den Novadis.

Khom = große Wüste östlich des Alten Reiches.

Khunchomer = Krummschwert, benannt nach der Stadt Khunchom.

Kor = ein Halbgott, Sohn der Göttin Rondra und des löwenhäuptigen Drachen Famerlor; Kor gilt als der Gott der Söldner, Scharfrichter und Landsknechte und hat vor allem im Süden Aventuriens eine große Anhängerschaft.

Madamal = der aventurische Mond.

Madrash = kleine Stadt am Ufer des Mhalik.

Mahmud ben Dschelef = Stammessultan der Beni Schebt.

Malkillabad = kleine Stadt am Szinto.

Mammuton = verbreitete aventurische Bezeichnung für Elfenbein.

Manekh-Chanebi = Gebirge westlich des Großen Salzsees.

Maraskan = größte Insel im Perlenmeer, nordöstlch der Khom; der Legende nach verbannte Sultan Bastrabun die Echsenvölker aus Mhanadi, Ongalo und Thalusim nach Maraskan.

Mawdli = Religionslehrer, die sich der Auslegung der Gesetze Rastullahs widmet.

Mawdliyat = Kaste der novadischen Religionslehrer, die als Deuter der Gebote Rastullahs auch als Richter und Berater auftreten.

Mehari = auch Qai'Ahjan genannt, Rennkamele mit fast weißem Fell, die vor allem in der Region um Unau gezüchtet werden.

Mhalik = kleiner Fluß an der Ostgrenze des Khoram-Gebirges; ergießt sich westlich von Mherwed in den Mhanadi.

Mhanadi = der drittgrößte Strom Aventuriens; während des Frühlingshochwassers schwillt er auf eine Breite von mehreren Meilen an.

Mherwed = Stadt am Mhanadi nordöstlich der Khom, Sitz des Kalifen.

Mohagoni = dunkelrotes Edelholz aus dem Süden Aventuriens.

Mustafa ibn Khalid ibn Rusaimi = Sultan von Unau, später als Malkillah III. Kalif in Mherwed, einigt die Stämme der Khom zum Kampf gegen die Invasionsarmee Al'Anfas.

Mysterium von Keft = Offenbarung Rastullahs 233 vor Hal.

Nareb Emano Zornbrecht = Oberhaupt der Grandenfamilie der Zornbrechts und Mitglied im Hohen Rat der Zwölf; einer der gefährlichsten und mächtigsten Männer Al'Anfas.

Novadis = Sammelbegriff für die verschiedenen Stammesverbände in der Khom.

Obaran = Gott des Lichts und der Gerechtigkeit, verehrt von den Utulus der Waldinseln; Obaran ist als Himmelsgott der ewige Widerpart der Nachtschwarzen Herrin, die in den bodenlosen Tiefen der Meere herrscht.

Ongalobullen = Wildrinderart, die bis zu zwei Schritt Schulterhöhe erreicht, mit zotteligem schwarzen Fell und mächtigen blauschwarzen Hörnern.

Patriarch = Titel des Oberhauptes des Boronkultes zu Al'Anfa; höchster Geweihter des alanfanischen Ritus.

Piaster = Goldmünze; unter dem Kalifen Dhelrumun wurde der Goldanteil der Münze reduziert, so daß ein Piaster heute nur noch einen Goldwert von 24 Denaren hat, wohingegen der offizielle Nennwert noch immer 100 Denare beträgt.

Rastullahellah = Bezeichnung der fünf hohen Feiertage im novadischen Kalender; auf jeweils acht Gottesnamen folgt ein Rastullahellah.

Rotze = Scherzname für torsionsbetriebene Geschütze, die entweder massive Stein- oder Bleikugeln oder mit Hylailer Feuer gefüllte Tonkugeln verschießen.

Shadif = 1. Pferderasse der Tulamiden; 2. Steppenlandschaft südlich der Khom.

Sharisad = tulamidische Tänzerin; manche Sharisad verfügen über magische Kräfte.

Shekel = Silbermünze aus Unau, die denselben Wert wie ein Denar hat.

Sultan = Anführer eines ganzen Stammesverbandes wie z.B. der Beni Schebt, oberster weltlicher Herrscher einer Region, der sich nur dem Wort des Kalifen oder aber dem Rat des Mawdliyat unterwirft.

Ssrkhsechim = ausgestorbenes Volk schlangenleibiger Echsenwesen, besonders berühmt für seine Zauberkräfte.

Szinto = Fluß im Westen des Shadif.

Tapam = Neben einer Seele besitzen die Waldmenschen nach ihrem Glauben auch noch ein Tapam, einen eigenen Schutzgeist; während die Seele mit dem Tod vergeht ist der Tapam unsterblich.

Tarfui = Oase nordöstlich von Unau; im Lauf des Khom-Krieges kommt es hier zu zwei großen Schlachten.

Tulamiden = aventurische Volksgruppe; Bewohner der Khom und der angrenzenden Gebiete.

Utulus = Ureinwohner der Waldinseln; eine ebenholzschwarze Haut, stark gekräuseltes Haar und hoher Wuchs unterscheiden sie deutlich von den kleineren Mohas der südlichen Inseln.

Visra = Vulkan, der sich über die Bucht von Al'Anfa erhebt.

Yalla = Ausruf, je nach Betonung mit ›Vorwärts!‹ oder ›Los, mach schon!‹ zu übersetzen.

Zedrakke = kielloser tulamidischer Schiffstyp; besonders auffallend sind die aus Binsen geflochtenen und mit Latten versteiften großen Segel, die von weitem an Drachenflügel erinnern.

Zitar = eine Art Harfe mit waagrecht gespannten Saiten.

HEYNE BÜCHER

Robert Jordan
DAS RAD DER ZEIT

Das Fantasy-Ereignis der neunziger Jahre!

»In kürzester Zeit zum beliebtesten Zyklus der USA aufgestiegen.«
CHICAGO SUN TIMES

»... erinnert in Intensität und Wärme an Tolkien.«
PUBLISHERS WEEKLY

Drohende Schatten
1. Roman
06/5026

Das Auge der Welt
2. Roman
06/5027

Die große Jagd
3. Roman
06/5028

Das Horn von Valere
4. Roman
06/5029

Der Wiedergeborene Drache
5. Roman
06/5030

Die Straße des Speers
6. Roman
06/5031

Weitere Bände in Vorbereitung

Wilhelm Heyne Verlag
München

HEYNE BÜCHER

Das Star Trek Universum

Seit dreißig Jahren ist Star Trek weltweit auf dem Gebiet der Science Fiction ein Erfolg ohnegleichen, im Kino, im Fernsehen, im Rollenspiel und in den Printmedien.

Das Star Trek Universum von Ralph Sanders bietet als erstes deutsches Handbuch einen umfassenden und detaillierten Überblick zur erfolgreichsten Multimedia-SF-Serie der Welt.

06/5150 · (2 Bände, 1338 Seiten)

Wilhelm Heyne Verlag
München

HEYNE BÜCHER

Star Trek

Die Classic Serie

Seit den 60er Jahren dringt die Enterprise unter dem Kommando von Captain James T. Kirk in die unerforschten Tiefen der Galaxis vor. Ihre Crew schlichtet Konflikte, entschlüsselt die Geheimnisse des Universums und sichert die friedliche Koexistenz der Föderation mit den benachbarten Imperien.

06/5273

Eine Auswahl aus über 50 lieferbaren Bänden:

Peter Morwood
Angriff auf Dekkanar
06/5147

Carolyn Clowes
Das Pandora-Prinzip
06/5167

Michael Jan Friedman
Schatten auf der Sonne
06/5179

Diane Duane
Die Befehle des Doktors
06/5247

V.E. Mitchell
Der unsichtbare Gegner
06/5248

Wilhelm Heyne Verlag
München

HEYNE BÜCHER

Shadowrun

Mitte des 21. Jahrhunderts sind die Nationalstaaten zerfallen, haben Megakonzerne neben der wirtschaftlichen auch die politische Macht übernommen. Aber auch die Bewohner dieser Welt haben sich verändert. Durch die Regoblinisierung funktioniert die Zauberei wieder, und es tauchen Trolle, Elfen, Werwölfe und Drachen auf inmitten einer computerisierten Hightech-Welt.

06/5294

Eine Auswahl aus
15 lieferbaren Bänden:

Hans Joachim Alpers
Das zerrissene Land
Deutschland in den Schatten
Erster Roman
06/5104

Die Augen des Riggers
Deutschland in den Schatten
Zweiter Roman
06/5105

Die graue Eminenz
Deutschland in den Schatten
Dritter Roman
06/5106

Tom Dowd
Spielball der Nacht
06/5186

Nigel Findley
Der Einzelgänger
06/5305

Wilhelm Heyne Verlag
München